上代文学会研究叢書 | Association for Early Japanese Literature

初期万葉論

梶川信行 編
Kajikawa Nobuyuki

笠間書院

目次

III　文学史的アプローチ

IV 比較文学的アプローチ

V 作品論的アプローチ

VI　研究史的アプローチ

緒言　初期万葉論の未来へ

梶川信行

「初期万葉」という用語が使われ始めたのは、戦後間もない、昭和二十年代の半ばのことであった（本書Ⅵ）。以来、六十年近くこの用語が使われて来たのだが、本書に収録された論文を見ても明らかなように、現在に至ってもなお、その定義は一様ではない。それが指し示す年代的な範囲についても、柿本人麻呂の登場に先立つ世界を言う、とする見方が有力ではあるものの、それで決着がついたとは言い難い状況にある。

一方、抒情詩としての「和歌」の誕生と、その初発の時期の若々しい「和歌」の姿をそこに見ることは、「初期万葉」という用語が使い始められた当初から、ほとんど否定されることなく、踏襲されて来たように思われる。たとえ表立ってそのような発言はしていなくとも、「初期万葉」の時代をそうしたものとして理解している研究者は、案外多いのではなかろうか。

それに対して、筆者はかねてより、「初期万葉」とは七世紀のヤマトウタの世界の実態ではなく、八世紀における『万葉集』の編者の価値観と歴史認識に基づいて創られた世界である、と主張している（拙稿「八世紀の《初期万葉》」『上代文学』80号・一九九八）。本書Ⅰに収録した「基調報告」でも、改めてそうした立場を示したのだが、だからと言って、そこから実態としての世界を窺うことは不可能である、と考えているわけではない。我々は八世紀に定着したテキストを通して七世紀のウタの世界を見ているに過ぎないのだ、という自覚を前提とするならば、七世紀のヤマトウタの世界を窺い知ることも十分に可能であろう。歴史認識としての「初期万葉」の姿を明らかにする一方で、その向こう側に広がる七世紀のヤマトウタの実態としての世界を究明する営み（本書Ⅲ）も、決して等閑に付してはならないと考えている。

＊　＊　＊

『日本書紀』が天皇を中心とした王権の歴史であることからも明らかなように、八世紀における「日本」とは、その支配が及ぶ地域の全体を示すものだったのではあるまい。それはむしろ、王権あるいは王朝の名称だった（吉田孝『日本の誕生』岩波書店・一九九七、神野志隆光『「日本」とは何か』講談社・二〇〇五）と考えた方が適当であろう。すなわち、王権の側からすれば、自分たちの力の及ぶ範囲が「日本」だった、ということになろう。

そうした中で、天皇以下の皇族や貴族、律令官人など、ごく一部の人たちは自分の住む国を「日本」だと考えていた、と見ることができよう。しかし、ヤマト（奈良盆地）の外に、自分が「日本」という国に住んでいると認識していた人は、ほとんどいなかったのではないか。王権の側の神を祀り続ける（マツロフ）形で服属していた地方（夷《ひな》）の人たちから見れば、「日本」とはヤマトの王権がそう称しているものに過ぎなかった、ということであろう。むしろ、自分たちは「日本」にマツロフ存在である、と思っていたのではないかと考えられる。

五・七の音数律を基本としたヤマトウタも決して、日本列島全体——もちろん、北海道と沖縄などを除いた八世紀の「日本」の謂だが——に行き渡っていた歌のスタイルだったのではあるまい。東歌はすべてきちんとした短歌定型だが、それは都人の価値観に基づいて取捨選択され、文字化された東国の歌々であって、それが東国の声の歌の世界そのものであったとは考えられない。防人歌の場合も、蒐集した歌の約半数が「拙劣歌」として捨てられている。それは、『万葉集』の東国の歌々は都人の眼鏡に適うもののみを集めたものである、という事実を示している。

ヤマトウタとは基本的に、ヤマトの王権とその周辺でのみ一般化していたウタのスタイルだったと想像される。しかし、事実はどうであれ、王権の側に身を置く者たちからすれば、「日本」という認識と同様、王権の力が及び、ヤマトコトバの通じる地域には、当然普及していなければならない歌のスタイルだった、ということであろう。

＊　　＊　　＊

御代別の標によって歴史化された『万葉集』の巻一・巻二は、天皇を中心とした世界観と歴史認識に基づいて組み立てられている（拙稿「《初期万葉》の世界――その歴史認識を考える――」『額田王〈高岡市万葉歴史館叢書18〉』高岡市万葉歴史館叢書・二〇〇六）。「初期万葉」の歌々の大半はそこに収録されているのだが、巻十七以後の四巻を見ても明らかなように、『万葉集』は最終的に大伴家の家集という形を呈している。言うまでもなく、それは何段階かの過程を経て形成されたものだと見なければならない。しかし、総じて言えば、『万葉集』は大伴家の人々の目を通して見たヤマトウタの歴史を基にして形成されている、と言ってもよい。もちろんそれは、海彼の文化を積極的に取り入れることによって可能となったのだ（本書Ⅳ）が、平城京に生きる彼らの世界観と歴史認識に基づいて、『万葉集』は成り立っているのである。

そういう意味で、『万葉集』から窺い知ることのできるヤマトウタの歴史は、ある程度の普遍性を持ったものとしての〈古代和歌史〉ではあるまい。『万葉集』の歌々は、東歌や防人歌に限らず、その編者による選別と位置づけの過程を経て、そこにある。たとえそこから〈古代和歌史〉――平安時代になってから生まれた「和歌」という語を、八世紀以前に敷衍しての謂だが――の実態の一部を窺い知ることが可能であるにしても、資料的な性格から言えば、そこから浮かび上がるヤマトウタの歴史はやはり、『万葉集』という歌集を成り立たせた人たちの価値観と歴史認識を反映したものに過ぎない、と言うしかあるまい。もちろん「初期万葉」も、そうした歴史の中の「初期」に位置づけられたものにほかならない、ということである。

＊　＊　＊

それでは、「初期」とはどのような意味か。また、それは四期区分説の「第一期」とどのように異なるのか。たとえば、「初期万葉」ほどには定着していないが、その一方に「天平万葉」という用語がある。「天平」とは、天平感宝・天平勝宝・天平宝字・天平神護といった四字の元号をも含め、そう呼ばれた時代の全体を指すのだが、『万葉集』に即して言えば、大伴家持を典型とする平城京で生まれた世代が活躍した時代である。「初期万葉」とは、そうした時代から見た「初期」の意であると考えるべきであろう（拙稿「《天平万葉》とは何か」梶川信行・東茂美編『天平万葉論』翰林書房・二〇〇三）。それは決して、〈古代和歌史〉の「初期」ではない。あくまでも、『万葉集』が体現するヤマトウタの歴史の「初期」にほかならない。舒明朝から壬申の乱までの時代のヤマトウタの歴史の実態として定位された「第一期」との違いも、そこにある。

「天平」はもちろん、実際に使われていた元号である。したがって、律令官人を中心とした「天平万葉」の担い手たちは確かに、和銅・養老・神亀などとは異なる「天平」の時代を生きている、という自覚を持っていたに違いあるまい。しかし、「初期万葉」の「初期」は元号ではない。もちろん『万葉集』にも、その時期を「初期」と呼んだ例はない。彼らが人麻呂の登場に先立つヤマトウタの世界を「初期」という語で認識していたとは、とうてい考えられないのだ。

それでも筆者は、「初期万葉」という語を使用すべきだと考えている。「天平万葉」が、特定の人間の選別の目を通したものだとは言え、確かにその時代のヤマトウタの実態の一部を照らし出しているのに対して、繰り返し述べて来たように、「初期万葉」は多分に、編者たちの価値観と歴史認識の産物だからである。「天平万葉」を形成した人々が、自分たちを現在とするヤマトウタの歴史の初発の時期を、『万葉集』の中にそういう形で位置づけたという意味で、それは「初期万葉」としか言いようのないものである。

それは初発の時期であって、決して「早期」ではない。したがって、それを「早期万葉」と呼び換えることはできない。ましてや、「後期万葉」に対する「前期万葉」でもない。機械的な時代区分の名称に過ぎない「第一期」という語では、なおさらその本質を捉えることは不可能である。さらに言えば、「飛鳥万葉」などと地域で括ることも、御代別の標の下に歴史化された「初期万葉」にとって、決して適切なことではあるまい。

もちろんそれは、一つ一つの作品を注意深く分析して行くこと（本書V）を通して、帰納的に判断するしかないことだが、「初期万葉」としか言い得ない世界が、『万葉集』の中に具現化されているということは、確かであろうと思われる。したがって、今後も「初期万葉」という用語を前提として、その本質を究明して行くことこそが、もっとも建設的であると考えている。

＊　　＊　　＊

このように考えて来ると、歴史認識の所産としての「初期万葉」と、実際の歴史の一齣である「天平万葉」を単純に一つの時間軸で繋いで、ヤマトウタの歴史を論ずることはできない、ということになろう。「初期万葉」の歌々を実態としての歴史の中に位置づけようとするならば、特定の個人の歴史認識の中から、注意深く歴史的事実を抽出して行く作業が必要である。しかも、「初期万葉」の姿を伝える資料からは、あたかも地層の断面のように、多様な歴史認識の堆積の層を窺うことができる（拙稿「《初期万葉》の世界――その歴史認識を考える――」先掲）。「初期万葉」論の基礎的作業として、資料の吟味が重要な意味を持つ所以である（本書II）。

また、『古事記』や『日本書紀』を見てもわかるように、歴史的事実というものは多くの場合、現在の要請に基づいて位置づけられるものである。したがって、〈古代和歌史〉という立場からすれば、「初期万葉」の若々しいヤマトウタが、柿本人麻呂の活躍期を経て成熟し、「天平万葉」の世界が現出した、といった歴史を描くことが一般的だが、そうした見方は正しくないと言わざるを得ない。「天平万葉」を構成する人たちが、「天平」を現代として、自分たちを一つの到達点とするヤマトウタの歴史を構想した時、その「初期」としての「初期万葉」が『万葉集』の中に定位された、ということになろう。すなわち、「初期万葉」は「天平万葉」の自画像として生まれたのだ、と考えなければならない（拙稿「《天平万葉》とは何か」先掲）。

してみると、〈古代和歌史〉と〈万葉史〉は決して同じものではあるまい。『万葉集』から読み取れるものは、まずは〈万葉史〉であり、〈古代和歌史〉ではない、と言うべきであろう。〈古代和歌史〉は、〈万葉史〉がどのような価値観と歴史認識に基づいて形成されたものか、ということが明らかにされた後に、初めてそこに立ち現われて来るものであると考えている。

＊　　＊　　＊

筆者は十年来、《初期万葉》と表記して来たのだが、それは、従来使用されて来た「初期万葉」という用語とは、根本的に異なる概念であるということを、目に見える形で示したかったからである。しかし、さまざまな批判に耐えた結果として、「初期万葉」は歴史認識であるとする捉え方が大方の承認を得た時には、筆者は安んじてカギ括弧を外したいと考えている。本書の書名は、さまざまな立場の論文が収録されていることを考慮して、あえて『初期万葉論』としたが、本書の刊行が契機となって、一日も早くカギ括弧の外せる日が来ることを、切に待ち望んでいる。

基調報告

I

『万葉集』に収録された歌々はすべて、編者による選別と分類、そして配列の結果としてある。そこに見られるヤマトウタの歴史は、史実を過不足なく伝えるものではなく、編者の価値観と歴史認識を反映したものだと考えるべきであろう。とりわけ「初期万葉」の世界は、『万葉集』の編者の眼を通して見えたものにほかならない。したがって、まずは編者の価値観と歴史認識をきちんと把握しておく必要がある。

《初期万葉》の「雑歌」

梶川信行

一　《初期万葉》の「雑歌」の所在

《初期万葉》の「雑歌」とは　ここで言う《初期万葉》とは、七世紀における倭歌の歴史の一時期を表わす概念ではない。柿本人麻呂の登場に先立つものとして、『万葉集』の中に位置づけられた歌々の世界のことである。(1) 記紀を見ても明らかなように、歴史は現在の要請に基づいて定められるものにほかならない。もちろん、『万葉集』の伝える倭歌の歴史も、その形成過程において、『古事記』の序文に言う「削偽定実」に相当する作業が行なわれた結果として定着したものであろう。《初期万葉》の問題に即して言えば、それは八世紀においてどのような七世紀以前の倭歌の歴史が想定されていたのか、といった問題である。あるいは、『万葉集』はどのような価値観と歴史認識に基づいて形成され、我々に何を伝えようとしているのか、という問題であると言ってもよい。(2)

御代別の標によって、歌々が歴史的に位置づけられている巻一・巻二はとりわけ、そうした眼差しによって見つめ直してみる必要がある。しかし、そのような捉え方をしなければならないのは、《初期万葉》に限ったことではない。天平期の万葉の世界も、倭歌の歴史の実態を過不足なく反映したものではあり得ない。むしろそれは、大伴家持を中心とした天平期の歌びとたちの価値観に基づいて創られた世界であり、言うなれば、彼らの自画像だと見るべきであろう。(3) 例外なくきちんとした短歌定型の東歌なども、都人が想定した東国のイメージに基づく世界である可能性が高い。歌の数も少なく、精選されたものに見える《初期万葉》の世界はとりわけ、八世紀の価値観と歴史認識が色濃く反映したものである、と見なければなるまい。

「雑歌」とは『文選』を典拠とする用語であるという説(4)が有力である。ところが、「相聞」と「挽歌」に先立って置かれている『万葉集』の「雑歌」は、『文選』における意味内容とは異なり、いずれにも分類できないさまざまな歌の意ではあり得ない。そこで、それについてはさまざまな定義がなされて来たが、その中では「宮廷詩としての意義を（中略）持つもの(5)」であり、「あまねく集められた価値高い倭歌」の意とする見方(6)が妥当であろう。もちろんそれは、それぞれの巻に収録されている歌々から帰納的に考えなければならない問題だが、今はとりあえず、そう考えておくことにしたい。

ところが、「雑歌」という語は他の上代文献に見えないばかりでなく、『万葉集』においても編纂上の分類用語としてのみ見られ、題詞・左注等には一切用例がない。したがって、当然のことだが、作者自身が「雑歌」だと意識して作った歌はない。「挽歌」には、たとえば山上憶良の「日本挽歌」（5・七九四～七九九）のような例も見られるが(7)、「雑歌」も「相聞」も、その点は概ね共通している。そこに収録されている歌々は、『万葉集』の編者の位置づけによって、初めて「雑歌」となったのである。

《初期万葉》歌の所在

「雑歌」という部立は、巻一、巻三、巻五、巻六、巻七、巻八、巻九、巻十、巻十

三、巻十四という各巻に見られる。その総数は一四五六首。巻十六の「有由縁并雑歌」の一〇四首をも含めれば、一五六〇首にのぼる。そうした中で、《初期万葉》の「雑歌」と位置づけられている作品を一覧すると、以下の通りであると考えられる。

(1)天皇御製歌（1・一）
(2)天皇登香具山望国之時御製歌（1・二）
(3)天皇遊猟内野之時中皇命使間人連老献歌（1・三）
反歌（1・四）
(4)幸讃岐国安益郡之時軍王見山作歌（1・五）
反歌（1・六）
(5)額田王歌 未詳（1・七）
(6)額田王歌（1・八）
(7)幸于紀温泉之時額田王作歌（1・九）
(8)中皇命徃于紀温泉之時御歌（1・一〇〜一二）
(9)中大兄 近江宮御宇天皇三山歌（1・一三）
反歌（1・一四〜一五）
(10)天皇詔内大臣藤原朝臣競憐春山萬花之艶秋山千葉之彩時額田王以歌判之歌（1・一六）
(11)額田王下近江国時作歌井戸王即和歌（1・一七、一九）
反歌（1・一八）

(12)天皇遊獦蒲生野時額田王作歌　（1・二〇）

(13)皇太子答御歌　（1・二一）

(14)十市皇女参赴於伊勢神宮時見波多横山巌吹芡刀自作歌　（1・二二）

(15)麻續王流於伊勢国伊良虞嶋之時人哀傷作歌　（1・二三）

(16)麻續王聞之感傷和歌　（1・二四）

(17)天皇御製歌　（1・二五）

或本歌　（1・二六）

(18)天皇幸于吉野宮時御製歌　（1・二七）

(19)鏡王女歌一首　（8・一四一九）

(20)藤原夫人歌一首　明日香清御原宮御宇天皇之夫人也　字曰大原大刀自　即新田部皇子之母也　（8・一四六五）

(21)崗本天皇御製歌一首　（8・一五一一）

(22)泊瀬朝倉宮御宇大泊瀬幼武天皇御製歌一首　（9・一六六四）

(23)崗本宮御宇天皇幸紀伊国時歌二首　（9・一六六五〜一六六六）

膨大な「雑歌」の全体からすれば、わずかな例でしかないが、以上、長歌九首、短歌二四首の計三三首がそれである。このほかにも、《初期万葉》の「雑歌」に含めていいのかどうか、検討の余地のあるものもある。そこで、なぜ右が《初期万葉》の歌だと認定できるのか、その点について説明しておくことにしたい。

巻一に関しては、御代別の標が立てられている。したがって、実際の成立年代は別として、個々の歌がどの時代の作として位置づけられているか、といった問題については、まったく疑問の余地がない。柿本人麻呂の登場に先立つ世界を《初期万葉》だと考える本稿の場合、巻頭の「泊瀬朝倉宮御宇天皇代」から「明日香浄御原宮天皇代」の歌までをそれと見做すことができるのだ。すなわち、(1)〜(18)がそれである。

《初期万葉》歌の存在しない巻々

巻五と巻六の「雑歌」のほとんどは、題詞もしくは左注に作歌年次が記されている。巻五は神亀五年（七二八）六月の旅人の報凶問歌（5・七九三）から始まり、巻六は養老七年（七二三）五月の金村の吉野讃歌（6・九〇七〜九一二）を巻頭に置いている。いずれもほぼ年代順に配列されているので、それらの巻に人麻呂の登場以前に遡る歌はないと考えてよい。因みに、巻五には「雑歌」とする部立のない写本もあるが、たとえそれが正しいのだとしても、本稿の論旨には影響がない。

こうした両巻とは違って、巻三に作歌年次の記された題詞はない。しかし、人麻呂の歌（3・二三五）から始まり、持統朝から藤原京の時代の人々の歌が続いた後に、赤人、金村、旅人、憶良、坂上郎女などといった平城京の時代の歌びとたちの歌が並んでいる。巻三も概ね時代順——必ずしも作歌年次順ということではない——の配列になっているので、それらはいずれも《初期万葉》とは関係がない、と考えることができる。

巻八の場合　巻八の(21)、崗本天皇の歌を《初期万葉》の歌として扱うことについては問題がない。しかし、志貴皇子をどう扱うかという点については、議論が分かれるのではないか。巻八「春雑歌」の冒頭に、志貴皇子の著名な「懽御歌」（8・一四一八）が置かれているが、それは(19)の鏡王女の歌の前に載せられているからである。鏡王女は一般に、『日本書紀』に見える「鏡姫王」と同一人とされるが、姫王は天武十二年（六八三）七月に薨じている。また、『万葉集』には天智や鎌足との贈答歌（2・九一〜九四）も見られるが、それは「近江大津宮御宇天皇代」の標の下に置かれている。しかも、『続日本紀』によれば、志貴は天武八年（六七九）五月の吉野における盟約に参加しているので、その時にはすでに成人に達していた可能性が高い。天武朝にはすでに、作歌が可能な年齢になっていたと考えられるのだ。

また、「夏雑歌」の方では、志貴皇子の歌（8・一四六六）は⑳の藤原夫人の歌の次に置かれ、文武三年（六九九）七月に薨じた弓削皇子の歌（8・一四六七）の前に位置している。藤原夫人の歌の題詞の下には、「明日香浄御原宮御宇天皇之夫人也」という注が入れられていることもあって、それは天武朝の歌として部立の劈頭に置かれている、と見做すことができる。一方弓削は、『万葉集』に八首の歌が載せられているが、そのうちの六首は、巻二の「藤原宮御宇天皇代」に収録されている。その点からすると、志貴の歌の置かれた位置をどう捉えればいいのか、判断の分かれるところであろう。

しかし、巻八の題詞は少数の例外を除き、作歌年次を記してはいない。概ね作歌年次順の配列になってはいるものの、それほど厳密なものであるとは考えられない[8]。また、志貴の「懽御歌」は、

石走る　垂水の上の　さ蕨の　萌え出づる春に　なりにけるかも　（8・一四一八）

と、春の到来を歓び寿ぐものであるのに対して、「吾が恋益さる」とうたわれる⑲の鏡王女の歌は、一見恋歌と見紛うような一首である。してみると、むしろ歌柄の点で、志貴の歌が「春雑歌」の劈頭に置かれたのだと考えることもできる。また、作歌年次の判明する志貴の歌としては、藤原京に遷都する折の歌（1・五一）や慶雲三年（七〇六）の難波宮行幸の時の歌（1・六四）などが見られるが、事実かどうかは別として、巻一においても、志貴は藤原京の時代を中心に活躍した歌びととして位置づけられている。したがって、志貴は《初期万葉》の歌びとではない、と判断しておくことにする。

巻八にはもう一人、検討しておかなければならない人物がいる。大津皇子である。大津の歌は㉑の後に載せられているが、大津は朱鳥元年（六八六）十月、謀反の罪によって死を賜っている。石川郎女との恋愛に関わるその

歌々（2・一〇七、一〇九）は、当然謀反に先立つものであろう。それらは天武朝に生まれたものだと考えなければならない。しかし、巻二は大津の歌を「藤原宮御宇天皇代」に置き、巻三に収録された辞世歌（3・四一六）にも、「右藤原宮朱鳥元年冬十月」とする左注がある。藤原宮に遷都されたのは持統八年（六九四）十二月のことであり、朱鳥元年は藤原宮の時代ではない。ところが、両巻ともに、大津を藤原宮の時代の人として位置づけている。したがって、これも事実はどうであれ、『万葉集』は大津を《初期万葉》の歌びととは見ていなかったということになろう。史実とは異なるが、それが『万葉集』の歴史認識であると言ってもよい。

巻九の場合　《初期万葉》の「雑歌」の認定については、ほとんど問題がないように思われる。その冒頭には、紛れもなく《初期万葉》の歌々である(22)と(23)が置かれている。雄略の御製と、舒明朝の作者未詳歌である。雄略御製は巻一と同様、巻頭的な意義を持つ歌として選ばれたものであろう。また、それに続いて舒明朝の歌が置かれているのも、巻一の歴史認識を踏襲しているのだと考えてよい。

ところが、冒頭の三首の後は一気に時代が下り、「大宝元年」の歌（9・一六六七〜一六七九）が置かれている。巻一・巻二を典型として、こうして元号で作歌年次の記される題詞を持つ歌は、八世紀の編者にとっての現代の歌々であったと考えられる。以後、作歌年次の記されている題詞はなく、作者の不明な歌も多いのだが、巻九「雑歌」には、人麻呂と同時代の人々の歌はあっても、それを遡る歌はないと考えることができる。(9)

作者未詳歌巻の場合　一方、巻七、巻十という作者未詳歌巻の「雑歌」はいずれも、人麻呂歌集所出歌から始まっている。古今構造の〈古〉と位置づけられているのが人麻呂歌集である、ということになる。(10)また、これらの巻は歴史的な位置づけよりも、類聚的分類を優先した巻だと見ることもできる。したがって、右の作者未詳歌巻にも《初期万葉》の「雑歌」と見做せる歌はない、と考えてよい。

巻十三と巻十四の「雑歌」についても、作歌年代を特定することは困難である。しかし、巻十四については、天平期以後に蒐集・編纂されたとする説ばかりであって、仮にそこに古い歌謡が含まれていたのだとしても、それは編纂時点において、その時代の東国の国ぶりを反映した歌々であると認識されていた、と見做すことができる。また、周知のように、東国の歌々はまず、国名・郡名に関わる地名表現に基づいて勘国歌と未勘国歌とに分けられ、勘国歌は『延喜式』的な国郡図式に従って、国別に配列されている。(12)すなわち巻十四は、巻一・巻二などとは違って、歴史的な位置づけによって構成されている巻ではない。だとすれば、それは七世紀以前の倭歌の歴史をどう捉えていたかということを考えるための資料とはなり得ない、ということになる。

それでは、巻十三はどうか。これも、概ね年代順配列になっている作者判明歌巻とは異なり、歴史的な位置づけを問題にしていない巻であると見做すことができる。言うまでもないが、長歌という歌体によって特化されているからである。また、その配列基準については諸説があるものの、地名を基準とした配列であるという点ではほぼ一致しているように思われる。(13)したがって、これも編者の歴史認識が個々の歌の位置づけに反映している巻ではない、と考えてよいだろう。

まとめ　以上のように、《初期万葉》の歌と見做すことのできる「雑歌」は、右の三三首であると認定することができる。歌数で言えば、それは『万葉集』の「雑歌」全体の約二・一パーセントに過ぎない。それは七世紀以前の倭歌の歴史の実態を過不足なく反映したものとしては少な過ぎよう。したがって、そこに示された世界は編者の価値観と歴史認識に基づいて取捨選択され、仮構された世界である、と考えた方がよい。《初期万葉》の「雑歌」の論は、こうした資料をもとに進められることになる。

二　「雑歌」の作者層とその倭歌史的位置づけ

巻一の作者層

ここで、その作者層の確認をしておくことにしよう。まずは、巻一に収録されている(1)〜(18)の作者たちだが、便宜的に、それを通りのよい呼称で一覧すると、

雄略天皇・舒明天皇・中皇命（舒明朝）・軍王・額田王・中皇命（斉明朝）・中大兄皇子・井戸王・大海人皇子・吹芡刀自・人（伊勢の某氏）・麻續王・天武天皇

といった一二人である。言うまでもなく、大海人と天武は同一人なので、一人と数える。また、右の中には左注に『類聚歌林』を引用し、題詞の作者名とは違って、「天皇御製歌」などとした例も見られる。それらを含めると、右には皇極・斉明・天智といった三人の天皇の名も加わることになる。しかし、『類聚歌林』は養老五年（七二一）正月以後、憶良が東宮に侍した時期の編纂であるとする説が有力である。[14]したがって、巻一原撰の時点における認定ではあるまい。だとすれば、それは巻一の増補時か追補時の認定であろう。[15]とは言え、その点については、個々の作品を検討する際に考えることとして、ここではとりあえず、作者の数には入れないことにする。

(3)と(8)の「中皇命」の職掌とそれが誰を指すのかということについては、古くから多くの議論がなされて来た。しかし、それは固有名詞ではなく、「天皇」と同じく、特別な職能を表わす地位の名称であったという点と、女性であるという点については、概ね意見が一致しているように思われる。[16](3)も(8)も間人皇女であるとする説が有力だが、[17]各時代によって、題詞に「天皇」とされた人物がすべて別人であるように、時代の異なる「中皇命」も別の人物であったと考えた方がよい。あるいは、その時代の「中皇命」と言えば、それが誰を指すのかは自明のことである、といった扱いなのかも知れないが、少なくとも巻一の題詞は、固有名詞としてそれを使用してい

るのではあるまい。

(4)については、舒明朝のものではなく、藤原京の時代頃の作である、とする見方が有力である。[18] 確かに、その蓋然性は高いものと思われるが、たとえそうであったとしても、巻一に舒明朝の歌として位置づけられている以上、我々はそれをその時代のものとして受けとめなければならない。また軍王については、百済の王子余豊璋のことであり、コニキシ・コンキシなどと訓む説もある。[19] しかし、『書紀』のコニキシはすべて「軍君」とされている。しかも、左注は『書紀』を検索した上で、「無幸於讃岐国　亦軍王未詳也」としている。少なくとも、左注者が『書紀』の「軍君」と同一人物だと見做していなかったことは確実である。軍王は額田王や麻續王などと同じように、和訓でイクサノオホキミと訓み、八世紀の継嗣令の規定に準じて、二世から五世の王族である、と受けとめられていたのではないかと考えられる。すなわち、舒明天皇の行幸に従駕した「王」の一人だと理解されたと見るべきであろう。なお、性別は不明だが、反歌で「家なる妹」を詠んでいる。したがって、一応男性と考えておく。

(11)の井戸王も、伝未詳である。変則的な題詞であって、かつては議論もあったのだが、現在では、「井戸王即和歌」という部分は「綜麻形の」の歌（1・一九）を指す、とする見方が定着している。[20] 左注に「不似和歌」とされていることも、逆に、それが「和歌」と見做されていたということを裏付けている。『万葉集』中の「即和歌」の用例からすると、その場で直ちに「和」した歌だということである。したがって、額田王とともに近江国に下る道中にあったということであろう。「我が背」とうたわれているので、額田王と同様、女性の王族と見ておくことにしたい。

(15)と(16)は麻續王の流謫に関わる伝承歌と見るのが一般的であり、特定の作者を想定すべきものではあるまい。

しかしここでは、『万葉集』はどのような倭歌の歴史を伝えようとしているのか、といった問題を考えようとしている。その場合、雄略御製などと同様、とりあえず題詞の記述の通りに受け取っておく必要がある。(15)の「人」が実在の人物であったとはとうてい考え難いのだが、伊勢において麻續王の流謫生活を目撃して「哀傷」の歌をなした某氏、すなわち実在した一人の作者と見なければならない。

巻一「雑歌」の成立をめぐって　巻一の場合、もう一つ大きな問題がある。巻二の「相聞」や「挽歌」とは違って、それらは当初から「雑歌」として集められた歌々ではなかった可能性が高い、という点である。伊藤博のように、巻一の原撰部が「持統万葉」として集められ、一旦成立した後に、原形巻一・巻二の統一体としての「元明万葉」が成立した[21]のだと考えれば、「相聞」と「挽歌」のない「持統万葉」に「雑歌」という部立があったとは考えにくい。もちろん、その点は伊藤自身も指摘しているのだが、「相聞」と「挽歌」が付されたからこそ、改めて「雑歌」という部立名が必要となったのであろう。

また、『文選』の「雑詩」の内容と比較すると、巻三・巻六の「雑歌」がもっともそれに近いという点などから、巻三と巻六が成立した後に、部立名を持たなかった巻一が「雑歌」とされたのだとする説[22]もある。いずれにせよ、(1)〜(18)は「雑歌」として集められたものではなく、結果として「雑歌」になったのだと考えなければなるまい。その点で、すでに巻一などに「雑歌」という部立が成立しており、それを置くことを前提として歌々が集められた巻八・巻九のそれとは、根本的に異なっていると考えなければならない。

ともあれ、巻一の形成過程については諸説がある。しかし、今はそれに深入りすることはせず、とりあえず問題を単純化して、《初期万葉》の「雑歌」に関わる部分のみを確認しておくことにしたい。

まず、巻一の原撰の段階で、(1)〜(18)の歌々が御代別に並べられた。次に、巻二が形成され、「相聞」と「挽歌」

が置かれたことに伴って、(1)〜(18)が「雑歌」とされた。そして、『書紀』と『類聚歌林』を引用し、作者に関する異伝を提示する左注が付された。それが巻一の増補、あるいは追補と同じ時点であったのかどうかは不明だが、『書紀』の成立した養老四年（七二〇）以後であるということは確実である。巻一の《初期万葉》は、少なくとも、以上のような三段階を経て形成されたものであったと考えられる。

巻八の作者層　巻八の「雑歌」には、

鏡女王・藤原夫人・舒明天皇

といった《初期万葉》の歌びとたちの歌が収録されている。巻八では、「秋相聞」が「額田王思近江天皇作歌一首」（8・一六〇六）から始まっており、古来それと一対のものと見られて来た「鏡王女作歌一首」（8・一六〇七）も、巻二と同様、天智朝の歌として位置づけられている、と見做すことができる。また、すでに述べたように、(20)の藤原夫人は天武朝の人。(21)の「崗本天皇」については、斉明だとする見方も可能であろうが、これは舒明であると考えた方がよい。(23) 巻一では「岡本宮」と「後岡本宮」が区別されているが、ここはあくまでも「崗本天皇」だからである。

巻九の作者層　巻九「雑歌」の《初期万葉》は、

雄略天皇・官人某氏・官人某氏の妻

といった三人の歌々によって構成される。(22)の雄略御製には、「右或本云崗本天皇御製　不審正指　因以累載」とする左注が付されている。「或本」は巻八のことであり、(21)と重複して載せられている、という注であろう。しかし、巻八では「崗本天皇御製歌」とし、巻九では「大泊瀬幼武天皇御製歌」と明記されている。また三句目には、「鳴く鹿」と「臥す鹿」という違いも見られる。したがって、(21)と(22)は重複ではなく、それぞれ別の「御製」であると見なければなるまい。

そして、(23)には「右二首作者未詳」という左注があるが、

妹が為　吾玉拾ふ　沖辺なる　玉寄せ持ち来　沖つ白波　（9・一六六五）

朝霧に　濡れにし衣　干さずして　一人か君が　山道越ゆらむ　（9・一六六六）

という二首。表現の対応がなく、一対の歌としては緊密性に欠けるが、旅先の男が「妹」への土産に海辺で「玉」を拾おうとする歌と、残された女が旅先の男を思い遣る歌といった形である。また、「一人か君が　山道越ゆらむ」は行幸の歌らしくない。もとは別の歌だった可能性もある。しかし、題詞に「幸紀伊国時歌二首」とされている以上、男は舒明の紀伊国行幸に従駕した官人の一人であり、女はその妻であると理解しなければなるまい。

《初期万葉》の「雑歌」史　以上の考察によれば、重複している舒明と雄略を除き、巻八の鏡女王・藤原夫人、巻九の官人某氏とその妻という四人を、巻一の一二人に加える必要がある。してみると、《初期万葉》の「雑歌」は都合一六人によって構成されている、ということになろう。そこで、これを時代別に整理し直してみると、

【雄略朝】雄略天皇2

【舒明朝】舒明天皇2・中皇命2・軍王2・官人某氏1・官人某氏の妻1

【皇極朝】額田王1

【斉明朝】額田王2・中皇命3・中大兄皇子3

【天智朝】額田王4・井戸王1・大海人皇子1・鏡王女1

【天武朝】　吹芡刀自1・人（伊勢の某氏）1・麻續王1・天武天皇3・藤原夫人1

といった形になる。因みに、作者名の下の算用数字は歌数である。

こうしてみると、《初期万葉》の「雑歌」は雄略朝をその淵源とし、舒明朝にその最初の画期を迎え、皇極朝から天智朝にかけて、額田王の活躍によって活況を呈した後に、その命脈は天武朝にも引き継がれ、天皇をはじめとするさまざまな人の歌が作られた、といった形であると見て取ることができる。《初期万葉》の「相聞」の場合、額田王は巻四によって補われた存在でしかなかったが、「雑歌」の方は、額田王の活躍がなければ、非常に寂しい状態となってしまう。その点からすれば、「雑歌」の《初期万葉》は額田王の活躍によって特徴づけられる時代であった、ということになろう。ところが、「相聞」と「挽歌」はそうではない。(24)とりわけ「相聞」は、天智朝も多士済々で、必ずしも額田王一人の時代ではなかった。「相聞」あるいは「挽歌」として編集したものと、結果として「雑歌」になったものとの違いでもあろうが、《初期万葉》の「雑歌」の様相は、「相聞」や「挽歌」とは必ずしも同じではない、ということである。

《初期万葉》の「雑歌」の概要　「時――歌」という題詞に注目してみると、その違いがよくわかる。「雑歌」の場合、二三例中の一二例（約五二％）、巻一に限れば、一八例中の一一例（約六一％）がそれである。しかし、⒀と⒃はそれぞれ、「時――歌」とする⑿と⒂の題詞に支配されていると見られるので、一八例中の一三例（約七二％）と言った方がより正確であろう。一方《初期万葉》の「相聞」では、そうした題詞は一九例中の五例（約二六％）に過ぎない。

もちろん、用例数よりも、どんな「時」か、といった点の違いの方がより重要である。「雑歌」では概ね、「天皇登香具山望国之時」「天皇遊猟内野之時」「幸讃岐国安益郡之時」「幸于紀温泉之時」などと、公的な行事等における「時」であることを示しているのに対して、「相聞」では五例中の四例が「娉――時」と「娶――時」というプライベートな「時」である。もう一例も、「田部忌寸櫟子任大宰時」（4・四九二～四九五）という男女が離れ離れにならなければならない「時」であって、プライベートな「時」であることに変わりはない。「雑歌」にも、たとえば⑿と⒀のように、恋歌と見紛うような歌も見られるが、中身よりもむしろ、どんな場で詠まれた歌なのか、ということの方が、「雑歌」か「相聞」かという区別にとっては重要であった、ということになろう。

また、右の一覧によれば、言い尽くされて来たことだが、一つの顕著な特徴として、「雑歌」には天皇をはじめとする皇族の歌が多い、という点を挙げることができる。(25) とりわけ、御製の存在しない「挽歌」と比べ、御製が七首も存在する点は「雑歌」の著しい特徴である。皇族でないのは、吹芡刀自・人（伊勢の某氏）・官人某氏・官人某氏の妻の四人に過ぎないが、伊勢参宮、流謫、行幸と、それぞれ事情は異なるものの、いずれも天皇及び皇族との関わりの中で作られた歌である。「雑歌」とはやはり、さまざまな歌ではなく、「宮廷詩としての意義を（中略）持つもの」(26) の意であり、「あまねく集められた価値高い倭歌」(27) の意であろう。巻一の歌が大半を占めているので、むしろ当然のことではあろうが、『万葉集』は天武朝以前の倭歌の世界が宮廷歌を中心とした時代であったということを伝えている、(28) と理解することができる。また、巻八・巻九における《初期万葉》の「雑歌」のありようは、『万葉集』の形成史の中において、それがどのようなものと意識されていたのか、ということを知る手掛かりとなろう。

作者の性別に目を向けてみると、雄略・舒明・天武という三人の天皇に、中大兄を加えると、天皇の歌はいずれも男性であって、女帝には歌がない。逆に、確実に女性と見られる作者は、額田王を典型として、概ね天皇の側近にあった人たちである、という傾向が見られる。したがって、「雑歌」の《初期万葉》は一見、男性を中心とした世界であったかのように見える。概ね公の場における歌々なので、「相聞」と比べれば、確かにそうした傾向が認められる。しかし、必ずしもそうではあるまい。

軍王・麻續王を男性、中皇命・井戸王を女性と見て、性別不明の人（伊勢の某氏）を除くと、女性歌は三二首中の一七首と、過半数（約五三％）を占める。ほとんどが男性歌の巻五、大伴坂上郎女の歌一一首を除くとほぼ男性歌に限られる巻六と比べると、非常に大きな違いである。もちろん、額田王の存在が大きいのだが、さらに天皇御製の七首を除くと、女性歌は二五首中の一七首（六八％）となり、その比率は一層高いものとなる。『万葉集』の作者判明歌全体における女性歌の比率が一八％ほどに過ぎないこと[29]と比べても、それは顕著な特徴である。《初期万葉》の「相聞」も女性歌の比率が高かった[30]が、神亀・天平期の万葉の世界とは異なり、「雑歌」の《初期万葉》は女性歌に特徴づけられる時代であった、ということになろう。

《初期万葉》の「雑歌」には、もう一つ大きな特徴がある。それは歌体の問題である。人麻呂によって長大な長歌が作られるようになる前の「相聞」は、概ね短歌によって構成されている。巻二に限って言えば、それはすべて短歌だったが、「雑歌」には長歌が多い、という点である。巻八ではやや様相が異なっているが、巻一に関しては、⑴〜⒅のうちの八例（九首）が長歌である。実際の成立は藤原京の時代にまで下がるとされる⑷の二九句を例外として、いずれも二〇句に満たない小型の長歌である。すなわち、「雑歌」の《初期万葉》は小型の長歌に特徴づけられる時代であった、という歴史認識の反映であろう。また、長歌の歴史は《初期万葉》に始まるが、それは人麻呂によって長大な長歌が作られるようになる前の未発達な段階であったとする位置づけである、と見做すこともできる。

《初期万葉》の「雑歌」とは、右のような世界であったと考えられる。

三　《初期万葉》の「雑歌」の諸相

それでは、《初期万葉》の「雑歌」は、どのような歌々によって構成されているのか。もちろん、そこから窺うことができるのは、倭歌の歴史の実態ではない。『万葉集』という書物が、どのような歴史認識に基づいて各天皇の時代を位置づけているか、という問題である。以下、個々の作品について、それを具体的に検討して行くことにしたい。

1　雄略朝の「雑歌」

(1)　天皇御製歌

籠もよ　み籠持ち　掘串もよ　み掘串持ち　この岳に　菜摘ます児　家告らせ　名告さね　そらみつ　倭の国は　押しなべて　吾こそ居れ　しきなべて　吾こそ座せ　我こそは　告らめ　家をも名をも　（1・一）

言われるように、右は天皇の結婚という豊饒と繁栄を予祝する歌だと理解されたのであろう。だからこそ、巻一の巻頭に置かれたのだと考えられる(31)。ところが、この歌は本来、演劇的な所作を伴なう口誦の歌謡であったとする見方が有力である(32)。それは雄略天皇を主人公とした伝承歌謡として語り継がれて来たものであって、雄略自身の創作ではない、とする見方である(33)。

確かに、実態はそうであった可能性が高い。とは言え、近代における研究史の中で獲得したそうした理解とは別に、右は『万葉集』の巻一が伝えるままに、「天皇御製歌」として読んでみる必要がある(34)。すなわち、大泊瀬稚武という古き代の天皇が、とある「岳」で「菜」を摘む娘子に対して求婚した時に作った歌として、である。

換言すれば、五七音を基本とする定型がまだ確立していなかった時代の古朴なスタイルで、天皇が自らの求婚をうたった一回的な創作歌として読んでみなければならない。もちろんそれは、八世紀の編者たちが想い描いていた五世紀の倭歌の姿である、ということになろう。

(22)　泊瀬朝倉宮御宇大泊瀬幼武天皇御製歌一首

暮去れば　小椋の山に　臥す鹿は　今夜は鳴かず　い寝にけらしも　（9・一六六四）

という歌も、同じように、雄略の創作歌として読んでみる必要がある。こちらは正格の短歌定型である。巻一の雄略像とはやや違っているが、磐姫皇后歌群（2・八五〜八八）にも見られるように、そうしたスタイルは相当に古い時代から行なわれていた、と考えられていたのであろう。少なくとも、そうした位置づけである。雄略が短歌を詠んだということを不自然に感じていなかったと見られるのは、現在を基準にして過去をイメージしているからであろう。あるいは、現在の価値観が過去を創るからであると言ってもよい。

すでに述べたように、この歌には「右或本云崗本天皇御製　不審正指　因以累載」という左注が付されている。巻八にはすでに(21)があるのだが、どちらが正しいのかわからないので、あえて「累載」する、という意味であろう。巻九の編者は、その作者はどちらか一人でなければならない、と考えていたのである。すなわち、それは一回的な創作歌である、という理解であろう。雄略は伝承の中の存在としてではなく、平城京の時代の歌びとたちと同じく、個性を持った一人の歌びととして扱われているのである。

(1)は、穏やかな態度で「家」と「名」を聞く前半部と、「そらみつ」以下、高圧的に氏素性を明かすことを迫る後半部といった構成だが、このように態度が急変するのは、娘子が求婚に応じなかったからに違いあるまい。(35)諸注にあるように、「我こそは　告らめ　家をも名をも」と、天皇であることを自分から先に告げて、有無を言わさず求婚に応じさせようとしているのだと考えられる。名を聞くのは、娘子がひとかどの豪族の娘だったからであるとする説もある。[36]ここには、強大な力によって他氏族を服属させて行った偉大な天皇の姿が投影されていよう。

また、(22)の歌については、その背景に鹿鳴聴聞の儀礼を想定する説がある。[37]鹿鳴を聴くことは神の声を聴くことであり、それは高殿において行なわれた首長による豊穣儀礼の一つであると言うのだ。確かに、『書紀』の仁徳三十八年七月の条に見られる兎餓野の鹿の伝承のように、鹿鳴を聴く話は多い。この歌が巻九の巻頭に置かれているばかりでなく、ほぼ同じ歌(21)が、巻八「秋雑歌」のやはり劈頭に載せられている。豊穣儀礼に関わる歌であったか否かは措くとしても、それが「雑歌」、すなわち「宮廷詩としての意義」を持つ「価値高い倭歌」の一つとしてふさわしい、と見られたからであろう。

周知のように、巻一の巻頭に雄略御製が載せられているのはなぜか、という問題については、すでに多くの説がある。たとえば、『日本霊異記』や『新撰姓氏録』なども雄略朝を特別視しているが、雄略朝が古代の一画期であり、雄略が古代を代表する天皇と見られていたからだとする説がある。[38]また、『書紀』は安康紀と雄略紀との間に明確な切れ目があるとする見方が通説であり、[39]近年では、雄略紀が安康紀以前の巻々に先行して編纂されたのではないかとする説すら見られる。[40]したがって、『書紀』も雄略朝を一つの画期と見る歴史観の存在を伝えている、と見てよいだろう。

しかし、その一方で、雄略朝が大伴氏の栄光の時代であったという指摘も見過ごすわけには行くまい。[41]巻一の原撰時から、そうした意図によって雄略御製が置かれたのか否かという点については議論が分かれるだろうが、周知のように、『万葉集』は大伴家の家集としての性格が濃厚である。しかも、その読者層はごく狭い範囲に限られていたに違いない。したがって、二十巻の『万葉集』が成立した段階で、結果として、そう受け取られた可能性は十分にあろう。少なくとも、『万葉集』の伝える倭歌の歴史は所詮、ごく個人的で偏った歴史認識に基づくものに過ぎない、ということは間違いないものと思われる。

ともあれ巻一は、「雑歌」は偉大な天皇であった雄略のめでたい御製に始まる、という倭歌の歴史を伝えている。巻九の「雑歌」も、日常的に神の声を聴こうとしていた聖なる雄略天皇像を伝えているのであろう。

2　舒明朝の「雑歌」

舒明朝の「雑歌」は、次のような二つの御製に代表される。

(2)　天皇登香具山望国之時御製歌

倭には　群山あれど　とりよろふ　天の香具山　登り立ち　国見をすれば　国原は　煙立ち立つ　海原は　かまめ立ち立つ　うまし国そ　あきつ島　倭の国は　（1・二）

(21)　崗本天皇御製歌一首

暮去れば　小倉の山に　鳴く鹿は　今夜は鳴かず　い寝にけらしも　（8・一五一一）

周知のように、(2)は舒明天皇の国見に関わる国土讃美の歌である。個々の表現をどう理解するかということについては、かなりの揺れが見られるものの、豊饒な「国原」と「海原」をうたい、「うまし国そ　あきつ島　倭の国は」と言挙げすることによって、天皇の統治する国土の繁栄を予祝した儀礼歌であるとする見方が一般的である。もちろん、こうした儀礼は毎年のように行なわれたことであろう。したがって、(2)のような歌を、一回的なものだと考えることはできない。

ところが、「登香具山望国之時」とする地名を含む題詞は、(3)の「遊獦内野之時」や(4)の「幸讃岐国安益郡之時」、(7)の「幸于紀温泉之時」などと同じ形式である。場合によっては作歌年次を特定することも可能な、とある機会に詠まれた一回的な創作歌である、という形であろう。それは伝誦された歌謡としてではなく、舒明という天皇の個性を反映した一回的な歌として位置づけられている、と考えなければなるまい。

一方、(21)の歌の意義については、すでに(22)に関して述べたことと同じである。したがって、ここで繰り返すことはしないが、天皇が香具山に登って国土の理想的なありようを言挙げした(2)と同じく、それが高殿における天皇の儀礼の存在を反映しているという点は、確認しておく必要がある。だからこそこれも、「秋雑歌」の劈頭に置かれたのであろう。舒明朝は八世紀における近代の幕開けであるとされる。[42] 確かに、『万葉集』もそうした歴史認識に基づいて形成されたものだと見られるが、「雑歌」の《初期万葉》は、その時代の節目を、それにふさわしい御製によって飾っているのである。

舒明朝には、天皇以外の歌も見られる。中皇命の歌(3)と軍王の歌(4)である。(3)は、

(3)　天皇遊獦内野之時中皇命使間人連老献歌

やすみしし　我が大王の　朝には　取り撫で賜ひ　夕には　い寄り立たしし　み執らしの　梓の弓の　中弭の　音すなり　朝獦に　今立たすらし　暮獦に　今立たすらし　み執らしの　梓の弓の　中弭の　音すなり　(1・三)

反歌

たまきはる　内の大野に　馬並めて　朝踏ますらむ　その草深野　(1・四)

という歌だが、長歌の冒頭から「梓の」まではすべて「弓」の修飾語である。最高の弓によって鳴弦の呪術を行

なっている、ということをうたっているのであろう。それは宇智野における遊猟に先立って、高市岡本宮でうたわれたものであり、狩猟の場における安全と豊猟を祈る呪術的な歌であったと考えられる。「反歌」の「馬並めて」という表現は、人麻呂の阿騎野の歌（1・四九）や赤人の吉野における狩猟歌（6・九二六）などにも見られ、天皇（皇族）の狩が整然と、そして勇壮に行なわれていることを表していよう。[43] すなわち、「反歌」も理想的な狩の様子を言挙げするものであると考えてよい。[44]

実際は間人連老の代作であろうが、[45]「中皇命使間人連老献」とされている以上、中皇命の歌を間人連老に献上させたのだと見なければなるまい。国見の時には国見にふさわしい歌(2)があったように、狩猟の際にもそれにふさわしい歌が唱えられた、ということであろう。そうした舒明朝の宮廷生活の一齣を伝えているのだと考えられる。

(4)　幸讃岐国安益郡之時軍王見山作歌

霞立つ　長き春日の　晩れにける　わづきも知らず　群肝の　心を痛み　ぬえこ鳥　うら歎け居れば　たまたすき　懸けの宜しく　遠つ神　吾が大王の　行幸の　山越す風の　独居る　吾が衣手に　朝夕に　還へらひぬれば　大夫と　念へる我も　草枕　客にしあれば　思ひ遣る　たづきを知らに　網の浦の　海人処女らが　焼く塩の　念ひそ焼くる　吾が下情　（1・五）

反歌

山越しの　風を時じみ　寝る夜落ちず　家なる妹を　懸けて偲ひつ　（1・六）

一方、(4)は讃岐国に行幸した時の歌である。『文選』の従軍詩との発想の類似性が指摘されているが、[46] 長歌は「うら嘆け居れば」「還へらひぬれば」「客にしあれば」と、「家」が恋しくなる条件を三つも重ねつつ、「念ひそ

焼くる　吾が下情」という嘆きに収斂している。また、反歌の心情表現も「家なる妹を　懸けて偲ひつ」という形である。それは明らかに旅先における恋歌である。[47]行幸先での恋歌であるという点においては(23)も同じであって、すでに引用したが、従駕の官人がその妻への土産としての「玉」を欲する歌と、旅先の夫を思い遣る妻の歌という一対である。天皇の出遊の際に作られた歌々とされ、御製の次に載せられている。舒明朝の「雑歌」は、雄略朝とは異なり、作歌の場が盆地の外にも広がり、地方にまで及んでいた、ということになろう。

ところで、(3)と(4)には「反歌」が付されている。すでに述べたように、(4)は藤原京の時代頃の作だとする説が有力である。[48]とすれば、長歌に「反歌」を添える形式は、舒明朝にはまだ存在しなかった、ということになろう。(3)も、機会あるごとにうたわれたものだと思しい長歌に対して、場所（「内の大野」）と時刻（「朝」）と季節感（「草深野」）の詠み込まれた「反歌」は、紛れもなく一回的な創作歌である。それは「反歌」として作られたものではなく、後から「反歌」とされたものである可能性が高い。[49]すなわち、(3)の「たまきはる」の歌はもともと「反歌」として生まれたものではなく、長歌には「反歌」を添えるということが定着した後に「反歌」となったのだと考えることができる。だとすれば、そうした形式が舒明朝に始まる形になっていることも、倭歌の歴史の実態ではなく、編者の歴史認識を反映したものである、ということになろう。

なお、(3)の題詞には「内野」、(4)には「安益郡」という地名表記が見られる。(18)の「吉野宮」などと同様、いずれも平城京の時代以後には用例がない。和銅六年（七一三）五月の好字令以前の表記である。しかし、《初期万葉》の「雑歌」の題詞がすべて好字令以前の表記かと言えば、決してそうではない。(11)の「近江国」や(12)の「蒲生野」のように、『続日本紀』『延喜式』『倭名類聚抄』など、八世紀以後の文献に引き継がれて行く国名・郡名の表記も見られる。こうした表記の多くはすでに、八世紀の初頭頃には定着していたものと考えられている。[50]したがって、好字令の以前と以後の表記が混在している状況は、左注を除いた(1)～(18)の本文が藤原京の時代に定着したものであるということを示している。すなわち、巻一の「雑歌」に見られるような位置づけは八世紀の初頭頃に行なわれた、ということになろう。

一方、巻九に収録された(23)には、「紀伊国」という好字令以後の表記が見られ、巻一(7)・(8)の「紀温泉」とは対照的である。巻九の国名・郡名表記は、他の事例も好字令以後のもので一貫しているが、それはやはり、巻九の形成が巻一よりも後であったことを物語っているのであろう。

3　皇極朝の「雑歌」

(5)　額田王歌　未詳

秋の野の　み草刈り葺き　宿れりし　兎道の宮処の　仮廬し念ほゆ　（1・七）

この時期に位置づけられた「雑歌」は、右の一首しかないが、これについては、別に論じたことがある。[51]詳細はそれに譲るが、本稿に関わる問題点だけは、述べておく必要があろう。

この歌には、『類聚歌林』を引用した左注が付され、「戊申年幸比良宮大御歌」とする「一書」の記述が伝えられている。周知のように、それについては、形式作者と実作者という関係を想定する説、[52]「歌の共有」という状況の存在を考える説、[53]宮廷における歌は誰の歌であっても天皇の歌とされ、それゆえに作者の異伝が生ずるのだとする説[54]など、さまざまな考え方が見られる。しかし、いずれにせよ、まずは「額田王歌」としてそれを読んでみる必要がある。すなわち、『書紀』（天武二年二月の条）が天武天皇の妃の一人として伝える歴史的実在としての「額田姫王」[55]の歌としてではなく、あくまでも『万葉集』の伝える歌びと「額田王」の歌として、である。[56]

「額田姫王」が「兎道の宮処」に赴いたのは、実際には、行幸に従駕してのことであった可能性が高い。しかし、左注の記述をぬきにすれば、単に「額田王歌」とされているこの歌は、行幸の際の歌としてではなく、「額田王」の個人的な経験をうたったものとして位置づけられている、と理解するしかあるまい。一首は過去を回想した歌だが、その回想の焦点は「し」で強調された「仮廬」にある。「草」などを「刈り葺き」「仮廬」に宿る歌は一般に恋歌であり、「仮廬」は男女が共寝をする臥所ともなったのだと考えてよい。それは行宮のことではなく、「額田姫王」ならぬ「額田王」のまさに「仮廬」における過去の恋愛経験をうたった歌である、と見なければならない。(57) かつては、この歌に天智もしくは天武との初めての逢瀬の記憶を読み取る注も存在した。(58) たとえそれが深読みであるにしても、(5)が「兎道の宮処」における「額田王」の過去の恋愛を回想する歌としても読める、ということは確かであろうと思われる。

一方、皇極太上天皇の回想の歌だとする見方は、『類聚歌林』の記述をも視野に入れなければ成り立ち得ないものである。それは、題詞と歌から読み取れる事柄ではない。すなわち、《初期万葉》の「雑歌」としての最初の位置づけは「額田王」の回想の歌である、と見なければならない。皇極の歌としての読みは、左注が付された時点で初めて可能になるが、現代の諸説とは別に、それは額田か皇極かという、あくまでも二者択一的な問題でしかない。左注には『書紀』も引用されている。したがって、判断が分かれたのは、少なくとも養老四年（七二〇）以後のことである、ということになろう。

ともあれ、皇極朝の「雑歌」は、額田王という歌びとが宮廷歌の歴史の中に登場したことを伝えている。一方、左注が付された時点において、「兎道の宮処の仮廬」を回想する皇極太上天皇の姿をも伝えることになったのだが、『書紀』を引用した左注は尻切れトンボであって、たとえば「即此歌者天皇御製焉」とする(6)のように、どちらが正しいという判断を示してはいない。[59] 皇極朝は額田王の時代であるということを、左注を付した人物も認めていたのであろう。

4　斉明朝の「雑歌」

額田王は皇極朝に、自身の恋愛経験を回想する歌によって、《初期万葉》の中に登場したが、斉明朝になり、額田王の活躍は公的な性格を帯びるようになる。

(6)　額田王歌

熟田津に　船乗りせむと　月待てば　潮も適ひぬ　今は漕ぎ出でな　（1・八）

は、(5)の題詞と同じだが、出航を促すこの歌が個人的な動機で作られたとは、とうてい考えられない。もちろん、右については、出航説[60]の一方に、神事としての船遊びの歌と見る説もある[61]のだが、どちらの説を取るにせよ、同じであろう。

この歌の左注にも『歌林』が引用され、「天皇御製」とする伝えがある。(5)と同様、代作説などもある。しかし、そうした捉え方は、巻一の原撰を行なった編者の理解とも、その後左注を施した者の理解とも別である。編者は「額田王歌」と断じ、左注者は二者択一的な捉え方に基づき、「天皇御製」としているのだ。いずれにせよ、斉明七年（六六一）一月の「御船西征」（『書紀』）の時を措いて、額田王や斉明が熟田津に行く機会はあるまい。したがって、題詞には単に「額田王歌」とされ、「御船西征」の時の歌であるとはされていないが、それが個人的な経験に基づく歌であると見られていたとは考えにくい。

当該歌の左注に、右は「哀傷」の歌だとする記述がある。「額田王歌」という題詞を否定し、「天皇御製」だとする立場である。しかし、どこをどう読めば「哀傷」の歌として読めるのか、大いに疑問である。「出航のための好条件が意ならず整ったことへの慨嘆を読み取ることもできる[62]」とする見方もあるが、『万葉集』中の「哀傷」の用例は、死者を悼むものが五例中の三例。もう一つは⒂で、流謫の身にある麻績王を見て心を痛めるもの。いずれも他者の境遇を前提とした「哀傷」である。その点からすると、自身の心情とする捉え方は不自然である。とは言え、少なくとも、左注を付した人物には「哀傷」の歌として読めた、ということになろう。とすれば、出航説か神事説かという現代の諸説とは別に、八世紀においては確かに、額田王の「哀傷」の歌であるとする読みが存在したのである。

　ともあれ、左注が付される以前は、ただ単に「額田王歌」とされていたのであろう。そうだとすれば、その段階では、「哀傷」の歌という読みは成り立ち得ない。どういう事情で作られたのかは不明だが、「額田王」が「今は漕ぎ出でな」と出航を促した歌だと考えられていたのであろう。

⑺　幸于紀温泉之時額田王作歌

莫囂円隣之大相七兄爪謁気　吾が背子が　い立たせりけむ　いつ橿が本　（1・九）

という一首も、難訓部分をどう訓むかということは別として、題詞に行幸の時の歌であるとされている以上、純然たる個人的な動機で生まれた歌ではあるまい。有間皇子の謀反事件に関わる歌だとする説もある[63]が、題詞がそう伝えているわけではない。したがって、単に「幸于紀温泉之時」の歌として読むべきであろう。

「吾が背子」が誰を指すか、ということについては諸説がある。しかし、たった一度しかない斉明天皇の紀温泉への行幸の一行の中でそれを考えるとすれば、中大兄皇子のことだとする説[64]がもっとも穏当であろう。また、「いつ橿」のイツは「神事に関するものをいう[65]」。したがって、それは何らかの神事に関わる中大兄の姿を伝える歌であったと考えることができる。[66]　歴史的な事実がどうであったかということは別として、(6)と同じく、『万葉集』は斉明の行幸先で活躍する歌びととしての「額田王」の姿を伝えている、ということになろう。

(8)　中皇命徃于紀温泉之時御歌

君が代も　吾が代も知るや　磐代の　岡の草根を　いざ結びてな　（1・一〇）
吾が背子は　仮廬作らす　草なくは　小松が下の　草を刈らさね　（1・一一）
吾が欲りし　野嶋は見せつ　底深き　阿胡根の浦の　珠そ拾はぬ　或頭云「吾が欲りし　子嶋は見しを」　（1・一二）

(8)も「紀温泉」に関わる一首だが、「幸」とされる(7)とは違って、ここには「徃」とされている。したがって、この「中皇命」が誰かということについては諸説があるものの、[67]天皇であるとは理解されていなかった、ということは確実である。また、(7)とは別の機会に作られたものである、という扱いであろう。三首を連作であるとする説も見られるが、[68]連作として作られたかどうかということは別として、いずれも「徃于紀温泉之時」に作られた歌として位置づけられている、ということは間違いあるまい。原撰の時の意図は不明だが、「雑歌」となった時点においては、「相聞」に磐姫皇后歌群（2・八五〜八八）のような四首構成の歌群も存在した。したがって、斉明朝に三首構成の短歌が存在したということが不自然に感じられることはなかった、と考えることができる。

この三首については、本書所収の影山論文に丁寧な読みが示されているが、第一首は、「磐代」で「君」と「吾」との命の幸いを祈って草結びをした時の歌。「いざ結びてな」と、まさに今、そうした行為を促すものである。第二首は「吾が背子」が「仮廬」を作るのを見ての歌。ここでも「草を刈らさね」と行為を促す形である。とは言え、実際に「仮廬」を作ったわけではあるまい。旅先の宿泊所を「仮廬」と呼び、室寿きの儀礼として、「草」を飾ったのであろう。中皇命は「吾が背子」と親しく呼び掛けている。いわゆる儀礼歌ではあるまい。第三首は、見たいと思っていた「野嶋」はすでに見たので、さらに「阿胡根の浦の珠」を手に入れることを望む歌。個人的な願望を無邪気にうたっている。一首目はやや神妙な歌にも見えるが、二首目、三首目と、次第に快活な気分になって行く様子が窺える。とりわけ三首目は、紀温泉への旅における心弾む歌である。

また、第一首は「磐代」を通過する時の儀礼に関わる歌、第二首はどこかで宿る時の歌、そして第三首は旅の行程の中で楽しみにしていた「野嶋」を見たことを振り返りつつ、さらに明日の旅に期待する歌、といった形である。三首目は夜の歌であろう。とすれば、三首は旅の行程と時間の進行に基づいて配列されている、ということになる。

(8)には「右検山上憶良大夫類聚歌林曰　天皇御製歌云々」とする左注があり、中皇命の歌ではなく、斉明天皇の歌だと伝えている。作者に関する異伝があるのだが、ここでもまずは中皇命個人の歌として読まなければならない。これらを「御言持ち」歌人としての代作であり、呪術的な色合いの濃い歌々だとする見方もあるが[69]、全体として旅を楽しむ歌々であると理解された、と考えるべきであろう。

(9)　中大兄近江宮御宇天皇三山歌

香具山は　畝火を愛しと　耳梨と　相争ひき　神代より　かくにあるらし　古昔も　然にあれこそ　うつせみも　嬬を　争ふらしき　（1・一三）

反歌

香具山と　耳梨山と　あひし時　立ちて見に来し　印南国原　（1・一四）

渡津海の　豊旗雲に　入日射し　今夜の月夜　清明こそ　（1・一五）

右は、長歌が三山を遠望することのできる奈良盆地の南部でうたわれたものであるのに対して、二首の「反歌」はいずれも播磨国でうたわれたものであったと考えられる。(70)とりわけ二首目の歌は本来、「反歌」として生まれたものではなかった可能性が高い。しかし、それらを含めて「中大兄（中略）三山歌」とされている以上、そう受けとめなければならない。

周知のように、この歌には、

右一首歌今案不似反歌也　但旧本以此歌載於反歌　故今猶載此次（以下省略）

という左注がある。つまり、左注は「不似反歌」としているが、左注の引く「旧本」も巻一原撰の編者も、海上の景と見られる「渡津海の」の歌を「三山歌」の反歌として読めたということであろう。(71)換言すれば、左注を含めた(9)の本文には、「渡津海の」の歌を含めても「三山歌」として読めるという立場と、それを含めたら「三山歌」としては読めない、という立場が同居しているのである。

(9)の長歌は三山の妻争いをうたっている。「相争ひき」とあるので、激しく争ったのは太古のことだが、「神代より　かくにあるらし」とされているように、三山が鼎立している状態は、神代の昔から変わらない。つまり、今も三角関係は修復されていない、ということになろう。(72)「古昔」という表記については、変遷した「今」から仰ぎ見る始源の時代であり、そのさまの意であるとする説(73)があるが、そうであったからこそ「うつせみも　嬬を争ふ」ことになるらしい、と判断しているのだ。すなわち、妻争いは「神代」の昔からの宿業なのだ、ということであろう。してみると、「三山歌」とは主題を表した題詞ではなく、妻争いをうたうためにその事例を示した題詞である、ということになろう。

ともあれ、長歌に続く二首の短歌が「反歌」として位置づけられていることは否定できない。「反歌」とは、何をその典拠と考えるにしても、それは漢籍の影響に基づいて生まれた用語であり、「三山」も漢語であると考えなければならない。したがって、当該歌は元来口誦の歌だったと見られるのだが、文字に定着した現在の形で、それらを「反歌」として読まなければなるまい。

第一反歌の初句から第四句までは、すべて「印南国原」の修飾語である。したがって、それは「印南国原」を詠んだ歌であると見なければならない。ここが「三山」の妻争い伝説に縁のある、あの「印南国原」なのか、といった歌であろう。三句目の「あひ」とは闘うこと。[74] また、「見に来し」の主語については諸説があるのだが、[75]「あひし時」（原文は「相之時」）「見に来し」（「見尓来之」）とあるので、香具山と耳梨山が激しく争ったのは過去のことである、という点は間違いあるまい。つまり、三山の妻争いは決して終結してはいないが、現在は一応小康状態にある、ということであろう。

一方、第二反歌の「豊旗雲」は祥瑞であるとされる。[76] しかも、「今夜の月夜　清明こそ」と明るい未来が暗示される形で、「三山歌」は結ばれている。すでに述べたように、この歌には「右一首歌今案不似反歌」とする左注がある。それでも「旧本」に従って「反歌」として収録したのは、争いが終息する方向で結ばれた方が「雑歌」としてふさわしい、と考えたからではなかったか。少なくとも、長歌と「反歌」二首という形のこの歌が、斉明朝を代表する「雑歌」の一つとしてふさわしいと判断されたからこそ、こうした形で収録されたのであろう。

ところで、右のごとき斉明朝の「雑歌」の配列は、決して作歌年次順ではあるまい。『書紀』によれば、紀温泉への行幸は、斉明四年（六五八）十月のことであった。(7)はその時の歌であろう。また、額田王が熟田津に赴いたのは、斉明七年（六六一）一月の「御船西征」の時を措いて、ほかにはあるまい。とすれば、(6)は(7)よりも後の歌だということになろう。(9)も、熟田津に到着する前に、播磨国の魚住泊に停泊した折の作であると考えられる。[77] したがって、(6)よりも前に作られた歌であった可能性が高い。

そうだとすれば、斉明朝の「雑歌」は作歌年次以外の基準で配列されている、ということになる。皇極・斉明・天智の各時代に共通しているのは、額田王の歌を最初に置く、という点であろう。やはり、その時代は額田王の時代である、という認識が前提にあったのではないか。また、(7)ではなく、(6)がその劈頭に置かれたのは、その時代を代表する歌として選ばれた結果ではないかと思われる。

5　天智朝の「雑歌」

(10)　天皇詔内大臣藤原朝臣競憐春山萬花之艶秋山千葉之彩時額田王以歌判之歌

冬こもり　春去り来れば　喧かざりし　鳥も来鳴きぬ　開かざりし　花も咲けれど　山を茂み　入りても取らず　草深み　執りても見ず　秋山の　木の葉を見ては　黄葉をば　取りてそしのふ　青きをば　置きてそ歎く　そこし恨めし　秋山吾は　（1・一六）

『書紀』によれば、中臣氏が朝臣の姓を授けられたのは天武十三年（六八四）十一月。鎌足の政治的後継者である不比等の子孫だけに「藤原朝臣」を称することが許されたということは、『続紀』の文武二年（六九八）八月の条に見える。したがって、この題詞はそれ以後でなければ書くことができない。ここにもやはり、藤原京の時代の手が入っていると見るべきであろう。すなわち、近江朝の歌が八世紀初頭の眼差しの中で位置づけられたのがこの歌である、ということになる。

天智と鎌足との親密な関係は『書紀』の伝えるところでもあるが、近江朝の倭歌は、その二人の関係に象徴される君臣一体を具現化した歌から始まっていることになる。一首は、春側と秋側とに分かれた聴衆を一喜一憂させる形でうたわれたものであり、宴席における芸とも見做すべきものである。[78]「秋山吾は」という結びは、優劣を判定したものではなく、あくまでも自分自身の好みを表明したに過ぎない。あえて判断を下さず、両方の顔を立てたのであろう。それが歌人というものの役割であったと見てもよい。[79]題詞には「以歌判之歌」とあるが、それは「額田姫王」の意図ではなく、文武二年以後の読みにほかならない。

この歌によって浮かび上がる雰囲気は、文運の高まった太平の世といった『懐風藻』や『家伝』（上巻）の伝える近江朝の姿と重なる。この歌がその冒頭に置かれているのは、巻一の編者も近江朝をそうした時代として捉え、倭歌においては額田王こそがその中心的な存在であったと見ていたからであろう。「以歌判之歌」という題詞は、単に自分の好みを述べたに過ぎない額田王を、天皇臨席の場における判定者にまで高めてしまったのである。

(11)　額田王下近江国時作歌井戸王即和歌

味酒　三輪の山　あをによし　奈良の山の　山の際に　い隠るまで　道の隈　い積もるまでに　委曲にも　見つつ行かむを　しばしばも　見放けむ山を　情無く　雲の　隠さふべしや　（1・一七）

反歌

三輪山を　しかも隠すか　雲だにも　情あらなも　隠さふべしや　（1・一八）

(11)も額田王の歌だが、これは一般に近江遷都の時の歌だとされている。しかし、『万葉集』の形成過程において、そうした理解が生まれたのは、「遷都近江国時　御覧三輪山御歌焉」とする『類聚歌林』の記事が引用された左注の付された時点であったと考えなければならない。近江朝の「雑歌」の一つとして位置づけられた段階では、あくまでも「下近江国時作歌」である。すなわち、遷都の時ではなく、単に近江に下った時作った歌である、という意味であろう。すでに述べたように、「近江」は好字令に基づく表記である。「下」も同様に、平城京に都が置かれた時代の常識に基づく記述であろう[80]。

右は、遷都に関わる儀礼歌であるとする見方が一般的である[81]。しかし、そもそも儀礼歌とは、(2)や(3)がその典型だが、理想的な状態を言挙げするものであろう。願望を実在化するのが呪詞の表現だからである[82]。ところが、右の長歌は徹頭徹尾、不本意な状態にあることをうたい、「情なく　雲の　隠さふべしや」と結んでいる。「反歌」も同様で、「情」ない雲に「隠さふべしや」と呼び掛けている。かつて、この歌は天智のもとに召される額田王が大海人皇子に対する惜別の思いをうたったものだ、とする見方もあった[83]ように、確かに「女性的な情緒すら纏綿している[84]」ように見える。そうした言い方がやや主観的であるということを認めたとしても、額田王の個人的な惜別の歌としても読める、ということは確かであろうと思われる。

また、この歌の「和歌」は、

綜麻形の　林の先の　狭野榛の　衣に著くなす　目につく我が背　（1・一九）

という一首。二重の序詞によって導かれた本旨は「目につく我が背」であって、三輪山の神が大物主という男神だからであろうが、あなたが一番すてきよ、といった意味の女歌である。それは恋情表現を用いつつ、三輪山に対して姿を現すことを促した歌であったと考えられる。そういう意味で、「綜麻形の」の歌は、確かに「和歌」と見做すことができる。

とは言え、この歌には「右一首歌今案不似和歌　但旧本載于此次　故以猶載焉」とする左注がある。「旧本」の編者には「和歌」として読めたが、巻一の編者には「和歌」として読めなかったのだ。すなわち、編者は「綜麻形の」の歌のない額田王の歌だけの遷都の時の歌を想定していた、ということになろう。いずれにせよ、題詞はあくまでも「額田王下近江国時作歌」である。⑾は儀礼歌として位置づけられたものではなく、額田王と井戸王の個人的な惜別の思いをうたったものだと理解されたと考えた方がよい。遷都に関わる公的な歌であるとする理解はやはり、左注が付された段階で生まれたのであろう。

⑿　天皇遊獦蒲生野時額田王作歌

茜草指す　紫野逝き　標野行き　野守は見ずや　君が袖振る　（1・二〇）

⒀　皇太子答御歌

紫草の　にほへる妹を　憎くあらば　人妻ゆゑに　吾恋ひめやも　（1・二一）

すでに述べたように、「天皇遊獦蒲生野時」という題詞は、右の二首が公的な行事の中で作られたものであるということを示している。いずれも恋歌だが、「雑歌」として位置づけられて当然であろう。この「額田王作歌」とは、誰かに贈った歌の意ではあるまい。(85)それ一首で完結した歌であった、と考えなければならない。「天皇遊獦蒲生野時」という部分は、「皇太子答御歌」という題詞をも支配しているのであろうが、たまたま「皇太子」が⒀の「答御歌」を作ったことで、結果として一対の歌になったものだと見るべきであろう。

周知のように、⑿と⒀はやがて、額田王をめぐる愛の葛藤の物語として読まれるようになる。天智と天武という二人の貴公子に愛されたラブ・ロマンスのヒロインとしての額田王、といったイメージが創られて行くのだが、近江朝の「皇太子」については、大海人を「東宮」とする『書紀』（天智八年十月の条など）の一方に、大友を「皇太子」とする『懐風藻』の記事もある。ところが、近江朝にはまだ「皇太子」という称号はなかった可能性が高い。(86)左注にも見える「大皇弟」が、当時の呼称であろう。したがって、『書紀』も『懐風藻』も、後世の「皇太子」に相当する人物は誰だったのか、という判断に基づく記述に過ぎない。(87)だとすれば、⒀の場合、「皇太子答御歌」という題詞下の「明日香宮御宇天皇謚曰天武天皇」という割注が付された時点で初めてそれが大海人であると確定した、ということになろう。すなわち、巻一は⑿と⒀の本文を、壬申の乱に勝利した側の歴史認識に基づいて定着させたのである。(88)

天智朝の「雑歌」はもう一首ある。

⒆　鏡王女歌一首

神奈備の　石瀬の社の　喚子鳥　痛くな鳴きそ　吾が恋益さる　（8・一四一九）

⒆は悲しげに鳴く「喚子鳥」を詠んだものだが、ここには「恋」という語が見られるばかりでなく、明らかに恋歌的な情調が漂っている。ところがこの歌は、「春雑歌」に収録されている。心情表現によって分類されたのではなく、「喚子鳥」という春の景物の存在によって、そこに収録されたのであろう。(89)すでに述べたように、巻一の場合は、どのような場で詠まれた歌かということが問題であったが、この題詞には作歌の場が示されていない。その点からすれば、何を「雑歌」とするかという基準が巻一と巻八とでは異なっている、ということになろう。

このように、巻一の「雑歌」は、天智朝は額田王の時代である、ということを示している。巻二に収録されている「相聞」の天智朝に、額田王の歌がまったくないのと対照的である。額田王は「相聞」の歌びとではなく、「雑歌」の歌びとなのである。額田王はやはり、宮廷を主な活躍の場とした歌びとであった、と考えられていたのであろう。ところが、巻四と巻八では、額田王の歌が「相聞」に載せられている。重載されている「思近江天皇作歌」（4・四八八、8・一六〇六）である。これは額田王のイメージの変化を反映していよう。それはおそらく、蒲生野における宴席歌が愛の葛藤の物語として読まれるようになって行くことと軌を一にした問題であろう。

6 天武朝の「雑歌」

天武朝の「雑歌」は、

⒁　十市皇女参赴於伊勢神宮時見波多横山巌吹芡刀自作歌

河の上の　ゆつ磐群に　草生さず　常にもがもな　常処女にて　（1・二二）

という一首から始まっている。周知のように、伊勢神宮が天皇家の神としての地位を確立したのは天武朝のことであると見られている。(90)斎宮の制度も天武朝に始まる。参宮に関わる歌がその劈頭に置かれているのは、そうした事実と関係があろう。天武の王権は、伊勢を遥拝することなしには成り立ち得なかったからである。(91)

吹芡刀自は「小型の額田王」のような存在だとされる。(92)とすれば、皇極朝・斉明朝・天智朝と、常に額田王の歌がその劈頭を飾っていたが、額田王を受け継ぐ歌びととして、天武朝の「雑歌」の劈頭に吹芡刀自の歌が載せられた、ということになろう。それにしても、額田王の活躍に比して、吹芡刀自の活動は断片的にしか確認できない。柿本人麻呂が登場するまでの空白を埋める専門歌人としては、あまりにも役不足と言うしかない。

ともあれ、天武朝の「雑歌」の中で作歌年次の判明する歌としては、天武四年（六七五）二月のこの歌がもっとも早い。しかも、参宮という公的な機会に詠まれた十市皇女の永遠性を寿ぐ歌である。その劈頭を飾るにふさわしい歌と判断されたのであろう。

天武朝の「挽歌」も「十市皇女薨時高市皇子尊御作歌三首」（2・一五六〜一五八）から始まっている。二人の関係は悲恋に終わった、ということの窺える歌々である。したがって、十市の死を悼む高市の歌の存在を視野に入れると、永遠性を言挙げした吹芡刀自の歌も、何やら意味ありげに見えて来る。ましてや、「但馬皇女在高市皇子宮時思穂積皇子御作歌一首」（2・一一四）などと合わせて読むと、悲劇的な存在として語られた十市皇女の姿が立ち顕れて来るように思われる。曇りのない寿ぎの歌と見られるものが、『万葉集』の形成史の中で、悲恋物語の一部と化して行く様子が窺えるのだ。

しかし、「常にもがもな」と十市皇女を寿ぐこの歌は、題詞の記述の通りに読まなければならない。左注も『書紀』を検索して、それは天武四年（六七五）二月のことであるとしており、公的な参宮の際の歌であるということを示すのみである。めでたい歌として、それは載せられているのであろう。

⒂　麻續王流於伊勢国伊良虞嶋之時人哀傷作歌
　打ち麻を　麻續王　白水郎なれや　伊良虞の嶋の　玉藻刈ります　（1・二三）

⒃　麻續王聞之感傷作歌
　空蟬の　命を惜しみ　波に濡れ　伊良虞の嶋の　玉藻刈り食す　（1・二四）

右もまずは、題詞の通りに受けとめなければならないのだが、そこには明確な表現の対応が見られる。初句はいずれも、いわゆる枕詞。第二句はミという音で終わり、三句目は「海人なれや」を「波に濡れ」と受け、四・五句目は「ます」が「食す」に変化するのみ。一対の歌だと見てよいだろう。その点は天智・天武朝の「相聞」の歌々と同じである。しかし、「相聞」の場合は揶揄・悪態としっぺ返しの応酬だが、ここは「哀傷」と「感傷」の歌という形であって、非常に協調的である。しかも、「流」という公の決定に基づく境遇の中で詠まれたものであるとされる。そうしたものも、「雑歌」とすべきものの一つだと考えられたのであろう。

左注にも引用されているが、『書紀』の天武四年（六七五）四月の条には、麻續王は因幡に流されたとされている。『常陸国風土記』には行方郡の「板来の村」に流されたとする伝えもあるのだが、『万葉集』の麻續王は「伊勢国伊良虞嶋」に流されたことになっている。伊勢に流されたとされるのは、伊勢の麻續氏の存在がその背景にあろう。[93] それは貴種流離譚的な伝承の一つであろうが、麻續王の伝承は、変幻自在に姿を変えた流動的な存在であったことが窺える。

そうしたこともあって、右は一般に麻續王の実作ではなく、仮託されたものだと考えられている。[94] とは言え、これもまずは伊良虞に流された麻續王の実作として読まなければならない。伊勢の麻續氏は古来、神宮の神衣祭に奉仕した氏族として知られていた。「麻續王　海人なれや」という表現の背景には、「打ち麻」に従事することこそが、「麻續」という名を持つ王の本来の姿なのに、こともあろうに伊勢で海人をしている、といったニュアンスが込められているのであろう。その当否は措くとしても、『万葉集』はそれを伝承としてではなく、流謫の身である麻續王に同情の念を寄せた某氏と、麻續王自身の一回的な唱和の歌として位置づけている、という点は間違いあるまい。

続く天武の御製も貴種流離譚的な伝承の一部であろう。

⒄　天皇御製歌

み吉野の　耳我の嶺に　時無くそ　雪は降りける　間無くそ　雨は降りける　其の雪の　時無きがごと　その雨の　間無きがごと　隈も落ちず　念ひつつそ来し　その山道を　（1・二五）

周知のように、巻十三に類同歌が見られる。ところが、それらは「吾妹子に　吾が恋ふらくは　止む時もなし」（13・三二六〇）、「間も落ちず　吾はそ恋ふる　妹が正香に」（13・三二九三）と結ばれ、明らかに恋歌であるのに対して、当該歌の「念ひつつそ来し」はどのような「念ひ」なのか不明である。題詞にも作歌事情は示されていないが、天武が霙交じりの雨の降る季節に吉野の山道を行ったと言えば、壬申の乱の前年十月に、大津宮を辞して吉野に逃れた時だと受けとめられて当然であろう。とすれば、その「念ひ」とは兄天智との確執など、皇位継承をめぐるさまざまな軋轢に関する「念ひ」である、ということになろう。前後の歌のように、『書紀』のその記事を引用した左注のないのが不思議だが、〈苦難の吉野入り〉とも言うべき天武に関わる昔語りとして、奈良時代の宮廷の人々にとって、それは周知のことだったのであろう。しかも、右は過去を回想する歌である。それは確かに、天武が自身の過去を回想してうたったものだと理解されたことであろう。

続く「或本歌」（1・二六）は、「雪は降ると言ふ……雨は降ると言ふ」と、「ける」という回想の歌が伝聞になった形である。すなわち、天皇自身の立場でうたった(17)の「御製歌」に対して、天武伝承の語り手の立場でうたった「或本歌」という違いである。〈苦難の吉野入り〉とも言うべき昔語りが、さまざまな形で、しばしば語られたということを物語っているのであろう。

「或本歌」には「右句々相換　因此重載焉」とする左注がある。作者に関する異伝ではなく、本文に関する異伝である。してみると、伝聞の形の歌であるにも拘わらず、これも天武自身の歌だと見られていたことになろう。

(18)　天皇幸于吉野宮時御製歌

淑き人の　良しと吉く見て　好しと言ひし　芳野吉く見よ　良き人よく見　（1・二七）

この歌は、天武八年（六七九）五月のいわゆる六皇子の盟約の時の歌だとされている。しかし、そうした認定は左注によるものであって、題詞はいつの吉野行幸の歌なのか、明らかにはしていない。[95] また、『歌経標式』には「聚蝶」という歌のスタイルの例として挙げられている。単に句頭に同じ語を用いた歌という扱いである。

ところが、左注は『書紀』を引用し、天武八年五月の盟約の折のものだとしている。それによって、天武の王権が恙無くその正統な後継者に受け継がれるということが暗示され、天武朝の「雑歌」が終わる形になったのである。

巻一における天武朝の「雑歌」は、左注によれば、概ね作歌年次順に並べられていると見ることができる。だとすれば、壬申の乱の前年の吉野入りの時を回想したものと見られる⒄は、天武五年（六七六）頃から八年までのもの、ということになろう。しかし、⒄はやはり作歌年次が不明であって、吉野に関わり、しかも苦難の過去を回想しているので、⒅の前に置かれた、と見ることもできる。また、すでに述べたように、貴種流離譚的な歌として、⒂・⒃の麻續王関係の歌々と並べたと見ることもできる。作歌年次は配列の絶対的な基準ではない、と見た方がよかろう。してみると、歌々の配列は、編者がそれぞれの時代をどのように捉えていたか、ということを反映していると考えることができる。

天武朝の「雑歌」は、巻八にもある。壬申の乱に関わりの深い伊勢と吉野に集約され、まさに天武朝的である巻一「雑歌」とは異なり、

⒇　藤原夫人歌一首

霍公鳥　痛くな鳴きそ　汝が声を　五月の玉に　あへ貫くまでに　（8・一四六五）

という一首である。「夏雑歌」には三三首の歌が収録されているが、そのうち二六首に「霍公鳥」が詠まれ、⒇はその冒頭に置かれている。額田王にも「霍公鳥」をうたった歌が見られるが、それは藤原宮の時代のことである。周知のように、平城京の万葉の世界においては、「霍公鳥」は夏の代表的な景物として定着しているが、当該歌はそのもっとも早い例である、ということになる。「夫人」は後宮職員令に定められた敬称だから、「藤原夫人」という呼称は、自称ではあり得ない。歌数を記す題詞も、巻の方針として一貫したものである。したがって、それは紛れもなく編者の位置づけである。

巻八の《初期万葉》の例は、題詞に公的な場における歌であることを示す作歌事情が記されていない。巻一の「雑歌」とはやはり、その定義が異なっているのであろう。

四　結

従来、「相聞」と「挽歌」の歴史が論じられたことはあったが、管見の及ぶ限りでは、「雑歌」の歴史が追究されることはなかったように思われる。しかし、「相聞」史も「挽歌」史も、恋歌の歴史や人の死に関わる歌々の歴史の実態ではあり得ない。『万葉集』はどのような「相聞」の歴史や「挽歌」の歴史を想定していたのか、といった問題にほかならない。その点では、「雑歌」も同じであろう。論じられていいはずの「雑歌」史が論じられて来なかったのは、一つには、「雑歌」とは決してどの分類にも入らない種々の歌の意ではないとされながらも、その実「雑歌」という語の呪縛から解放されていなかったからではないか。その点は措くとしても、『万葉集』が想定していた「相聞」や「挽歌」の歴史を考えてみる必要があるように、「雑歌」の歴史も考えてみる必要があるということは間違いあるまい。

『万葉集』の伝える「雑歌」の《初期万葉》は、額田王を中心とした倭歌の歴史であったと見ることができる。すなわち、斉明朝と天智朝の宮廷社会において活躍した額田王を中心として、その淵源としての雄略朝、及び前史としての舒明朝と、柿本人麻呂の登場に至るまでの端境期としての天武朝、という形であったと考えられる。あるいは、本稿における論述の範囲を越えてしまうのだが、藤原京の時代を現代とする『万葉集』巻一の原撰部は、人麻呂によって全盛期を迎えた倭歌の歴史の前史としての《初期万葉》を伝えている(96)と言ってもよい。換言すれば、雄略天皇を始祖とする倭歌の歴史が、額田王という専門歌人の登場によって最盛期を迎え、その額田王の退場が人麻呂の登場を促す、といった倭歌史を伝えている、ということになろう。

ともあれ、繰り返し述べて来たように、歴史は現在の要請に基づいて定位される。それは、現在を映し出す鏡であると言ってもよい。したがって、『万葉集』に見られるのは、倭歌の歴史の実態ではあり得ない。それは歴史認識の反映である、と見るべきであろう。より正確に言えば、何段階かの過程を経て形成された『万葉集』の本文からは、あたかも地層の断面を見るように、異質な歴史認識の堆積の層を窺うことができる、ということである。また、各層の歴史認識は必ずしも普遍性を持つものではあるまい。もちろん、各時代の常識をある程度反映しているということも否定はできないが、それはある特定の人物の歴史認識を示すものでしかないと考えた方がよい。してみると、『万葉集』から読み取ることのできる倭歌の歴史は、「万葉史」と呼ぶべきものであって、それを直ちに「古代和歌史」と見ることはできない。その点も強調しておきたいと思う。

以上、『万葉集』は「雑歌」の《初期万葉》をどのように考えていたのか、といった関心に基づいて個々の歌々を検討しつつ、《初期万葉》論の方法を考えてみた次第である。《初期万葉》の「相聞」及び「挽歌」については、別に論じたことがある。[97] 併せて、お読みいただければ幸いである。

【注】

（1）「初期万葉」については、壬申の乱以前とする説と人麻呂が登場する前とする説がある。前者は、田辺幸雄「初期萬葉の世界」（『初期萬葉の世界』塙書房・一九五七）に見られ、後者は、吉永登「初期万葉の歌人」（全国大学国語国文学会監修『講座　日本文学2　上代編II』三省堂・一九六八）、古橋信孝「初期万葉論」（『文学史研究』3号・一九七五）、森朝男「初期万葉の世界」（山路平四郎・窪田章一郎編『初期万葉』早稲田大学出版部・一九七九）などに見られる。しかし、巻一は実質的に「高市岡本宮」の時代から始まっている。また、巻二の「相聞」は実質的に「近江大津宮」の時代から始まり、「挽歌」は「後岡本宮」の時代から始まっている。ともに、壬申の乱を時代の節目として特に意識していないことは確実である。

（2）拙稿「八世紀の《初期万葉》」（『上代文学』80号・一九九八）、同「《初期万葉》の『反歌』」（『語文』103輯・一九九九）、同「《初期万葉》の『挽歌』」（『語文』115・116輯・二〇〇三）、同「《初期万葉》の『相聞』」（『研究紀要（日本大学文理学部人文科学研究所）』67号・二〇〇四）などで論じたが、《初期万葉》とは、倭歌の歴史の実態としての〈初期万葉〉と区別する概念として用いている。

（3）拙稿「《天平万葉》とは何か」（梶川信行・東茂美編『天平万葉論』翰林書房・二〇〇三）。

（4）小島憲之「萬葉集の三分類」（『上代日本文學と中國文學　中』塙書房・一九六四）。

（5）折口信夫「万葉集の研究――一種の形態論として――」（『日本文学講座　第六巻』改造社・一九三四）。

（6）渡瀬昌忠「雑歌とその性格――原『雑歌』の論――」（『万葉集　Ⅰ〈和歌文学講座2〉』勉誠社・一九九二）。

（7）「挽歌」の場合は、憶良の「日本挽歌一首」（5・七九四〜七九九）のように、作者自身が「挽歌」として作った歌が、少数だが見られる。ところが、それを収録した巻五は冒頭に「雑歌」とする。この部立がない写本もあるのだが、この本文が正しいのだとすれば、作者の認識と編者の認定には立場の違いがあった、ということになろう。「日本挽歌」は《初期万葉》には含まれないので、本稿では特に問題にしないが、『万葉集』の形成史の中で何が「雑歌」とされて来たか、ということを問題とする本稿としては、巻五は「日本挽歌」も「雑歌」の一つと位置づけている、と理解している。

（8）たとえば、「笠朝臣金村伊香山作歌二首」（8・一五三二〜一五三三）は神亀五年（七二八）秋の作だと見られる（拙稿「越路の望郷歌群」『万葉史の論　笠金村』桜楓社・一九八七）が、二年後の「右天平二年七月八日夜帥家集会」（8・一五二三〜一五二六）の後に置かれている。

（9）原田貞義「巻九と私家集」（『万葉集の編纂資料と成立の研究』おうふう・二〇〇二）は、「右柿本朝臣人麻呂之歌集所出」（9・一七〇九）とする左注は、「大宝元年辛丑冬十月（中略）時歌十三首」（9・一六六七〜一六七九）までかかるとする。とすれば、その四三首は概ね同時代の作と位置づけられている、と見ることができる。

（10）伊藤博「『人麻呂集歌』の配列――巻七〜十二の論――」（『萬葉集の構造と成立　上』塙書房・一九七四）。

（11）水島義治「万葉集巻十四解説」（『萬葉集全注　巻第十四』有斐閣・一九八六）における諸説の整理に基づく。

（12）伊藤博「東歌――巻十四の論――」（『萬葉集の構造と成立　上』）。

（13）遠藤宏「巻十三歌の配列」（『古代和歌の基層』笠間書院・一九九一）における諸説の整理が行き届いている。

（14）高野正美「類聚歌林」（『古代文学』6号・一九六六）、橋本達雄「初期の憶良」（『万葉宮廷歌人の研究』笠間書院・一九七五）など。

（15）原撰・増補・追補という三段階の形成過程を考える説としては、中西進「原万葉――巻一の追補――」（『美夫君志』7号・一九六四）などがある。

（16）中皇命については、喜田貞吉「中天皇考」（『藝文』6巻1号・一九二五）の先帝と後帝の中を取り継ぐ中継天皇あるいは中宮天皇の義とする説以来、職能と見るのが一般的である。また、それは誰を指すのかということについては、第一に間人皇女とする説。荷田春満『萬葉集僻案抄』、賀茂真淵『萬葉考』（別記）などの近世以来の説。第二に斉明天皇とする説。喜田貞吉「中天皇考」（先掲）に始まる。第三として、舒明天皇の母の糠手姫とする説。尾畑喜一郎「中皇命の実像」（『万葉集の研究　民俗と歴史』桜楓社・一九八四）が提唱した。そして第四に、固有名詞ではなく「高貴な女性の身分的呼称」とする説。五味智英「中皇命」（『古代和歌』至文堂・一九五一）の説である。

（17）伊藤博「代作の問題」（『萬葉集の歌人と作品　上』塙書房・一九七五）の代作説によって、とりわけ説得力を持つようになった。

（18）たとえば、窪田空穂『萬葉集評釋　第一巻〔新訂版〕』（東京堂出版・一九八四）、武田祐吉『増訂　萬葉集全註釋三』（角川書店・一九五六）、中西進「万葉歌の誕生」（『万葉集の比較文学的研究』桜楓社・一九六三）、稲岡耕二「軍王作歌の論――『遠神』『大夫』の意識を中心に――」（『万葉集の作品と方法』岩波書店・一九八五）など。

（19）青木和夫「軍王小考」（『上代文学論叢』桜楓社・一九六八）。

（20）契沖『萬葉代匠記』以来の説である。窪田空穂『萬葉集評釋　第一巻〔新訂版〕』、土屋文明『萬葉集私注　一〔新訂

版)』(筑摩書房・一九七六)、武田祐吉『増訂　萬葉集全註釋　三』(角川書店・一九五六)などが支持していたが、とりわけ伊藤博「代作の問題」(先掲)など、代作説が定着する中で通説化して行った。
(21) 伊藤博「持統万葉から元明万葉へ」(『萬葉集の構造と成立　下』塙書房・一九七四)。
(22) 阿蘇瑞枝「雑歌論」(『古代文学講座8　万葉集』勉誠社・一九九六)。阿蘇は、元暦校本と紀州本の巻一巻頭に「雑歌」という文字のないことも根拠としているが、これについては、後人が目録によって補ったとする武田祐吉『増訂萬葉集全註釋　三』の説と、それは後に脱落したのだとする澤瀉久孝『萬葉集注釋　巻第一』(中央公論社・一九五七)の説がある。
(23) たとえば、武田祐吉『増訂　萬葉集全註釋　七』(角川書店・一九五六)、高木市之助・五味智英・大野晋『萬葉集二〈日本古典文学大系5〉』(岩波書店・一九五九)のように、舒明か斉明か不明という慎重な姿勢を示す注釈書もあるが、近代の諸注は概ね舒明であるとしている。
(24) 拙稿「《初期万葉》の『挽歌』」(先掲)、同「《初期万葉》の『相聞』」(先掲)。
(25) 石井庄司「雑歌・四季雑歌論」(『萬葉集講座　第六巻　編纂研究篇』春陽堂・一九三三)、阿蘇瑞枝「雑歌論」(先掲)など。
(26) 注5に同じ。
(27) 注6に同じ。
(28) たとえば、中西進「内廷の文学」(『万葉史の研究』桜楓社・一九六八)、森朝男「雑歌・相聞・挽歌――万葉集の構造と宮廷――」(『國語と國文學』76巻2号・一九九九)など。
(29) 中川幸廣「万葉集の女歌」(『語文』82輯・一九九二)。
(30) 拙稿「《初期万葉》の『相聞』」(先掲)。
(31) 伊藤博「巻一雄略御製の場合」(『萬葉集の構造と成立　上』)。
(32) 演劇的な所作の反映とする見方は、つとに鹿児島寿蔵「新評価を求む」(斎藤茂吉編『萬葉集研究　上巻』岩波書店・一九四〇)などに見える。また、拙稿「歌垣の歌謡から大王の物語へ――雄略天皇御製――」(『初期万葉をどう読むか』翰林書房・一九九五）でも論じた。
(33) つとに、折口信夫「万葉集の研究――一種の形態論として――」（先掲）に見られる。
(34) この歌に関して、品田悦一「雄略天皇の御製歌」（神野志隆光・坂本信幸編『セミナー万葉集の歌人と作品　第一巻　初期万葉の歌人たち』和泉書院・一九九九）に、「仮託の生じた時点がこの歌の成立時点なのだ」とする発言が見られる。しかし、『万葉集』の側から言えば、当該歌は決して「仮託」されたものではなく、紛れもなく「天皇御製歌」なのである。
(35) 注32に同じ。
(36) 伊藤博『萬葉集全注　巻第一』（有斐閣・一九八三）。
(37) 岡田精司「古代伝承の鹿」（直木孝次郎先生古稀記念会編『古代史論集上』塙書房・一九八八）、辰巳和弘「タカドノと王権祭儀」（『高殿の古代学――豪族の居館と王権祭儀』白水社・一九九〇）など。
(38) 伊藤博「巻一雄略御製の場合」（先掲）、岸俊男「画期としての雄略朝」（岸俊男教授退官記念会編『日本政治社会史研究　上』塙書房・一九八四）など。
(39) たとえば、鴻巣隼雄「日本書紀の編纂に就いて」（『日本諸学研究　第一集』刀江書院・一九四〇）、太田善麿「日本書紀の部分的徴候」（『古代日本文学思潮論Ⅲ　日本書紀の考察』桜楓社・一九六二）、小島憲之「日本書紀の文章」（『上代日本文學と中國文學　上』塙書房・一九六二）など。
(40) 森博達『日本書紀の謎を解く　述作者は誰か』（中央公論社・一九九九）。
(41) たとえば、菅野雅雄「雄略天皇論――再び万葉集巻頭歌をめぐって――」（『美夫君志』38号・一九八九）など。
(42) 伊藤博「古事記における時代区分の認識」（『萬葉集の構造と成立　上』）など。
(43) 拙稿「並ぶことの古代学――『馬並めて』をめぐって」（『万葉人の表現とその環境　異文化への眼差し〈日本大学文理学部叢書1〉』冨山房・二〇〇一）。
(44) 拙稿「《初期万葉》の新体詩」（『語文』114輯・二〇〇二）、同「歌の場／狩の場」（『國文學　解釈と教材の研究』48巻14号・二〇〇三）など。

(45) たとえば、伊藤博「代作の問題」(先掲) など。
(46) 中西進「万葉集と中国文学 (二)」(『萬葉集研究　第十一集』塙書房・一九八三)。
(47) 軍王作歌については、拙稿「《万葉史》の中の軍王見山作歌――八世紀の《初期万葉》の論として――」(『桜文論叢』66巻・二〇〇六) で詳論した。
(48) 注18に同じ。
(49) 中西進「万葉歌の誕生」(先掲)、稲岡耕二「反歌史溯源――複数反歌への展開――」(『万葉集の作品と方法』岩波書店・一九八五) など。
(50) たとえば、野村忠夫「律令的行政地名の確立過程――ミノ関係の木簡を手掛かりとして――」(『井上光貞博士還暦記念　古代史論叢　中巻』吉川弘文館・一九七八) など。
(51) 拙稿「『額田王』の胎動――七世紀の〈初期万葉〉から八世紀の《初期万葉》へ――」(『美夫君志』59号・一九九九)。
(52) 伊藤博「代作の問題」(先掲)。
(53) 神野志隆光「中皇命と宇智野の歌」(伊藤博・稲岡耕二編『万葉集を学ぶ　第一集』有斐閣・一九七七)。
(54) 神野富一「制度としての天皇歌――額田王歌の作者異伝にふれて――」(『國語と國文学』78巻11号・二〇〇〇)。
(55) 歴史的実在としての「額田姫王」に関しては、拙稿「『額田姫王』論」(未発表) を用意している。文学的な側面を切り離した純然たる伝記的考証である。
(56) 拙稿「三人の額田王」(『国文学　解釈と鑑賞』62巻8号・一九九七)。
(57) 注51に同じ。
(58) 冨士谷御杖『萬葉集燈』。比較的近年では、上野理「額田王の雑歌と遊宴」(『國文學研究』92号・一九八七) が、夫との共寝を暗示するものとする捉え方をしている。
(59) 拙稿「額田王と斉明天皇」(『新羅大学校論文集』56輯・二〇〇六)。
(60) たとえば、山田孝雄『萬葉集講義　巻第一』(寳文館・一九二八)、武田祐吉『増訂　萬葉集全註釋　三』など。

(61) たとえば、折口信夫「額田女王」(『婦人公論』20巻6号・一九三五)、土屋文明『萬葉集私注　一〈新訂版〉』(筑摩書房・一九七六)など。
(62) 影山尚之「額田王九番歌について」(『園田学園女子大学論文集』37号・二〇〇二)。
(63) たとえば、谷馨「九番歌は神事関係の詠か」(『額田王』早稲田大学出版部・一九六〇)、拙稿「額田王と斉明天皇」(先掲)など。
(64) 注63に同じ。
(65) 上代語辞典編修委員会編『時代別国語大辞典　上代編』(三省堂・一九六七)。
(66) 注59に同じ。
(67) たとえば、窪田空穂『萬葉集評釋　第一巻〈新訂版〉』、澤瀉久孝『萬葉集注釋　巻第一』などのように斉明天皇であるとする説、鴻巣盛廣『萬葉集全釋　第一冊』(廣文堂書店・一九三〇)、土屋文明『萬葉集私注　一〈新訂版〉』、『萬葉集一〈日本古典文学大系4〉』(岩波書店・一九五七)、伊藤博『萬葉集釋注　一』などのように間人皇女とする説、青木生子ほか『萬葉集〈新潮日本古典集成〉』(新潮社・一九七六)のように倭姫王とする説がある。ところが、左注は『類聚歌林』を引用し、「天皇御製歌」としている。したがって、左注者が斉明天皇と考えていなかったことは確実である。
(68) 伊藤博『萬葉集釋注　一』など。
(69) 伊藤博『萬葉集釋注　一』。
(70) 拙稿「三山歌と住吉大社」(『美夫君志』43号・一九九一)。
(71) 注70に同じ。
(72) 拙稿「七世紀の〈三山歌〉と八世紀の《三山歌》と――『三山歌』をどう読むか――」(『語文』100輯・一九九八)。
(73) 渡瀬昌忠「人麻呂の表現――軽皇子安騎野行讃歌について――」(『上代文学』75号・一九九五)。
(74) 注65に同じ。
(75) 『播磨国風土記』(揖保郡)に見える阿菩大神であるとする説がある。仙覚の『萬葉集注釋』以来の説で、近代においても、窪田空穂『萬葉集評釋　第一巻〔新訂版〕』、武田祐吉『増訂　萬葉集全註釋　三』などが支持している。また、北山正迪「三山歌試論」（『和歌山大学学芸学部紀要』4号・一九五四）などに、「印南国原」であるとする説、植垣節也「立ちて見に来し印南国原」（『國語國文』55巻5号・一九八六）に、香具山と耳梨山が主語であるとする説もある。

(76)　東野治之「豊旗雲と祥瑞」（『萬葉集研究　第十一集』塙書房・一九八三）。

(77)　注70に同じ。

(78)　犬養孝「秋山われは――心情表現の構造を中心に――」（『萬葉の風土』塙書房・一九五六）。犬養は、実際の心の揺れの反映とする理解だが、作品の構造と宴席における機能などについては、拙稿「近江朝の文雅」（『創られた万葉の歌人　額田王』塙書房・二〇〇〇）で論じた。

(79)　古橋信孝「文字と万葉集」（『古代文学』30号・一九九一）。

(80)　すでに、武田祐吉『増訂　萬葉集全註釋　三』が指摘している。

(81)　たとえば、谷馨「雲蔽う三輪山」（『額田王』）は、遷都という重大事にあたり、三輪山の神霊を鎮めるために、出発前に執り行われた祭祀に伴なう呪歌であるとする。

(82)　土橋寛「美と時代」（『國文學　解釈と教材の研究』14巻9号・一九六九）。この作品に関しては、戸谷高明「額田王」（『万葉の歌びと』笠間書院・一九八四）などにそうした見方が示されている。

(83)　富士谷御杖『萬葉集燈』、伊藤左千夫「萬葉集新釋」（『左千夫歌論集　巻一』岩波書店・一九二九）、花田比露思「額田女王歌評釋」（『短歌講座　第八巻　女流歌人篇』改造社・一九三二）、金子薫園「額田女王」（『萬葉集講座　第一巻』春陽堂・一九三三）など。

(84)　青木生子「額田王」（『萬葉集講座　第五巻』有精堂・一九七三）。

(85)　伊藤博「遊宴の花」（『萬葉集の歌人と作品　上』）。

(86)　荒木敏夫「皇太子制の成立」（『日本古代の皇太子』吉川弘文館・一九八五）。

(87)　拙稿「天武と大友――蒲生野の歌の形成過程をめぐって――」（『上代文学』74号・一九九五）。

(88)　拙稿「大友皇子の伝承と粟津――額田王論のために――」（『上代文学論究』3号・一九九五）。

(89) 森淳司「万葉集四季歌巻とその周辺――巻八・巻十とその他諸巻との関連――」（『語文』42輯・一九七六）。
(90) 岡田精司「伊勢神宮の起源――外宮と度会氏を中心に――」（『古代王権の祭祀と神話』塙書房・一九七〇）。
(91) 岡田精司「古代文学における伊勢神宮――皇子の参宮伝承を中心に――」（『上代文学』63号・一九八九）。
(92) 注36に同じ。
(93) 拙稿「麻續王伝承の転生――八世紀の《初期万葉》――」（『美夫君志』66号・二〇〇三）。
(94) たとえば、西郷信綱「麻續王」（『萬葉私記』未来社・一九五八）などがその代表的な説である。
(95) 拙稿「天武天皇御製歌の論――八世紀の《初期万葉》――」（『語文』119輯・二〇〇四）。
(96) 拙稿「《初期万葉》の世界――その歴史認識を考える――」（『額田王〈高岡市万葉歴史館叢書18〉』高岡市万葉歴史館・二〇〇六）。
(97) 拙稿「《初期万葉》の『相聞』」（先掲）、同「《初期万葉》の『挽歌』」（先掲）。

【付記】 平成十六年五月十六日、奈良女子大学で開催された上代文学会大会の研究発表会において、本稿の一部を口頭で報告した。席上、有益なご意見をいただいた方々に篤くお礼を申し上げる。なお、本稿はあくまでも総論である。個々の作品に関する分析等は、注の中でも示した各論に譲る。

II

資料的アプローチ

「初期万葉」は声の歌の世界であると言われて来た。しかし、それはむしろ『万葉集』という歌集の中に文字で書き表された世界だと考えなければならない。しかも、それは多様な資料から取られたものであることが窺える。そうした「初期万葉」がいかに形成されたか。それを問うことは、かつて記紀歌謡から万葉和歌へ、という形で捉えられて来た七世紀のヤマトウタの歴史を、根本から問い直すことに繋がる。

初期萬葉の資料について
——額田王関係歌稿——

廣岡義隆

一　はじめに

「初期萬葉」(1)を考えるに際して、『萬葉集』に収載されるに至った資料の問題は避けて通ることは出来ない。かつて、『萬葉集』巻第一・巻第二に載せられている額田王の歌を見ていて、それがある集合体をなしていることに気付いた。即ち、額田王の歌を柱として或るまとまりを有していることをもとにして、「額田王歌稿の復元——天智挽歌群・十市皇女歌群をも視野に——」(2)をまとめた。この時は錯簡を考慮に入れ、その「復元」を目指したものである。そのことは横に置き、今、留意したいのは、まとまった歌群としての歌稿の問題であり、また天智挽歌群及び十市皇女歌群まで含めて「歌稿」としたことである。右の稿をまとめる過程で、吉井巌「額田王覚書」(3)に気付き、その成果を取り入れつつまとめた。「歌人額田王誕生の基盤と額田王メモの採録」と副題された吉井論は、巻一の額田王のすべての作品をその中に含む、三番の作より二十一番までの作品は、額田王の作品メモ、或いは額田王に親しい関係を持つ人——例えば額田氏の誰か、のノートより採用されたのではあるまいか、と考えられる事である。

として、次の諸点を指摘している。

「代作歌の伝承」（七・八・一七・一八の作）
「秘作の伝承」（二〇・二一番の二首、一三・一四の中大兄三山歌）
「中皇命の用語」（三・十の作）
「題詞の形式」（一三番の三山歌題詞、三・一〇番の題詞の中皇命の用語、三番の題詞、一七番の題詞）

吉井論は、巻第一の「三〜二一番歌」の範囲に限っているが、私は右に示したように、

巻第一　　三〜　二二番歌
巻第二　一四七〜一五八番歌

とその範囲をより広く見るものである。もっとも、この中には「初期萬葉」と認めてよいかどうかの論がある五〜六番歌を含んでいる。(4) 私自身、この「軍王作歌」とする歌を「初期萬葉」と認定するには余りにも問題点がありすぎはしないかと危惧するものであり、その範囲を七番歌からとすべきか（この場合、三〜四番歌は増補と位置付けることになる）、或いは三番歌からを「歌稿」としつつ五〜六番歌を後補とすべきかと迷うものではあるが、ひとまずは「三〜二二番歌」と一括して検討し、問題が浮上した時点において五〜六番歌を除外するということにしたい。結論的に言えば、今回の検討においては、五〜六番歌の異質性は大きく浮上しては来なかった。しかしながら、右の「留保」は今後もなお消えることはない。

二　「四種類」の歌稿

さて、注2の拙稿時点においては、題詞・左注は『萬葉集』編纂時のものであり、夾雑物であるとしてその全てを除外し、本文のみを対象として見ていた。ところが、題詞に留意して見ると、「歌」と記されているものと「作歌」と記されているものとに二分される。この方法は、影山尚之論から学んだものである。[5] 影山論は巻六の聖武東行歌群を論じてのものであった。考察後に中西進論があることに気付いた。中西論は後述することとして、まずはこの「歌」と記されているグループ（以下、これを「歌稿A」とする）と「作歌」と記されているグループ（以下、これを「歌稿B」とする）について一覧したい。この際、歌稿A・B以外に異なる別種のものが含まれていることが歴然する歌がある。巻第二の一五一番歌と一五二番歌は組歌になっており、歌の末尾に作者名が記されている。これを「歌稿C」とする。また、明らかに異なる資料として、一四八番歌の題詞には「一書曰」と記されている。これを「歌稿D」とする。これらについて一覧すると、次のようになる。

【巻第一】三番歌〜二二番歌

三〜四番歌　A　中皇命に関わる歌。長歌作品、反歌具備。「獻歌」
五〜六番歌　B　軍王の歌。長歌作品、反歌具備。「作歌」
七〜八番歌　A　額田王に関わる歌。「歌」
九番歌　B　額田王の歌。「作歌」
一〇〜一二番歌　A　中皇命に関わる歌。「御歌」
一三〜一五番歌　A　中大兄の歌。一三〜一四番歌は長反歌作品。「歌」

一六番歌　A　額田王の歌。反歌を伴わない長歌。
一七〜一九番歌　B　額田王に関わる歌。一七〜一八番歌は長反歌作品。「作歌」
二〇番歌　B　額田王の歌。「作歌」
二一番歌　A　大海人皇子の歌。「御歌」
二二番歌　B　十市皇女に関わる歌。「作歌」

【巻第二】一四七番歌〜一五八番歌

一四七番歌　A　倭太后の歌。「御歌」
一四八番歌　D　「一書」の歌。
一四九番歌　B　倭太后の歌。「御作歌」
一五〇番歌　B　婦人（姓氏未詳）の歌。反歌を伴わない長歌。「作歌」
一五一番歌　C　額田王の歌。作者表示、歌末。「時歌」
一五二番歌　C　舎人吉年の歌。作者表示、歌末。「時歌」
一五三番歌　A　倭太后の歌。反歌を伴わない長歌。「御歌」
一五四番歌　A　石川夫人の歌。「歌」
一五五番歌　B　額田王の歌。反歌を伴わない長歌。「作歌」
一五六〜八番歌　B　高市皇子の歌。「御作歌」

以上、A・B・C・Dの四種類の歌稿が想定できる。これを歌稿別に一覧すると次のようになる。

【歌稿A】

三〜四番歌　中皇命に関わる歌。「獻歌」
七〜八番歌　額田王に関わる歌。「歌」
一〇〜一二番歌　中皇命に関わる歌。「御歌」
一三〜一五番歌　中大兄の歌。「歌」
一六番歌　額田王の歌。「歌」
二一番歌　大海人皇子の歌。「御歌」
一四七番歌　倭太后の歌。「奉御歌」
一五三番歌　倭太后の歌。「御歌」
一五四番歌　石川夫人の歌。「歌」

【歌稿B】

五〜六番歌　軍王の歌。「作歌」。
九番歌　額田王の歌。「作歌」
一七〜一九番歌　額田王に関わる歌。「作歌」
二〇番歌　額田王の歌。「作歌」
二二番歌　十市皇女に関わる歌。「作歌」
一四九番歌　倭太后の歌。「御作歌」
一五〇番歌　婦人（姓氏未詳）の歌。「作歌」
一五五番歌　額田王の歌。「作歌」

一五六～八番歌　　高市皇子の歌。「御作歌」

【歌稿C】

一五一番歌　　額田王の歌。作者表示、歌末。「歌」

一五二番歌　　舎人吉年の歌。作者表示、歌末。「歌」

【歌稿D】

一四八番歌　　「一書」の歌。「奉獻御歌」

「歌」（御歌）と「作歌」（御作歌）との別について、念のために言及しておく。「歌稿A」があり、これは伝来のどこかの段階でその題詞中に「歌」（御歌等）と書き込まれた。また「歌稿B」があり、これは伝来のどこかの段階でその題詞中に「作歌」（御作歌）と書き込まれた。この「歌」（御歌等）と「作歌」（御作歌）という伝来指標によって、後に二つの歌稿に分けることが可能となるというものである。こうした書き込みは伝来時のものであり、「歌」「御歌」といった待遇上の違いについては言及しない。

この「作歌」の語による分類については断ったように中西進の指摘がある。ただし、中西論は「……時……作歌」という「型」を手掛かり分類しており、「……時……作歌」の「型」とそれから脱落するものとに分類しているので、結論も自らに異なったものになっている。(6)

三　巻第一・巻第二の他の歌々と「歌稿」と

さて、右に示した「歌稿A」「歌稿B」「歌稿C」「歌稿D」について、その用字上の特徴について見てみよう。いずれの歌稿についても言い得ることは、中には漢字の特異な倭用法が見られないではないが（例えば、四番歌における「馬數而」の「數《ナメ》」など）、一般的に律義なまでに正訓字によりつつ表記されているということである。また、仮名用法においては、比較的訓仮名が多用されていると共に、借訓字（借訓用法）も少なからず用いられている点に特徴がある。このことと未定訓の域を越えた「難訓」の存在と無関係ではないと考えられる。なお「難訓」は「歌稿B」に存在している。

右のことは、難訓表記のことを横へ置くと、巻第一・巻第二の他の歌々とも共通する事項であり、「歌稿A～D」は「巻第一～二」の歌々の表記相とさして異なるところがないと概括出来る。次節で指摘するように、歌稿においては特殊な用字が少なからず存在し、その意味で用字用法は単一ではなく、同一視は出来ないのであるが、総体としては「巻第一～二」の歌々と大きく異なるところがない。ここで「巻第一～二」としたのは、伊藤博が「持統万葉」「元明万葉」としたものを参考にしている。伊藤博は「一～五三番歌、或本を除く」を「持統万葉」とし、「五四～八三番歌、八五～二二七番歌。ただし五九～六一、六四～六五、七三、一三〇、一四六、一六二と或本を除く」を「元明万葉」としている。[7] 参考にしているとしたのは、そのままを採用したのではなくて、検討対象範囲として私は次のようにしたからである。

巻第一　一～　五一番歌
巻第二　八五～一二二番歌（相聞）
　　　　一四一～二〇六番歌（挽歌）

あくまでも概括的な総覧のために見たものであり、「或本歌」も含めて右の範囲の用字について縦覧した。念のために言及しておくと、右の範囲を「巻第一～二」の古層と私が見ているわけではない。個人的には、

巻第一の原形　三～　五一番歌

巻第二の原形　九一～一一三番歌（相聞）
　　一四七～二〇一番歌（挽歌）

が古萬葉集の範囲であると考えている。[8] 今はそれより範囲を広くしての調査とした。これは視野を狭くしないためのものであるが、いずれの場合をとっても結論が大きく変って来るものではない。

　正訓字を主とすること及び訓仮名の多用と共に借訓字の多いことが指摘出来る。借訓字とはカラの仮名として「柄」の用字を借り、クニの仮名として「國」の字を借り用いる類であり、「歌稿」中に四五件、「巻第一～二」全体では八一件と共に少なくはない。これは例数ではなくて種別カウントであり、「カツ・カテ」（勝）、「シキ・シク」（敷・布）、「トモ・ドモ」（友）、「マサ・マシ・マス・マセ」（益）はそれぞれ一件とカウントしてのものである。他に二合仮名「高」（カグ）、「兼」（ケム）、「蟬」（セミ）、「南」（ナム）（以上、「歌稿」）、「越」（ヲチ）（「歌稿」外）の使用が見られる。

　当初、借訓表記（訓仮名及び借訓字）が少なくないことをいぶかしく思ったが、馬淵和夫[9]に次の言及がある。

　　通説では、固有名詞を書き表わすのに、まず音仮名を用いたことから日本語の漢字表記が始まると説くのであるけれども、意外に借訓表記は古くからあるのである。

この文に続いて具体的な指摘がある。稲岡耕二[10]は、推古期遺文・大宝養老戸籍から訓仮名使用例の少なくないことを示している。沖森卓也[11]には次の指摘がある。

　　六世紀中葉には訓が成立していた……（一七頁）

　　訓仮名の古い例を探すと、七世紀中葉（もしくは七世紀前半）の伝飛鳥板蓋宮跡出土木簡の「矢田部」があげられる。（二三頁）

訓が六世紀中葉には成立していたという事情を考えれば、それを仮借するという用法も六世紀まで遡ることも十分に考えられる。（二四頁）

万葉仮名の音訓交用表記は、八世紀初頭の美濃国大宝戸籍帳には次のように枚挙にいとまがない。…中略…固有名レベルで音訓が交用される例は七世紀中葉以降の例が知られる。(12)

また八木京子(13)には『萬葉集』と共に木簡資料からも音訓交用表記を指摘する精力的な成果がある。

以上から見ると、借訓表記が多用されているからということで、その用字が新しいと即断することは出来ないことが明らかとなって来る。古い用字であると直結するわけではないけれども、少なくとも古層の用字資料であると見てもおかしくはないということが出来るのである。

四　「歌稿」における具体的な用字の検討

固有名表記は特殊な性格を有する側面があるのでこれは副次的に扱い、一般的な表記を主にして以下検討する。

歌稿A

まず三〜四番歌に特異な用字が多く見られる。「巻第一〜二」の中（以下、こういう言い方をするが、「歌稿」を除いた「巻第一〜二」の検討対象範囲をいうものである）に出現しなかった用字に「他《タ》」（三）「渚《ス》」（三）「剋《キ甲》」（四）「春《ハル》」（四）がある。長歌（三番歌）における「他」「渚」は第一四句の「他田渚」の例であり、これは第一二句の「今立須良思」の変字法として「今他田渚良之」が使用されている。変字用法ということが関与しているのであろうが、特異な用字である。「他《タ》」の『萬葉集』中での仮名用例は、「他廻来毛」(7・一二五六)、「他都枳」(20・四三八四、下総国防人歌)、「他加枳奴」(20・四三八七、同上)、「他麻保加」(20・四三八九、同上)、「牟浪他麻乃」(20・四三九〇、同上)、「由美乃美他」(20・四三九四、同上)、濁音使用例に「伊摩他」(5・七九四、山上憶良)があるにすぎない。「渚《ス》」の場合は「吾忘渚菜」(11・二七六三)が仮名としての用例になり、他に「比登乃兒能　可奈思家之太波　波麻渚杼里」(11・二七六三)はその上にある「兒」同様の義字的仮名としてある。また固有名表記の「渚沙乃入江」(11・二七五一)があるがこれは正訓字表記に限り無く近い。こういう情況で、三番歌の「他」「渚」の用字情況が明らかとなって来る。またその反歌の四番歌の例は枕詞「玉剋春」の事例である。「剋」の用字は他には枕詞にしか使用されていない。即ち、「霊剋」(4・六七八、中臣女郎。5・八九七、山上憶良。5・九〇四、擬憶良歌。6・九七五、安倍広庭。6・一〇四三、大伴家持。9・一七六九、抜気大首)、「玉剋」(19・四二一一、大伴家持)という情況であるが、これらはいずれも「キハル」の用字として使用されている。ところが四番歌では「キ甲」の用字として使用されていて、これは唯一の事例である。その下の借訓字「春《ハル》」も他には「霊寸春」(10・一九一二)という使用が見られるのみである。また、この四番歌には正訓字表記ながら特異な「馬數而」の「數《ナメ》」の用字例もある。このように見ると「歌稿A」の三～四番歌の用字は、「巻第一～二」の用字の一般からかけ離れたところに位置しているものであると言うことが出来る。

次に七番歌では、「借五百」の「五百《イホ》」が挙がって来る。「巻第一～二」の中は勿論、『萬葉集』中で借訓事例は、他に「五百入《リ》鈍染」(7・一二三八)、「五百入《リ》為而」(10・二二四八、10・二二四九)の三例のみとなる。次に固有名表記ではあるが「兎《ウ》道《ヂ》」が孤例である(他は「氏」「是」「宇治」「于遅」)。また、義訓的訓字表記ではあるが「金」字によるアキの表記は他に巻第九に一例(一七〇〇)、巻第十に五例(二〇〇五・二〇一三・二〇九五・二二三九・二二三〇二）という用字情況になっている。「苅葺」の「葺《フキ》」字の場合は、他の使用が「尾花逆葺」（8・一六三七）、「花乎葺核」（10・二二九二）のみという用字情況である。

八番歌では、「沼《ヌ》」「菜《ナ》」「乞《イデ》」の用字が指摘できる。この三件の訓仮名及び借訓字は、「巻第一〜二」の中には出現しない。ただし、「沼《ヌ》」は巻第六に四例（九二二・九四二・九四八・九九九）、巻第七に一例（一二四九）、巻第九に二例（一七五七・一八〇九）、巻第十に五例（一八三七・二〇三六・二〇八五・二一八三・二二九〇）、巻第十一に二例（二四八六或・二八一八）、巻第十二に一例（二九二八）、巻第十三に四例（三二四七・三二五六・三二五八・三三一三）と少なからぬ例があり、「菜《ナ》」も同様に巻第三に一例（三二一）、巻第六に二例（九三一・九三五）、巻第七に一例（一一八五）、巻第八に一例（一五六九）、巻第九に一例（一七三九）、巻第十に三例（一八三六・一八七四・一八八八）、巻第十一に一例（二七六三）、巻第十三に一例（三二九六）、巻第十六に一例（三七九一）と少なからぬ例がありはするが、挙例可能な用例数であって一般的な仮名使用情況ではない。「乞《イデ》」の場合、他に「コフ」「コソ」「コチ」などと訓まれているが、今の「イデ」は用例が少ない。「乞吾君」（4・六六〇、大伴坂上郎女）、「乞如何吾」（12・二八八九）、「乞吾駒」（12・三一五四）は正訓字としての用法である。「乞通来祢」（2・一三〇）は巻第二の用例ながら、私の検討対象外の範囲に属しているが、この場合「コチ」とも訓まれる。「イデ」と訓んだ場合は正訓字例である。即ち八番歌の「今者許藝乞菜」のような借訓用法は、『萬葉集』中他には見られない。次に固有名表記ではあるが「熟田津」の「熟《ニキ》」も孤例である（他は「柔田津」及び訓に異説のある「飽田津」「和田津」）。このように七〜八番歌の用字においても、三〜四番歌と同様に、「巻第一〜二」の用字の一般からかけ離れたところに位置しているものであると言うことが出来る。

一〇〜一二番歌では、「追《ツ》」（一二）の仮名が「巻第一〜二」の中のみならず『萬葉集』中の孤例となっている。

また「草乎苅核」（一一）の借訓「核《サネ》」が「巻第一〜二」に出ず、『萬葉集』中では「核不可忘」（9・一七九四、田辺福麻呂歌集）、「花乎葺核」（10・二二九二）、「核延子菅」（11・二四七〇）、「核葛」（11・二四七九）、「無恙行核」（12・三二〇四）という少ない事例が確認できるのみである。「君之齒」（一〇）の「齒《ヨ》」は正訓字である。「齒」の用字は、借訓「ハ・バ」に使用されると共に、借訓「ヨ」の例が一例あるが（「齒隠有」11・二七七三）、一〇番歌で使用されている正訓は他に例がなく孤例となっている。なお他に散文例ながら「容齒衰老」（16・三八六九、左注）の例がある。「去来結手名」（一〇）の「去来《イザ》」は義訓的な正訓字であり(14)、巻第一の中にもその例がある（「去来見乃山」四四）。『萬葉集』中他に七例が確認できる。

一三〜一五番歌では、「雲根火雄男志等」の「男《ヲ》」の仮名が「巻第一〜二」に出ない（ただし巻第二・一六〇番歌の難訓「智男雲」の「男」に仮名の可能性が残る）。仮名としては『萬葉集』中他に六例があるのみである（4・七一九、11・二四九一、11・二七四三或本、20・四三二〇、四三三一、四三三二）。この内、巻二十の三例は「麻須良男」としての大伴家持による義訓仮名としての用例となっている。「虚蟬」の「虚《ウツ》」の借訓はよく見る用字であるが、検討対象としての「巻第一〜二」には出て来ない。固有名表記の「高山」の「高《カグ》」（一三・一四）は特殊な音仮名（二合仮名）である。「タカヤマ」「タカネ」という正訓の例は少なくないが、二合仮名例としては『萬葉集』中この二例のみである。同じく固有名表記の「雲根火」の「根」「火」は「巻第一〜二」に出るが、「雲《ウ》」は「巻第一〜二」に見られない。借訓「クモ」の例は『萬葉集』中少なくないが、音仮名「ウ」は他に「雲聚玉蔭」（13・三二二九）の一例に過ぎない（他に、二合仮名例として「雲飛山」（7・一三三五）がある。固有名表記の「耳梨」の「梨《ナシ》」は他に一〇例見られるが、「巻第一〜二」には出て来ない（検討対象外のしかも左注〈古事記所引例〉に「木梨軽皇子」の例が巻第二の九〇番歌左注に見られる）。一五番歌については、「渡津海」の表記例がこの歌だけであるという指摘にとどめておく。

一六番歌においては、ごく普通の用字と見られるノ甲類の「努」が「巻第一～二」に出て来ないということがあるが、これは偶々ノ甲類そのものが見られないことに拠っていよう。他に「歎」の用字が「歌稿B」には「嘆」（2・一五〇）の字で見られる。なお、「歌稿B」の五番歌には「歎」が出ている。これをどう見たらよいのか、今は結論を保留したい。

二一番歌の「保《ホ》」の仮名が「巻第一～二」に見られないが、これも先の「努」同様に偶々出ないと見てよいであろう（四〇番歌には「寶《ホ》」の仮名が出る）。

また一五四番歌の借訓「國《クニ》」が「巻第一～二」に見られない。これも二三二番歌以降にはよく見られるものであり、取り立てるほどのことはないと思われる。

以上、「歌稿A」全体として見ると、三～四番歌の用字同様に「歌稿A」全体としても、「巻第一～二」の用字の一般からかけ離れたところに位置している使用情況であると結論付けることが出来る。

歌稿B

まず後代の作品かという論議のある五～六番歌から見るが、用字の上では特異な様相を呈している。

「和豆肝之良受」（五）の「肝《キモ》」の借訓例は『萬葉集』中他には見られない。なお参考事項として挙げると、その下に位置する枕詞「村肝乃」（五）の「肝《キモ》」の場合は正訓字と認めてよいと考えるが、この事例も多くはない。巻第二の一三五番歌（検討対象外範囲）に「肝向」があり、他は「村肝」（4・七二〇、10・二〇九二、16・三八一一）「肝向」（9・一七九二）という使用情況である。

「奴要子鳥」（五）の「要《エ》」は、調査対象の「巻第一〜二」の中で偶々使用例が見られなかったということであろう。対象外の巻第二の一三一番歌に出る他、巻第八の一四一八番歌以下に多く見られる普通のヤ行の用字である。

その下に位置する「卜歎居者」の「卜《ウラ》」はまず使用されない特異な借訓用字で、他には「卜細子」（13・三三九五、本文上問題がないわけではない）があるのみである。類似の使用例に「益卜雄」（2・一一七、検討対象外）「益卜男」（11・二七五八）の借訓「ラ」の事例がある。

「鶴寸乎白土」（五）の「鶴」の字は「ツル」の借訓仮名としてはよく使用されるが、歌語とされる「タヅ」の語の借訓仮名例は『萬葉集』中他に存在しない。「白土」の「白《シラ》」は、同じ「歌稿B」中の「道之白鳴」（一五八）でも使用され、「歌稿中の用字」という側面を有している。同じ巻第二の一四一番歌（検討対象外範囲）には「磐白」（一四一）という固有名表記として見られるが（シラとシロの違いは存する）、シラとしての「白」字の例は「巻第一〜二」中には見られない。わずかに、巻第三に二例（二六四、三三六）、巻第四に一例（六一九）、巻第九に一例（一七九二）、巻第十三に一例（三二七六）の計五例が見られるのみである（他に固有名表記として「白神」例がある、9・一六七一）。参考までにシロの事例を付記すると、巻第三に一例（二六四）、巻第七に一例（一一三七）、巻第十に三例（二二五五、二三三九、二三四四）、巻第十一に一例（二六八〇）、巻第十二に一例（三〇二一）、巻第十六に一例（三八一二）の計八例が借訓仮名の例としてある（他に固有名表記として「藤白」の例がある、9・一六七五）。「白土」の「土《ニ》」の場合は、より少なくて他に「田時乎白土」（9・一七九二）「弥年之黄土」（10・一八八二）の二例があるのみである。

反歌第五句の「小竹櫃」（六）の「小竹《シノ》」の借訓字例も「巻第一〜二」中には見られない用字で、「懸而小竹葉背」（9・一七八六）「小竹野尓所沾而」（10・一九七七）「心文小竹荷」（13・三二五五）の三例が確認できるだけである。またその下の「櫃《ヒツ》」の借訓字例も「巻第一〜二」中には見られず、他には「懸而之努櫃」（3・三六六）「日本思櫃」（3・三六七）の笠金村作品の用字に見られるだけである。

以上、五〜六番歌は用字の上から孤立的であると言ってよい。

次に九番歌は難訓歌として用字上特異な存在である。その一・二句「莫囂圓隣之大相七兄爪謁氣」は横へ置き、第五句の「五可新何本」を見よう。一般的な訓「イツカシガモト」を認めての上でのことになる。「五《イツ》」は「巻第一〜二」中には見られず、他には「此五柴尓」（8・一六四三）「五柴原能」（11・二七七〇）の二例に見られるだけである。音仮名「新《シ》」は他に「黄葉散良新」（10・二一九〇）に見られるだけという特異な用字である。「何」字はカ清音仮名としては巻第二の一九六番歌に見られるが（「二」の異訓もある）、ここの濁音仮名ガとしては、対象外の二一八番歌に確認出来る他は、「巻第一〜二」中には見られない。しかし特異な用字ではなく、巻第五をはじめ、少なくない用例が指摘でる。

一七〜一九番歌においては、固有名表記の「三輪《ミワ》」（一七・一八）がある。この「輪《ワ》」の表記は特異で、範囲内の二〇二番歌（ただし或書歌）にある以外は「巻第一〜二」中には見られない。他には固有名「三輪」として三例見られ、他に借訓仮名として「面輪」（9・一八〇七・虫麻呂、19・四一九二・家持）の二例があるのみである。

一八番歌第四句「情有南畝」の「畝」字は『萬葉集』中、「畝火」の固有名表記として四例、他に「百姓田畝」（18・四一二二、題）の散文例が家持の題詞中に見られるのみの用字であり、仮名用例としてはこの一八番歌で使用されているだけの特異な用字である。その上に位置する「南《ナ》」も「巻第一〜二」中にはなく、助動詞ナムの借訓（2・一五五、額田王）は少なくない中で、仮名「ナ」としては『萬葉集』中九例が見られるのみである（7・一

一二五、8・一四三五、9・一七七三、11・二七七四、13・三二二三、13・三二二七、13・三二三〇、14・三三九〇、14・三五一六）。この内、東歌の二例以外はカムナビの「ナ」としての用字であり、用法の固定が見られ、特殊な用字であると見ることが出来る。

一九番歌の固有名表記「綜麻形」はその訓みも明らかではない。どのように訓むにせよ、「綜」は『萬葉集』中題詞左注を含めて唯一の用字であり、特異な用字であることが浮き彫りになる。「麻」は通常マの仮名であるが、この箇所の一般的な訓みの「ソ甲」で訓む場合、二三番歌に一例見られるが（打麻乎）、他には「夏麻引」（7・一一七六、13・三二五五）「打麻懸」（12・二九九〇）があるのみで、これらは仮名というよりも正訓としての性格が強い例である。「形」は珍しい用字ではないが、借訓例は「巻第一～二」中には見られない。

二〇番歌では「指」の借訓サスが挙げられる。「巻第一～二」中には見られず、『萬葉集』中他に九例がある（他に「ササ」が三例、「サシ」が二十三例確認できる）。また「武良前」の「前《サキ》」は用例が多くない。「巻第一～二」中には用例がなく、「崎」の意味の「前」（3・二五一など十例）を正訓と見ると、「前玉之小埼乃沼」（9・一七四四）が他の唯一の借訓例ということになる。（「道前」13・三二四〇の訓は、クマがよいのかどうか、むつかしいところがあるが、正訓字としての使用例ではあろう。）

二二番歌では、「湯都盤村」の「湯《ユ》」が「巻第一～二」中には見られない。しかし、巻第三の四二〇番歌以下、二十三例の使用例がある（「湯種」〈7・一一一〇、15・三六〇三〉を正訓と見ているが、借訓と見ると二十五例になる）。歌末の「煮手」の「煮《ニ》」も珍しい用字である（その字形は「者」の下に「火」を置く異体字形）。他の確例に「鹿煮藻闕二毛」（4・六二八）がある。また二の仮名「者」は「煮」の省文（省文仮名(15)）であり、他に三例が加わることになる（4・六一二、4・七四七、12・二九一九）。

巻第二の一五〇番歌では、「君曽伎賊乃夜」の「賊《ゾ》」の仮名が孤例である。他には正訓字として唯一の例が「賊守」（6・九七二）に見られるのみである。

一五五番歌では、固有名表記「山科」が珍しい。この「科《シナ》」の字は「山科」に特有の表記であり、そうした固有名表記故に用例が少ないということになるのであろう。固有名として他に三例が見られ（9・一七三一、11・二四二五、13・三二三六）、固有名以外の借訓仮名としては「科坂在」（19・四一五四、家持）があるのみである。歌末の借訓字「南《ナム》」は「巻第一～二」中に見られないが、巻第五以下にその用例が少なくはない。ただ、「巻第一～二」の中では珍しい用字であるということが言えよう。

一五六番歌の三～四句は難訓である（已具耳矣自得見監乍共）。この難訓自体が孤立的である。第二句「神須疑」の「疑《ギ》」は、巻第二の二二一番歌（検討範囲外「宇波疑」）に見られる他は、巻第五や東歌に用例が少なくはなく、巻第十五以降にも用例は多いが、「巻第一～二」の中では孤立している用字である。

一五八番歌の「白《シラ》」は先の五番歌条で言及した。「白鳴」の「鳴《ナク》」も孤立している。借訓ナクは他に「小豆鳴」（11・二五八〇）が見られるのみである。これ以外にナルとして「髣髴為鳴」（7・一一五二）、ナスとして「垣廬鳴」（11・二四〇五）が確認できる。なお正訓字ながら、「立儀足」の「儀《ヨソヒ》」も特異ではある。『萬葉集』中の用法は「光儀」「容儀」「儀」として名詞例ばかりであり（しかも「巻第一～二」の中では、検討範囲外の二二九番歌に例があるのみである）、ここのような動詞例はない。

歌稿C

歌稿Cは作者名の歌末表示という様式上の相違がある。

この歌稿Cの用字上の特徴は一五一番歌の音仮名「人《ニ》」である。この用例は『萬葉集』中、他では使用されていなくて孤例となっている（なお検討範囲外ながら、巻第一に「枕之邊人」〈1・七二〉がある。種々の訓があるが、「邊人」を「アタリ」と訓む場合、「人《リ》」は唯一の借訓仮名となる。他は正訓字と人名のみに使用されている）。

この一五一番歌にはこの特殊な用字「人《ニ》」（音仮名）のあるところから、訓義で問題のある「乃懐」も他の一般的な用字法で安易に解決しないのがよいのかも知れない。

歌稿D

一四八番歌の用字「跡《ト》」「羽《ハ》」「香《カ》」は、歌稿A・Bの中では使用されていないが、「巻第一～二」の中では「跡」「香」は珍しい用字ではなく、「羽」の使用も見られる。むしろ「旗」字を珍しいとするのがよいのかも知れない。正訓か借訓かは解釈と関わってむつかしいところがあるが、「青旗」は正訓、「木旗」は地名表記の借訓と理解すると、借訓「旗《ハタ》」は珍しい。「豊旗雲」（1・一五）「旗須為寸」（1・四五）は正訓用法である。「垣津旗」（10・一九八六、11・二八一八、12・三〇五二）や「織旗」（10・二〇六五）「倭文旗」（11・二六二八）の五例が借訓用法である。

五　用字の検討結果から

以上をまとめると、「歌稿D」には特徴と言い得るほどのものが見られなかったが、「歌稿A～C」には、その用字表記上の特徴があり、「巻第一～二」の中において用字上異質であるということが指摘できる。これは、当時の編纂というものが、現在一般に考えているような用字統一などの作業ではなくて、主に「切り継ぎ」によったということに由来している。「切り継ぎ」作業によって、元の用字がパック状に保存されることになるのである。これは結果的にそうなったということであるが、その一方には、編者として勝手に手を入れないという見識も存在したものであろう。かくして、柿本人麻呂の用字も笠金村・高橋虫麻呂・田辺福麻呂の用字も原態に近い姿のまま『萬葉集』に残されることになったのである。(16)

なお、「歌稿A」と「歌稿B」間には特に指摘出来るほどの用字上の異質性は見出せない（言語情報自体が多くあるわけでもないが）。

次に、右では言及しなかったが、柿本人麻呂歌集略体歌のような表記は見られなくて、助詞及び助動詞を略することなく丁寧に表記しているということが指摘できる。これは「歌稿D」にも該当することである。即ち、「歌稿A～D」には訓添えの事例が極めて少なく、むしろ饒舌なまでの表記が見られ、その饒舌さゆえに難訓まで生じている。難訓はさておき、こうした助詞・助動詞の丁寧な表記は、巻第一・巻第二に共通する性格である。それでは「歌稿A～D」に巻第一或いは巻第二の編者の手が入っているのかというと、右で用字上の特徴を一々指摘して来たように、それは否定されるものである。即ち、こうした丁寧な倭歌表記は「初期萬葉」の特徴であると見てよい。倭ことばによる歌を表記する上では、略さずに丁寧に表記しないと倭歌を倭歌として読んでもらえないという危惧がその底には存在したのであろう。即ち「歌稿A」「歌稿B」は共に書記資料として伝来され、『萬葉集』に収載されたものであろう。「声の歌」ではなくて、「書き記された歌」であると認めてよい。このことは左注の中に「舊（旧）本」と記されていることが如実に物語っていよう。

一五番歌（歌稿A）の左注に、「右一首歌今案不似反歌也但舊本以此歌載於反歌故今猶載此次」とあり、一九番歌（歌稿B）の左注に、「右一首歌今案不似和歌但舊本載于此次故以猶載焉」とあるのがそれである。この「舊

(旧)本」とは巻第一編者の目前に存在した書き記された歌としての「歌稿A」「歌稿B」の存在を意味しているとみるのがよい。

この「歌稿A」「歌稿B」は、額田王の歌を核として成り立っているが、その表記が額田王自身によるものとは断定出来ず、あくまでも額田王に関わって存在する二つの歌稿グループであると見ることが出来るものである。

因みに言及すると、この「歌稿A」「歌稿B」には、『古事記』に見られるモの甲乙類の別は確認できない。確認できないこととその表記が新しいということとは直結しない。『古事記』に見られるモの甲乙類の別は、新古というよりは『古事記』における表記上の特質と見るべきものである。

巻第二の天智天皇挽歌中に、「歌稿A」の一四七番歌・一五三番歌・一五四番歌があるが、恐らくこの三首は、巻第二挽歌部編集の際に、巻第一から切り出され、巻二に切り継がれたものであろう。特に一四七番歌は「不豫之時」(生前)の作であり、その可能性がある。

「歌稿C」「歌稿D」は、より後に巻第二に補われたものであろう。

六　おわりに

高岡市萬葉歴史館での講演において「額田王の歌の伝来について」と題して話したことがあり、この講演録(17)は、当稿と重なるところがある。この講演録ではこの歌稿の伝来まで踏み込んで言及した。参照されたい。

この中で「大海人皇子所伝本」(歌稿A)と「葛野王所伝本」(歌稿B)ということについて言及した。この講演録では、二〇番歌・二一番歌の蒲生野贈答歌については、一括して扱った。即ち二〇番歌には「作歌」とあって

「歌稿B」に属し、二一番歌には「御歌」とあって「歌稿A」に属することになり、この二首は分離することになるのであるが、講演録においては二首は一体で大きく「作歌」に包まれると解釈して、蒲生野贈答歌の二首を「歌稿B」として扱った。

当稿では、この二首を題詞表記のままに分離して二〇番歌（歌稿B）、二一番歌（歌稿A）としている。この問題は当論の各論に属することであり、私としてはこだわらないことであるが、所伝本論議の上から言及しておくと、この二首分離の場合には、二〇番歌（額田王歌）は、額田王からその娘の十市皇女へ、その後額田王の孫の葛野王へ伝来したということになり、二一番歌（大海人皇子歌）は二〇番歌とは別途に伝来し、『萬葉集』巻第一の編纂の場で二首は再会したということになる。

巻第二の天智天皇挽歌中で、「太后」（2・一四七、2・一五三）と呼称されたものが、その一方では「倭太后」（2・一四九）と呼称されることの疑問点についても、これは「歌稿A」の表記「太后」と「歌稿B」の表記「倭太后」ということに由来していることを指摘している。十市皇女関係歌はいずれも「歌稿B」に属していることも言及した。

なお原田貞義[18]は、右で指摘したような資料的観点の必要性を古くから説いている。私の言う「歌稿A〜D」に言及しているわけではなく、巻第一・巻第二についての編纂上の見解も異なるが、資料論から見て行くことの必要性は顧慮してよい。また神田秀夫[19]には、『古事記』の歌謡に関しての言及になるが、歌謡の前文・後文に残る飛鳥層の用字の痕跡から、

安万侶以前、舒明朝においてすでに筆録された歌謡物語があつたとみられる

という言及があることについて付記しておこう。

【注】

（1）初期萬葉の範囲について初めに断っておく。一般に見受けられるこれまでの萬葉文学史においては「壬申の乱」以前を初期萬葉と認定しているが、原則的原理的に文学史は文学の展開で以って押さえるべきものである。歴史上の画期（エポック）が文学に影を落とすことは当然あるが、文学史は文学上の展開で以って認定すべきものである。このことは、かつて萬葉の第二期と第三期の区分において、志貴皇子の逝去の時に置くのがよいとした私見で言及したことである（廣岡義隆「万葉の第二期から第三期へ―志貴皇子小論―」〈『美夫君志』36号、一九八八〉、関連拙稿「倭歌暗黒の時代」〈『万葉史を問う』新典社・一九九九〉）。当稿においては、もっぱら資料論の立場から展開しているが、言及しているように扱う資料は「十市皇女」の範囲までであり、これは『萬葉集』という書物においても、「明日香清御原宮天皇代」（巻第一の二二番歌〈十市皇女に関わる歌〉の前に位置する標目）、「明日香清御原宮御宇天皇代」（巻第二の一五六～一五八番歌〈十市皇女挽歌〉の前に位置する標目）と位置付けられているものである。即ち、萬葉の第二期は柿本人麻呂の登場から開始するものであり、初期萬葉はそれ以前の時代と位置づけるのがよい。

（2）廣岡義隆「額田王歌稿の復元―天智挽歌群・十市皇女歌群をも視野に―」（『蒲生野』25号、一九九三）。

（3）吉井巖「額田王覺書―歌人額田王誕生の基盤と額田王メモの採録―」（『萬葉』53号、一九六四。吉井巖『萬葉集への視角』〈和泉書院・一九九〇〉所収）。

（4）五～六番歌「軍王作歌」の諸問題ついては、次の稿で諸論をまとめている。今、一々列挙することを避ける。廣岡義隆「軍王」（『万葉集歌人事典』雄山閣、一九八二）。なお、上代文学会セミナー「《初期万葉》を構想する」（二〇〇五年六月二五日）において、梶川信行からその題詞の「安益」の表記は孤例で好字令以前の表記と見られるが、そうした表記以前の問題として、『萬葉集』巻第一の編者は五・六番歌について御代別の標目によって舒明代の歌として位置付けているということは無視出来ないであろうという教示を得ている。その後、梶川信行「《万葉史》の中の軍王見山作歌―八世紀の《初期万葉》の論として―」（『桜文論叢』66巻、二〇〇六）が出たことを知った。参考までに付記しておく。

（5）影山尚之「聖武天皇「東国行幸時歌群」の形成」（『解釈』38巻8号、一九九二）。

(6) 中西進「原万葉―巻一の追補―」（『美夫君志』7号、一九六四）、中西進「感愛の誕生―万葉集巻二の形成―」（『国語国文』35巻4号、一九六六）。共に、『中西進万葉論集　第六巻』（講談社・一九九五）所収。
(7) 伊藤博「女帝と歌集」（『専修国文』創刊号・一九六七『萬葉集の構造と成立　下』〈塙書房・一九七四〉による）。
(8) 廣岡義隆「但馬皇女と穂積皇子の歌について」（三重大学人文学部紀要『人文論叢』2号・一九八五）。
(9) 馬淵和夫『上代のことば』（至文堂・一九六八）七九頁。
(10) 稲岡耕二「音訓両用の假名について」（『萬葉』51号・一九六四。稲岡耕二『萬葉表記論』〈塙書房・一九七六〉所収）。四五八頁。
(11) 沖森卓也『日本古代の表記と文体』第一章第二節「訓の成立と音仮名の展開」（吉川弘文館・二〇〇〇）。
(12) 沖森卓也「音訓交用について」（松村明先生喜寿記念会『国語研究』明治書院・一九九三。前出『日本古代の表記と文体』加筆補訂所収）。所収本三二～三三頁。
(13) 八木京子「音仮名と訓仮名を交えた表記―万葉集仮名書き歌巻と和歌木簡資料を中心に―」（『日本女子大学紀要（文学部）』54号、二〇〇五）。八木京子「上代文字資料における音訓仮名の交用表記―難波津の歌などの木簡資料を中心に―」（『高岡市万葉歴史館紀要』15号・二〇〇五）。八木京子「柿本人麻呂の音訓仮名交用表記―うたの文字としての「仮名」―」（『日本女子大学紀要（文学部）』55号・二〇〇六）。
(14) 小島憲之「萬葉集の文字表現」（『上代日本文學と中國文學　中』塙書房・一九六四）八三〇～八三六頁。
(15) 廣岡義隆「文末辞・語已辞としての「者」字（二）」（『三重大学日本語学文学』12号・二〇〇一、廣岡『上代言語動態論』〈塙書房・二〇〇五〉所収）。所収本、二四一～二四二頁。
(16) 廣岡義隆「文末辞・語已辞としての「者」字（一）」（菅野雅雄博士古稀記念『古事記・日本書紀論究』おうふう・二〇〇〇、前出『上代言語動態論』所収）。所収本、二四七～二四八頁。
(17) 廣岡義隆「額田王の歌の伝来について」（『額田王〈高岡市萬葉歴史館叢書18〉』高岡市万葉歴史館・二〇〇六）。
(18) 原田貞義「万葉集編纂研究に対する資料的視点―巻一、二の成立論をめぐって―」（野田教授退官記念『日本文學新見　研究と資料』笠間書院・一九七六。原田貞義『万葉集の編纂資料と成立の研究』〈おうふう・二〇〇二〉加筆補訂所収)。原田貞義「原資料から万葉集へ－笠金村歌集と大宰府圏の歌を例に－」(『上代文学』95号、二〇〇五)。

(19) 神田秀夫「上古の文芸作品となつた古事記」(『古事記の構造』Ⅷ、「9歌謡と歌謡物語」書き下ろし、明治書院・一九五九)。引用は三二九頁。

【付記】

『萬葉集』中の用字検索は、村田右富実作成になる『萬葉集』テキスト・ファイル(おうふう版準拠。「萬葉集乃宅頁」http://www.otal.osaka-wu.ac.jp/index.htm)の本文及び木下正俊校訂になるＣＤ－ＲＯＭ版『萬葉集』(塙書房・二〇〇一)により、両者を勘案して利用した。

【参考文献】


大野透『萬葉假名の研究』(明治書院・一九六二)。

松田好夫「原万葉集の成立と資料の推定－額田王作品関係－」(『国語と国文学』46巻9号、一九六九。松田好夫『万葉研究作者と作品』〈桜楓社・一九七三〉所収)。

尾山慎「萬葉集における入声字音仮名－連合と略音－」(『国語と国文学』82巻8号、二〇〇五)。

尾山慎「萬葉集における二合仮名について」(『萬葉語文研究』2集、二〇〇六)。

尾山慎「萬葉集における撥音韻尾字音仮名について－連合と略音－」(『萬葉』195号、二〇〇六)。

書記テクストとしての磐姫皇后歌群

廣川晶輝

一　はじめに——本論の立場、問題設定——

■対象作品　本論は、左の作品を考察の対象とする。

磐姫皇后思㆓天皇㆒御作歌四首

君之行《きみがゆき》　氣長《けながく》成奴《なりぬ》　山多都祢《やまたづね》　迎加将㆑行《むかへかゆかむ》　待尓可将㆑待《まちにかまたむ》　（2・八五）

右一首歌山上憶良臣類聚歌林載焉

如此許《かくばかり》　戀乍不㆑有者《こひつつあらずは》　高山之《たかやまの》　磐根四巻手《いはねしまきて》　死奈麻死物呼《しなましものを》　（2・八六）

在管裳《ありつつも》　君乎者将㆑待《きみをばまたむ》　打靡《うちなびく》　吾黒髪尓《あがくろかみに》　霜乃置萬代日《しものおくまでに》　（2・八七）

秋田之《あきのたの》　穂上尓霧相《ほのへにきらふ》　朝霞《あさかすみ》　何時邊乃方二《いつへのかたに》　我戀将㆑息《あがこひやまむ》　（2・八八）

或本歌曰

居明而《ゐあかして》　君乎者将㆑待《きみをばまたむ》　奴婆珠能《ぬばたまの》　吾黒髪尓《あがくろかみに》　霜者零騰文《しもはふるとも》　（2・八九）

右一首古歌集中出

古事記曰　軽太子姧二軽太郎女一　故其太子流二於伊豫湯一也　此時衣通王不レ堪二戀慕一而追往時歌曰

君之行《きみがゆき》　氣長久成奴《けながくなりぬ》　山多豆乃《やまたづの》　迎乎将レ往《むかへをゆかむ》　待尓者不レ待《まつにはまたじ》　此云二山多豆一者是今造木者也　（2・九〇）

右一首歌古事記与二類聚歌林一所レ説不レ同歌主亦異焉　因撿二日本紀一曰　難波高津宮御宇大鷦鷯天皇廿二年春正月天皇語二皇后一納二八田皇女一将レ為レ妃　時皇后不レ聴　爰天皇歌以乞二於皇后一云々　卅年秋九月乙卯朔乙丑皇后遊二行紀伊國一到二熊野岬一取二其處之御綱葉一而還　於レ是天皇伺二皇后不一レ在而娶二八田皇女一納二於宮中一　時皇后到二難波濟一　聞三天皇合二八田皇女一大恨之云々

亦曰　遠飛鳥宮御宇雄朝嬬稚子宿祢天皇廿三年春三月甲午朔庚子木梨軽皇子為二太子一　容姿佳麗見者自感　同母妹軽太娘皇女亦艶妙也云々　遂竊通乃悒懐少息廿四年夏六月御羮汁凝以作レ氷　天皇異之卜二其所由一　卜者曰　有二内乱一　盖親々相姧乎云々　仍移二太娘皇女於伊豫一者　今案二代二時不レ見二此歌一也

まず、仁徳天皇の皇后磐姫に関する右の一連の作品を、「初期万葉」と銘打つ本叢書にて論じることについて説明しなくてはならない。斉明朝・天智朝の額田王には「実態」があるが、雄略天皇や磐姫皇后にはないという、現代の我々によってなされる〈線引き〉によって、後者を「初期万葉歌」としては扱わないとする考えがあるからである。この点について、参照されるのが、梶川信行の一連の論考である。一九九八年の論考[1]では、

〈初期万葉〉の作品は〈初期万葉〉の姿のままに『万葉集』に収録されているわけではない。それは、八世紀的な衣を纏った〈初期万葉〉にほかならないのだ。

と述べられており、

八世紀的な衣を纏った〈初期万葉〉の世界を《初期万葉》と表記し、舒明朝から天智朝あたりの倭歌の世界の実態である〈初期万葉〉の世界とは、峻別しておくことにしよう。

と述べられている。そして、二〇〇四年の論考では、[2]

……短歌三二首と長歌一首の計三三首（当該八五～八九歌を含む。廣川注）が《初期万葉》の「相聞」である、ということになろう。

ここで言う《初期万葉》とは、『万葉集』の編者が想定した倭歌の歴史における初期の時代のことであって、それは必ずしも、七世紀とそれ以前の倭歌の世界の実態を忠実に反映しているわけではない。

という発言があり、注目される。『万葉集』の編者の〈眼〉を通して初期の時代の作品であると認定され、「八世紀的な衣を纏っ」て、『万葉集』に載せられている作品。それらを、「八世紀的な衣を纏った」「初期万葉」の作品と自覚したうえで論じることは可能であろう。

これからこの作品を論じるにあたって、本論の立場と本論が問題として設定するところについて、この第一章で、いくつかに分けて示しておきたい。

■原型探しの論・形成過程を論じる論に対して　今、右に、梶川信行の論考を紹介したが、本論の立場を説明するために、もう少し触れなければならない。それは、梶川信行の二〇〇二年の論考である。[3]少々長くなるが、本論の立場を確認するために必要であるので、引用したい。その論考では、

冒頭に掲げた六首のうち、「古事記曰」とされた⑥の歌（九〇歌のこと。廣川注）が編纂時点、もしくは伝来過程における補入であるということは明らかであろう。⑥は①（八五歌のこと。廣川注）の異伝であるにも拘わらず、③（八七歌のこと。廣川注）の異伝である⑤の後に置かれているからである。また、⑥に付された長い

左注も、⑥が引用されたからこそ必要となったものにほかなるまい。つまり、現在の形になる以前に、①～⑤という形で一まとまりの本文として存在した段階があった、ということになろう。ところが、⑤はあくまでも「或本」の歌に過ぎない。したがって、これも別伝として後からつけ加えられたものに違いない。もちろん、「右一首歌山上憶良臣……」という左注も、①～④の歌群に対する編纂時点、もしく《ママ》伝来の過程における書き入れであろう。／題詞も、それを付した人間の判断と位置づけを反映しているに過ぎない。……／してみると、当然のことだが、／……（八五～八八のみの原文を示す。ただし、句ごとに一字空白で区切っている。廣川注）／といった形の四首がその原型ということになろう。……そこで、以下右を《四首》と称し、……（波線、廣川。以下同じ）

という記述が見られる。御覧のように、梶川論文は、想定する「段階」を一段階ずつ遡ることで、「原型探し」をしている。このような見解は、前掲の一九九八年の論考[4]においても、

そう考えてよいとすれば、「舊本」の本文は、現在の本文から左注を除いた、……（梶川氏はこれをBとする。廣川注）／という形であったと推定することができる。

それでは、口誦の歌であったと見られる〈三山歌〉は、いったいどのような姿だったのか。それは、「舊本」の本文Bから文字の要素を除いて行くことによって、窺い知ることができよう。……（梶川氏は、すべてひらがな表記し、Dとする。廣川注）。

というような記述において見られていた。本論としては、右の「**対象作品**」のところで引用した梶川信行の一連の指摘は、現存する書記テクストが八世紀的な衣を纏ったものであることを自覚できる点で重要な指摘であると考える。我々分析者にできるのは、そうした自覚のうえで、現在残されている書記テクストをあるがままに受け

とめる、そうした論のあり方なのではないだろうか。
三谷榮一は、原型からの「成長」の過程を論じ、(5)廣岡義隆は、形成過程について綿密に論じる。(6)それぞれ貴重なこれらの論考を挙げることで、本論の立場や問題設定を明らかにすることとしたい。本論が扱う当該作品は本論冒頭で見たが、そこには、作品の「形成過程」や「形成の段階」を表示しようとする徴表はない。そうした徴表を作品内であえて示して見せているのが、『万葉集』巻五に載せられている「サヨヒメ歌群」である。(7)本論としては、表示されていないものは、あえて問わないこととしたい。本論は、現在残されている書記テクストをあるがままに受けとめる、そうした論のあり方を目指したいと考える。

■政治的意図の有無をめぐって

この歌群については、ここに、政治的な意図が有るのか無いのかということについても盛んに論じられて来た。たとえば、直木孝次郎は、

鎌足を建内宿禰にかさねあわせながら、宮子や光明子の後宮での地位を高めようとするならば、藤原氏としては、磐之媛のねたみ深く威圧的な皇后というイメージを改め、貞淑で献身的な皇后にしたてなおし、宮廷での声価を高めることがまず必要である。私はこのような事情のもとに、記・紀の磐之媛像とことなる女性像に結びつく問題の四首の歌が、藤原氏の関係者によって磐之媛の作とされ、巻二の冒頭にかかげられたと考えるのである。

と論じた。(8)一方、寺川眞知夫は、右の直木論文を受けて批判を試みている。(9)

律令制のなかで書紀を正史として重視しはじめた時代に、その体制作りの中心を占めた藤原氏が、光明子の立后のためとはいえ、書紀と異なる磐姫のイメージを形成し、優先させようとしたとは考えがたい。……不比等は書紀の完成後三ヶ月の養老四年（七二〇）八月に病没したが、宮子《みやこ》や光明子の立后を意図するところ

があったとすると、彼の権力からして紀の磐之媛命の物語にはやくから手を加え、異なる方向に向けることも不可能ではなかった。しかし、書紀はそうしていない。

という記述にその批判は明瞭に現われている。

結局、政治的意図が有るのか無いのかという問題は、「テクスト外」のことがらを問うことになってしまう。本論としては、そうした「テクスト外」のことがらを問うことはしない。

■切れ目について　ここでは、右の「**対象作品**」のところで挙げた当該作品の範囲について言及しておきたい。右に掲げた寺川論文(10)では、八五歌から八九歌までしか掲出していない。九〇題詞・九〇歌・九〇左注については、考察の対象としていないのである。しかし、八九歌までで作品を区切る根拠はどうなのだろうか。それについて、寺川論文では示されていない。本論としては、『万葉集』というテクスト自体が提示している切れ目に従うべきと考える。つまりは、「天皇代」という〈徴表〉である。当該作品が載る『万葉集』巻二の冒頭部では、

難波高津宮御宇天皇代　大鷦鷯天皇 謚曰「仁徳天皇」

の記述の後、八五歌から九〇歌の左注までが係わり有るものとして一括して載せられている。そして、その九〇歌の左注の直後に、

近江大津宮御宇天皇代　天命開別天皇 謚曰「天智天皇」

の記述があり、天智朝の歌々が載せられているのである。このように、テクスト自体が関連を告げているのであるから、九〇歌題詞・九〇歌・九〇歌左注も含めての立論が求められるのではないだろうか。本論が「**対象作品**」で挙げた範囲を論述の対象とするゆえんである。

■テクスト上の磐姫皇后〈像〉について　これからの本論においては、磐姫皇后〈像〉の〈造型〉という術語

を用いる。その点について説明しておきたい。参照したいのは、まず、『萬葉集講義』の見解である。

以上四首は本文としたる皇后の御歌にして四首連続して一の想をなせること甚だ巧なりといふべし。第一首は起首として先づ、君を待つこと久しきをいひ、迎へに行くべきか、かくて待つべきかの二途いづれによるべきかといひて、胸中悶悶の情をあらはされたるなり。第二首は第一首を承けて、かくばかり恋ひて煩悶せむよりは一層死してこの苦境を脱せむかといひて、その情の最高潮に達せるをあらはせり。第三首は第二首を承けて更に一転して思ひかへして、いやいや短慮はせずいつまでも待ち奉らむといふ事をあらはせるが、表面の煩悶は沈静せる如くに見えて恋々の情一層深刻となれるを示せり。第四首は以上三首の帰結とし、特に遥に第一首の二途その一を択ばむかといへるに対してその悶々の情殆ど、処置すべき方途なきを嘆息せられたるなり。……若しこの歌真に皇后の御歌にあらずとせば皇后の御胸中を同情して人のつくれるにてもよし。或は又全く別の歌を誤り載せたりとしてもよし。四首一連にして、その情の深切にしてその作の巧妙なることは作者のいづれになりたりとて左右せらるべきにあらざるなり。

と述べる『萬葉集講義』の見解には、具体的な術語はないものの、この作品において創り上げられている磐姫皇后の〈像〉についての説明が見られよう。そして、次に参照したいのが、伊藤博の論考である。(11) 伊藤論文には、「万葉四首に造型された一途に天皇を偲び奉る磐姫皇后像」（傍線、廣川。以下同じ）という記述があり、また、

だが、二つの皇后像がこのように異質であることがむしろ大切なのである。万葉の四首は、記紀の皇后像とはまったく別種な、といっていいすぎならば、記紀の皇后が持っていて表面には出さなかった内面的な皇后像を別途に造型しようとする意図のもとに構成されたものと思われる。

という記述がある。本論としても、この伊藤論文にならい、磐姫皇后〈像〉、〈造型〉という術語を用いることと

したい。

加えて、注目すべき論考として、稲岡耕二の論考[12]がある。稲岡論文では、

結果的に言えば、万葉の磐媛歌は、記紀の磐姫の内面を補完する形で歌われたもの……と言って良いかも知れない。記紀には外面の烈しさが、万葉には内なる優しさと弱さとが、それぞれ強く表わされていることになる。力点の移動と言ったのは、そうした意味である。

と述べられている。また、市瀬雅之は、「万葉集の磐姫皇后歌は、『待つ恋』をモチーフとしているのである」と述べている[13]。

本論としては、これらの見解に学びつつ、これまで述べて来たように、現在残されているテクストをあるがままに受けとめ分析することに努めたい。本論の題名を「書記テクストとしての磐姫皇后歌群」としたゆえんである。このような本論において、どのような磐姫皇后〈像〉があるのか、また、どのようにしてそうした磐姫皇后〈像〉が〈造型〉されているのか、その〈造型〉の方法・システムを見定めたい。

二　当該書記テクスト上の磐姫皇后〈像〉、その〈造型〉の方法・システム

1　題詞の「思」から

それでは、具体的な分析に入っていこう。まずは、この作品の最初の題詞の「磐姫皇后思二天皇一御作歌」についてである。この題詞には、「思」とある。この「思」について分析したい。「思」の『万葉集』中の例のうち、当該作品の「思二天皇一」のように「思＋人物」となっている用例は次のとおりである。

但馬皇女在二高市皇子宮一時[思]二穂積皇子一御作歌一首

秋の田の　穂向きの寄れる　片寄りに　君に寄りなな　言痛くありとも　（2・一一四）

弓削皇子思二紀皇女一御歌四首

吉野川　行く瀬の早み　しましくも　淀むことなく　ありこせぬかも　（2・一一九）

額田王思二近江天皇一作歌一首

君待つと　吾が恋ひ居れば　我がやどの　簾動かし　秋の風吹く　（4・四八八。8・一六〇六に重出）

天皇思二酒人女王一御製歌一首　女王者穂積皇子之孫女也

道に逢ひて　笑まししからに　降る雪の　消なば消ぬがに　恋ふといふ我妹　（4・六二四）

在二久迩京一思下留二寧楽宅一坂上大嬢上大伴宿祢家持作歌一首

一重山　へなれるものを　月夜よみ　門に出で立ち　妹か待つらむ　（4・七六五）

思レ君未レ盡重題二首

はろはろに　思ほゆるかも　白雲の　千重に隔てる　筑紫の国は　（5・八六六）

君が行き　日長くなりぬ　奈良道なる　山斎の木立も　神さびにけり　（5・八六七）

思二娘子一作歌一首

白玉の　人のその名を　なかなかに　言を下延へ　逢はぬ日の　数多く過ぐれば　恋ふる日の　重なりゆけば　思ひ遣る　たどきを知らに　肝向ふ　心砕けて　玉たすき　懸けぬ時なく　口やまず　我が恋ふる子を玉釧　手に取り持ちて　まそ鏡　直目に見ねば　したひ山　下行く水の　上に出でず　吾が思ふ心　安きそらかも　（9・一七九二　相聞）

反歌

垣ほなす　人の横言　繁みかも　逢はぬ日数多く　月の経ぬらむ　（9・一七九三）
たち変り　月重なりて　逢はねども　さね忘らえず　面影にして　（9・一七九四）

右三首田邊福麻呂之歌集出

一一四歌題詞では、高市皇子の宮に身を寄せおそらくは皇子と夫婦関係にある但馬皇女が、穂積皇子のことを「思」とある。逢うことが叶わない人を思うことに「思」が用いられていると言えよう。一一九歌は「しましくも　淀むことなく　ありこせぬかも」と希求されているのだから、今はなかなか逢えない「淀む」状態であることがわかる。七六五歌題詞では、久迩京にいる夫大伴家持が、奈良の家に留めて来た妻坂上大嬢を「思」とある。七六五歌に「一重山　へなれる」とあるように、二人の間には山が立ちはだかっているのであり、逢えない妻を思っていることになる。八六六・八六七歌は、平城京にいる吉田宜が遠く大宰府にいる大伴旅人に送った書簡に付けた歌である。「白雲の　千重に隔てる　筑紫の国」にいて会うことが叶わない大伴旅人を遙かに思うことを、恋歌めかして表現している。一七九二〜一七九四歌題詞の「思」も、長歌・反歌の傍線部を参照すれば、逢えない娘子のことを思うのに「思」が用いられていることがわかる。

このように、これらの「思」は、多く、「逢えない人のことを思う」という意に用いられているとまとめられよう。(14)この点、「思」が「戀」と結合した「思戀」の用例が集中に一例あることが注意される。

神龜五年戊辰大宰帥大伴卿思二戀故人一歌三首

愛しき　人のまきてし　敷栲の　我が手枕を　まく人あらめや　（3・四三八）

右一首別去而経二数旬一作歌

帰るべく　時はなりけり　都にて　誰が手本をか　我が枕かむ　（3・四三九）

都にある　荒れたる家に　ひとり寝ば　旅にまさりて　苦しかるべし　（3・四四〇）

右二首臨㆓近向㆑京之時㆒作歌

この例は、大宰帥大伴旅人が、筑紫で亡くした妻を恋い慕っている歌である。愛し合う二人が逢うこと叶わない、その最たるものとして、二人の仲を引き裂く「死」がある。その「故人」を「思戀」しているのである。

さて、このように、まず、冒頭の題詞の「思」によって、天皇のことを思う磐姫皇后の〈像〉が〈造型〉されていると言えよう。

2　「打靡　吾黒髪」から

次に、八七歌から〈造型〉されている磐姫皇后〈像〉について分析しよう。論述の便宜のため、もう一度、八七歌を挙げておく。

在管裳　君乎者将待　打靡　吾黒髪尓　霜乃置萬代日　（2・八七）

しばらく、この第三・四句「打靡　吾黒髪尓」の表現の表象するところに焦点をあてて分析しよう。

■従来の説　まず、「うちなびく　あがくろかみに」と訓めるこの表現についての従来の諸説を概観しておこう。『萬葉集美夫君志』などが「打靡《ウチナビク》は枕詞にて、髪は長くてなびく物なれば、かくつゞくる也」と枕詞と認定していた説（『萬葉集新考』は「ウチナビクは黒髪にかゝれる准枕辞なり」とする）に対し、早く『萬葉集講義』は、「さて従来の諸家これを髪の枕詞なりといはれたれど、これは実際の形容にして枕詞にあらず」と批判を加えた。その点は賛同できる。しかし、その理由を、

女の髪の長きはいふまでもなく、当時は専ら垂髪なりしが故に、「ウチナビク」といへるはよくその実際を

あらはせるなり。

という点に求めるのはどうだろうか。同様に、窪田空穂『萬葉集評釋』も、

「打ち靡く」は、垂髪にしていた黒髪のなよなよと靡く状態をいったもの。

と指摘する。また、日本古典文学全集『萬葉集』も、この「垂髪」について、

うちなびく―垂髪《すいはつ》のゆらゆらと揺れ動くさまを表わす語。「天武紀」に、十一（六八二）年に男女とも結髪せよという詔が発せられたが守られず、四年後の朱鳥元年再び女子に限って垂髪を許した、とある。最も簡便で愛好された髪型であろう。

と詳述する。そして、たとえこのように「垂髪」と明記しなくても、「垂髪」の髪型は、これまでの研究者先達の脳裏に強く深く印象付けられているようである。その姿かたちがいかに同一であるかを摑むためにそれらの指摘を列挙してみよう。

カウシテ居テコノ長ク垂レテヰル私ノ黒髪ニ、霜ガ降ルマデモ、外ニ出テ居テ、貴方ノ御来《イデ》ヲ待チマセウ。

（傍線原文）（『萬葉集全釋』現代語訳）

打靡く　女の髪の長々と垂れてゐる形容。（佐佐木信綱『評釋萬葉集』）

打靡　ウチナビク。黒髪の形容で、髪のなよなよと、風に靡くが如くにある状態をいう。作者が婦人であり、美しい髪をもつている御方であることが知られる。（『増訂　萬葉集全註釋』）

うち靡く　長々と背中に垂らした髪の形容。（『萬葉集釋注』）

これらの注釈書に描かれている磐姫皇后の姿かたちは、等しく、その美しい黒髪を長々と垂らしているそれである。さらには『全註釋』では、右のように髪を靡かせる「風」までが登場する。磐姫皇后の姿かたちはこのよう

に立ち姿として捉えられている。

右に見たように、『全集』は「垂髪」の詳しい説明を加えている。新編日本古典文学全集『萬葉集』でも、『全集』の見解と同じだが、「その後慶雲二年（七〇五）に女子も老媼以外結髪せよと発令された」という記述を新たに付け加える。こうした指摘から、我々は、当時の風俗を学ぶことができる。しかし、どうであろうか。当時の風俗がそうであるからと言って、当該歌のこの歌表現をも、その「垂髪」で捉えなくてはならないというわけでは、決してないだろう。

こうした「垂髪」に基づいての理解は、この八七歌全体の読解にもかかわりをもってしまっている。たとえば『新考』は、

一首の趣を思ふに庭などにたちつゝよみ給ひしなり。アリツツモはカウシタママデといふこと即カク庭ニ立テルママデといふことなり。真淵のアリツツモをナガラヘアリツツの意としクロカミニ霜ノオクを髪の白くなることゝせるは非なり。シモノオクマデニは雅澄のいへる如く夜フケテ霜ノフリオクマデといふ意なり。

というように「庭などにたちつゝ」「庭ニ立テルママデ」と補い、また、『全釋』にも、

カウシテ居テコノ長ク垂レテヰル私ノ黒髪ニ、霜ガ降ルマデモ、外ニ出テ居テ、貴方ノ御来《イデ》ヲ待チマセウ。

（傍線原文）

とある。『全釋』が現代語訳において補い訳すときに付ける傍線が、「外ニ出テ居テ」というように付けられていることから明瞭なように、この傍線部分を補っていることが判る。しかし、このように、無い表現を補って八七歌の解を求めることは妥当ではないだろう。

こうした無い表現を補って歌を解してしまう原因のひとつに、八九歌「居明而　君乎者将ㇾ待　奴婆珠能　吾

黒髪尓　霜者零騰文」を無批判的に持ち込んでしまうことがある。その八九歌の第三〜第五句「奴婆珠能　吾黒髪尓　霜者零騰文」は、初句・第二句に「居明而　君乎者将レ待」とあることにより、実際に霜が降りること（念の為に言えば、白髪になることではなく）の意となるわけであるが、黒髪に霜が降りるからには戸外にて待つことになるだろうという理解がこの八九歌の方にはある。一方、八七歌には「在管裳　君乎者将レ待」とある。これを『新考』は、「アリツツモはカウシタママデといふこと即カク庭ニ立テルママデといふことなり」と捉えるのだが、これは八七歌の解釈に八九歌の解釈を無批判的に持ち込むことに他ならない。その論述の不適切さへの批判は免れ得ないであろう。

原因のもうひとつに、左の例の存在があるようだ。『万葉集』中、「うち靡く　吾《あ》が（我《わ》が）黒髪」の例は、当該八七歌と、左の例である。

君待つと　庭のみ居れば　うち靡く　我が黒髪に　霜ぞ置きにける　或本歌尾句云　白栲の　吾が衣手に　露ぞ置きにける　（12・三〇四四）

これまで見て来た諸注の見解は、この三〇四四歌に拠るようだ。しかし、この三〇四四歌には「庭のみ居れば」という表現があり、そのことにより、「うち靡く　我が黒髪に　霜ぞ置きにける」の解釈が導かれている。「庭のみ居れば」のような表現の無い歌にまで一般化するのは慎重であるべきである。

以上、歌表現に無いことがらを補って読み込むことの危険性を確認して来た。

「打靡　吾黒髪」は豊かな黒髪の姿かたちを表す。これは動くまい。しかし、当該歌において、「垂髪」という髪型から把握しておくだけで止めてしまうのは妥当なのだろうか。次には、この検討に移りたい。

■その表現による姿態

そこで、「（うち）靡く」と「黒髪」とが結びついている例に目を向けることにしたい。(15)

おほならば　誰が見むとかも　ぬばたまの　我が黒髪を　靡けて居らむ　（11・二五三二）

ぬばたまの　妹が黒髪　今夜もか　我がなき床に　靡けて寝らむ　（11・二五六四）

二五三二歌は、恋の相手の男性に対して、自らの思いが決して「おほ」（通り一遍、いい加減）ではなく懇ろなものであることを表明する歌である。この二五三二歌の「靡けて居らむ」について、『釋注』は、「女が自分の黒髪をいう時は媚態の表現となることが多い。2一二四に『君が見し髪乱れたりとも』とある」と指摘している。そうした二五三二歌の「我」の〈姿態〉をどのように把握したらよいのだろうか。「我が黒髪」は、垂直方向に垂らされているそれなのだろうか。そうした把握で事足りるのであろうか。ここはきわめて注意を要する。

二五六四歌には、文字囲みを付したように、男からの現在視界外推量がある。女の待つ姿をかたどるのにふさわしい表現としてここにあることになろう。つまり、男を待って、共寝をすべき床に黒髪を靡かせて寝ている妹の〈姿態〉があるわけである。

ところで、稲岡耕二『萬葉集全注　巻第十一』は、右の二五三二歌の「ぬばたまの我が黒髪を靡けて居らむ」の注解において二五六四歌を参照し、「女性が黒髪を敷き靡かせて独り寝するのは、男性を待つ気持の表現」と指摘する。そして、そのうえで、「ここ（二五三二歌のこと。廣川注）でも、あなた一人をお待ちしているのです、というのである」と指摘するのである。稲岡のこの一連の指摘に鑑みれば、さきほど触れた二五三二歌の「我」の〈姿態〉も、「男性を待」って「黒髪を敷き靡かせて独り寝」ている〈姿態〉であると把握するのが妥当であることになろう。

当該の八七歌でも「君をば待たむ」と男性を待つことを歌う。その「打靡　吾黒髪」という表現が描き出す「吾」の〈姿態〉にも、右に見た〈姿態〉の要素を見出しておくべきであろう。

ここで、参照として、『万葉集』中の靡き寝る姿態の例を見ておこう。

つのさはふ　石見の海の　言さへく　唐の崎なる　海石にぞ　深海松生ふる　荒磯にぞ　玉藻は生ふる　玉藻なす　靡き寝し子を　深海松の　深めて思へど　さ寝し夜は　幾時もあらず　延ふ蔦の　別れし来れば……（2・一三五　柿本人麻呂「石見相聞歌」）

……波の共　か寄りかく寄る　玉藻なす　靡き我が寝し　敷栲の　妹が手本を　露霜の　置きてし来れば……（2・一三八　柿本人麻呂「石見相聞歌」或本歌）

飛ぶ鳥　明日香の川の　上つ瀬に　生ふる玉藻は　下つ瀬に　流れ触らばふ　玉藻なす　か寄りか寄り　靡かひし　妻の命の　たたなづく　柔肌すらを　剣大刀　身に添へ寝ねば……（2・一九四　柿本人麻呂「献呈挽歌」）

……川藻のごとく　靡かひし　宜しき君が　朝宮を　忘れたまふや　夕宮を　背きたまふや……（2・一九六　柿本人麻呂「明日香皇女挽歌」）

白栲の　袖さし交へて　靡き寝し　吾が黒髪の　ま白髪に　なりなむ極み　新世に　ともにあらむと……（3・四八一　高橋朝臣「亡妻挽歌」）

敷栲の　衣手離れて　玉藻なす　靡きか寝らむ　我を待ちがてに（11・二四八三）

わたつみの　沖つ玉藻の　靡き寝む　早来ませ君　待たば苦しも（12・三〇七九）

荒磯やに　生ふる玉藻の　うち靡き　ひとりや寝らむ　吾を待ちかねて（14・三五六二）

これらの例を見ると、「靡く」という語が「寝」と結びつき共寝の様を表出する語であることを、改めて確かめることができる。(16) また、右の用例の二重傍線部を参照すれば、交歓を期待して「待つ」様が示されるということも、確かめることができよう。

以上により、当該八七歌「在管裳　君乎者将レ待　打靡　吾黒髪尓　霜乃置萬代日」、とくに「打靡　吾黒髪」という表現から喚起される磐姫皇后の姿かたちは、決して庭に立って「垂髪」の美しい黒髪を長々と垂らしているものではなく、男性を待って黒髪を敷き靡かせて独り寝ている〈姿態〉であることが指摘できよう。本論のこの指摘は、この歌群のこれまでの読みに変更を迫るものとなり得るのではなかろうか。(17)

さて、ここまで本論で指摘して来たことがらのプライオリティはいかほどあるのか。参照したい（すべき）論考は、本田義寿の論考である。(18)本田論文も、本論で検討した二五三二歌や二五六四歌を引用し、そこに、「共寝の、靡きよる媚態めいた印象」を見出している。この点、先行研究として本田論文にプライオリティを認めたい。しかし、その指摘では次のようにも述べられている。波線部を参照していただきたい。

この黒髪のナビキがウチをともなってウチナビクとなった八七の場合には、ここにみたような共寝の、靡きよる媚態めいた印象はほとんどない。単に靡くというよりもウチナビク黒髪のそれは、より象徴化された黒髪のナビキであるようにみえるのである。（四角文字囲み、廣川）

当該の八七歌には、そうした印象は「ほとんどない」のだという。そしてそこに「象徴化」を見出そうとするのだ。「本章はその四首のうち異伝をもつ第一首・第三首をめぐって、この伝誦の背景を芸能的側面から考察するものである」と述べるところからわかるように、本田論文のキーワードとしては「芸能」があげられよう。(19)本田論文は、「通例ならばヌバタマノ黒髪であるところを、あえてウチナビク黒髪とした」と想定する。そしてそこに、「象徴化」「表現の洗練」「呪能から芸能へ」の「展開」を見出すべきことを主張する。本田論文の主眼はそこにあるのである。そして、看過し得ない次のような記述を見る。

共憚の余韻にうちふるいつつ黒髪は靡くのである。ただ風に靡くのではない、わが心のおののきをそのままに、乱れ、ゆれ靡くのであった。

この記述のうちの「ただ風に靡くのではない」の存在は捨て置けない。「ただ……ばかりではない」と理解してよいこの記述を見るならば、やはり、本田論文も先に見た「長く垂らした黒髪が風に靡く」というような固定観念・先入観から自由ではなかったことになるだろう。

■まとめ　従来、当該八七歌の「打靡　吾黒髪」から喚起される磐姫皇后の姿かたちは、庭に立って「垂髪」の美しい黒髪を長々と垂らしているそれとして把握されて来た。しかし、本論では、男性を待って黒髪を敷き靡かせて独り寝ている〈姿態〉であることを指摘した。こう解すことにより、この八七歌「在管裳　君乎者将ㇾ待　打靡　吾黒髪尓　霜乃置萬代日」の「霜乃置萬代日」の解釈も自然と導かれる。ここはやはり白髪になることの譬喩と把握することになろう。また、稲岡耕二『萬葉集全注　巻第二』が、「マデは空間的・時間的限度を示す助詞で、原文『萬代日』は音仮名の表意性をも利用した書き方」と指摘している点は重要であろう。ある一夜に限った時間ではなく、〈未来に開いた時間〉の相において捉え得る点、初句の「在管裳」にある継続を表わす「つつ」ともかかわるのである。この点、次の第三節において触れる。

3　八七歌と八九歌から

次に、八七歌と八九歌との相違から分析したい。当該テクストでは、

在管裳　君乎者将ㇾ待　打靡　吾黒髪尓　霜乃置萬代日　(2・八七)

に対して、

或本歌曰

居明而　君乎者将ㇾ待　奴婆珠能　吾黒髪尓　霜者零騰文　（2・八九）

右一首古歌集中出

というように、「或本歌」が示される。

ここでは、前節でも引用した稲岡耕二『萬葉集全注　巻第二』が八七歌の表記について指摘していることに、再び耳を傾けよう。『全注』が、「原文『萬代日』は音仮名の表意性をも利用した書き方」と指摘するように、ここには書記上の工夫が見られる。(20) そして、この指摘を参照すると、当該の八七歌と、或本の八九歌との間に、きわやかな対比があることがわかる。つまり、本文の八七歌は、最初の「ありつつも」に継続を表す「つつ」が付けられ、「生きながらえて」という意味となっている。そして、右に稲岡『全注』の指摘を参照したように、「霜の置く萬代日」とある。「萬代日」とあるここには、未来へと続く時間が存在しよう。そして、その未来へと続く時間の相の中に、磐姫皇后が置かれているわけである。そうなると、「吾黒髪尓　霜乃置萬代日」の表現も「我が黒髪が白髪になるまで」という意味になり、未来にわたってずっと待ち続ける女性の姿が、この八七歌の中にはあることになる。〈未来にわたって待ち続ける女性〉の姿、〈像〉である。

一方の或本歌八九歌では、最初に「居明かして君をば待たむ」とある。「夜を明かしてもあなたのことを待つわ。」というわけで、これから夜の時間となる折りの（もしくは夜の真っ只中の）、その時の、男性の訪れを待つ心境を歌う歌、ということがわかる。つまり、「ある一夜」の待つ心である。そうなると、最後の「吾黒髪尓　霜者零騰文」も、八七歌の表現が「我が黒髪が白髪になるまで」という意味になるのとは異なり、実際の霜ということになる。〈一夜待つ女性〉の姿があることになろう。

このように、ここには、〈未来にわたって待ち続ける女性〉と〈一夜待つ女性〉とのきわやかな〈対比〉がある。そして、この〈対比〉によって、八七歌では、〈未来にわたって待ち続ける女性〉という磐姫皇后〈像〉が鮮明になっていると言えよう。

さて、このような比較をとおして八七歌についての理解が深まったところで、この歌群における八七歌の機能について確認しておこう。

八七歌では、未来へと続く時間の相の中へと磐姫皇后が置かれるわけで、次の八八歌、

秋田之　穂上尓霧相　朝霞　何時邊乃方二　我戀将レ息

では、出口の見えない「吾が恋」の状況に焦点が合わされることになる。また、そうした自らを見つめ思慮する磐姫皇后〈像〉が〈造型〉されることになろう。ここで、参照したいのは、稲岡耕二の論考である。[21] その論考では、

この歌には、序詞を直接に受けるわたり詞（つなぎ詞）を指摘しえないという特徴があげられる。人麻呂歌集にも人麻呂作歌にも、こうした例はないと言って良いし、「いづへの方にわが恋やまむ」の下句全体にかかるものとして、八八歌の序詞は特徴的なのである。

と述べられている。ここで比較参照したいのは、次の歌、

秋の田の　穂の上に置ける　白露の　消ぬべくも吾れは　思ほゆるかも　（10・二二四六　秋相聞　寄二水田一）

のような歌である。この歌では、傍線部「秋の田の　穂の上に置ける　白露の」が二重傍線部「消」を起こす序であることが明瞭である。それに対して、当該八八歌の初句〜第三句は、そのような単純な序とは言えない。稲岡論文が指摘するように、「秋田之　穂上尓霧相　朝霞」は、一面に立ちこめる朝霞の様相をとおして、「いづへ

の方に吾が恋やまむ」の下句全体にかかるのであり、この機構によって、この歌では、出口の見えない「吾が恋」の状況に焦点が合わされることとなる。そして、そうした状況に置かれている自らの姿を見つめる、思慮する磐姫皇后の〈像〉が〈造型〉されることとなるのである。

相聞的姿態で未来へと続く時間の中で待ち続け、出口の見えない「吾が恋」の状況を見つめる磐姫皇后、そうした磐姫皇后〈像〉の〈造型〉があることをここでは確認しておこう。

4 『古事記』の〈引用〉から

ここでは、九〇歌の前に「古事記曰……」として、『古事記』の記述が引用されている、当該テクストのありように目を向けたいと思う。つまり、当該作品では、『古事記』という他の異質なテクストが引用されているのであり、その異質テクストとの「テクスト相互の関連」を分析すべき、と考えるのである。

引用元の『古事記』（允恭天皇条）の記述と、引用先の当該歌群の記述を比較してみよう。

〔『古事記』（允恭天皇条）〕

天皇崩之後、定二木梨之軽太子①所レ知二日継一、未レ即レ位之間、姧二其伊呂妹、軽大郎女一而、歌曰、

……

是以、百官及天下人等、背二軽太子一而、帰二穴穂御子一。爾、軽太子、畏而、逃二入大前小前宿禰大臣之家一而、備二作兵器一。……

故、大前小前宿禰、捕二其軽太子一、率参出以、貢進。其太子、被レ捕歌曰、

……

②故、其軽太子者、流㆓於伊余湯㆒也。亦、将㆑流之時、歌曰、

……

其③衣通王、献㆑歌。其歌曰、

……

故、後亦、④不㆑堪㆓恋慕㆒而、追往時、歌曰、

岐美賀由岐　気那賀久那理奴　夜麻多豆能　牟加閉袁由加牟　麻都爾波麻多士　此、云㆓山多豆㆒者、是今造木者也。

〔当該歌群〕

古事記曰　①軽太子奸㆓軽太郎女㆒　②故其太子流㆓於伊豫湯㆒也　此時③衣通王④不㆑堪㆓戀慕㆒而追往時歌曰

君之行　氣長久成奴　山多豆乃　迎乎将㆑往　待尓者不㆑待　此云㆓山多豆㆒者是今造木者也　（2・九〇）

御覧のように、当該作品の引用は、要点を摘記し適宜な形をとっているものであることがわかるし、また、「此時」のように、適宜、語を補っていることもわかる。このように把握したうえでは、次の『萬葉集攷証』の指摘は、きわめて重要である。

本書には、岐美賀由岐気那賀久那理奴、夜麻多豆能牟加閉袁由加牟、麻都爾波麻多士云々とあるを、こゝには、この集（『万葉集』のこと。廣川注）の書ざまに直しては、しるせる也。

という指摘である。また、神野志隆光は、「巻二において、九〇歌を『古事記』から引くさいに一字一音表記を訓字主体に書きかえた」と指摘している。[22] つまり、当該テクストでは、『古事記』という〈他の異質テクスト〉が引用されているのだが、その引用に際して、〈均質化〉が施されているのである。

この〈均質化〉が施された〈他の異質テクスト〉と並置されているという、当該テクストのありようを、我々

はどう受け止めたらよいのであろうか。〈均質化〉によって、左の図式のように、八五歌と比べ易くなっていることをまず指摘できるであろう。

君之行　氣長成奴　山多都祢　迎加将レ行　待尓可将レ待（2・八五）
君之行　氣長久成奴　山多豆乃　迎乎将レ往　待尓者不レ待（2・九〇）

ここで、青木生子の説明[23]を見てみたい。少々長いが、本論の論点を明確にするために引用したい。

……この「稍妥当」を欠き、「やや……芝居気」な「山尋ね」に改作されるに至るむしろ「必然性」も、かの軽太郎女のイメージと重なり合うところにありはしないだろうか。軽太郎女はその歌の第四、五句「迎へを行かむ待つには待たじ」とある欲求と決意のままに、実際に太子のあとを「追ひ往き」て「共に自ら死にたま」うたのである。磐姫の歌が「迎へか行かむ待ちにか待たむ」と歌詞のわずかな差異で、それが動揺とためらいの心にとどまっているにせよ、軽太郎女のかの行動を背景にもってこそ、「山尋ね」が「迎へ」の単なる修辞というより、具体的行為の描写として、必ずしも「突飛」なものでなく出てきた「必然性」もあるのではないか。この句にはさらに、かの「死」のイメージすら同時にこめられてきているかにみえる。

……「山尋ね」の旅が単なるこの言葉以上に、かの軽太郎女の死出の行為を背後に偲ばせるものではないかと前にみたが、さすれば第二首のこれ（「岩根しまきて」。廣川注）も、かかる「追ひ往きし時」の苦難な道行きのイメージの、より具象化とも解される。さらに「山尋ね」に「死」との関連を思わせる性格をみたわけであれば、「岩根しまきて」を岩を枕に横たわる死の様相とみて不自然があろうか。かくて連作とみても「あなたはいま岩を枕に死して横たわっている……私もあなたのもとへいって同様に」という拡大解釈すら可能なこの句には、「共に自ら死にたまひき」軽太子物語のイメージが一層鮮やかに重なり合うというものである。

と青木論文は指摘している。また、青木論文には、「二重映し」という指摘もある。

ところで、今、右に見た青木論文には、

磐姫の歌が「迎へか行かむ待ちにか待たむ」と歌詞のわずかな差異で、それが動揺とためらいの心にとどまっているにせよ

という記述があったが、「いるにせよ」として論を先に進めるべきではないであろう。歌の表現のあり方自体から目を逸らすことはできない。青木論文では右のような論のはこびから、「重なり合う」「二重映し」という把握が得られているのだが、それは、はたして妥当なのであろうか。この点、『萬葉集美夫君志』は、

下二句の意は、迎《ヘ》に行む待《マツ》には不レ待《マタジ》にて、待に不レ堪《タヘジ》なり、乎《ヲ》は助辞にて其意を強《ツヨ》むる辞なり、……上の皇后の御歌は、よく御婦人の情をつくして、いとあはれなるを、此歌は、何となく詞あらあらしく聞ゆるは、四ノ句迎乎《ムカヘヲ》の乎の字の強き辞なるが故なるべし、此をは俗に是非ともといふ意を含めり、……

と説明する。こうした説明を合わせ考えると、我々は、青木論文のように「二重映し」として捉えるのではなく、他のテクストが並置されている当該テクストには、〈対比〉という要素が見出される、と考えるべきではないであろうか。これを図式化しておいた。

〈対比〉

君之行　氣長成奴　山多都祢　**迎加将レ行**　**待尓可将レ待**　（2・八五）

如此許　戀乍不レ有者　高山之　磐根四巻手　死奈麻死物呼　（2・八六）

古事記曰　軽太子姧二軽太郎女一　故其太子流二於伊豫湯一也　此時衣通王**不レ堪二戀慕一而追徃**時歌曰

君之行　氣長久成奴　山多豆乃　**迎乎将レ徃**　**待尓者不レ待**　（2・九〇）

八五歌では「君」を「迎えに行こうか、それとも待ち続けようか……」という、逡巡の思いがある。すなわち、思慮し逡巡する磐姫皇后の〈像〉があるわけである。一方、九〇歌では、「迎へを行かむ　待つには待たじ」と、強い意志を持ち、「戀慕」の情に堪えられないで、軽太子を「追ひ徃」く女性、軽太郎女の姿がある。〈均質化〉が施された〈他の異質テクスト〉が並置されることによって、当該テクスト上で、こうした二人の女性の〈像〉の〈対比〉が生じる。そして、この〈対比〉の機能により、磐姫皇后の思慮し逡巡する〈像〉が一層強調されることとなるのである。[24]

八五歌で〈造型〉された〈思慮・逡巡する女性〉という〈像〉は、歌群上の次の歌へと引き継がれる。八六歌の「かくばかり」の指示語「かく」は、歌群としての把握では、前の八五歌の内容を指示するわけだが、ここには、自己の「恋ひつつあ」る状況に対しての自己批評的まなざしがあると言えよう。自己を批評的に見つめ、「恋ひ」続ける自分を自覚する磐姫皇后〈像〉が描かれているのである。

5　九〇歌の左注をめぐって

（1）引用されている箇所／引用されていない箇所

これまで、本論は、他のテクストとの相互関連を分析しその機能を分析して来た。次には、九〇歌の左注の記述についても、同様の分析の目を向けるべきではないだろうか。

梶川信行は、「当該歌群における記紀の引用は、あくまでも参照資料として、後から補入されたものに過ぎない」と述べているが[25]、しかし、残されたテクストのありようをあるがままに問おうとする時、『日本書紀』という他の異質なテクストから引用される形で、現在のテクストが存在していることは、ゆるがせにできない事実である。ここでも、他の異質なテクストとの〈テクスト相互の関連〉を分析すべきであろう。

当該の左注の記述と、引用元である『日本書紀』の記述とを並べてみた。対応するところに番号および傍線を付してある。

〔当該左注〕

難波高津宮御宇大鷦鷯天皇①廿二年春正月天皇語㆓皇后㆒②納㆓八田皇女㆒将㆑為㆑妃　時皇后不㆑聴　爰天皇歌以乞㆓於皇后㆒云々

〔『日本書紀』（仁徳天皇）〕

①二十二年春正月、天皇語㆓皇后㆒曰、②納㆓八田皇女㆒将㆑為㆑妃。時皇后不㆑聴。爰天皇歌以乞㆓於皇后㆒曰、

　貴人の　立つる言立て　儲弦　絶間継がむに　並べてもがも

とのたまふ。皇后、答歌して曰したまはく、

衣こそ　二重も良き　さ夜床を　並べむ君は　畏きろかも

……（くいさがる仁徳天皇）

皇后、遂に聴さじと謂し、故、黙して亦答言したまはず。

〔当該左注〕③

卅年秋九月乙卯朔乙丑皇后遊二行紀伊國一到二熊野岬一取二其處之御綱葉一而還　於レ是天皇伺二皇后不一レ在而娶二八田皇女一納二於宮中一　時皇后到二難波濟一　聞三天皇合二八田皇女一大恨之云々

『日本書紀』（仁徳天皇）③

三十年秋九月乙卯朔乙丑、皇后遊二行紀国一、到二熊野岬一、即取二其処之御綱葉（葉、此云二箇始婆一。）一而還。於二是日一、天皇伺二皇后不在一、而娶二八田皇女一　納二於宮中一。時皇后到二難波済一、聞三天皇合二八田皇女一、而大恨之。則ち其の採れる御綱葉を海に投れて、著岸りたまはず。故、時人、散りし葉の海を号けて、葉の済と曰ふ。爰に天皇、皇后の忿りて著岸りたまはぬことを知ろしめさずして、親ら大津に幸し、皇后の船を待ちたまひて、歌して曰はく、

難波人　鈴船取らせ　腰なづみ　其の船取らせ　大御船取れ

とのたまふ。時に皇后、大津に泊りたまはずして、更に引きて江を泝り、山背より廻りて倭に向ひたまふ。明日に、天皇、舎人鳥山を遣して、皇后を還さしめむとしたまひ、乃ち歌して曰はく、

山背に　い及け鳥山　い及け及け　吾が思ふ妻に　い及き会はむかも

とのたまふ。皇后、還りたまはずして、猶し行でます。山背河に至りまして、歌して曰はく、

つぎねふ　山背河を　河泝り　我が泝れば　河隈に　立ち栄ゆる　百足らず　八十葉の木は　大君ろかも

とのたまふ。即ち那羅山を越え、葛城を望みて歌して曰はく、

つぎねふ　山背河を　宮泝り　我が泝れば　青丹よし　那羅を過ぎ　小楯　大和を過ぎ　我が見が欲し国は　葛城高宮　我家のあたり

とのたまふ。更に山背に還りまし、宮室を筒城岡の南に興てて居します。

冬十月の甲申の朔に、的臣が祖口持臣を遣して、皇后を喚したまふ。……爰に口持臣、筒城宮に至りて、皇后に謁すと雖も、黙して答したまはず。……（皇后の御殿の前に伏したまま時雨に濡れる口持臣。磐姫に仕えている口持臣の妹国依姫はその姿を見て涙を流す。その理由を聞いた磐姫は、国依媛に対して）「汝が兄に告げて、速く還らしめよ。吾は遂に返らじ」とのたまふ。口持則ち返りて、天皇に復奏す。

十一月の甲寅の朔にして庚申に、天皇、江に浮けて山背に幸す。時に桑枝、水に沿ひて流る。天皇、桑枝を視して歌して曰はく、

つのさはふ　磐之媛が　おほろかに　聞さぬ　うら桑の木　寄るましじき　河の隈々　よろほひ行くかも　うら桑の木

とのたまふ。明日に、乗輿、筒城宮に詣りまして、皇后を喚したまふ。皇后、参見えたまはず。時に天皇、歌して曰はく、

つぎねふ　山背女の　木鍬持ち　打ちし大根　さわさわに　汝が言へせこそ　打渡す　やがはえなす来入り参来れ

とのたまふ。亦歌して曰はく、

　つぎねふ　山背女の　木鍬持ち　打ちし大根　根白の　白腕　纏かずけばこそ　知らずとも言はめ

とのたまふ。時に皇后、奏さしめて言したまはく、「陛下、八田皇女を納れて妃としたまふ。其れ、皇女に副ひて后為らまく欲せず」とまをしたまひ、遂に奉見えたまはず。乃ち車駕、宮に還りたまふ。天皇、是に皇后の大きに忿りたまふことを恨みたまへども、而も猶し恋ひ思すこと有します。

（立太子の記事あり）

三十五年の夏六月に、皇后磐之媛命、筒城宮に薨ります。

三十七年の冬十一月の甲戌の朔にして乙酉に、皇后を那羅山に葬りまつる。

このように並べて見ると、当該左注では、『日本書紀』にあった四角囲みの箇所の、気性の烈しさを表す部分が引用されていないことが明瞭となる。そこに、引用者の「意図」「作為」を見出すことができるかどうかは判断の分れるところであろうが、少なくとも、左注の記述がそこで止まり、結果的に、磐姫皇后の気性の烈しさが作品上に示されていないのは事実である。この点は認められよう。

　しかし、『日本書紀』の『万葉集』への引用が、もしもずさんなものであったら、右のことがらも単なる偶然にすぎないということになってしまおう。そこで、次には、『日本書紀』の『万葉集』への引用について確認しなければならないだろう。

(2)『万葉集』に引用された『日本書紀』

そこで『万葉集』に引用された『日本書紀』について調べた。当該例のように「日本紀」と記されて引用されているものは当該例を入れて九例、「紀」と記されて引用されているものは六例、「日本書紀」と記されて引用されているものは二例である。以下、『万葉集』の歌番号順に挙げ、対応する『日本書紀』の記述の部分をゴチック体にして示しておいた。

『万葉集』巻一・六番歌左注

右撿二日本書紀一　無レ幸二於讃岐國一　亦軍王未レ詳也　但山上憶良大夫類聚歌林曰　記曰　天皇十一年己亥冬十二月己巳朔壬午幸二于伊与温湯宮一云々　一書是時宮前在二二樹木一　此之二樹斑鳩比米二鳥大集　時勅多挂二稲穂一而養レ之　乃作歌云々　若疑従レ此便幸之歟

(▽『日本書紀』舒明天皇

十一年……冬十一月庚子朔、饗二新羅客於朝一。因給二冠位一級一。

十二月己巳朔壬午、幸二于伊予温湯宮一。)

『万葉集』巻一・七番歌左注

右撿二山上憶良大夫類聚歌林一曰　一書戊申年幸二比良宮一大御歌　但**紀曰　五年春正月己卯朔辛巳天皇至レ自二紀温湯一　三月戊寅朔天皇幸二吉野宮一而肆宴焉　庚辰日天皇幸二近江之平浦一**

『日本書紀』斉明天皇

五年春正月己卯朔辛巳、天皇至レ自二紀温湯一。三月戊寅朔、天皇幸二吉野一而肆宴焉。庚辰、天皇幸二近江之平浦一。平、此云二毘羅一。

『万葉集』巻一・一五番歌左注

右一首歌今案不レ似二反歌一也　但舊本以二此歌一載二於反歌一　故今猶載二此次一　亦**紀曰　天豊財重日足姫天皇先四年乙巳立二天皇一為二皇太子一**

『日本書紀』皇極天皇

四年……六月丁酉朔……庚戌、譲二位於軽皇子一、**立**二中大兄一**為**二**皇太子**一。

『万葉集』巻一・一八番歌左注

右二首歌山上憶良大夫類聚歌林曰　遷二都近江國一時　御二覧三輪山一御歌焉　**日本書紀曰　六年丙寅春三月辛酉朔己卯遷二都于近江一**

『日本書紀』天智天皇

六年春二月……**三月辛酉朔己卯、遷**二**都于近江**一。是時天下百姓不レ願二遷都一、諷諫者多、童謡亦衆。日々夜々、失火処多。

『万葉集』巻一・二一番歌左注

紀曰　天皇七年丁卯夏五月五日縦二**獦於蒲生野**一　**于**レ**時大皇弟諸王内臣及群臣皆悉従焉**

『日本書紀』天智天皇

七年……夏四月……五月五日、天皇縦二獦於蒲生野一。于レ時大皇弟・諸王・内臣及群臣皆悉従焉。

『万葉集』巻一・二二番歌左注

吹芡刀自未レ詳也　但紀曰　天皇四年乙亥春二月乙亥朔丁亥十市皇女阿閇皇女参二赴於伊勢神宮一

『日本書紀』天武天皇

四年春……二月乙亥朔……丁亥、十市皇女・阿閉皇女参二赴於伊勢神宮一。

『万葉集』巻一・二四番歌左注

右案二日本紀一曰　天皇四年乙亥夏四月戊戌朔乙卯　三位麻續王有レ罪流二于因幡一　一子流二伊豆嶋一　一子流二血鹿嶋一也　是云レ配二于伊勢國伊良虞嶋一者　若疑後人縁二歌辞一而誤記乎

『日本書紀』天武天皇

四年……夏四月甲戌朔……辛卯、三位麻続王有レ罪。流二于因播一。一子流二伊豆嶋一、一子流二血鹿嶋一。

『万葉集』巻一・二七番歌左注

紀曰　八年己卯五月庚辰朔甲申幸二于吉野宮一

『日本書紀』天武天皇

八年……五月庚辰朔甲申、幸二于吉野宮一。

『万葉集』巻一・三四番歌左注

日本紀曰　朱鳥四年庚寅秋九月天皇幸二紀伊國一也

『日本書紀』持統天皇

四年……**九月**乙亥朔、……丁亥、**天皇幸二紀伊一**。

『万葉集』巻一・三九番歌左注

右日本紀曰　三年己丑正月天皇幸二吉野宮一　八月幸二吉野宮一　四年庚寅二月幸二吉野宮一　五月幸二吉野宮一

五年辛卯正月幸二吉野宮一　四月幸二吉野宮一者　未三詳知二何月従駕作歌一

『日本書紀』持統天皇

三年春**正月**甲寅朔、……辛未、**天皇幸二吉野宮一**。甲戌、天皇至レ自二吉野宮一。

秋**八月**辛巳朔壬午、……甲申、**天皇幸二吉野宮一**。

四年……**二月**戊申朔……甲子、**天皇幸二吉野宮一**。

五月丙子朔戊寅、天皇**幸二吉野宮一**。

※四年八月の記事「八月乙巳朔戊申、天皇幸二吉野宮一。」には触れていない。

※四年十月の記事「冬十月甲辰朔戊申、天皇幸二吉野宮一。」には触れていない。

※四年十二月の記事「十二月癸卯朔……甲寅、天皇幸二吉野宮一。丙辰、天皇至レ自二吉野宮一。」には触れていない。

五年春**正月**癸酉朔、……戊子、天皇**幸二吉野宮一**。乙未、天皇至レ自二吉野宮一。

夏**四月**辛丑朔、……丙辰、天皇**幸**二**吉野宮**一。壬戌、天皇至レ自二吉野宮一。

※五年七月の記事「秋七月庚午朔壬申、天皇幸二吉野宮一。……辛巳、天皇至レ自二吉野一。」にも触れていない。

※五年十月の記事「冬十月戊戌朔……庚戌、……是日、天皇幸二吉野宮一。丁巳、天皇至レ自二吉野一。」にも触れていない。

※六年五月の記事「五月乙丑朔……丙子、幸二吉野宮一。庚辰、車駕還レ宮。」にも触れていない。

※以下、多数有るが、触れず。

『万葉集』巻一・四四番歌左注

右日本紀曰　朱鳥六年壬辰春三月丙寅朔戊辰以二浄廣肆廣瀬王等一為二留守官一　於レ是中納言三輪朝臣高市麻呂脱二其冠位一擎二上於朝一重諫曰　農作之前車駕未レ可二以動一　辛未天皇不レ従レ諫　遂幸二伊勢一　五月乙丑朔庚午御二阿胡行宮一

『日本書紀』持統天皇

六年……三月丙寅朔戊辰、以二浄広肆広瀬王・直広参当麻真人智徳・直広肆紀朝臣弓張等一、**為二留守官一。於レ是中納言大三輪朝臣高市麻呂、脱二其冠位一、擎二上於朝一、重諫曰、農作之節、車駕未レ可二以動一。辛未、天皇不レ従レ諫、遂幸二伊勢一。**

……

五月乙丑朔庚午、御二阿胡行宮一時、進レ贄者紀伊国牟婁郡人阿古志海部河瀬麻呂等兄弟三戸服二十年調役・雑徭一。復免二挾杪八人今年調役一。

『万葉集』巻一・五〇番歌左注

右日本紀曰　朱鳥七年癸巳秋八月幸二藤原宮地一　八年甲午春正月幸二藤原宮一　冬十二月庚戌朔乙卯遷二居藤原宮一

『日本書紀』持統天皇

七年……秋七月……八月戊午朔、幸二藤原宮地一。

八年春正月乙酉朔……乙巳、幸二藤原宮一。即日、還レ宮。

冬十月……十二月庚戌朔乙卯、遷二居藤原宮一。

『万葉集』巻二・一五八番歌左注

紀曰　七年戊寅夏四月丁亥朔癸巳十市皇女卒然病發薨二於宮中一

『日本書紀』天武天皇

七年……夏四月丁亥朔……癸巳……十市皇女卒然病発、薨二於宮中一。

『万葉集』巻二・一九三番歌左注

右日本紀曰　三年己丑夏四月癸未朔乙未薨

『日本書紀』持統天皇

三年……夏四月癸未朔……乙未、皇太子草壁皇子尊薨。

『万葉集』巻二・一九五番歌左注

右或本曰　葬二河嶋皇子越智野一之時　獻二泊瀬部皇女一歌也　**日本紀云　朱鳥五年辛卯秋九月己巳朔丁丑浄大参皇子川嶋薨**

『日本書紀』持統天皇

五年……九月己巳朔……丁丑、浄大参皇子川嶋薨。

『万葉集』巻二・二〇二番歌左注

右一首類聚歌林曰　檜隈女王怨二泣澤神社一之歌也　**案二日本紀一云　十年丙申秋七月辛丑朔庚戌後皇子尊薨**

『日本書紀』持統天皇

十年……秋七月辛丑朔……庚戌、後皇子尊薨。

これら一つ一つについて詳しく説明したいところであるが、本論に与えられた紙数には限りがある。ここは、吉井巖に詳細な検討がある(26)ので、それを参照することとしたい。

吉井論文は、「日本書紀では、神武紀の天皇の日向出発の年から大和での即位の年までと、原則的には各天皇紀の元年の末尾に記述される太歳干支以外には、年の干支を記述しない体裁になって」いることを指摘し(27)、『万葉集』における「多くの日本書紀引用文が日本書紀の上に述べた原則的形式に反したものである」こと、つまり、「年の干支を記している」ことを指摘する。そして、その例外、つまり『日本書紀』の記述のとおりに引用しているのが九〇歌左注であると指摘している。吉井論文は、右の用例の詳細な検討において、七歌左注に「不用意な記述」「一種の無用な饒舌」、一五番歌左注に「無頓着」という要素を認めているが、当該九〇歌の左注については、「これは引用した日本書紀の記述のあり方をそのまま踏襲している」と述べている。本論としては、この記述によって、本論の分析が間違いではないことの保証を得たと言えよう。九〇歌の左注の引用は、きちんとしたものであったのである。

以上、与えられた紙数の都合で、急ぎ足の確認を余儀なくされたが、当該九〇歌の左注の『日本書紀』からの引用はずさんなものではなく、きちんとしたものであったことが確かめられた。となれば、当該九〇歌の左注において、磐姫皇后の気性の烈しさを示す部分が、ちょうど省略「云〻」の部分にあたり記述されていないという事実は、何を物語るのであろうか。そこには、〈引用者〉の「意図」「作為」を見出すことができるのではないだろうか（すくなくとも、左注の記述が、そこで止まり、結果的に、磐姫皇后の気性の烈しさが作品上に示されていないのは事実である）。

しかし、右のこの見解に対しては、次のような疑問が向けられるかもしれない。九〇歌の左注には、「云〻」の直前に「恨」とあるのだから、磐姫皇后の猛々しさは、やはり表わし出されているのだ、と考える疑問である。本論としては、右のような疑問に答えるべく、次には、この「恨」について分析しなければならない。

（3）引用元『日本書紀』における「恨」／引用先『万葉集』における「恨」

■「恨」と「怨」　まずは、古字書・古辞書において、「恨」（および「怨」）について確かめておこう。

『説文解字』（上海古籍出版社版『説文解字注』）

「恨　怨也。」（十篇下四四オ）

「怨　恚也。」（十篇下四三オ）

『篆隷万象名義』

「恨　何艮反怨、」（第二帖八八オ）

「慍　於問反恚、怨、恨、」（第二帖八八オ）

『新撰字鏡』（天治本）

「恨　乎艮反慽也怨」（巻十、五ウ）

これらを見ても、「恨」と「怨」には、弁別的な差異は無いようである。

一方、松浦友久は、

「怨」と「恨」は、現代の日本語でも中国語でもしばしば「怨恨」と熟して用いられ、また辞書類でも日・中ともに類語や同義語のように扱われることが多い。しかし、中国古典語、とくに古典詩歌のなかでは、むしろ対比的な状況を表わす言葉として、原則としてはっきりと使い分けられている。……「怨」の中心的な概念は、「物ごとの実現への可能性が自覚されながら、それが実現されないことに対する不満・憤懣」である。これに対して「恨」の中心的な概念は、「物ごとの実現への不可能性を自覚することから生まれる悔恨・無念さ」である。換言すれば、「怨」は情況を可変的・流動的と見なすゆえの情念であり、「恨」は情況を不可変的・固定的と見なすゆえの情念だと言ってよい。

と述べている。(28)しかし、『日本書紀』や『万葉集』の例を具体的に調べてみても、松浦論文が指摘するそうした差異は見出しがたい。ゆえに、本論としては、「恨」と「怨」双方への目配りをしたいと思う。

右に掲げた『説文解字』等を見れば、「恨は怨なり」と辿ることができ、そしてその「怨」には、『説文解字』

で、「恚也」つまり、「いかる」という意味が説明されている。『篆隷万象名義』には、同じく「いかる」意の「慍」に、「恚、怨、恨、」と並べられていることが注目されよう。このことから、「恨」「怨」の字義には、「いかる」意が含意されていることを、まずは確かめることができよう。

しかし、引用元である『日本書紀』と引用先である『万葉集』との双方に、いま右に確かめた「恨」「怨」の字義をそのまま当て嵌めて良いのかどうかはまた別問題と言えよう。少々結論めいたことを先に言えば、引用元である『日本書紀』と引用先である『万葉集』とでは、その意味に違いを生じているようなのである。以降、「引用元『日本書紀』における『恨』『怨』」と、「引用先『万葉集』における『恨』『怨』『怨恨』」、というように項目を分けて考察することとしよう。

■引用元『日本書紀』における「恨」「怨」

ここは、原点に立ち戻って、当該の磐姫皇后の記事、『日本書紀』仁徳天皇条の記事を見ることにしたい。仁徳天皇三十年の記事である。

『日本書紀』（仁徳天皇条）

三十年秋九月乙卯朔乙丑、皇后遊二行紀国一、到二熊野岬一、即取二其処之御綱葉葉、此云二箇始婆一。**而還。於二是日一、天皇伺二皇后不在一、而娶二八田皇女一納二於宮中一。時皇后到二難波済一、聞三天皇合二八田皇女一、而大恨之。**則ち其の採れる御綱葉を海に投れて、著岸りたまはず。故、時人、散りし葉の海を号けて、葉の済と曰ふ。爰に天皇、皇后の忿（いか）りて著岸りたまはぬことを知ろしめさずして、親ら大津に幸し、皇后の船を待ちたまひて、歌して曰はく、

当該磐姫皇后歌群に引用された箇所をゴチック体にして示してある。いま検討したいのは、二重傍線を付しておいた、「皇后の忿（いか）りて著岸りたまはぬ」の部分である。この二重傍線部分は、その前の四角囲み、

則ち其の採れる御綱葉を海に投れて、著岸りたまはず。

の部分を、『日本書紀』の記述みずからが、「忿（いか）りて」と解釈していることを証している。そして、この四角囲みの部分は、「則ち」によって、その前の「大恨之」に繋がっている。このように辿って来ると、この『日本書紀』仁徳天皇三十年秋九月条の磐姫皇后の「恨」が「いかり」に満ちたものであることを確認できよう。

本論は、『日本書紀』の「恨」（および「怨」）の全用例を調べた。ここでは、いま右に見た仁徳天皇三十年秋九月条と同じように、はっきりと「いかる」意味の字と同居している例に傍線を付けて示しておいた（また新編日本古典文学全集『日本書紀』の訓をも合わせ載せている）。

神代上（第五段一書第六）

……已にして伊弉諾尊、三子に勅任さして曰はく、「天照大神は以ちて高天原を治らすべし。月読尊は以ちて滄海原の潮の八百重を治らすべし。素戔嗚尊は以ちて天下を治らすべし」とのたまふ。是の時に素戔嗚尊、年已に長けたり、復八握鬚髯生ひたり。然りと雖も、天下を治らさず、常に以ちて啼泣き恚恨（ふつくみたまふ）。……

神代上（第七段一書第二）

一書に曰く、日神尊、天垣田を以ちて御田としたまふ。時に素戔嗚尊、春には渠を塡み畔を毀つ。又秋には穀已に成りぬれば、冒すに絡縄を以ちてす。且日神織殿に居します時に、則ち斑駒を生剝にし、其の殿の内に納る。凡て此の諸事、尽に是無状し。然りと雖も、日神、恩親之意ありて、不レ慍不レ恨（いかりたまはずうらみたまはず）、皆平心を以ちて容したまふ。日神の新嘗きこしめさむとする時に及至りて、素戔嗚尊、則ち新宮の御席の下に、陰に自ら送糞る。日神、知ろしめさずして、徑に席の上に坐たまふ。是に由りて日神、体挙りて不平みたまふ。故、以ちて恚恨（いかりうらみたまひ）、廼ち天石窟に居しまし、其の磐戸を閉したまふ。

神代下（第九段一書第五）

一書に曰く、天孫、大山祇神の女子吾田鹿葦津姫を幸す。則ち一夜に有身み、遂に四子を生む。故、吾田鹿葦津姫、子を抱きて来進み曰さく、「天神の子、寧にぞ私に養しまつるべけむや。故、状を告し知聞ゆ」とまをす。是の時に、天孫其の子等を見し嘲りて曰はく、「妍哉、吾が皇子。聞き喜くも生れませるかも」とのたまふ。故、吾田鹿葦津姫乃ち慍之（いかりて）曰く、「何為れぞ妾を嘲りたまふ」といふ。天孫の曰はく、「心に疑ふ、故、嘲る。何ぞ則ち天神の子と雖復も、豈能く一夜の間に、人をして有身ましめむや。固に我が子に非じ」とのたまふ。是を以ちて吾田鹿葦津姫益恨（ますますうらみ）、……

崇神天皇（六十年七月）

群臣に詔して曰はく、「武日照命……の天より将来れる神宝、出雲大神の宮に蔵めたり。是見まく欲し」とのたまふ。則ち矢田部造が遠祖武諸隅を遣して、……献らしむ。是の時に当り、出雲臣が遠祖出雲振根、神宝を主れり。是、筑紫国に往りて遇はず。其の弟飯入根則ち皇命を被り、神宝を以ちて、弟甘美韓日狭と子鸕濡渟とに付けて貢上る。既にして出雲振根、筑紫より還り来りて、神宝を朝廷に献ると聞き、其の弟飯入根を責めて曰く、「数日か待つべきを。何を恐みてか、輙く神宝を許しし」といふ。是を以ちて、既に年月は経れども、猶し恨忿（いきどほり）を懐き、弟を殺さむとする志有り。……

欽明天皇（二年四月）

……聖明王曰く、「昔我が先祖速古王・貴首王の世に、安羅・加羅・卓淳の旱岐等、初めて使を遣して、相通はして厚く親好を結び、以ちて子弟と為り、恒に隆ゆべきことを冀ふ。而るを、今し新羅に詎かえ、天皇を忿怒りまさしめて、任那をして憤恨（うらみ）しむるは、寡人が過なり。……」

欽明天皇（二十二年）

新羅、久礼叱及伐干を遣して、調賦を貢る。司賓、饗遇の礼数、常より減る。及伐干、忿恨（いかりうらみ）て罷る。

このように『日本書紀』の用例を見て来ると、『日本書紀』仁徳天皇三十年秋九月条の「いかり」に満ちた「恨」が、『日本書紀』の中においては、他の用例のあり方と齟齬することなく存在していると言ってよいことがわかる。

■引用先『万葉集』における「恨」「怨」「怨恨」　右に見たような「怒り」を伴った「恨」を持つ磐姫皇后の記述が、『万葉集』へと引用されたわけだが、さて、では、その引用先の『万葉集』における「恨」「怨」の使用環境はどのようであろうか。それを見てみよう。ただ、『万葉集』のすべての用例について、こと細かな分類を始めてしまうと、ともすれば、分類のための分類に陥ってしまう危険性もあろう。そこで、ここでは、『万葉集』に、恋情に関する例が数多くあることを確認することを目的とした。以降はそうした要素を含み持つ例を、分類の恐怖を十分に自覚しながら、析出しておいたものである。

◎恋情との関わりにおいて

石川女郎贈二大伴宿祢田主一歌一首　即佐保大納言大伴卿之第二子母曰二巨勢朝臣一也

風流士と　我れは聞けるを　やど貸さず　我れを帰せり　おその風流士　（2・一二六）

大伴田主字曰二仲郎一　容姿佳艶風流秀絶　見人聞者靡レ不二歎息一也　時有二石川女郎一　自成二雙栖之

感一恒悲二獨守之難一　意欲レ寄レ書未レ逢二良信一　爰作二方便一而似二賤嫗一　己提二堝子一而到二寝側一　哽音
蹢足叩レ戸諮曰　東隣貧女将レ取レ火来矣　於レ是仲郎暗裏非レ識二冒隠之形一　慮外不レ堪二拘接之計一
任レ念取レ火就レ跡歸去也　明後女郎既恥二自媒之可一レ愧　復**恨**二心契之弗一レ果　因作二斯歌一以贈二謔戯一焉

田部忌寸櫟子任二大宰一時歌四首

我妹子を　相知らしめし　人をこそ　恋の増されば　**恨**（うらめし）み思へ　（4・四九四）

大伴坂上郎女**怨恨**歌一首并短歌

おしてる　難波の菅の　ねもころに　君が聞こして　年深く　長くし言へば　まそ鏡　磨ぎし心を　ゆるし
てし　その日の極み　波の共　靡く玉藻の　かにかくに　心は持たず　大船の　頼める時に　ちはやぶる
神か離くらむ　うつせみの　人か障ふらむ　通はしし　君も来まさず　玉梓の　使も見えず　なりぬれば
いたもすべなみ　ぬばたまの　夜はすがらに　赤らひく　日も暮るるまで　嘆けども　験をなみ　思へども
たづきを知らに　たわや女と　言はくもしるく　たわらはの　音のみ泣きつつ　た廻り　君が使を　待ちや
かねてむ　（4・六一九）

反歌

初めより　長く言ひつつ　頼めずは　かかる思ひに　逢はましものか　（4・六二〇）

紀女郎**怨恨**歌三首　鹿人大夫之女名曰二小鹿一也　安貴王之妻也

世の中の　女にしあらば　我が渡る　痛背の川を　渡りかねめや　（4・六四三）
今は我は　わびぞしにける　息の緒に　思ひし君を　ゆるさく思へば　（4・六四四）
白栲の　袖別るべき　日を近み　心にむせひ　音のみし泣かゆ　（4・六四五）

恨（うらめし）と　思ふさなはに　ありしかば　外のみぞ見し　心は思へど　（11・二五二二）

逢はずとも　我れは怨（うらみ）じ　この枕　我れと思ひて　まきてさ寝ませ　（11・二六二九）

商返し　めすとの御法　あらばこそ　吾が下衣　返し給はめ　（16・三八〇九）

　右傳云　時有ニ所レ幸娘子一也姓名未レ詳　寵薄之後還ニ賜寄物一俗云可多美　於レ是娘子怨恨　聊作ニ斯歌一獻上

味飯を　水に醸みなし　我が待ちし　かひはかつてなし　直にしあらねば　（16・三八一〇）

　右傳云　昔有ニ娘子一也　相ニ別其夫一望戀経レ年　尓時夫君更取ニ他妻一正身不レ来徒贈ニ裹物一　因レ此娘子作ニ此恨歌一還ニ酬之一也

大き海の　水底深く　思ひつつ　裳引き平しし　菅原の里　（20・四四九一）

　右一首藤原宿奈麻呂朝臣之妻石川女郎薄愛離別悲恨作歌也　年月未詳

　忌部首黒麻呂恨ニ友賖来一歌一首

山の端に　いさよふ月の　出でむかと　我が待つ君が　夜はくたちつつ　（6・一〇〇八）

　怨見ニ入レ京述レ懐之作一生別悲兮断腸万廻怨緒難レ禁聊奉ニ所心一一首并二絶

あをによし　奈良を来離れ　天離る　鄙にはあれど　我が背子を　見つつし居れば　思ひ遣る　こともありしを　大君の　命畏み　食す国の　事取り持ちて　若草の　足結ひ手作り　群鳥の　朝立ち去なば　後れたる　吾れや悲しき　旅に行く　君かも恋ひむ　思ふそら　安くあらねば　嘆かくを　留めもかねて　見わたせば　卯の花山の　ほととぎす　音のみし泣かゆ　朝霧の　乱るる心　言に出でて　言はばゆゆしみ　礪波山　手向けの神に　幣奉り　吾が祈ひ禱まく　はしけやし　君が直香を　ま幸くも　ありた廻り　月立たば

時もかはさず　なでしこが　花の盛りに　相見しめとぞ　（17・四〇〇八）
玉桙の　道の神たち　賄はせむ　吾が思ふ君を　なつかしみせよ　（17・四〇〇九）
うら恋し　我が背の君は　なでしこが　花にもがもな　朝な朝な見む　（17・四〇一〇）
右大伴宿祢池主報贈和歌　五月二日

巻二・一二六歌の左注の用例は、有名な「みやびを問答」の左注。「容姿佳艶風流秀絶　見人聞者靡レ不ニ歎息一也」と言われる大伴宿祢田主との恋をはたせなかった石川女郎の「恨み」となる。また、巻四・六一九歌の題詞の用例は、著名な坂上郎女の「怨恨歌」の用例。この歌について、小野寺静子は、早くに、坂上郎女の怨恨歌は、それまでの郎女の実生活上の怨恨の対象者全てを怨むという素振りをとるが、実は「怨恨歌」という題詞を持った一つのフィクションにすぎないのだ、という結論に達せざるを得ない。かつて土屋氏が私注で「怨恨の歌は下の紀女郎にも見える（六四三以下）ので、或はそれは既に歌題の如きものになって居り、此の歌の如きも題詠的動機による作かも知れない。」（私注）と述べていたことを思い起す。と指摘していた(29)。また、近時、『萬葉集釋注』も、

中国には、薄情な男性に対する女の怨みを好んで詩の主題とする風がある。『玉台新詠』に、「怨詩」「閨怨」「春怨」「春閨有怨」「倡婦怨情」「秋閨怨」「玉階怨」などと題してたくさんの怨みの詩が載っている。

との指摘を行っている。次の巻四・六四三〜六四五歌は、紀女郎の「怨恨歌」。また、巻十六・三八〇九歌の左注の例は、寵愛が薄れた娘子の「怨恨」の例。次の三八一〇歌の左注の用例には、別の女性に心を移した夫が自分の所にやって来ないで、土産物だけを贈って来ることに対しての「恨み」がある。巻二十・四四九一歌の左注の例は、愛を薄くし離別された石川女郎の悲しみ、「恨み」となる。

ここまでが、恋情と関わる歌の例だが、一行空けた後の二例は、そうした男女の恋愛感情を男性同士のやりとりに用いて、恋歌めかした例である。巻六・一〇〇八歌は、友人がなかなか来ないのを恨んでの歌だが、「我が待つ君」とあるように恋人を待つ歌の表現を援用している。次の巻十七の用例は、上京する家持に対して「我が背子」と歌いかけ、恋歌めかしている歌であり、そこに「怨緒」とある。

以上、恋情との関わりにおいて捉えられる「恨」「怨」「怨恨」の用例を見て来た。巻十六の例や巻二十の例は、当該の磐姫皇后の置かれている状況ときわめて近いと言えよう。

ところで、引用先の『万葉集』では、「引用元『日本書紀』における「恨」「怨」」の項で、二重傍線で示しておいた「忿（いか）り」が、「云〻」によって省略されている。そのために、「忿（いか）り」の要素が〈無化〉されているのである。『万葉集』の恋情と関わる右の用例と当該作品の磐姫皇后の「恨」とを並べ置く時、その間には何の違和感も無い。

その他、『万葉集』には、いま右に見て来たような恋愛の情調を基盤にして、なかなか鳴かないホトトギスや鴬に対しての「恨」「怨」「怨恨」を述べた歌がある。それを示そう。

　大伴家持恨㆓霍公鳥晩喧㆒歌二首

我がやどの　花橘を　ほととぎす　来鳴かず地に　散らしてむとか　（8・一四八六）

ほととぎす　思はずありき　木の暗の　かくなるまでに　何か来鳴かぬ　（8・一四八七）

　立夏四月既経㆓累日㆒而由未㆑聞㆓霍公鳥喧㆒因作恨歌二首

あしひきの　山も近きを　ほととぎす　月立つまでに　何か来鳴きぬ　（17・三九八三）

玉に貫く　花橘を　ともしみし　この我が里に　来鳴かずあるらし　（17・三九八四）

霍公鳥者立夏之日来鳴必定　又越中風土希レ有二橙橘一也　因レ此大伴宿祢家持感二發於懐一聊於裁二此歌一

三月廿九日

怨二鸎晩哢一歌一首

うぐひすは　今は鳴かむと　片待てば　霞たなびき　月は経につつ　（17・四〇三〇　家持）

恨二霍公鳥不一レ喧歌一首

家に行きて　何を語らむ　あしひきの　山ほととぎす　一声も鳴け　（19・四二〇三）

判官久米朝臣廣縄

更怨二霍公鳥哢晩一歌三首

ほととぎす　鳴き渡りぬと　告ぐれども　我れ聞き継がず　花は過ぎつつ　（19・四一九四　家持）

我がここだ　偲はく知らに　ほととぎす　いづへの山を　鳴きか越ゆらむ　（19・四一九五　同）

月立ちし　日より招きつつ　うち偲ひ　待てど来鳴かぬ　ほととぎすかも　（19・四一九六　同）

廿二日贈二判官久米朝臣廣縄一霍公鳥怨恨歌一首并短歌

ここにして　そがひに見ゆる　我が背子が　垣内の谷に　明けされば　榛のさ枝に　夕されば　藤の茂みに
はろはろに　鳴くほととぎす　我がやどの　植木橘　花に散る　時をまだしみ　来鳴かなく　そこは怨（う
らみ）ず　しかれども　谷片付きて　家居れる　君が聞きつつ　告げなくも憂し　（19・四二〇七　家持）

反歌一首

我がここだ　待てど来鳴かぬ　ほととぎす　ひとり聞きつつ　告げぬ君かも　（19・四二〇八　同）

右の巻八、一四八六歌以降の用例は、巻十九・四二〇三歌以外すべて大伴家持の歌であり、その四二〇三歌も、越中国において家持と交流した久米朝臣廣縄の歌である。これらの家持歌について、佐々木民夫に貴重な指摘がある。[30] 佐々木論文は、

夏を待ち、ホトトギスを期待する家持の思いがあり、それが現実のものとして叶わない情況下で、「怨」「恨」が詠題の中に提示される。そして、「わがここだしのはく知らに」とあるように、そのホトトギスへの思いは、あたかも恋い慕わしい人間を待つかのようであり、ホトトギス詠題での「怨」「恨」に、家持の擬人法的要素をみることができるのではないか。

と述べている。家持歌におけるこうした要素は、諸氏も指摘するところであって、たとえば、右の巻八・一四八六、一四八七歌に対して、井手至『萬葉集全注　巻第八』は、「時鳥と取り合わせの花橘がせっかく咲いたのに、それを無駄にしてしまう時鳥を詰問した歌。愛するが故の恨み言である」（一四八六歌条）と指摘し、『萬葉集釋注』も、「二首ともに、時鳥の声を待ちあぐむ心が詰問となり、怨恨の形を取っている。怨恨は深い愛着の裏返しで、中国の怨詩の影響もあるのであろうか、奈良朝に入って、歌の重要な主題となっている」と述べている。「◎恋情との関わりにおいて」のところで示した歌々を基盤として、これらの歌々は作られているのである。

さて、分析の結果をまとめたい。『万葉集』においての「恨」（および「怨」「怨恨」）を見ると、これらは、恋情とかかわる例として多く存在し、そのようなあり方が一般的であると言えよう。本論では、この「**（3）引用元『日本書紀』における『恨』／引用先『万葉集』における『恨』**」という項目を立てて分析した。そこから得られる結論としては、『日本書紀』からの引用であっても、その引用文が『日本書紀』に在る時と、引用された先の『万葉集』に在る時とでは、その「恨」の意味するところは自ずと変わるということである。当該の磐姫皇后の「恨」では、分析したように、引用元『日本書紀』においては、「恨」は「怒り」が込められているものであっ

た。しかし、当該の磐姫皇后の記事が引用された『万葉集』においては、「怒り」の要素は〈無化〉され、『万葉集』において一般的な恋情とかかわる要素（「閨怨」など）の範囲内へと再定義されるのである。

三　結び

本論は、当該書記テクストにおいて、どのような磐姫皇后の〈像〉が〈造型〉されているのか、その方法・システムを問うことを目的として来た。その分析においては、他の異質なテクストとの〈相互関連〉をも分析して来たのである。ここで、これまでの分析をまとめよう。

この作品では、テクスト上で、〈思慮・逡巡する女性〉磐姫皇后の〈像〉（八五歌）と、「迎へを行かむ　待つには待たじ」と歌い「不レ堪二戀慕一」「追往」く女性軽太郎女（衣通王）の姿（九〇歌）、こうした二人の女性の〈対比〉が生じる。この〈対比〉の機能により、磐姫皇后の〈像〉が一層強調されることとなっている。そして、八五歌の〈像〉は、八六歌へと引き継がれる。八六歌では、「かく」と自己を批評的に見つめ、「恋ひ」続ける自分を自覚する磐姫皇后〈像〉が描かれていた。次の八七歌では、八九歌の〈一夜待つ女性〉の姿との〈対比〉により、〈未来にわたって待ち続ける女性〉という磐姫皇后〈像〉が鮮明になる。その待つ姿態は、きわめて相聞的姿態である。八七歌―八八歌という連携では、八七歌において磐姫皇后は未来へと続く時間の相の中へと置かれるわけであり、八八歌では出口の見えない「吾が恋」の状況に焦点が合わされることとなる。また、そうした自らを見つめ思慮する磐姫皇后〈像〉が〈造型〉されることとなるのである。出口の見えない自らの状況・恋心へ目を向ける、そうした、思慮し天皇を待ち続ける女性、磐姫皇后の〈像〉は、このようにして〈造型〉されるのである（次頁図を参照）。

〈思慮・逡巡する女性〉〈未来にわたって待ち続ける女性〉〈出口の見えない「吾が恋」を見つめる女性〉
磐姫皇后……八五〜八八

〈対比〉↕　〈対比〉↕

〈一夜待つ女性〉……八九

〈待たない女性、思慮・逡巡しない女性〉軽太郎女（衣通王）………九〇

また、烈しい気性を記す『日本書紀』の部分が〈引用されていない〉左注の記述も、そうした磐姫皇后〈像〉の〈造型〉に参与している。そして、〈引用〉の最後の部分に示されている「恨」も、『万葉集』というテクストに置かれることによって、その意味を、恋情とかかわる範囲内に定義しなおされているのである。

異質なテクストを混在させながらも、それを統合しようとする、当該書記テクスト。その統合という営為には、統合する〈主体〉を想定できよう。それは、どの審級の〈主体〉なのか。『万葉集』の核となる巻一・二という要素、三大部立である相聞、その冒頭歌としての当該歌群の位置づけといった要素を考え合わせれば、これは、『万葉集』の編纂という営みの〈主体〉ともかかわり合おう。しかし、これは、また別の大きな問題へと足を踏み入れることである。本論には残念ながらその準備がない。ここで筆を置くこととしたい。

【注】

（1）梶川信行「八世紀の《初期万葉》」（『上代文学』80号・一九九八）。

（2）梶川信行「《初期万葉》の『相聞』」（『日本大学文理学部人文科学研究所研究紀要』67号・二〇〇四）。
（3）梶川信行「イハノヒメ伝承の多様性――『万葉集』巻二・磐姫歌群から――」（『菅野雅雄博士古稀記念　古事記・日本書紀論究』おうふう・二〇〇二）。
（4）注1に同じ。
（5）三谷榮一「万葉集巻一・巻二の巻頭歌の位相――磐姫皇后と雄略天皇――」（『記紀万葉の世界』有精堂出版・一九八四。初出一九七三年二月）。
（6）廣岡義隆「磐姫皇后歌群の形成――『萬葉集』巻第二、巻頭歌群の形成と史的背景――」（『和歌を歴史から読む』笠間書院・二〇〇二）。
（7）廣川晶輝「『サヨヒメ物語』の〈創出〉――筑紫文学圏の営為――」（『上代文学』90号・二〇〇三）で詳しく論じた。参照していただければ幸いである。
（8）直木孝次郎「磐之媛皇后と光明皇后」（『夜の船出』塙書房・一九八五。初出一九七二年一二月）。
（9）寺川眞知夫「磐姫皇后の相聞歌」（『セミナー　万葉の歌人と作品　第一巻　初期万葉の歌人たち』和泉書院・一九九九）。
（10）注9に同じ。
（11）伊藤博「巻二磐姫皇后歌の場合」（『萬葉集の構造と成立　上』塙書房・一九七四。初出一九五九年二月）。
（12）稲岡耕二「磐姫皇后歌群の新しさ」（『人文科学科紀要』60輯・一九七五）。
（13）市瀬雅之「磐姫皇后歌群の成立をめぐって」（『美夫君志』37号・一九八八）。
（14）「思＋人物」の用例として他に、山上憶良の「思二子等一歌一首」（5・八〇二題詞）、「等思二衆生一如二羅睺羅一」（5・八〇二序文）、「老身重病経レ年辛苦及思二児等一歌七首」（5・八九七題詞）があるが、子供への愛を表明する点特殊な憶良の用例であるだけに、これらの用例は今回は考察の外に置いた。
（15）内田賢徳「『あり』を前項とする複合動詞の構成」（『万葉』101号・一九七九）は、「自動詞『打ち靡く』は自動詞『靡く』に大きくは属する一つの事態であり、『靡く』に対して微妙な差異を限定されたこととしてある」と指摘し、また、

『靡く』と認められることと不可分に、『打ち』の情態性は未分節的に意識されているものである。言い換えれば、『靡く』と認めることに、『打つ』という動作の直観的に把握された外貌が、言わば比喩的に共起していると考えられる」と指摘している。本論としても内田論文のこの指摘を重々わきまえ、「靡く」と「うち靡く」とに向き合っている。しかし、ここで、本論にて後に掲げる左の二つの歌を、この注(15)において、並べて見てみることとしたい。

敷栲の　衣手離れて　玉藻成　靡可宿濫　和乎待難尓　（11・二四八三）

荒磯やに　於布流多麻母乃　宇知奈婢伎　比登里夜宿良牟　安乎麻知可祢弖　（14・三五六二）

双方共に、自分（男）の訪れを待ちわびている女の姿を現在視界外推量「らむ」を用いて「寝《ぬ》らむ」と推量している点で共通する。また、「玉藻のように」という譬喩を用いて女の寝る姿態を描く点でも共通する。そうした同様な双方で、文字囲みのように「靡く」と「うち靡く」が用いられているのである。実は、内田論文自体にも、「うち靡く」の「打ち」の「機能」についての指摘のところに、「より概念的に実質的であるものから、現実量的な軽度といったものまで多様でありうる」と述べている部分がある。本論としても、こうした点および先の二首（二四八三歌・三五六二歌）の考察結果に鑑み、そのうえで、「うち靡く黒髪」に加えて、「靡く黒髪」の例をも考察するものである。

(16)　村田カンナ「山上憶良の表現の独自性――『うちなびき　こやしぬれ』をめぐって――」（『日本語と日本文学』19号・一九九三）には、「従来『寝』の形容に用いられた『うちなびく』」という指摘がある。参照すべき論考である。

(17)　以下の諸注釈書は、「長く垂らした髪」と明記していないが、本論のように「男性を待って黒髪を敷き靡かせて独り寝ている〈姿態〉」を指摘するものでもない。

日本古典全書『萬葉集』　うち靡く　長い髪の毛のさま。

『萬葉集私注』　ウチナビク　ウチは意味を強める接頭語。ナビクは長くしなふ。

『萬葉集注釋』　打靡く――なよなよと打靡く黒髪の形容。「打靡く春」（三・二六〇）の如きは枕詞であるが、今は黒髪の形容と見るべきであらう。

『萬葉集全注』　うち靡く吾が黒髪に　ウチは接頭語。ウチナビクは、しなやかに靡く意で、草や玉藻などの形容に多く用いる。ここは若い女性の豊かな黒髪をあらわす。

また、島田修三「万葉の黒髪――歌語の生成をめぐって」（『古代和歌生成史論』砂子屋書房・一九九七。初出一九九一年一〇月）は、当該八七歌の「打靡　吾黒髪」に対して、「閨房に在る女の状態を連想させる表現である」と指摘する。先行する貴重な指摘として受け止めたい。島田論文が「閨房」という指摘に至るその論理を確認しておこう。島田論文は、「平城京の女官は長い髪を中央で分け、二つの髻をたっぷりと結い上げる髪型をしていた。また一般庶民の間でも、天武十一年四月に男女ともに結髪を義務づける勅令が下っており、どうも少女期を過ぎた女は髪を結い上げるのが普通であったと考えられる」と当時の髪型を推定したうえで、「したがって、成人した貴族女性が長い髪を『うち靡』かせるのは、ごく限られた場合だけであったようだ」と述べる。「結髪」を解く「ごく限られた場合」が「閨房」であるという論理である。しかし、これはあくまでも、島田論文のように「結髪」が「普通」とする場合に有効な論理だ。「結髪せよ」という詔が出されたから「結髪」が「普通」と捉えられるのか。そこが問題だろう。例えば、島田論文が引く天武十一年四月の詔以降には、朱鳥元年七月二日の勅に「婦女垂髪于背、猶如故」とある。「女の垂髪が全面的に復活すること」もあったことがわかる（新日本古典文学大系『続日本紀一』補注3―五九を参照）。すでに本論で引用しておいた『全集』のように、「垂髪」を「最も簡便で愛好された髪型」とする指摘もあるのだ。女性の髪型の「普通」をどこに定めるのかは難しい。

そうした髪型に論拠を置く島田論文には、「つまり『うち靡く黒髪』というのは、昼間はたくし上げて結われていた髪が、恋人を待つ寝床では、解かれて長く垂れている状態と解される」という記述がある。しかし、これは、本論がここまで突き詰めて来た「男性を待って黒髪を敷き靡かせて独り寝ている〈姿態〉」と、肝心なところで相違する。島田論文は、『万葉集』中の「黒髪敷きて」の例も取り上げ、それらが「明らかに閨房の寝床に結った髪を解いた女が独り横たわる状態を描くもの」であることを述べたうえで、「『うち靡くわが黒髪』よりもさらに直接的で官能的なイメージを喚起する表現だ」と述べている。つまり、「うち靡く黒髪」の方には「横たわる状態」を認めないわけだ。先の引用の波線部のように解しているのも、この「黒髪敷きて」の用例との区別を考えてのことかもしれない。しかし、当該八七歌の「打靡　吾黒髪」においても、「男性を待って黒髪を敷き靡かせて独り寝ている〈姿態〉」は喚起されている。本論は、そう言い得ることを表現分析に基づいて指摘して来た次第である。

（18）本田義寿「『磐姫皇后思天皇御作歌』の背景」（『記紀万葉の伝承と芸能』和泉書院・一九九〇。初出一九七六年一二月）。著書末尾に「遺稿集を刊行するに際して」の一文があり、この著書が遺稿集であることが述べられている。
（19）遺稿集としてのその書名『記紀万葉の伝承と芸能』に「芸能」という語が選ばれていることも、キーワードについての本論の把握が誤りではないことを教えてくれよう。
（20）『万葉集』中、「萬代」の表記で「まで」を表すもの、当該八七歌の例の他に、2・一七（二例）、2・二二八、14・三四一四。「万代」の表記で「まで」を表すもの、7・一二一二。ただし、「萬代日」の表記は、当該八七歌のみ。
（21）稲岡耕二「方法としての序詞――融即と譬喩と――」（『万葉集の作品と方法』岩波書店・一九八五）
（22）神野志隆光「『万葉集』に引用された「古事記」」（『古事記の達成』東京大学出版会・一九八三。初出一九八〇年四月）。
（23）青木生子「相聞の歌と『死』――磐姫皇后の八六番歌をめぐって」（『青木生子著作集　第四巻　萬葉挽歌論』おうふう・一九九八。初出一九六五年六月）。
（24）なお、梶川信行「『古事記』の引用――『万葉集』の場合」（『古事記受容史』笠間書院・二〇〇三）は、「口承の世界に存在した多様な〈隠り妻〉の伝承」を論じる。その「多様な〈隠り妻〉の伝承」が「文字の世界に掬い取られたことによって、時間と空間を越えて、その違いが厳密に比較されることになった。それがIの歌群（当該八五〜九〇歌群のこと。廣川注）であろうと思われる」と述べている。梶川論文の論点・論拠は、本論とはまったく異なるのだが、傍線部「比較」は、本論で論じる〈対比〉と通じるものがある。
（25）注3に同じ。
（26）吉井巖「萬葉集巻一、二の左註について――日本書紀の引用を中心に――」（『万葉の風土・文学　犬養孝博士米寿記念論集』塙書房・一九九五）。
（27）『日本書紀』本文に年の下の干支の記事が無いことを指摘したものに、菊池壽人『萬葉集精考』（中興館・一九三五）がある。
（28）松浦友久「『閨怨詩』と『長恨歌』」（『『万葉集』という名の双関語《かけことば》――日中詩学ノート――』大修館書店・一九九五。

初出一九九二年九月）。

(29) 小野寺静子「怨恨の歌――大伴坂上郎女の志向する世界――」（『萬葉』79号・一九七二）。

(30) 佐々木民夫「家持の『怨』『恨』歌――ホトトギス詠の題詞をめぐって――」（『万葉集歌のことばの研究』おうふう・二〇〇四。初出一九八七年）。

【付記】

本論は、本書、梶川信行編上代文学会研究叢書『初期万葉論』刊行に向けて二〇〇四年六月五日に開催された上代文学会公開セミナー（於　日本大学　東京都千代田区）において、「書記テクストとしての磐姫皇后歌群」と題して発表したものを基にしている。また、その発表準備をとおして通説を改めることができた結果を、「『打靡　吾黒髪』考――『万葉集』巻二・八七歌の論――」（『国語国文研究』127号・二〇〇四）にまとめた。本論の第二章第二節は、その論考をそのまま取り入れている。第二章第五節の内容は、右の二〇〇四年六月五日のセミナー発表の内容を発展させて、「大阪府立大学　現代GP「堺・南大阪地域学」研究会」（二〇〇六年一月二七日　於　大阪府立大学　大阪府堺市）において、「磐姫皇后と仁徳天皇」と題して発表した内容をまとめたものである。「上代文学会公開セミナー」および「大阪府立大学　現代GP「堺・南大阪地域学」研究会」の席上、貴重な御意見を賜わりました方々に御礼申し上げます。

巻四・巻頭歌「難波天皇」をめぐって

――八世紀における孝徳天皇像――

八木京子

一　はじめに

難波天皇の妹、大和に在す皇兄に奉上る御歌一首

一日こそ　人も待ち良き　長き日を　かくし待たえば　ありかつましじ　（4・四八四）

当該歌は、「難波天皇の妹」が兄に奉った御歌と伝えられ、巻四の巻頭を飾る歌として、『万葉集』に収載されている。この「難波天皇」をめぐって、従来、「難波」に宮を築いた天皇ということから、「仁徳天皇」「孝徳天皇」の両天皇の説が展開されてきた。

本論は、いまだ定説を見ない「難波天皇」について、それが何れの天皇を指すのか、歌の構造および、巻四の編纂論理から、それを比定することを望むものである。

また、同時に、巻三・四に「拾遺」される初期万葉歌に関し、それが巻一・二から、意図的に「排除された」

歌を含むという可能性についても、合わせ考えたく思う。

二　難波天皇について

題詞の「難波天皇」は、同じく巻四・四八五、四八八に、「崗本」天皇、「近江」天皇などと用いられる例と同様、まずもって「難波」に都を築いた天皇の謂いとして、前提されよう。この「難波天皇」（難波朝《なにはのみかど》）の用語を、試みに『万葉集』以外の文献で辿ると、次のような例が確認できる。

A、難波天皇

①「難波天皇之世辛亥年正月五日、授二塔露盤銘一」（辛亥（六五一）年、『元興寺伽藍縁起并流記資材帳』）（『寧楽遺文』上）

②「神戸、六十五烟。本八戸。難波天皇之世、加二奉五十戸一」（『常陸国風土記』香島郡）

B、難波朝《なにはのみかど》

③「大伴宿祢娉二巨勢郎女一時歌一首［大伴宿祢、諱曰二安麻呂一也。難波朝右大臣大紫大伴長徳卿之第六子、平城朝任二大納言兼大将軍一薨也］」（『万葉集』2・一〇一題詞注）

④「秋七月己巳朔己卯、於二難波朝一、饗二北蝦夷九十九人、東蝦夷九十五人一。」（『日本書紀』斉明元（六五五）年七月）

⑤「己丑、大納言正広参大伴宿禰御行薨。……御行、難破《ママ》朝右大臣大紫長徳之子也。」（『続日本紀』大宝元（七〇一）年一月）

⑥「大臣、……難波朝衛部大華上宇麻乃之子也。」（『続日本紀』養老元（七一七）年三月）

⑦「難波朝御世、授二大華上氏印大刀一。」（『先代旧事本紀』巻五）

⑧「難波朝廷天下立評給時仁、……」（『皇太神宮儀式帳』）

ここに掲出した①～⑧の「難波天皇」「難波朝」は、すべて孝徳天皇・孝徳朝のことを示しており、例外は見られない。これらは七～九世紀に残された史料であるが、当時、「難波天皇」と言えば、もっとも近しい時代に君主であった「孝徳天皇」を指すという理解が、一般的であったことを物語っている。少なくとも、『日本書紀』『続日本紀』等の史書に、仁徳天皇のことを「難波天皇」と記した、明らかな例を確認することはできない。それは、「仁徳天皇」を指す場合、『万葉集』（巻二・八五題詞）や、『先代旧事本紀』他の文献において、「難波高津宮御宇天皇」と、「高津宮」であることが明記されることと合わせて、重要な指摘であろう。

さらに孝徳天皇の「難波朝」について言えば、近年、歴史学の方面から、「長柄豊碕宮」の実態が解明されつつあり、看過できない。そもそも、前期難波宮跡（現大阪市中央区）は、それが孝徳朝の長柄豊碕宮なのか、聖武朝に再興した宮なのか、歴史家の間でも意見が二分するところであった(1)。即ち、『日本書紀』天武八（六七九）年に、「難波に羅城を築く」とあることから、天武朝以降に再建された宮と考える説も、長く有力視されてきたのである。

しかし、一九九九年に出土した「戊申（六四八）年」の紀年銘木簡は、その問題に終止符を打つ大きな発見となった。戊申年は、大化四年であり、大化の改新後に難波に遷都した、孝徳朝黎明期の史料であることは疑いようがない(2)。大化の頃といえば、孝徳天皇以下、中大兄皇子らが率いる新政府によって「改新之詔」が宣布され、難波に新しい都城が建設されつつあった、歴史上、重要な画期といって過言ではない。

難波宮の伴出木簡には、孝徳朝に急速に進められた、中央集権の在りようを示す木簡が多く見られ、例えば、「秦人凡國評」と書かれた木簡は、早くも大化・白雉期に「国評制」が行われていたことが知られる史料として、注目されている(3)。

長く宮都が置かれた大和飛鳥から離れ、大陸の先進文化を摂取しやすい難波の地に、古代都市は一〇年あまりの間、花開いたのである。難波津周辺は、王権の外交の場として賑わいを見せ、諸外国の使者を接待・宿泊させる施設「難波館」や、外交の拠点である役所「難波大郡」が造営された。おそらく、それらを饗応する場においては、公私を問わず、種々の歌儛の類が披露されたことであろう。

孝徳天皇の「難波朝」は、このように、急遽、対外的な政策を担う重要な場として、難波の津とともに、「今は春へと」発展したのであった。七・八世紀の人々にとって、「難波朝」といえば、「孝徳天皇」の難波宮を指すことは、自明のことであったと推測される。

三　孝徳朝の歌うた

孝徳期の難波宮の存在を前節に確認したが、一方で、その時期の「文芸」を語ろうとするとき、現在残っている資料からそれを窺うことは、実は容易いことではない。

それというのも、『万葉集』巻一・二には、孝徳天皇代の「標目」自体が存在せず、孝徳朝の歌と明記されるものが全く残っていないことを大きな要因とする。巻一・二は、規則正しく天皇の御代ごとに歌がまとめられており、孝徳朝の一代だけ、歌が収載されていないという事態は、極めて特異なことといってよい。

このことを現象的に見る限り、あたかも『万葉集』は、孝徳天皇の御代を、歌で綴った歴史の記録から、抹殺しているかのようにも窺えるのである。

孝徳朝の標目がないことについて、夙に伊藤博は、巻一・二の編纂方針に触れながら、次のように述べていた。(4)

三六代孝徳天皇は斉明女帝の弟ではあるものの、天智―天武―持統と流れる舒明皇統において唯一の傍系天子である。ところが、巻一、いな万葉集全体がこの天皇の歌というものを載せず、その時代の標目を立てない。こうして、万葉集巻一・二には〝舒明皇統歌集〟とも称すべき宮廷家族的な俤が看取されるのであり、当面の私見に加えるところが多い。

つまり、孝徳天皇は、「舒明皇統」において傍系にあたることから、「持統万葉」（藤原宮本・巻一原撰部）に、その標目が設けられなかった、と考える立場である。

むろん、初期万葉の時代であれば、孝徳朝の歌資料が十分に揃わなかったという消極的な理由も考えられないわけではない。しかし、実際のところ、『日本書紀』には、孝徳天皇の御代に、少なからずの和歌が残されているのであり、そうも簡単に断定できまい。

孝徳紀には（白雉四（六五三）年）、孝徳天皇みずからが間人皇后に送った歌および、造媛の死を悼んだ野中川原史満の歌が見える。

A　金木着け　吾が飼ふ駒は　引き出せず　吾が飼ふ駒を　人見つらむか　（孝徳天皇　紀・115）

B　山川に　鴛鴦二つ居て　偶よく　偶へる妹を　誰か率にけむ　（野中川原史満　紀・113）

本毎に　花は咲けども　何とかも　愛し妹が　また咲き出来ぬ　（紀・114）

A孝徳天皇の歌は、皇太子中大兄が、皇極天皇・間人皇后・文武百官を引き連れて、大和に帰った後、独り残された天皇が難波で歌った時のものであり、B造媛の歌は、蘇我日向の讒言により自尽した、蘇我倉山田麻呂の所伝とともに記される挽歌である。この事件は、倉山田麻呂の妻や子を殉死させる惨事となり、それを知った造媛は、傷心のあまりに死に到ったと『書紀』は記している。

『万葉集』に残らないこれらの歌は、中大兄を中心とする新皇統（舒明皇統）の主導によって、排除された勢力圏のものであり、敢えて『万葉集』に採択されなかった歌として、それを想定することができるように思われる。

『万葉集』に「孝徳天皇」代が立てられなかったのは、歌資料の有無といったことではなく、その歌の内容によって、取捨選択の判断（持統朝に固有の政治意識に連動する）が作用したと考えるべきではないか。

『書紀』は、さらに続けて、C建王の死を悼む斉明女帝の挽歌（紀・一一六～一二一）、D斉明の死を偲ぶ中大兄の挽歌（紀・一二三）を、立て続けに収載する（斉明紀）。C建王挽歌は、『万葉集』の「挽歌」にあったとしても何ら遜色ないものとして、現在、評価される歌であるが、やはりどういうわけか『万葉集』には見られない。[5]

このことについて、『万葉集』巻二に収められる挽歌は、有間皇子自傷歌以外[6]、すべて天智・天武天皇、その血統の皇子・皇女に限られていることを、まず指摘して置かねばなるまい。さらに言えば、川嶋皇子・明日香皇女以外は[7]、すべて天武天皇の皇子・皇女であるということも、いまここで注意したい（川嶋皇子の場合は、献歌の相手を泊瀬部皇女・忍壁皇子にすることで、少なくとも題詞の上では、天智皇統の皇子という扱いを回避している）。

ところで、ここで明らかにしたいのは、いま指摘したＡＢＣＤの書紀歌謡は、たまたま『万葉集』巻一・二（原撰部）の編者の目に触れなかったため収載されなかったのか、それとも敢えて巻一・二から、「排除された」ものであったのか、という点であろう。

巻二挽歌の対象者が天智・天武の皇統に限定されるという事実を合わせ考えるとき、孝徳紀・斉明紀の挽歌（造媛・建王・斉明天皇）が『万葉集』にないという事実は[8]、それを単なる「偶然」と考えるのではなく、「必然」と考える視点が、重要となってくるのではないか。

『書紀』に残されるこれらの挽歌は、巻二挽歌の編纂論理――舒明の皇統に引き続くものとしてある「天武皇統」を、日並皇子挽歌・高市皇子挽歌と排列していくことで、明らかに目に見えるものとして証し立てていくという目的――、に適わしくなかったために、『万葉集』に採択されなかった、という立場を確認すべきであろう。そして、ことA歌について言えば、「舒明皇統歌集」としてある巻一・巻二の撰歌基準に、「孝徳天皇」を機縁とするような和歌は不要であった――、否、それはある意味で「禁忌」なまでに「排除された」――、と捉え直すことで、新しい視点を呼び込むことが可能になるのではないか[9]。

このことはもちろん、いかにも演繹的な操作であって、本論で取り扱うところの、当該「難波天皇」が誰であるかを考えることには、直接的には繋がらない問題であるとも言える。

しかし、巻一・二に採択されなかった歌々が、巻三・四に集められたと考えるならば、然るべき理由をもって「排除された」孝徳朝の歌が、新たな附会解釈のもとに巻四に収載され、「巻頭歌」としての意義を与えられた、と考えることも、あながち妥当性を欠くことではないだろう。それは歌の「優劣」によって巻一・二から除外された歌資料、もしくは単に漏れ落ちた歌資料、というような考え方ではなく、むしろ、巻一・二から「排除された」歌資料であるという視点を、本論では確保したいのである。

四　撰ばれなかった歌――巻三・巻四――

本節では、歌の「拾遺」ということについて、考えたい。

夙に、賀茂真淵『万葉考』[10]は、巻三の歌について、「一・二の巻の拾遺めきてせられたるを」と指摘し、「されと此巻に古へのよき哥多くのせつ、心をやりて見よ」と続けている。拾遺された歌ではあるが、その歌がらは、古さが漂う、佳き歌であることを認めての謂いと思われる。

現行諸注においても、『万葉集』巻三・四は、巻一・二が採り残した、いわゆる「拾遺」の巻として、それを扱うことが通説となっている。

……右に検出した「古歌」（白鳳朝の歌）の群が、巻一・二に対して拾遺の面影を呈する点である。白鳳期の中核をなす歌はすべて巻一と巻二とに採られ、巻三・四の「古歌」の群は巻一・二の採り残した歌を集めた様相がいちじるしい。（傍点、引者）

伊藤博は、このように述べ、これらの歌が巻一・二に採択されなかった大きな理由として、具体的に人麻呂の歌の規模について検討し、歌の「優劣」、および「結構の大小」が影響したと指摘している。(11)

しかし、厳密に言って、これらの歌は、単に巻一・二に「採り残した」歌を「拾遺」したものなのであろうか。歌の優劣や、結構の大小といった、歌の見栄えに関わる面のみならず、巻三・四には、明らかに巻一・二の編纂論理に合わないという理由で、行き場のないままに蒐集された歌が、少なくないように思われる。

以下に、巻三・四に収められる初期万葉歌のうち、(12)「題詞」に名が記される「皇族関係者」について、順次、列挙する（歌作者・献歌の対象者の両方を含む）。ここで皇族関係者に限定して取り上げるのは、巻一・二と比較をしつつ論じる上で、対照化しやすいことを理由とする。

①持統天皇（3・二三五・二三六）
②長皇子（3・二三九）
③弓削皇子（3・二四二）
④春日王（3・二四三）
⑤長田王（3・二四五・二四六・二四八）
⑥新田部皇子（3・二六一）
⑦志貴皇子（3・二六七・4・五一三）
⑧長屋王（3・二六八・三〇〇・三〇一）

⑨紀皇女（3・三九〇、左注3・四二五）
⑩聖徳太子（3・四一五）
⑪大津皇子（3・四一六）
⑫河内王（3・四一七〜四一九）
⑬手持女王（3・四一七〜四一九）
⑭石田王（3・四二〇〜四二五）
⑮丹生王（3・四二〇〜四二二）
⑯山前王（3・四二三〜四二五）
⑰難波天皇妹（4・四八四）
⑱難波天皇（4・四八四）
⑲崗本天皇（4・四八五〜四八七）
⑳額田王（4・四八八）
㉑近江天皇（4・四八八）
㉒鏡王女（4・四八九）

以上の二十二例であるが、④春日王、⑤長田王、⑬手持女王、⑮丹生王、は伝未詳である。⑫河内王は、門部王の父と伝えられるが、系統は未詳。これらを除いた歌うたについて、逐一を考えることは難しいものの、よくよく見ていくならば、各々に「排除」の理由が窺える歌が少なくない。

②長皇子・⑥新田部皇子は、いずれも人麻呂の讃歌であるが、『万葉集』巻一に収められる讃歌は、天皇讃歌か、皇子である場合は、当時皇太子であった軽皇子に限られている。長皇子を「日の皇子」と謳う当該讃歌が、皇統の正統性を守る上で、肯いかねるものだったことは、想像に難くない。[13]①持統天皇讃歌もまた、左注に、忍壁皇子に献じたとの伝えがあり、いわくを残す歌である。忍壁皇子は、高市皇子亡き後、天武皇子の最年長者であり、持統朝に優遇されなかったことは、直木孝次郎が説くところである。[14]

また、⑧長屋王は、天武朝の生まれと考えられ、比較的年長者であったと思われるが、巻一原撰部（藤原宮本）にその名を残さず、文武朝の歌（1・七五）が、巻一「追補部」に見られるのみである。巻三・二六八「我が背子が　古家の里の　明日香には　千鳥鳴くなり　夫待ちかねて」の歌は、飛鳥から藤原宮へ遷都した折の歌か、と左注に記されるが、同じ状況下の志貴皇子の歌（1・五一）が、巻一の原撰部に残されているのに対し、この長屋王の歌は、巻三に収められている。長屋王の歌は、『万葉集』に五首見られるが、巻一・七五、巻三に雑歌三首（二六八、三〇〇、三〇一）、巻八に雑歌一首（一五一七）で、いずれも、各巻に分散するかたちで収載されている。これもまた、天武朝に生誕し、文武朝には既に権勢を誇っていた長屋王（慶雲元〔七〇四〕年には正四位上）を、意識的に巻一原型部から排除した結果と考えられるのではないか。

②③⑤⑦⑧の皇子たちは、巻一・二にも名が見えるが、巻一「原撰部」に歌が載せられているのは、⑦志貴皇子（天智皇子、1・五一）だけである。巻一原撰部には、天智皇子・皇女の歌が見えるが、天武皇子に関わる歌はなく、天武の孫にあたる軽皇子が、唯一、天武・持統系皇統の皇子として名を見せ、巻一原撰部において、特別な存在であったことが知られるのである。(15)

なお、巻三挽歌(16)に収められる、⑩聖徳太子は、用明天皇の子であり、敏達・舒明の系統でないことは明らかであろう。推古朝の歌は、古き世の歌であるという認識のもとに、巻一・二からは除外されたものと考えられる。(17)

以上のように、巻三の幾つかの歌について検討したが、巻一との比較の上で見ていくと、巻一がその排列を追うことであたかも皇統譜を歌でしめした歌集（舒明皇統による）として存在するのに対し、(18)巻三には、それらから何らかの理由で「排除された」歌を多く残しているように思われる。

巻一雑歌と同様、巻二挽歌も、天智天皇・天武天皇・日並皇子と挽歌を次々に並べていくことで、その血筋の正統性を、歌集の読み手に明らかにさせるような排列が取られている。巻二は、神亀元年（七二四）頃、元明天皇の命によって、首皇子（後の聖武天皇）の即位に合わせて編まれたと考えられ、やはり血筋の確かさを証し立てようとする意図が読みとれる。

巻三に収載される歌に、軽皇子以外の皇子讃歌や、傍系皇族の挽歌が多く見られ、また、巻四に、歌の相手を明らかにしない恋歌が多いことなどは、すべて単なる偶然ではないように思われる。巻一・二という極めて政治的な課題を担って編まれた歌集から、「排除された」ものとそれらを捉えることで、巻三・四の歌うたの性質が、逆に照射されてくるのではなかろうか。

巻四には、皇族同士や、氏族同士の婚姻の記録[19]とは考え難い、独詠的な恋歌が多く残されている。このことは、巻四後半部の大伴一族の恋歌の在り方と合わせて、私的相聞歌集としての色合いを感じさせるに十分であろう。本論で扱うところの⑱「難波天皇」歌は、妹が兄を慕う歌として詠まれ、⑲「崗本天皇」歌は、「御製一首」とあるのみで、その相手は舒明天皇と推測されるものの、少なくとも題詞上にそれが「明記」されることはない。㉒「鏡王女歌」も同様である。

それは、すでに標目や題詞による（歌の）歴史の記録としてあるのではない、「和歌」が「和歌」として屹立してある、「恋歌集」の招来を予期するものであろう。巻三・四の編纂は神亀の初期かと推測され、元正天皇上皇時代と言われる。聖武天皇に譲位し、安定的に聖武朝が始動しつつある時期に編まれたこれらの歌集は、そこに政治目的以外の、後宮の産物とでも称するべき、一種の「余裕」すら感じさせる。

一方で、『万葉集』の根幹部である巻一・二は、文武天皇即位、聖武天皇即位という、七世紀最末期から八世紀という皇位継承の過渡期に編纂が行われていた。それは、「舒明系皇統」による歌集編纂という力学のもと、作為的に歌を取捨選択・排列することで、政治的課題を担う一事業としてなされたものと思われる。もちろん、ここで初期万葉歌は、それそのままに単に古いからという理由で、巻一・二に蒐集されたわけではなかろう。綿密に計算されたそれとして、巻一・二の初期万葉歌は――、天武－持統－軽皇子（文武）－首皇子（聖武）と続い

ていく皇統の、「前」時代を語るものとしてのみ、価値を保っていたのである。(20)

五　定型短歌の黎明——仮託ということ——

前節までに、『万葉集』巻一・二の「撰」から外れた、すなわち「排除された」歌という視点から、巻三・四の歌を考えてきた。

再び、巻四の巻頭歌である「難波天皇」歌に視点を戻したい。早く、当該「難波天皇」について、孝徳天皇説を支持した武田『全註釋』は、次のように述べている。

> 資料から見ても、この巻頭数種は、多分同一の資料に出たものとおぼしく、時代のほぼ一致する孝徳天皇と解するを妥當とする。……古い調子の歌であるが、仁徳天皇の時代というような古さはない。歌から言つても、やはり孝徳天皇の時代とするのが適當であろう。

ここに、『全註釋』が「巻頭数種」と述べるのは、次の崗本天皇歌もまた、左注に「右今案、高市崗本宮、後崗本宮、二代二帝各有レ異焉。但、稱二崗本天皇一未レ審二其指一」とある通り、舒明天皇か、斉明天皇か、判断に迷う歌資料であることに拠る。

しかし、「難波天皇」「崗本天皇」とある排列を目にする限り、それが「孝徳天皇」、次代の「斉明天皇」と理解することは、七世紀末から八世紀の人々にとって、意外と容易かったであろうことは、既に論じた通りである。

そもそも崗本天皇を「舒明」と考える立場は、巻頭歌である「難波天皇」を、「仁徳天皇」と仮定することから発想されるものであった。舒明—皇極—孝徳—斉明—天智、と続いていく皇統譜を知る者にとって、「難波天皇」(4・四八四)—「崗本天皇」(4・四八五〜七)—「近江天皇」(4・四八八)が、それぞれ、孝徳天皇—斉明天皇—天智天皇であるという理解は、極めて自然なことであったと思われる。

それにもかかわらず、当該歌はなぜ仁徳天皇歌と解釈されたのか。ここで歌の構造そのものに目を転じたい。当該歌は、

一日こそ　人も待ちよき／長き日を　かくのみ待たば　有りかつましじ

とあって、第一句に係助詞「こそ」を用い、第二句「よき」で受ける二句切れの形式となっている。周知のとおり、二句切れの形式は、

我が夫子が　来べき夕なり／ささがねの　蜘蛛の行ひ　是夕著しも　(紀・六五)
琴頭に　来居る影姫／玉ならば　吾が欲る玉の　あわび白珠　(紀・九二)
我が欲りし　野島は見せつ／底深き　阿胡根の浦の　玉そ拾はぬ　(中皇命　1・一二)
妹が家も　継ぎて見ましを／大和なる　大島嶺に　家もあらましを　(天智天皇　2・九一)

など、記紀の歌謡や初期万葉に多く見られる歌型である。しかし、ここに挙げたような二句切れの短歌は、「かたち」において古層に属するが、歌の意味関係において純然たる繰り返し形式(謡うという形式)ではなく、二句で途切れることによって、継起的な意味の連鎖を二つの文構造のなかに有している。

「一日(ひとひ)」を仮定的に語ることで、新たな「長き日」の主題提示を呼び込む当該短歌の二文形式は、それが単なる繰り返しではないことで、既に「歌謡」の領域から脱し、「万葉歌」たるべき質を保持しているといってよい。[21] その意味で、武田『全註釋』のいう、「古い調子の歌であるが、仁徳天皇の時代というような古さはない。」という指摘は裏付けられる。

以下は、仁徳天皇の時代の短歌を幾つか掲出したものであるが、これらとの比較の上でも、当該歌との質の違いを察することができよう。

衣こそ　二重も良き／さ夜床を　並べむ君は　恐きろかも　（紀・四七）
押し照る　難波の崎の　並び浜／並べむとこそ　その子は有りけめ　（紀・四八）
大和辺に　行くは誰が夫／隠り処の　下よ延へつつ　行くは誰が夫　（記・五六）

一首目の磐媛の歌は、二句切れであり、形式の上からは当該歌と近似するようであるが、その内容を吟味すると一概にそうも言えまい。「衣」と「床」を対照させる構造は、歌謡によく見られる「寄物陳思」の形式と考えられ、ここでは、「衣の二重」という「物象」が、「床を並べる」という「行為」に巧みに転換しながら、下句を導き出していく構成となっている。単純な繰り返しではないものの、一種の二重構造をなしているのであり、その内容を見る限り、歌謡的な質の強いものと考えられる。(22)

当該、「難波天皇」歌の質の変化――、「定型短歌」の黎明期ともいえる歌の質は、まさしく初期万葉歌のそれとして認識さるべきものである。巻二巻頭歌である磐姫皇后歌においても、常に指摘がなされることであるが、(23)その「新しさ」は、仁徳朝の歌として認めるには、やはり一歩も二歩も躊躇せざるを得ない。

しかし、実際のところ、早く契沖『代匠記（初稿本）』が、「難波天皇」を「仁徳天皇」と認め、応神天皇の皇女九人のうちの誰かと推測したように、現状の殆どの注釈書が、結果的には、「仁徳天皇」としてそれを認めているのである。(24)

先掲の『全註釋』が、実作者として孝徳天皇を想定しながらも、結局のところ、「但し万葉集の編者は」として、仁徳天皇と理解した過程を認めていることは、実は看過できない重要な視点である。このことは同様、新編

『全集』が、「解説」にて、「本書では仁徳天皇とする説によったが、孝徳天皇説も必ずしも退け難いと思われる。」と述べているように、そこに、『万葉集』編者の立場と、実作者の立場を、如何に判断するか、逡巡した結果として、それを受け止めることができる。

巻四「難波天皇」歌は、それを「仁徳天皇の妹」の歌と認めることで、記紀に書かれるような八田皇女との伝承を呼び込み、さらには巻二の磐姫皇后歌と関連づけることで、「巻頭歌」としての意義を現在まで保ってきたのである。

記紀には、八田皇女を召したことを怨んだ磐媛が、山背の筒城宮に入り、仁徳天皇がそれを追って「山背」に行ったことが伝えられている。もちろん、それは飽くまで「山背」であり、「大和」ではなく、『書紀』にも仁徳天皇が大和に行幸したという記録は見られない。史実は確認できないものの、おそらくこの伝承に関連して、当該歌は、仁徳天皇の妹（八田皇女）の歌として、解釈されてきたのである。

確認までに述べるが、本論もまた、「編纂」レヴェルで認められた、「仁徳天皇」という判断について、その是非を問うものではない。崗本天皇歌のあとに続けられた、「右今案、高市崗本宮、後崗本宮二代二帝各有レ異焉。但稱二崗本天皇一未レ審二其指一」とある注は、題詞を飽くまで尊重しながらも、実作者について疑問視した編者の姿勢が見て取れる。当該歌においても、おそらく題詞には手を入れず、排列を巻頭に据えたことで、二次的に「巻頭歌」としての意義が付加されたのであり、その結果、それが新たな「伝承」をも呼び込むことになったのであろう。

木下正俊『萬葉集全注』（概説）が、

> 孝徳天皇に妹の皇女があったという記録はないが、仮に皇妹があったとしても、皇位継承史上偶像的存在で

しかなかった孝徳天皇の皇妹では歌物語の女主人公として影が薄すぎるのである。その点、仁徳天皇が大和に行幸したとの伝承や記録がなくても、それは歌の鑑賞にとってどうでもよいことで、八田皇女らしい貴い女性のイメージがこの歌に揺曳すれば編纂者としてそれでもう十分なのである。

と明快に述べるとおり、編纂者としては、それを「仁徳天皇の妹」（八田皇女）と見なして、享受したかったのである。巻一・二それぞれの巻頭歌が、雄略天皇、磐姫皇后という伝承的人物に「仮託」されて、巻頭に排されたこととなんら事情は変わらない。

題詞のままに読めば、「孝徳天皇の妹」としか解釈されない当該歌は、こうして「仁徳天皇の妹」の御歌として、『万葉集』に載せられ、長く読み継がれてきたのであった。

六　おわりに

本論は、巻四巻頭歌の題詞に示される「難波天皇」について、それが、実際的には「孝徳天皇」に比定されるべきであることを論じたものである。

巻四に続けて採択される崗本天皇をめぐっては、その実作者のことが多く論じられてきたものの、当該「難波天皇の妹」については、長らく、漠然と「仁徳天皇の妹」とする解釈に甘んじてきた。既に論じたように、「編者」の視点として、それを「仁徳天皇」と位置づけたことに異議を唱えるものではないが、題詞をそのままに見る限り――、そしてまたおそらく原資料の段階では――、「難波天皇」―「崗本天皇」―「近江天皇」とあれば、天皇代そのままに「孝徳天皇」―「斉明天皇」―「天智天皇」と素直に理解されたものであろう。

「孝徳天皇」の存在が、『万葉集』に標目すら立てられず、七世紀最末期から八世紀という時代に、意図的に

「排除」されてきたのは、軽皇子（文武天皇）・首皇子（聖武天皇）に、問題なく「皇位継承」させたいという、いたって政治的な理由にほかならない。

　しかし、『万葉集』には影の薄い「孝徳天皇」ではあるが、実際的な孝徳朝は、近江令・浄御原令に遡って「改新之詔」が発せられた新政権の時代であり、中央集権政治の始発点は、実は孝徳朝であるといっても過言ではない。近年の難波宮の新発見はそれを語って余りあるであろう。「難波宮」は、ひととき古代都市として、難波の津とともに繁栄を誇ったのである。

　　難波津に　咲くやこの花
　　冬ごもり　今は春へと　咲くやこの花

この歌もまた、『万葉集』には残らないが[25]、孝徳朝の難波宮の賑わいを礼讃する歌として、当時、盛んに謳われたものであったろう。難波の津は、日本の玄関口として、海外からの船や荷物が行き交い、たいへんな賑わいであったことが想像される。

　つい先ごろ報告された、「皮留久佐乃　皮斯米之刀斯…」とある和歌木簡もまた、難波宮跡から発見されたものであり、注目に値しよう。孝徳朝という時代――、定型短歌の黎明期であるその時代、「うた」はどのように人々に享受されていたのであろうか。『万葉集』を見る限り、あたかも「天武新王朝」のように読み解かれるそれは、意図的に、孝徳朝の「難波宮」の繁栄を語ることを「排除」したためであった。今後、われわれは「孝徳朝」という時代そのものに、目を向けて行かねばならないであろう。

　もちろんそれは、「定型短歌」の始発点として、である。

【注】

（1）各立場からの論争の整理は、直木孝次郎「孝徳朝の難波宮――小郡宮を中心に――」「難波長柄豊碕宮と前期難波宮――その異同をめぐって――」（『難波宮と難波津の研究』吉川弘文館・一九九四）に詳しい。同編『古代を考える　難波』（吉川弘文館・一九九二）も参照のこと。

（2）『木簡研究』（22号・二〇〇〇）に、「共伴した土器の年代観などを含めて戊申年が西暦六四八年に該当することはほぼ動かない」と言及する。なお、近年までの発掘により、前期難波宮は、内裏から朝堂院まで左右対称の殿舎を持ち、その中央部分に広い庭を有していたことが明らかとなっている。また、朝堂院回廊の東西幅（二三三・四メートル）は、藤原宮（約二五〇メートル）に匹敵し、宮殿の規模からすると、藤原宮・平城宮に遜色ないという。

（3）同様、物産名を付した荷札木簡の存在は、「贄」の制度が令制以前に成立していたことを裏付けるものである（『東アジアの古代文化』103号・二〇〇〇）。

（4）伊藤博「舒明朝以前の万葉歌の性格」（『萬葉集の構造と成立　上』塙書房・一九七四）、同『萬葉集釋注　別巻』（集英社・一九九九）にも同様の指摘あり。なお、小川靖彦「持統系皇統の始祖としての雄略天皇――『萬葉集』巻一巻頭歌雄略御製について〈書物としての『萬葉集』〉――」（『日本女子大学文学部紀要』52号・二〇〇三）もまた、巻一原撰部（一〜五三番歌）の編集目的について、「持統系皇統（舒明天皇を始祖とし、天智天皇・天武天皇双方の血筋を引く持統天皇の皇統）の正統性を歌によって示すところにあった」と指摘する。

（5）例えば、内田賢徳「記紀歌謡の中の萬葉」（『萬葉の知』塙書房・一九九二）は、万葉集に連続する「挽歌的」な「質」を有する歌として、これら孝徳紀・斉明紀の歌々を規定する。

（6）亡き人を追慕するという「挽歌」の規範として、「追和歌」とともに冒頭に置かれた「有間皇子自傷歌群」は、やはり例外的な位置づけとするべきであろう。池田枝実子「有間皇子自傷歌群の示すもの――挽歌冒頭歌とされた意味――」（『上代文学』83号・一九九九）、大浦誠士「有間皇子自傷歌の表現とその質」（『萬葉』178号・二〇〇一）など。

（7）明日香皇女と持統天皇との私的交友を、両者の仏教信仰上の交流において説くものもある。

（8）『万葉集』は、斉明天皇（六六一年没）の挽歌（中大兄〔紀・一一三〕）の他、殯宮が立てられたという孝徳天皇（六五四年没）の挽歌も、間人皇后（六六五年没）の挽歌も載せることをしない。このことは、やはり巻二の挽歌が、天智・天武天皇の皇統による血筋に限って、歌を「撰んで」いることを物語っているのではないか。

（9）巻二相聞には、実際には孝徳朝に詠まれたと考えられる、天智天皇と鏡女王の贈答歌（2・九二、九三）が、天智朝の歌として採択されていることも問題視されてよい。

（10）賀茂真淵「万葉集巻十四之考」（『賀茂真淵全集　第四巻』続群書類従完成会・一九八三）。

（11）伊藤博は、次のように指摘する。「（引者注：人麻呂の歌を比べた上で、巻一・二の人麻呂の）長歌は、長篇で雄大荘重、万葉の圧巻をなしている。これに対し、拾遺歌巻における人麻呂の歌は計二九首、まず数において劣る。そして、歌体の面でも、長歌は、短歌一首を反歌として従える二首（二三九・二六一）だけで、しかも、型がきわめて小さい。」（『萬葉集釋注　別巻』）。

（12）持統朝より前の作と考えられる歌は、巻三「雑歌」に、七十一首（二三五〜三〇五）であり、同じく「譬喩歌」に一首（三九〇）、「挽歌」に十六首（四一五〜四三〇）、巻四「相聞」に三十七首（四八四〜五二〇）である。

（13）長皇子は、軽皇子即位当時三十二歳、母は大江皇女（天智皇女）で、皇位継承権の点では優位となる。また、新田部皇子の母は、不比等の異母妹五十重娘であり、藤原氏の外戚としての地位を、排除する意図もあったと予想される。

（14）直木孝次郎「忍壁皇子」（『萬葉集研究　第二集』塙書房・一九七三）。

（15）なお、⑯山前王は、忍壁皇子の子。⑭石田王は、忍壁皇子の子とも言われるが、系統未詳。おそらく人麻呂などを介して残った資料と推測されるが、忍壁皇子同様、その子孫もまた、持統・文武朝に活躍した記録はない。

（16）なお、同じく巻三挽歌に蒐集される、⑪大津皇子は、草壁皇子を擁する天武・持統サイドの思惑により、謀反の罪に処された皇子であり、やはり巻二挽歌に皇子自身の時世歌を収めることが、憚られたのであろう。

（17）伊藤博「巻一・二の生い立ち」（『萬葉集釋注　別巻』）。

（18）伊藤博（注4）論文。小川靖彦（注4）論文。池田三枝子「志貴皇子文化圏考――その背後勢力と万葉集巻一後半部の編纂について――」（『芸文研究』56号・一九九〇）。

（19）小川靖彦「始源としての天智朝――『萬葉集』巻二の成立と編集（その一）〈書物としての『萬葉集』〉――」（『青山語

文』34号・二〇〇四）は、巻二相聞の編纂について、首皇子が臣下出身の女性を母とするというハンディを克服することが必要であったとの視点から、天皇家と氏族との婚姻の記録、また氏族同士の婚姻の記録として、巻二相聞の編纂論理を考える。

(20) 巻一・二原撰部の編者の理解によって、作為的に初期万葉歌が取捨選択されたという点については、初期万葉歌を歴史認識に基づいて、八世紀的に形成されたものとして読み解く梶川信行の指摘に注意したい。

(21) 記紀の歌謡に見られる二文形式と初期万葉歌の二文形式の連続性については、内田賢徳（注5）著書に詳しい。

(22) 土橋寛『古代歌謡全註釈　日本書紀編』（角川書店・一九七六）。なお、ここに掲出した二首目、三首目がいわゆる「繰り返し」による歌謡に多い型式であることは、改めて論じるまでもないであろう。

(23) 稲岡耕二「磐姫皇后歌群の新しさ」（稲岡耕二編『日本文学研究大成　万葉集Ⅰ』国書刊行会・二〇〇一）。

(24) 近年の諸注では、『全注』『新全集』『釋注』などが、孝徳天皇の可能性を指摘するものの、巻頭歌としての意味付けなどから、編者が「仁徳天皇」と判断したと考えている。

(25) 穿って考えることが許されるならば、この歌が『万葉集』から排除された理由もまた、孝徳朝の難波宮の繁栄を歌うことが、持統王朝にとって、禁忌なことと判断されたためではなかろうか。

III 文学史的アプローチ

「初期万葉」という用語は、万葉の時代を四期に区分する説に対する批判から生まれた。政治史に従属した文学の歴史ではなく、『万葉集』自体のありようからヤマトウタの歴史を捉えようとしたものである。しかし、何をもって「初期万葉」と言うべきか。今もって、帰するところを知らない。『万葉集』の「初期」をどのような現象に着目して捉えるか。それは、文字化された歌の歴史の始発を見据える営みである。

斉明四年十月紀伊国行幸と和歌

——初期万葉の諸問題——

影山尚之

一　はじめに

梶川信行は《初期万葉》を七世紀における倭歌の実態ではなく、八世紀の価値観と歴史認識によって補正され提示された歌の世界であると論定する。「補正」「提示」は氏の用語ではないが、収められた《初期万葉》歌のすべてを虚像であるとまで極言しない梶川論の立場を汲み取るなら、そのように表現するのが適当だろう。『上代文学』第八〇号所収「八世紀の《初期万葉》」に始まる一連の提言(1)には一定の説得性があり、それゆえこれに共鳴した初期万葉論の数編がすでに提出されてもいる。(2)今日まで初期万葉歌とその作者を無批判に時代状況と重ね合わせ、印象批評的な作品論を蓄積してきたことは、たしかに反省されなければならない。もっとも、平成十六年度上代文学会大会(於・奈良女子大学)における梶川発表に対して西條勉が「それならばなぜ初期万葉という用語を使い続けるのか」と問うたのは記憶すべき発言であった。いかように符号を付して示そうとも、成立当初から客観的な時代区分呼称であった履歴を持たない「初期万葉」というタームは、「未成熟」「混沌」「清新」「呪性」など正負両面にわたって多様なイメージと価値観を付帯させてきたから、この語に依拠した考究を続けるかぎり認識の転換はむずかしい。とすれば、梶川論の主張にかかわらず、研究動向がいずれ実態論の魅惑に引き戻される懸念も拭えない。歌集がある種の文芸的意図をもって編集されるとき、無着色の歌の配置は期待しようもないのであり、編集時の価値観による補正は不可避だが、加えてわれわれは写本という二次的なテキストしか持ち合わせないため、厳密にいえば総体としての万葉和歌を八世紀に遡及させることすらできない。そういう状況のもとで古典に接しているという自覚を正しく持つ必要がある一方で、しかしそこに常に回帰してしまうなら、古典研究をむしろ痩せ細らせてしまうことにならないか。

先人が「万葉第一期」ではなくあえて「初期万葉」という術語に拠りつつ万葉宮廷和歌の始発地点を見極めようとしたことは、たぶん間違っていなかった。初期・中期・盛期・晩期という区分けには手垢に塗れた進歩史観が見え隠れするし、ことさらに始原を尊重する国家主義とも無縁ではないのだろうが、持統・文武朝の人麻呂から豊かに記述される万葉和歌史の始点として、上限と下限を明確に区切らない（区切ることができない）「初期」を措定するのは有効だったといえる。ただ、前記のように「初期」の語の喚起するイメージが固定しないまま読解の前提に据えられたために、恣意的な把握を容認してきたことも事実だ。その恣意性をどうすれば超克できるか、と問えば、結局は残された作品をあるがままに観察するほかないであろう。

小稿は梶川論とはあえて逆に、七世紀の姿がさほど補正されていない歌のありよう、むしろ原態に近い形で放置されている現実を見ることで初期万葉の諸問題を再考したい。

二　斉明天皇四年という画期

Ⅰ

冬十月の庚戌の朔にして甲子に、紀温湯に幸す。天皇、皇孫建王を憶ほしいでて、愴爾み悲泣びたまひ、乃ち口号して曰はく、

山越えて　海渡るとも　おもしろき　今城の内は　忘らゆましじ　其一

水門の　潮のくだり　海くだり　後も暗に　置きてか行かむ　其二

愛しき　吾が若き子を　置きてか行かむ　其三

とのたまひ、秦大蔵造万里に詔して曰はく、「斯の歌を伝へて、世に忘らしむること勿れ」とのたまふ。

（『日本書紀』斉明天皇四年十月条）

Ⅱ

幸于紀温泉之時額田王作歌

莫囂圓隣之大相七兄爪謁氣　我が背子が　い立たせりけむ　厳橿が本　（1・九）

Ⅲ

中皇命往于紀温泉之時御歌

君が代も　我が代も知るや　岩代の　岡の草根を　いざ結びてな　（1・一〇）

我が背子は　仮廬作らす　草なくは　小松が下の　草を刈らさね　（1・一一）

我が欲りし　野島は見せつ　底深き　阿胡根の浦の　玉そ拾はぬ　或頭云「我が欲りし　子島は見しを」　（1・一二）

右撿山上憶良大夫類聚歌林曰　天皇御製歌云々

Ⅳ

崗本宮御宇天皇幸紀伊国時歌二首

妹がため　我玉拾ふ　沖辺なる　玉寄せ持ち来　沖つ白波　（9・一六六五）

朝霧に　濡れにし衣　干さずして　ひとりか君が　山道越ゆらむ　（9・一六六六）

右二首作者未詳

斉明四年（六五八）紀伊国行幸は有間皇子事件の現場として著名だが、初期万葉の実質的開幕にあたるという点でも重視されなければならない。(3) すなわち右II〜IVに掲げたように、この行幸時に制作されたことをほぼ信頼してよい『万葉集』和歌が六首見いだされ、(4) 加えてI『日本書紀』歌謡三首が斉明天皇口号歌として収められているから、かかる豊富な収録は偶然の所産であるにせよ、行幸期間中に和歌を詠作する慣例がこの時点で醸成していることを認めないわけにはいかないだろう。いうまでもなく行幸は宮廷和歌生成の重要な場面であり、巻一雑歌の約半数が行幸にかかわっての作ながら、正史の書き留める行幸記事と万葉集の記載とが斉明四年紀伊国行幸においてはじめて一致する点は看過できない。(5) つまり、右の一連は最初の行幸歌として観察される必要があるのである。また、初期万葉研究の主要論点が集約的にあらわれることも、この行幸時作歌に着目する所以だ。

ちなみに、いわゆる初期万葉に該当する舒明天皇代から天智天皇代までに限って『日本書紀』歌謡の収録状況を確認しておくなら、舒明朝〇首、皇極朝六首（うち童謡四首）、孝徳朝三首、斉明朝八首（うち童謡一首）、天智朝四首（うち童謡四首）であり、斉明紀が突出する。史官による創作が疑われる童謡を割り引くときその傾向はさらに顕著になり、うち六首が天皇による建王への哀傷歌であって、斉明四年にそれが集中している。制作動機や場面についてのこまごましたことがらはおくとしても、同一主題の天皇歌を六首収録するというのは『日本書紀』ではここ以外に見られず、本事象が斉明宮廷の実際を何ほどか反映していると解するならば、この時期に和歌環境の画期を想定する必然性がある。六首は内容の面でも、「個人の悲しみにおいて歌う書紀世界の哀傷挽歌の到達点を示すものであろう」と青木生子が述べ、(6) 稲岡耕二が「集団的歌謡から個人の抒情詩が生み出されてくる状態を示す一つの典型的な例歌」であるとしたようにおおむね高い評価を獲得しており、単純にはいえないとしても、歌が新しい文芸段階を迎えているように見受けられる。[7]前掲Ⅰはその後半三首に相当、建王哀傷を主題とするに加えて行幸歌（行旅歌）でもあるという点に注目すべき要素を持つ。

なお、土橋寛は建王とその母造媛をめぐる『日本書紀』の記述の矛盾に注意して、建王哀傷歌六首とその物語が「特異な物語述作者によって虚構された」ものであると見、渡来系氏族である野中川原史満や秦大蔵造万里をその述作者に深い関係のある人物であるとしたが、[8]小稿はこれを採らない。[9]記事を構成する要素の中に多少の矛盾が含まれるとしても、虚構と見るべき積極的根拠は認めがたく、歌の表現についても斉明四年の作と位置づけるのに抵触するところはない。

三　斉明天皇紀伊国行幸

さて、『日本書紀』による紀伊国行幸関係記事は次のように展開する。

四年冬十月庚戌朔甲子（15日）　紀温湯に幸す　※建王追慕歌口号

十一月庚辰朔壬午（3日）　留守官蘇我赤兄と有間皇子の謀議

甲申（5日）　有間皇子、赤兄宅で謀議

同夜半、赤兄、物部朴井連鮪を遣して造宮丁により有間皇子一経家を包囲、駅馬を紀温湯の天皇に発遣して奏上

戊子（9日）　有間皇子・守君大石・坂合部連薬・塩屋連鯯魚を紀温湯に送致

舎人新田部米麻呂随行　皇太子中大兄による尋問

庚寅（11日）　丹比小澤連国襲の連行により有間皇子を藤白坂で処刑（絞）
塩屋連鯯魚・新田部米麻呂を藤白坂で処刑（斬）
守君大石を上毛野国に、坂合部薬を尾張国に流刑
（或本記事省略）

五年春正月己卯朔辛巳（3日）　紀温湯より還御

正史が記す最初の紀伊国行幸である。右に見るとおり、記載内容は有間皇子事件に著しく偏るため行幸そのものの目的や次第が見えにくいが、三ケ月に跨る大規模な畿外行幸であり、古代王権史の上でも注目すべきイベントであることは間違いない。これ以後、紀伊国行幸は、持統天皇四年（六九〇）九月、大宝元年（七〇一）九月、神亀元年（七二四）十月の計四回にわたって実施されており、うち持統四年と神亀元年は天皇即位の年にあたること、大宝元年は大宝令発布の年にあたることが、紀伊国行幸の格別の盛儀としての性格を暗示する。いずれも晩秋から初冬の時期が選ばれているのは、寺西貞弘によれば避寒の行楽の意味を持っていたというが[10]、加えて長距離・長期間の行幸ゆえ収穫を終えた時期を選択したということもあろう。そのような紀伊国行幸の特別な意義の確立、またルート確保や資材調達の取り付け、行宮設定など諸事はおおむねこの斉明四年に照準をあわせて整えられたものと推察される。

いったい斉明天皇代には行幸記事が目立つ。舒明から斉明に至る関係記事を拾えば次のようになる。

舒明　三年九月十九日　津国有間温湯　同年十二月十三日帰還
十年十月　有間温湯宮　十一年正月八日帰還
十一年十二月十四日　伊予温湯宮　十二年四月十六日帰還

皇極　なし
孝徳　大化三年十月十一日　有間温湯　同年十二月三十日帰還（武庫）
斉明　四年十月十五日　紀温湯　五年正月三日帰還
　　　五年三月一日　吉野
　　　五年三月三日　近江平浦
　　　（七年正月六日　御船西征　新羅出兵）　（いずれも『日本書紀』による）

舒明天皇代には伊予温湯宮への行幸があるものの、これを除けば舒明・孝徳とも畿内有間温泉への近距離行幸に終始するのに対し、斉明天皇は文字通り移動する天皇といえる。三ケ月に及ぶ紀伊国行幸より還御の後、間をおかずに吉野また近江への行幸を敢行しているのが、単に天皇の嗜好によるものとは考えがたい。大化改新により中央集権化が推進され、行政改革の一環として地方統治制度の整備が急速に進められることと無関係ではないはずだ。はじめての紀伊国行幸を可能にするほどに社会情勢が成熟したということである。

ところで、『日本書紀』は斉明天皇による紀伊国行幸の伏線として次のような記事を載せるけれども、この事実性はやや疑わしい。

（斉明天皇三年）九月に、有間皇子、性黠くして陽狂す、云々。牟婁温湯に往き、病を療むる偽して来、国の体勢を讃めて曰く、「纔彼の地を観るのみに、病自づからに蠲消りぬ」と云々いふ。天皇、聞しめして悦びたまひ、往しまして観さむと思欲す。

有間皇子の病気療養に効のあった牟婁温湯に斉明天皇が興味を抱き、皇子の言に触発されて行幸を思い立ったかのごとくながら、ここは有間皇子に同情的な潤色と解される。皇子のこの下向は、すでに計画されていた翌年の行幸の事前視察を含んだ行旅であったと見れば納得しやすい。斉明四年十一月紀或本の記事に注意すると、有間皇子は現地の事情を詳細に検分している。

古代の天皇行幸は天皇大権の移動を本質とし、「その設備と能率とにおいて、当時に達し得た交通行為の頂点」[11]であるとともに、「畿内王権の地方統治策の重要な一環をなす」[12]儀礼的行事であった。奈良時代以前の行幸の実態については不明な点が多いものの、鈴木景二は「大王のミユキが在地豪族の服属と、王権によるその在地での地位の確認をともなっていたことが想像される」[13]といい、同様のことを仁藤敦史は、

第一に、在地首長層がそれ以前に執行してきたさまざまな権能を大王に委譲する儀礼の場として行幸がまず利用されたことが確認できる（服属儀礼）。第二に、行幸は在地首長層から委譲された権能を大王自らが確認、行使する場であったといえる（国見・国讃め・狩猟・征旅）。

とまとめた[14]。

令制下の行幸に関しては宮衛令・儀制令・公式令ほかに規定され、『延喜式』に運用細則が記される。澤木智子はそれら法令の記述と六国史に見える行幸の実例を検討し、古代天皇行幸の従駕形態を丹念に跡付けている[15]。澤木によれば、主な従駕者に内舎人、兵衛府・衛士府・衛門府官人ならびに侍臣があり、造離宮司、装束司、次第司、騎兵司などが随時編成され従ったという。同論にも引く宮衛令26車駕出入条「凡車駕出入。諸従駕人。当按次第。如鹵簿図。去御三百歩内。不得持兵器。其宿衛人従駕者聴之」に対する『令集解』古記に、

古記云。当按。謂亦次耳。鹵簿図。謂行幸之図也。仮令。行芳野。左右京職列道。次隼人司。衛門府。次左衛士府。次・図書寮。如此諸司当次図耳。至羅城之外。倭国列道。京職停止也。

とあるのは、行幸の体裁を考えるときに貴重である。天平期のいわゆる「行幸之図」が斉明朝に遡るものではむ

ろんないし、官制も異なっているが、一方で律令における行幸関連諸規程は大王行幸の形態を引き継いで形成されていることが指摘されており、[16]斉明天皇の行幸の編成も部分的には右に記すところと重なっていたかと考えられる。現に、斉明四年紀伊国行幸記事に「留守官」が見え、また有間皇子宅包囲に際して、

是の夜半に、赤兄、物部朴井連鮪を遣し、造宮る丁を率ゐて、有間皇子を市経の家に囲ましめ、便ち駅馬を遣して、天皇の所に奏す。

と「造宮丁」を兵士に代用して差し向けていることも記される。これは、令制における諸衛府に相当する武官の大半が紀伊国に従駕していたための臨時の措置であったことを意味しよう。また、公式令44車駕巡幸条に、

凡そ車駕巡幸せむ、京師に留まりて守らむ官には、鈴契給へ。多少は臨時に量りて給へ。

と定めることが紀温湯への駅馬発遣を可能にしたのでもある。むろん、それぞれの呼称は令制のそれを遡らせている可能性があるにせよ、制度上の整備は進んでいると認められる。

なお、仁藤論は令制以前の大王行幸の従駕者について『万葉集』行幸歌の観察から、千年・金村・赤人が「大王の行幸時に、側近で輦輿・先駆・蓋笠・食事などの職掌に関与した負名氏」であったことを指摘し、大王行幸の編成が「車持・笠・山部・大伴・隼人など負名氏を中心とする貢納・奉仕に支えられていた」と分析する。[17]正当な帰結だが、いうまでもなく千年・赤人あるいは家持が供奉しているのはすでに令制施行後の諸行幸だから、官名はともかく現実に従駕する階層と規模は令制の前後でさほど大きく変更されていないであろう。

さて、『日本書紀』および『万葉集』の伝えるところによれば、斉明四年紀伊国行幸には次のような人びとの従駕が確かめられる。

斉明紀による……　秦大蔵造万里　　皇太子中大兄皇子　　丹比小澤連国襲

万葉集による……　額田王　中皇命　一六六五歌作者

中大兄皇子・額田王・中皇命は皇王族として天皇側近に随行、そのほかは外廷に属する供奉の人びとである。このうち、丹比小澤連国襲は他見なく不明ながら、丹比連氏は後に宿禰姓、『新撰姓氏録』右京神別に火明命三世孫天忍男命の裔と記し、丹比部の中央伴造氏族であるとともに宮城十二門のひとつ丹治比門にかかわる門号氏族であり、軍事的機能を帯びていた。ゆえにいわゆる負名氏として行幸に従駕していたことが窺測される。佐伯有清によれば十二門にかかわる門号氏族はいずれも天皇近侍の軍事的部であり、「護衛の職務とともに、戦闘もし、狩猟もし、さらにまた供膳もするという混然たるもの」であって、「もとはいずれも大伴氏の掌握下にあった」という。(18) 有間皇子の連行にあたるには適任である。

秦大蔵造万里は渡来系の人物、秦氏のうち大蔵の管理をゆだねられた一族が秦大蔵氏を名乗ったもので、万里もおそらく大蔵関係の役人として斉明宮廷に奉仕し、今回の行幸にもその立場で従駕していると考えられる。令制の大蔵省は典鋳司・掃部司・漆部司・縫部司・織部司を管轄しており、うち掃部司は舗設の管掌が定められているから、あるいは行宮などの設営を担当する下級役人であったか。それが、斉明天皇の口号歌を「伝えて、世に忘らしむること勿れ」と下命されることになった事情はわからないものの、もとより専門歌作者や記録者の立場で従駕しているのでないことは確実であろう。

一六六五歌作者も下級従駕官人が想定される。一六六六歌はそれとあたかも唱和関係を結ぶかのように付け合わされた歌で、内容から判断して行幸に随行していない女性の作と解するならば、正しくは紀伊国行幸歌として扱うべきでないかもしれない。しかし、羇旅・行幸関係歌群中には家人の歌を組み入れて全体を構成する傾向があり、(19) 可能性としては旅先の宴で家人の歌を披露・享受することがありうる。そうであるなら一六六六歌も実際は従駕官人の作歌と見る余地がある。

書きとめられたのはこのようにささやかな断片にすぎないけれども、後代の行幸の編成に比して矛盾のない従駕の実態を垣間見ることはできる。和歌に即していえば、はじめての紀伊国行幸において、天皇・皇族および従駕官人による歌の座がすでに設けられていることにはとくに注意すべきだ。『日本書紀』の伝える天皇口号三首も、現実には行幸途次停泊地における宴席を場として詠出されたのであろうし、万里はその座を構成する従駕官人集団のひとりであっただろう。記事は事実を正確に記録したものではないとしても、天皇と万里との密室的な場面は考えにくい。『万葉集』に留められたのは、歌稿や編纂物に組み入れられたり偶然記憶されたりした文字通り氷山の一角であったが、このほかに皇族や負名氏らによる無数の詠歌が停泊地や紀温湯の逗留期間において制作披露され、そして消失した。

たとえ八世紀に下っても、行幸時の詠歌場面が精確に伝えられた例は見出されない。それでも、次のような歌の連続にかろうじて座の雰囲気を推考する手掛りが求められる。

　　太上天皇幸于難波宮時歌

大伴の　高師の浜の　松が根を　枕き寝れど　家し偲はゆ　（1・六六）

　　右一首置始東人

旅にして　物恋之鳴毛　聞こえざりせば　恋ひて死なまし　（1・六七）

　　右一首高安大嶋

大伴の　三津の浜なる　忘れ貝　家なる妹を　忘れて思へや　（1・六八）

　　右一首身人部王

草枕　旅行く君と　知らませば　岸の埴生に　にほはさましを　（1・六九）

右一首清江娘子進長皇子　姓氏未詳

下級の従駕官人とおぼしい人物と、皇子・王族とが一つながりの歌の場を構成して、あるいは望郷の念を起こし、あるいは旅先の風光を愛でる歌をそれぞれに詠ずる様態だ。斉明四年紀伊国行幸の場合、右のような形態での歌の保存がなされなかったのは、資料の性質によると判断するほかないが、個別の題詞が付されて座から解かれてしまっているIIの額田王歌やIIIの中皇命歌も、本来はこのように集団とともに連れ立つ行幸歌であったことを念頭に置いておく必要がある。

四　建王追慕口号歌三首

前節で述べたとおり、なにゆえ秦大蔵造万里が斉明天皇歌三首を託されたのかはよくわからない。ただし、「伝斯歌」とあるのは、三首が「口号」されたこととかかわる。「口号」は漢籍に散見する語で、文字どおり口づから発する意であり、『万葉集』の題詞・左注に四例を見、『日本書紀』斉明七年十月条にも「於是、皇太子泊於一所、哀慕天皇。乃口号」とある。梁簡文帝「仰和衛尉新渝侯巡城口号詩」は著名な用例、この語を詳細に解析した山田英雄は『全唐詩』に見える「途中口号」「舟中口号」「路中口号」などの例がみな「推敲を重ねていない即製の詩であり、原稿もなく、直接口に出して詠ずる」行為であることを指摘する。[20] 斉明七年紀の記事中には第三者に記憶（記録）を託す向きの記述はないものの、どちらも共通して「路中」、つまり旅先の詠歌であったために「口号」の語が選ばれたものと思われ、その点で斉明四年五月の三首について「廼作歌曰……天皇時々唱而悲哭」と記すのと対照されている。こちらは宮中での詠作だから「作歌」なのであり、それなりに「推敲を重ねて」記録されえたゆえにその後「時々」の唱歌が可能だったのだが、旅中即興の三首は何人かに記録また記憶を要請しなければ、忘却を免れない。斉明紀はこのように天皇による建王哀傷歌を保存し時々に思い起こして誦詠することに高い関心を示しているのであり、それは建王への追慕の念の強さと密接するのだろう。かかる記事の事実性をどう見るかということとは別に、五月記事と十月記事との歌にかかわる記述は右のように読まれるべきなのであって、万里が天皇歌を代作したというふうに把握することは『日本書紀』の文脈理解として成り立つ余地がないのだが、しかしそうした提言が古く折口信夫によってなされ、近年までかなり広く支持されてきた。

> …短歌其ものが、文學的の内容を持ち、又獨立性を他の謠ひ物から持つて來た徑路を、記紀の大歌の上で見ても訣る。多く、歸化人の子孫と見るべきものゝ手によつて行はれたらしいことは、皇極天皇の爲に作つた秦ノ大蔵ノ首萬里《マリ》の歌――の代作と見るほうが正しい。御製ではない。――天智天皇の御心を抒べた――即、代作――野中ノ河原ノ史滿《マロ(?)》の歌を見ても訣る。[21]

『万葉集』および上代文学に与えた中国文学の影響について言及する箇所である。山本健吉はこれを承けて次のように述べている。

> 中国の詩賦に通じてゐるこれら帰化人たちが、日本の律文散文において新しい発想を開いてきた先駆者であり、ことにその中でも名の著れてゐた万里に、天皇が代作を命じたものと考へる方が、自然であらう。単なる筆録者に過ぎない者がわざわざ史に名を止めるといふことも、考へられない。[22]

その後、中西進、橋本達雄らが、それぞれ観点や用語を少しずつ違えながらも当面の斉明天皇歌を天皇実作ではなく万里による代作ととらえることで見解を一致させてきた。[23] この代作論は、ほどなく『万葉集』の額田王や中皇命に関する伊藤博の代作論（御言持歌人論）[24]とも連結し、さらに神野志隆光のいわゆる「歌の共有」論[25]を派生させ、初期万葉をめぐる象徴的な議論に発展、現在に至っている。

一方、稲岡耕二は、孝徳天皇代野中川原史満が造媛薨去に際して中大兄に献じた二首をこそ正しい意味での代作と認め、斉明天皇歌についてそれと同様に見ようとするならば「なぜ万里の歌も満の歌のように、万里作として記録されなかったのか。逆に言えば、代作が一般化していたのならば、なぜ満の歌の方だけ『進みて歌を奉りき』と記されたのか」というところに疑問を提示した。(26) おそらくはこれに触発されて、居駒永幸、塚本澄子、武尾和彦らが積極的に斉明天皇実作を支持する論を提出する。(27) ただし、塚本が、

一連の建王挽歌は、或いは歌謡的基盤に支えられながらも個の表現を志向しており、全体的に悲しみの切実さゆえにおのずから吐露された抒情の世界をもっているといえるであろう。これを帰化人による代作とみる方がむしろ不自然ではなかろうか。

と述べるあたりに端的にうかがえるごとく、先行学説を主観的批評によって乗り越えようとしている点に、この議論の限界があった。

稲岡がいうとおり、代作であることを明記しない斉明四年紀に第三者の代作行為の介在は読みようがない。そうと書かれていないものを、関係者に渡来人があることだけを共通点として孝徳紀を呼び込み傍証とするのは乱暴な論法である。また、天皇歌であるとすでに記定されているところへ向けて、表現分析を通してことさら実作の証明を試みるというのも、考えてみれば転倒した営為である。ただし、代作論の当否は『日本書紀』の読み方の是非を見極めるだけでは決着せず、『万葉集』における斉明天皇と額田王また中皇命との間に介在する作者異伝現象を大きく巻き込んで議論されたために、複雑な様相を呈してきたのであった。まさに「代作ありき」というのが斉明天皇を取り巻く文芸環境なのである。

そういう状況にあって、鉄野昌弘は、当面の斉明天皇歌に関する記事の事実認定に種々問題を生じるのは詰まるところそれぞれの歌を表現に即して正しく読み解けていないことに起因すると批判し、実作であるか否かということはいったん棚上げにしつつ、当該歌に対する近世以後の注釈史を精緻に辿りながら問題点を明確にした(28)。そこに示された結論は、三首に関して現在最も信頼するに足ると思われるので、以下は専ら鉄野論に依拠して確認しておくことにする。

まず、従来は一一九歌「おもしろきいまきのうち」に関する解釈が一定しなかった。はやく『稜威言別』が「いかばかりけしきよき山こえ海わたりて、心をやるとも、なつかしくしたはしき今城の墓所は、忘らるまじきにとなり」（傍線筆者）と説き、「おもしろき」を「馴つかしく慕はしき」、「いまきのうち」を建王の葬られた今城谷のうちと理解したのであったが、近現代の注釈では墓所である今城を「おもしろき」と表現するのは不審であるとして、あるいは「新築の宮殿(29)」と説いてみたり、「おもしろき」に特殊な意味(30)を想定したりする方向で合理化を図ろうとしてきた。そういう中で、諸説一貫して「おもしろきいまきのうち」を「おもしろかりしいまきのうち」、つまり過去を回想しての詠嘆であるとする理解を無批判に受け止めて展開していることにつき、鉄野論は、

> 近代諸注・諸論文の「おもしろき」の解釈は、『言別』の「馴つかしき」を「懐かしい」の意と解し、そこから懐かしいのは明るく楽しかった過去の生活である、という方向に引き継がれていったように見受けられる。ために「新造の宮殿」説も出て来たのであったが、それを批判する論も、回想と見ること自体を疑ってはいない。

と鋭く批判する。氏が平安時代語を視野に収めつつ分析するところによれば、「おもしろし」の意義は「非凡な

るがゆえに興趣を与える、という点にある」といい、対象の特異性・卓越性・知巧性・情趣性をほめるところに同語の本質があると述べて、

過去の日常や出来事を振り返っての「明るく楽しかった」「懐かしい」等の感慨と見ることは出来ない。

と見るところから、

「おもしろきいまきのうち」とは、今城谷一帯の景を勝れて美しいと讃えるのであり、それ故に忘れがたいと歌われるのだと解するのが自然なのである。（中略）追憶ではなく、殯宮の立てられた現在の「いまきのうち」の佳景を忘れがたいと歌ったとする方向で考えてゆくことも可能なのではないか。

と解釈の軌道を修正する。そしてさらに一一九歌中の表現「山越えて海わたるとも」は「イカバカリ、メツラシキ海山ヲ御覧ズルトモ」（『厚顔抄』二つめの解）の意ではなくて「遠ク隔タルトモ」（『厚顔抄』一つめの解）の意に受けとるべきことをいい、すなわち、

山を越えること、海を渡ることは、辛いこと、恐ろしいこととして歌われこそすれ、それ自体が遊楽の対象として歌われることは皆無と言ってよい。

として、それはつまり、「建王の眠る場所から離れ行くことを悲しみ、美しいその土地に対する執着」がうたわれていると見定める。その論証過程で、夙に松岡静雄が、

忘レラレマイと仰せられたのは今木溪の風光であるが、其裏に此地に葬られた王子を忘れ得ぬといふ意が寓せられて居ることは言ふまでもない。(31)

と読み解いていたことを再評価する。建王の生前を回想しての詠嘆ではなく、現在の建王との別離を悲嘆する心情が一首を成り立たせているという主張である。

後続する二首についても、斉明天皇が「吾が若き子を」すなわち建王を「置きて行く」ことに主想があることを確かめたうえで、難解な表現「水門の潮の下り海下り」は「潮が下る意」「海に（海を）下る」意に解き、「その行幸の行程にあったと思われる舟行を歌い込んでいる」とする。行幸の行程を踏まえるという点では一一九歌「山越えて海渡るとも」も同様であり、そこで「概括的に述べられ」た旅程が「その中の舟行に絞られた形で」一二〇歌に引き継がれていく。さらに、一二一歌で「吾が若き子を置きてか行かむ」とうたうのは、斉明女帝が「吾が若き子」建王を「置き」て紀伊へ「行」く意であって、それゆえ建王は斉明の去った後そこに置いてゆかれることになるのだと述べ、「建王は黄泉や天上に行ってしまったのではなく、依然この世界に存在する愛しきものとして、置いてゆくのを惜しまれている」と読む。最後には、

十月歌群は過去の建王と現在の今城谷との間に区別を立てず、それに対する愛着と未練を繰り返し歌い、言わばその繰り返しの中で、建王の眠る今城谷が、次第に建王自身となって見えて来る構造を持つと見られる。

とまとめた上で、このような悲別歌との近縁性は五月歌群の相聞歌的ありかたと通底すると見なし、一連の歌の等質な抒情性に説き及んでいる。

鉄野論が汲み取ったとおり、三首は建王を死者として哀惜することよりも、むしろあたかも生者として、行幸に伴いえず残してきたことを惜しむ心情によって支配されている。本質的には悲別歌であり、変種の望郷歌であるともいいうるだろう。一一九歌「山越えて海渡るとも」の考察にあたって稲岡前掲論が引く悲別歌、(32)

朝霞　たなびく山を　越えて去なば　我は恋ひむな　逢はむ日までに　(12・三一八八)

あしひきの　山は百重に　隠すとも　妹は忘れじ　直に逢ふまでに　(12・三一八九)

雲居なる　海山越えて　い行きなば　我は恋ひむな　後は相寝とも（12・三一九〇）

が当面の発想と類似することは了解しやすいし、「置き」に《移動》を連続させた表現として、

飛ぶ鳥の　明日香の里を　置きて去なば　君があたりは　見えずかもあらむ（1・七八）

沖に住も　小鴨のもころ　八尺鳥　息づく妹を　置きて来ぬかも（14・三五二七）

我が背子は　玉にもがもな　手に巻きて　見つつ行かむを　置きて行かば惜し（17・三九九〇）

大君の　命恐み　磯に触り　海原渡る　父母を置きて（20・四三二八）

などとも通じるところがある。「置き」はむろん、

衾道を　引手の山に　妹を置きて　山道を行けば　生けりともなし（2・二一二）

一世には　二度見えぬ　父母を　置きてや長く　我が別れなむ（5・八九一）

など死を悼む歌の表現にも用いるけれども、旅行く者が家郷に思いを残し家人との別離を嘆く歌により多く見出される。

つまり、三首は明らかに旅を契機として発想される歌であり、表現としては曖昧さを残しつつも、紀伊国行幸の実際に即した描写を有する紛れもない行幸歌であると読まれる。紀伊国行幸の時間と空間を離れてしまえばこの抒情はありえないのだから、その意味で一回的な詠歌だ。天皇の中に建王への追慕悲嘆は常に内在しているにせよ、「山越えて海渡る」体験を通して、またいよいよ「水門」より舟で下るという実体験を通して獲得された悲哀の表現である。たしかに以後の行幸歌一般の中に置いてみるときには、天皇のあまりに個人的な感懐が託されている点で、同行者の共感を得にくい歌でないかとの懸念が残るとしても、逆に言えばそういう個別の内面と強く結びついた詠歌が最初の天皇行幸歌として記録されたことの意味を重く見たい。

五　類聚歌林と「代作」論

II以下の行幸関係歌に進む前に、行論の都合上、初期万葉の代作論に触れておく必要があろう。初期万葉における天皇歌代作の問題が取り上げられてきた契機は、次のA〜D諸歌題詞に示すところと左注に引く類聚歌林との作者認定の齟齬にあった。

A　明日香川原宮御宇天皇代

額田王歌　未詳

秋の野の　み草刈り葺き　宿れりし　宇治のみやこの　仮廬し思ほゆ　（1・七）

右撿山上憶良大夫類聚歌林曰　一書戊申年比良宮大御歌　但紀曰　五年春正月己卯朔辛巳天皇至自紀温湯　三月戊寅朔天皇幸吉野宮而肆宴焉　庚辰日天皇幸近江之平浦

B　後岡本宮御宇天皇代

額田王歌

熟田津に　舟乗りせむと　月待てば　潮もかなひぬ　今は漕ぎ出でな　（1・八）

右撿山上憶良大夫類聚歌林曰　飛鳥岡本宮御宇天皇元年己丑九年丁酉十二月己巳朔壬午　天皇大后幸于伊予湯宮　後岡本宮駅宇天皇七年辛酉春正月丁酉朔壬寅　御船西征始就于海路　庚戌御船泊于伊予熟田津石湯行宮　天皇御覧昔日猶存之物　当時忽起感愛之情所以因製歌詠為之哀傷也　即此歌即者天皇御製焉　但額田王歌者別有四首

C　中皇命往于紀温泉之時御歌

君が代も　我が代も知るや　岩代の岡の　草根を　いざ結びてな　（1・一〇）
我が背子は　仮廬作らす　草なくは　小松が下の　草を刈らさね　（1・一一）
我が欲りし　野島は見せつ　底深き　阿胡根の　浦の珠そ拾はぬ　或頭云「我が欲りし　子島は見しを」　（1・一二）
右撿山上憶良大夫類聚歌林曰　天皇御製歌云々

D　近江大津宮御宇天皇代
額田王下近江国時作歌井戸王即和歌
味酒　三輪の山　あをによし　奈良の山の　山の際に　い隠るまで　道の隈　い積もるまでに　つばらにも　見つつ行かむを　しばしばも　見放けむ山を　心なく　雲の　隠さふべしや　（1・一七）
反歌
三輪山を　然も隠すか　雲だにも　心あらなも　隠さふべしや　（1・一八）
右二首歌山上憶良大夫類聚歌林曰　遷都近江国時　御覧三輪山御歌焉　日本書紀曰　六年丙寅春三月辛酉朔己卯遷都于近江
（傍線部は私見により類聚歌林の引用と認める箇所）

題詞と類聚歌林とで作者の扱いが異なる現象につき、題詞に記すところを実作者、歌林のそれを形式作者と解し、天皇歌を「代作」する額田王や中皇命の性格を「詞人」と見なす中西進の論、[33]「御言持ち」と名づける伊藤博の見解は、[34]今日もなお一定の影響力を保っている。これに対して神野志隆光は、「代わって作るということがどのようにしてなりたつか、そもそも『代わる』というべきものなのかどうか」と問い直し、「『代わる』というような意識をもたずにそのまま浸透し合うようなありようを考えるべきではないか」という提起のもとに、自分の歌がそのまま他者のうけいれるものであり、他者の歌をそのままうけいれて自己の歌とすることがで

きるということを疑わない（下略）

そうしたありようを「共有」と呼んだのであった。[35]同論に対してはその後、曽倉岑、身崎壽による批判が提出されているし、[36]部分的な修正案も見られるものの、発表後約二〇年にわたって広く支持されてきた知見である。

これらの論の根底には、巻一題詞と類聚歌林の記述を並行的な「異伝」と把握し、それゆえ両伝が併存的にありうるという認識がある。しかし、この現象をそのように見るのは実は自明ではない。三〜四歌題詞に「天皇遊獦内野之時中皇命使間人連老献歌」と記されているのは、先の野中川原史満の献歌と同じく古代的な代作行為に準えてもよいだろうが、『万葉集』と類聚歌林という成立事情の違うふたつの文献が同一の和歌を異なる作者名により収録するとき、それは正確にいえば異伝ではない。類聚歌林が『万葉集』にとっての異本の位置にないことは明白であり、あたかも『古今集』よみ人しらず歌が『伊勢物語』で「昔男」の歌と扱われるに似て、異なる作品と受け止めるほかない。

まず、『万葉集』巻一が類聚歌林を引くときの目的と態度を確認しておこう。左注記述者がこれを引く場合、私見によれば問題としていることがらの重点は作者よりも作歌時または作歌事情にある。その際、左注者が引用にあたって「検（撿）」字を用いるときとそうでないときの二種があることに注目しておきたい。すなわち、右のA〜Cについて左注者は歌林を「検」しているのに対し、Dの場合はただ「類聚歌林曰」としてその記事を引くに留まって、そこには明らかに引用態度の差がうかがえるのである。「検」はしらべる意、不審があって探査するのであり、『名義抄』にはカムガフ、タダス、ミル、アナクルなどの和訓を載せる。便宜上次の例も追加して考える。

幸讃岐国安益郡之時軍王見山作歌

（1・五・二八長反歌省略）

右検日本書紀　無幸於讃岐国　亦軍王未詳也　但山上憶良大夫類聚歌林曰　記曰　天皇十一年己亥冬十二月己巳朔壬午幸于伊与温湯宮云々　一書是時宮前在二樹木　此之二樹斑鳩比米二鳥大集　時勅多挂稲穂而養之　仍作歌云々　若疑従此便幸之歟

ここは『日本書紀』を「検」しており、歌林は「検」されてはいない。左注者は配列された歌を点検するに際して題詞の記述と歌との間に何らかの矛盾や疑問を感じたときに、他書を探査して確認しようとする傾向があり、右の軍王歌については、高市岡本宮御宇天皇代の標目下に収録されながら「幸讃岐国」と題詞にあって、舒明朝における讃岐地方への行幸事実に不審を抱き『日本書紀』を「検」したということである。その結果、やはり『日本書紀』によっては讃岐国への行幸を確認できず、加えて軍王という人物についても情報がなかったために、制作年代の特定から配列位置の修正を提案する方途も絶たれ、次善の策として類聚歌林が参観される。歌林では、『日本書紀』とおぼしい史料の引用の後に「一書」の記述として舒明天皇の伊予国行幸時の逸話と作歌にかかわる所伝を挙げるが、左注者はそれを必ずしも肯定的に受け止めているのではなく、不審のまま投げ出しているように見える。この場合、おそらく類聚歌林は五〜六歌を収載しておらず[37]、軍王の名もそこには見いだせなかったに違いないから、五〜六歌の作歌者考証には手が着けられることなく据え置かれている。このように、類聚歌林の記事は、作者の考証に期待してではなく、むしろ作歌時や歌の成立事情を推考する手がかりとして求められているのである。なお、歌林を引用する左注者の素性に関しては、『萬葉集注釋』が家持を想定しつつ、

それは（五、六）などの作をこの集に撰んだ人ではない。（中略）それを多少整理し注を加へただけの人（中略）である。（中略）もしその人が更に撰を加へるのであつたら、（中略）歌林その他からも採り載せたと思は

れるが、それをせず、大體成書になつてゐたものを尊重してたゞ注記を加へたものと思はれるのである。

と考証しているのが正当だ。

額田王にかかわって、Ａ・Ｂは、それぞれの天皇代冒頭に据えられながら、題詞にはいずれも「額田王歌」とのみあり、時も場も事情も語らないところに不審があったのであろう。額田王関係歌は巻一では皇極代から天智代まで長期に渡って収録されるので、この簡潔すぎる題詞では作歌時期が特定できない。七歌の場合、歌中に「宇治のみやこ」があって近江方面への行幸または出遊を予想させるため、左注者は類聚歌林を「検」して、やはりその一書に戊申年の比良宮行を見出している。ただし、戊申年は孝徳天皇大化四年（六四八）に相当するから、ここは種々問題を含むところである。この箇所で歌林一書が採っていた体裁を推定するなら、

①七歌を孝徳天皇御製歌として収録していた

②七歌を皇極上皇御製歌として収録していた

の二通りが考えられるうち、一般には②の理解に立つことが多いけれども、それもまた自明とはいえない。左注者はこの歌林の記述でじゅうぶん納得したわけではなく、『日本書紀』斉明天皇条の三つの行幸記事を引いて、判断を読者に委ねている。①②のどちらであっても皇極天皇代の標目とは矛盾するものの、②であれば天皇は同一人ゆえそれなりに納得されるはずのところ、その姿勢を見せないのは、歌林の一書が七歌を孝徳天皇御製として載せていた可能性を暗示する。もっとも、この点はさらなる考究を必要とする。[38]

Ｂの場合も歌林を検して解決の糸口を求めたのは右と同様だが、幸いに『日本書紀』とも一致する斉明七年御船西征の記事を見いだし、さらにそこには詳しい事情とともに八歌を天皇作歌とする信頼すべき記述があって、かつ歌の表現にもその記述と整合する要素が見いだされたため、「即此歌者天皇御製焉」として題詞の記述内容

を修訂しているのである。右（一七一頁）に網掛けを施したのは左注者の判断に相当する箇所であり、この歌に関してのみ左注者は題詞を退けて天皇作歌であることを積極的に主張する。裏返していえば、ここ以外は歌林が天皇御製であるとして収録していても、左注者はそれを参考以上には評価していないのである。この点も厳正に見届けておかなければならない。

一〇〜一二歌についての不審は、すぐ前に「幸于紀温泉之時額田王作歌」があって斉明四年紀伊国行幸関係歌と特定できるのに、この中皇命歌は題詞に「中皇命往于紀温泉」とあるから、行幸とは別時の紀温泉行を思わせる点にあったのだろう。歌林を検したところ、そこには三首が「天皇御製歌」として収められていたので、九歌と同じ行幸時の詠であることを了解して左注者は疑問を解消したということである。比較的短い引用で留められているのは、斉明天皇による紀伊国行幸関係歌である事実が判明しただけで事が足りたことを意味すると考えられる。[39]

Dでは「検」字を用いることなく歌林が参観されるが、それは先の七・八歌と違い題詞によって作歌事情をかなりの程度まで察知できたからだ。標目に「近江大津宮御宇天皇代」とあることと、ここの題詞とはきれいに符合して、作品配列の上で疑問の余地はない。ただし、「下近江国」とあるにつき、歌林では「遷都近江国時」として天皇御歌として収録しているので、『日本書紀』でその事実を確認したということである。ここでも作者の食い違いについては特に不審を表明することはないし、天皇御製歌という情報を積極的に評価しようともしない。ここにおいてそれは当然であって、左注者が仮に歌林を支持して題詞の記すところを退けるなら、「井戸王即和歌」の記述と一九歌が位置づけを失うことになってしまうから、問題は別の方向に拡張する。それは左注者の本意ではないのであり、あくまで題詞を優先してこの部分を了解していることが明白である。

いったい、類聚歌林が左注に参照されるのは全九箇所、うち巻二に三箇所、巻九に一箇所が見えるものの、頻度においても記述分量においても巻一とは比較にならず、引用の態度にも懸隔がある。武田祐吉が指摘したように正倉院文書に見える「歌林七巻」を憶良の類聚歌林と解してよければ(40)、そこには相当数の和歌とその由縁が収載されていたはずで(41)、『万葉集』歌との重複も広範囲にあったと推測されるのに、実際に参照されるのは右のとおりきわめて限定的である。このことは、左注者（あるいは編纂者）がすべての歌について几帳面にそれを確認しようとはしていなかった態度の現れとみるほかない。そして、巻一にその引用が集中するのは、おそらく同巻が天皇代ごとの標目を立てて雑歌を時代順に配列する方針を採ったこととかかわるであろう。前記のように、その配列に不審を抱き作歌時に疑問が生じたときに、その解決の手がかりとしてはじめて類聚歌林が繙かれるのである。公の装いをとる巻一において、歌が適正な位置に配列されているかどうかということはたいそう重大な問題であった。全体像が不明のため確定的にいえないけれども、左注者にとっては歌林は、作歌時や事情を克明に記す、また検索にも便宜な書として常に座右に置かれていたのだろう。

他巻はともかく、巻一にあって類聚歌林参照の対象となるのは天武朝以前、つまり壬申の乱以前の歌々に限られており、天武朝以後の歌にはかかる操作はまったく及んでいない。とりもなおさずそれは、巻一雑歌の、壬申の乱以前の収録歌が呈していた流動的な資料性と密接しよう。

淡海先帝の命を受けたまふに及至びて、帝業を恢開し、皇猷を弘闡したまふ。（中略）是に三階平煥、四海殷昌、旒纊無為、巌廊暇多し。旋文学の士を招き、時に置醴の遊を開きたまふ。此の際に当りて、宸翰文を垂らし、賢臣頌を献る。雕章麗筆、唯に百篇のみに非ず。但し時に乱離を経、悉煨燼に従ふ。言に湮滅を念ひ、軫悼して懐を傷ましむ。

（『懐風藻』序）

近江朝天智宮廷の文雅隆盛と、乱による作品散逸をいう著名な序だが、これがひとり漢詩だけの蒙った幸福と災難でないことは容易に想像できる。天智天皇代までに集積された和歌・歌謡の類の多くが戦乱により散逸した状況下で、かろうじて残された断片的な歌の資料を取り集めて現行の初期万葉は形成された。吉井巖が「額田王メモ」を編集資料に想定した(42)のは、この意味で蓋然性を認めてよいだろう。初期万葉はいわば戦前文学であり、戦火を免れたささやかな断片のみが『万葉集』中に、しかも不安定な体裁で収録されることになった。類聚歌林が披見されるゆえんはそこにある。

類聚歌林の成立時期とその編纂目的については諸説あるものの(43)、憶良帰朝後と見るにせよ、養老五年（七二一）前後と見るにせよ、八世紀の所産であることは動かない。仮に養老五年説に拠るとして、斉明天皇代からは六〇年ほど、一般に考えられている巻一原撰部成立から見ても三〇年ほどが優に経過している。したがって、『万葉集』巻一の記載と歌林とで異なる記述があったとしても、それは同時代的に成り立つ異伝ではありえない。たとえば七歌を天皇御製歌とする記述は、八世紀社会における認識と理解の、しかも一面を伝えるものでしかないのであり、当事者はまったく与り知らないことであった。だから、これをもって額田王が天皇になり代わって作歌したという事情を導く根拠とは、なしうるはずがないのである。換言すれば類聚歌林というテキストにおいてはじめて作者異伝を出来せしめているのであり、『万葉集』内部には八歌を除いて初期万葉の作者異伝は存在しなかった。

代作論、あるいはそれを発展させた歌の共有論は、七世紀の歌に対する八世紀段階の理解を遡って適用させた議論であったといえる。それは、初期万葉の問題というよりも、すぐれて八世紀の享受の問題であり、現代から古代をイメージする一種のモデル論でもあって、初期万葉の側に普遍的に内在した文学史的現象ではない。野中川原史満や間人連老による献歌は、むしろ後代の和歌献呈に直結する文芸的営為として評価されるべきだ。

迂遠な議論を展開してきたが、類聚歌林を引いて考証を施す必要のあった歌は、もととなる資料から巻一が収集してそのままの形で最終編纂の場面にまで持ち越されたものであったと推測される。とくに九歌と一〇～一二歌は同じ行幸時の詠でありながらそれぞれ別個に題詞が付されており、早い時期に歌稿もしくは編纂物に組み入れられ、体裁を変えることなく放置されていた状況を予想させる。その意味でこれらは、八世紀の価値観が及ぶ以前の初期万葉の姿を濃厚に留めていると判断していい(44)。

かくして、額田王も中皇命も、天皇歌の代作者として観察する前提を失う。つまり、斉明天皇作歌と記されているものは天皇歌として読むことになり、中皇命作歌は中皇命に属するものとして理解されなければならないという、至極当然のことが確認されてくるのである。

六　額田王と中皇命の従駕歌

さて、上二句に定訓を得られない額田王九歌は、適切な訓が定まるまでは触れずにおくしかない。下句「射立為兼五可新何本」にしても現行の訓釈に問題がないわけではなくて、「五可新何本」を「厳橿が本」と同認する『萬葉考』に始まる解は、雄略記歌謡「伊都加斯賀母登」によって補強されるとはいえ、樹木名カシをなぜ仮名書にするのかに疑問は残り、『萬葉代匠記』が「何時か、其がもと」と同認したのもゆえなしとしないのである。したがって、回想の中で樫の木の下に立つ「我が背子」についてほしいままに想像を巡らすことは、現時点では許されない。

一方の中皇命について伊藤博は、折口信夫が「神聖なるみこともちの義(45)」であると説いたのを引き取って「天皇のかたわらにあって祭祀を司った女性の神名的な呼称」であったと推定、一〇～一二歌は類聚歌林の示すとおり天皇の歌を中皇命が代作したものと見なし、三首を解読する。(46)

第一首は、岡の草を結んで、君（中大兄）と我（斉明）の命のさきわいを願った予祝儀礼の歌であること、一読して明瞭だ。第二首も、仮廬のための霊力あるかやは神聖な小松の下にあることを教えた歌と見える。（中略）旅先にあって作る仮廬は、宿るかりいほであると同時に忌みこもるかりいほをも兼ねたのでないか。とすると、そのためにかやに呪力が要請された秘密を了解することができる。第一・二首にしてそうであるなら、第三首も、女性らしい欲望を装いながら、内実は神祭りに欠くことのできない真珠をうたったもので、それを希求することが前途の予祝につながったものであるかもしれない。

折口が乗り移ったかと思わせるような右の理解は、新潮古典集成『萬葉集』から『萬葉集全注　巻第一』、『萬葉集釋注』へと引き継がれるなかで、若干ニュアンスを変えはするものの、基本的に変更されることがなかった。一一歌についての『全注』の注解に次のようにいう。

神の声を聞く中皇命が「小松が下の草」と指摘したとき、その発言によって、小松の下の草はとくに生命力が強く霊威に満ちていると信じられたはずであり、また、中皇命がそう宣言しただけで、「小松が下の草」は神聖を帯びたのである。

「中皇命」がどういう呼称で誰を指すのかという問いへの解答にこれまでの研究史は大きなエネルギーを消費し、そして今もってよくわからないまま、実在としては間人皇女を引き当てることでほぼ落着しつつある。しかし、『万葉集』はあくまで和歌の作者表示として「中皇命」という称を用いているにすぎないのであって、その該当者が持つ宗教的立場や職能と和歌とは次元が異なることを自覚する必要がある。天皇の代作ではなく、中皇命に

よる行幸歌としてどう読めるか、ということが問われなければならないことはいうまでもない。(47)

伊藤は当該論の必然として一〇歌の「我」に斉明天皇を、「君」に中大兄を代入した。この一連で「君」「我」「我が背子」をそれぞれ誰に準えるかについては、中皇命の比定と連動して実に多様に考えられてきたが、旅中宴席詠であったと判断される三首をそのような狭い人間関係に閉じこめて理解するのは正しくない。行幸従駕歌である以上、「君」は第一義的にはむろん天皇でありつつ、二人称・三人称ともに宴の全体へ向けて及ぼしうるというのが宴歌の普遍的性質である。

ところで、一首の中心は岩代の地で草を結ぶことを一同に促す点に置かれており、その趣旨を汲むにあたって一般には、『萬葉集略解』が「いはしろの名に依りて、其岡の草を結びてよはひを契也」とし、『萬葉集新考』に「草木を結びおけば其草木の解けざる限身に恙なしといふ俗信ありしなり」と説いたような当時の旅の習俗を想定して理解している。また、なぜ岩代でそのような行為がなされるのかということについては、『代匠記』が「所ノ名シモ、トキハナルヘキ磐代ニキツルハ、嘉瑞ニヤ」と具体的に注したように、地名イハシロが不変の象徴としての「巌」「磐」を連想させるところによるとする一方、「岩代は塞の神の座所で、そこに『結び』が手向けられていた」という見方も示されている。(48)後者の理解は、むろん有間皇子自傷歌を除外しては成立しない。

岩代の　浜松が枝を　引き結び　ま幸くあらば　またかへり見む　（2・一四一）

家にあれば　笥に盛る飯を　草枕　旅にしあれば　椎の葉に盛る　（2・一四二）

二首によって岩代を境界の地と見、行旅の境界儀礼としての「松結び」「草結び」を考えるという筋道である。しかし、そうした習俗や俗信の存在は否定しないとしても、当該歌にうたわれる草結びは有間皇子のそれのような深刻な行為とは思われない。「椎の葉に盛る」不自由な行旅と、まったく安全の保証された天皇行幸とは同一に扱えないからであり、供奉官人の数を五百人と見積もったとして、もしもそれが息災を祈願して一斉に草を結んだとすれば、環境破壊だ。なるほど、松を結ぶ行為は、

たまきはる　命は知らず　松が枝を　結ぶ心は　長くとそ思ふ　（6・一〇四三）

八千種の　花はうつろふ　常磐なる　松のさ枝を　我は結ばな　（20・四五〇一）

にあるとおり長寿願望を託しての振舞いと解していいが、それは常緑のめでたい樹木であることと不可分であって、草を結ぶのと同じではない。

集中に草結びをうたうものはさほど多くない。

X　奥山の　岩本菅を　根深めて　結びし心　忘れかねつも　（3・三九七）

Y　近江の海　湊は八十ち　いづくにか　君が舟泊て　草結びけむ　（7・一一六九）

Z　妹が門　行き過ぎかねて　草結ぶ　風吹き解くな　またかへり見む　一云「直に逢ふまでに」（12・三〇五六）

Xは男女が契りを結んだことを譬喩したものであり、その前提に菅の根を結んだことがあるとしても、旅の習俗と見てよいかどうかはわからない。Yは旅する夫の身の上を案じる歌だが、この「草結び」は『萬葉拾穂抄』が「草結ひけんは草枕したりけんと也」と説いたように旅の宿りをとることをいう。Zはまじないの一種と見てよく、恋しい女の門前に草を結んで、また逢いに来ることを期待しているというもの。しかし、これとても境界の地の草ではありえず、生命や安否にかかわる重大な祈願行為でもなくて、恋歌の題材にとられるその他の俗信一般と同様に遊戯的である。主旨は霊的な存在への信仰とはほど遠く、「草結ぶ」とうたうことによって相手の気を引こうとするにある。

集中の羈旅歌に草結びを詠んだ事例は右のとおり僅少、むしろ当該一〇歌が唯一例といってよい状況であり、

行旅時にはそれよりも「手向け」が頻繁に意識された。

佐保過ぎて　奈良の手向に　置く幣は　妹を目離れず　相見しめとそ　（3・三〇〇）

周防なる　磐国山を　越えむ日は　手向よくせよ　荒しその道　（4・五六七）

草結びに関する先ほどのような説明は、これと都合よく混同されているように見える。手向けであれば旅人が峠や坂で欠かさず行う、文字通りの境界儀礼である。紀伊国行幸時にも、

白波の　浜松が枝の　手向くさ　幾代までにか　年の経ぬらむ　（1・三四）

があり、松の枝に対して手向けが施されている。「手向くさ」は草そのものではなく手向けの品、供物としての幣をいい、草を結ぶ身体的レベルの行為とは違って、制度化された文化的行動であった。

このように見れば、旅先で草を結ぶことがありえたとしても、それは旅人が行く先々の境界ごとに必ず行う儀礼的行為ではなかったと考えざるをえない。もっとも、一〇歌上句には「君が代も我が代も知る」とあって、岩代の地が人の寿命を掌るかのようにうたわれている。従来の理解はもちろんこの表現を重く見て導かれていたのであり、小学館新編全集『萬葉集』は「巨巌巨樹を神聖視し、それら人の寿命をつかさどる霊格と見なす信仰による」と頭注した。しかしこれを事実とすれば奇妙である。初めて紀伊国を訪れる一行にとって辺境の通過点に過ぎない岩代の地にそこまでの意義が付与されるのは、たとえそこが境界の地であったにせよ過分と言わざるをえず、まして岩代の岡の草に天皇や大宮人の齢が支配されているなど、本気で考えているとしたら草の身としても責任が重すぎる。岩代の海岸「目津礫岩」を岩石信仰の対象とする見解もあるけれども(49)、そうした観念が実際この地に成立していたか否かは別にして、ここは岩代に関する既成の情報を踏まえてうたっているのではなく、逆にこの歌自体が岩代の岡の草にかような意味を付与し、一同を草結びに誘う根拠・方便としているのであると

解するべきではないか。すなわち、『略解』および『代匠記』が説いたように、イハシロという地名から連想された即興的認識を詠み込んだものと受け取るのがここは穏当であろう。もっとも、『代匠記』はイハに磐石の意を重ねて先のように説いたのだったが、あるいは地名の後部要素シロが類音の「知る」を連想させた可能性もある。即興詠にあっては意味の連想よりも音の連繋に興味を傾けることが少なくないのであり、旅の歌には通過する地名の音の印象に別の語を重ねて取り込むことも頻繁にある。

稲日野も　行き過ぎかてに　思へれば　心恋しき　加古の島見ゆ　(3・二五三)

妹と来し　敏馬の崎を　帰るさに　ひとりし見れば　涙ぐましも　(3・四四九)

「加古」に「彼子」を、「敏馬」に「見ぬ妻」を連想することによって、それまで無縁であった土地と自己との関係づけを図るという類型化された手法ながら、ここはさらに、

大汝　少彦名の　神こそば　名付けそめけめ　名のみを　名児山と負ひて　我が恋の　千重の一重も　慰めなくに　(6・九六三)

名草山　言にしありけり　我が恋ふる　千重の一重も　慰めなくに　(7・一二一三)

草枕　旅行く人を　伊波比島　幾代経るまで　斎ひ来にけむ　(15・三六三七)

を思い起こしておきたい。「名児山」「名草山」に恋心を「慰」める機能を期待し、「伊波比島」では久しく家人による「斎ひ」が実修されていると願いを託すのと同じように、「岩代(イハシロ)」は人の齢を「知る」に違いないという即興的連想を働かせたのではないか。もとより名児山や名草山にかかる信仰の介在が考慮されることはない。そもそも「代(齢)」をシルという言い方にはややぎこちなさを感じさせ、『萬葉集私注』が「シルは支配する意で、齢を支配する、即ち齢をのべることも出來る意であらう」とするのはそのとおりなのだろうが、ほ

かに例を拾える安定した表現ではない。地名の響きに規制されての用語選択であったと見る余地があろう。
つまり、岩代の岡の草を結ぶのは決して重大な儀礼としての行為ではなく、また、
「君」とわれの命をきわめて密接な大切なものととらえて磐代が人の寿命を支配するというはかない伝承を信じ、熱心に草結びを勧めている歌(50)なのでもなくて、地名から連想されたすさびごと、旅先の趣向のひとつと理解するのがいい。たとえ草結びにまじないとしての意味が本来的にあったとしても、行幸時の今は呪術的行為よりもはるかに遊戯に偏ったリクレーションとしてとらえられている。

一同を誘う「いざ」の呼びかけ表現について菊川恵三は「親密な人間関係を軸にした誘い掛け」であるといい(51)、そのとおり「いざ…な」の表現形式が採られる歌に人々を儀礼に向かわせるような例は見られない。

秋風は　涼しくなりぬ　馬並めて　いざ野に行かな　萩の花見に　（10・二一〇三）
馬並めて　いざうち行かな　渋谿の　清き磯廻に　寄する波見に　（17・三九五四）
この雪の　消残る時に　いざ行かな　山橘の　実の照るも見む　（19・四二二六）

いずれも人々を遊覧にいざなうもので、その目的地はさわやかで美しい、心惹かれる空間である。

潮干の　三津の海女の　くぐつ持ち　玉藻刈るらむ　いざ行きて見む　（3・二九三）

平素は目にすることのない海人娘子の藻刈りの光景に旅人たちが強く関心を抱き、あたかも観光気分で出かけようというのが右の趣旨である。

「いざ結びてな」の行動指示が右のような遊楽的気分の範囲にあることは見逃すべきでない。この誘いかけは、やはり行幸従駕歌、

引馬野に　にほふ榛原　入り乱れ　衣にほはせ　旅のしるしに　（1・五七）

白波の　千重に来寄する　住吉の　岸の埴生に　にほひて行かな　（6・九三二）

に成り立つ遊戯性にも通じ合う。日常生活空間外に身を置いた旅人が、そのことによって心を高揚させ現地の風土と同化しようとするものであり、儀礼や習俗とはまさに対極にある自己解放的振舞いである。右二首の行動指示が従駕者全体に向けられているように、当該歌の草結びへのいざないも、天皇をはじめ供奉の大宮人全体に向けられているとみていい。

続く一一歌には「小松が下の草」を刈れとする行動指示がうたわれる。諸注この解釈には苦心したようで、『萬葉集古義』は、

小松下乃、とのたまへるは、小松はおひさきこもれる物なれば、その下なる草をふかば、あやかりもせむとてかくのたまへるか、またさらずとも、おのづから小松の下にふさはしき草おほかるを、見出賜ひてのたまへるにも有べし

といい、『萬葉集講義』は「按ずるにこの御歌はただ萱の無きをよみたまへるにあらで、何か寓意あるに似たり」と推測した。なにゆえ草刈りの場所を特定するのか、「小松が下の草」にどのような特殊性があるのか、曖昧な要素を含んでたしかに不審であり、寓意を予想するのもゆえのないことではない。なお、「我が背子」については中大兄であると読む向きが多いが、『代匠記』は「我セコハ、御供ノ人ヲサシ給ヘリ」と注する。中大兄皇子が草を刈るのは不具合であると考えたのであろう。

また、上野理は、

今夜二人が宿る仮庵を作るために草を刈る「夫」に向って、愛らしい言葉をかけて助勢する歌であり、はず

んだ調べは作者が新妻であることを暗示するようでもある。(52)と述べる。上野論は三首を「宴に参加する斉明天皇をはじめとする女たちを代表して、中大兄をはじめとする男たちにうたいかけた」ものと把握しているから、ここにいう「夫」「新妻」は一種の擬装と見られる。

この旅が個人的な、あるいは少人数の行旅であったなら、停泊地で草を刈り屋根を葺くということもありえないことではなかった。

雨は降る　仮廬は作る　何時の間に　吾児の潮干に　玉は拾はむ　（7・一一五四）

しかし、堂々たる編成で行進する天皇（大王）行幸では、天皇一行の到着に先立って宿泊地を整備しているのが当然で、慌てて仮廬を作ったり、ましてその草が不足したりなどの不首尾はあろうはずがない。資材はあらかじめ潤沢に用意されているのであり、皇太子中大兄が現地で草を刈るなどは論外だ。

したがって、「草なくは」は、そのような事態が差し迫っているのではなく、この仮定自体にすでに屈折した諧謔が含まれているのである。「なくは」という仮定表現は、

関なくは　帰りにだにも　うち行きて　妹が手枕　まきて寝ましを　（6・一〇三六）

君なくは　なぞ身装はむ　櫛笥なる　黄楊の小櫛も　取らむとも思はず　（9・一七七七）

に見えるけれども、反実仮想や推量表現と呼応するこれらは内省的で切実な心情を表すのに対し、当該歌は命令表現と結んで開放的であり、むしろ巻十六嗤笑歌の、

仏造る　ま朱足らずは　水溜まる　池田の朝臣が　鼻の上を掘れ　（16・三八四一）

に限りなく接近する。「ま朱足らずは」は一見現実的な要請であるかに見せながら、実は嗤笑のための大仰な仕掛けなのであって、下句に示される野卑で理不尽な命令との間の落差が人々を笑いに誘うのである。

「草なくは」がこのように笑いの仕掛けとしての非現実的な仮定であったとすれば、「小松が下の草」を刈れとうたうのも、右の歌と同じく理不尽な行動指示であったはずである。

ア　君に恋ひ　いたもすべなみ　奈良山の　小松が下に　立ち嘆くかも　（4・五九三）

イ　ますらをの　出で立ち向かふ　故郷の　神奈備山に　明け来れば　拓のさ枝に　夕されば　小松が末に
　　里人の　聞き恋ふるまで　山彦の　相とよむまで　ほととぎす　妻恋すらし　さ夜中に鳴く　（10・一九三七）

ウ　あしひきの　山かも高き　巻向の　崖の小松に　み雪降り来る　（10・二三一三）

エ　巻向の　檜原もいまだ　雲居ねば　小松が末ゆ　沫雪流る　（10・二三一四）

オ　磯の上に　生ふる小松の　名を惜しみ　人に知らえず　恋ひ渡るかも　（12・二八六一）

カ　岩の上に　立てる小松の　名を惜しみ　人には言はず　恋ひ渡るかも　（12・二八六一イ）

キ　妹が名は　千代に流れむ　姫島の　小松が末に　苔生すまでに　（2・二二八）

ク　千沼の海の　浜辺の小松　根深めて　我恋ひ渡る　人の児故に　（11・二四八六）

「小松」の用例は集中に十三例、そのうちの大部分が右のように山中（ア〜エ）、あるいは磯・岩の上（オ、カ）、また浜辺（キ、ク）の景物としてとらえられている。このうち、アは木の下まで人が近寄ることのできる松だが、イ・ウ・エは麓から眺めやる景であり、とりわけウは高所の崖地、オ・カの磯・岩上に立つ孤松は遠望されるものであって、いずれも人が容易に近づけるところにはない。アにしても、ふつうはそんな場所に近づかないものという芝通理解があるので、女の恋心の深さを相手に訴えるのに有効なのであった。そもそも「小松」とは、文字どおり低木である必要はないにせよ、周囲から独立して目立つからこそ認識されうるのであり、崖から張り出すように生えていたり磯の上に生育していたりする一つ松をそのように呼んだものなのだろう。

中皇命が目にとめた小松も、右諸例と同じように孤立して目立つ様態のそれであったと推測される。したがって、「小松が下の草」は刈ろうにも刈れないのである。浜辺の小松ならば近寄ることは可能だろうが、砂地に生える松の下に屋根を葺くに適当な草があるとは期待できないし、崖に生える松の下に行けと言われたら命懸けだ。そんなところの草は刈りようがなく、磯上にはふつう草が生えない。

つまり、当該歌が指示しているのは、はじめから実在するはずのない設定のもとでの無理な行動だったと解すべきである。刈れるはずのない場所にある草を刈れというその理不尽な指示は、もとより「草なくは」という事態など微塵も現前していないことが一同に正しく了解されたところで下されているのであり、そこから引き出されるのは哄笑以外にない。現実の要請に基づいた発想ではなく、遊びの論理に支配された歌として読まれることを一首は要求しているといえる。そのように見れば、「借廬作良須」と添えられた敬語にも皮肉めいた含みを読み取っていいかもしれない。それは、

住吉の　小田苅為子　奴かもなき　奴あれど　妹がみためと　私田刈る　（7・一二七五）

に通じ、対象への敬意を示すというのではなく、また「愛らしい言葉」でもなくて、逆に軽い揶揄を含んだ表現であると見られる。

中皇命歌には、このように旅の開放感からもたらされるユーモア、諧謔が充満している。そして、一二歌にもそれは及んでいると解される。この歌には地理的把握の問題が残るものの、『玉勝間』以来の説に従って野島を日高郡塩屋浦の南に求め、その周辺の浜辺に阿胡根浦を考えておくことにする。

一首の理解について注目すべき提案はすでに『講義』によって示されていた。すなわち、野島と阿胡根浦の地

理に関しては宣長に拠りつつ、

野島を見たれど、貝を拾はずといへるによりて野島と阿古根浦とは同じ處か、然らずば程遠からず一目に見渡さるる處なるべき心地す。しかも野島は見せつとあるによりて考ふれば、これも亦見渡さるる處にして、そこを遠く見たるさまに思はる。

と述べ、しかし宣長の比定する野島は里であって島嶼ではないことから野島の里を通過しながら詠んだものとすると不合理であるため、「これは海上より野島の里を眺めたまひしならむ」と船による通過を推定する。この解には村瀬憲夫も注目しており(53)、またこのたびの紀伊国行幸に船を用いたことは斉明天皇口号歌に「潮の下り海下り」とうたわれたことと符合するから、十分成り立ちうる見解である。

つまり、野島・阿胡根浦はともに立ち寄られることなくその沖合いを素通りしているという状況が想定されるのである。第三句に「底深き」とあるのも、同じく『講義』が「船の上よりの眺めなれば、海は底深くして玉を拾ひ得ぬも由ありて聞ゆるなり」とするのが首肯されよう。諸注あまり関心を払わないが、「底深き」浦の玉を「拾」うということの表現には若干の不審がある。すなわち、玉は浜辺にうち寄せられるものと海底深くに沈むものとの両様があって、前者は、

住吉の　名児の浜辺に　馬立てて　玉拾ひしく　常忘らえず　（7・一一五三）

のように「拾ふ」とうたわれるのであり、後者であれば、

底清み　沈ける玉を　見まく欲り　千度そ告りし　潜きする海人は　（7・一三一八）
大き海の　水底照らし　沈く玉　斎ひて取らむ　風な吹きそね　（7・一三一九）
珠洲の海人の　沖つ御神に　い渡りて　潜き取るといふ　鮑玉　五百箇もがも…　（18・四一〇一）

のように必然的に「潜き取る」また「取る」の表現が選択される。ところが当該歌は「浦」の底に沈む玉に対して「拾」う行為を結んでいるので、表現として異例であるばかりでなく対象と行為が整合しないのである。この矛盾は、しかし『講義』のように表現者が舟で沖合いを航行している折の構想であると解するなら、その状況に即した発想としてひとまず納得できる。また、「底深き」浦の玉を「拾」おうという、まさしく無理難題を要求している点で前歌「小松が下の草を刈らさね」の理不尽な命令に通じる屈折をここにも見いだすことができ、『講義』の説の当否如何にかかわらず二首間の脈絡を確保することができる。

ところで、一六六五歌によっても、あるいはこれ以後の紀伊国行幸においても、浜辺に下りて玉を拾うことが紀伊へ向かう旅人にとっての楽しみのひとつであったことが知られる。

妹がため　我玉求む　沖辺なる　白玉寄せ来　沖つ白波　（9・一六六七）
妹がため　玉を拾ふと　紀伊の国の　湯羅の岬に　この日暮らしつ　（7・一二二〇）
紀伊の国の　浜に寄るといふ　鮑玉　拾はむと言ひて　妹の山　背の山越えて　行きし君…　（13・三三一八）

一首は、そのようにかねて期待した玉の取得が、行路上の都合により果たせなかったことの落胆・恨みを託しているのであろう。景勝地野島を見ることも念願であったには違いないが、肝心の玉を手に取れないでは意味がないというのだ。なお、たとえば小学館新編全集は一首を次のように口訳しているけれども、表現者の心中に即してみるとき、これは正確ではない。

わたしが見たいと思っていた　野島は見せてもらった　しかし底の深い　阿胡根の浦の　真珠はまだ拾っていません

歌の文脈上に「まだ」の含みはない。つまり、訳文のように玉を拾うことがいずれ果たされるだろうと望みをつなぎ実現を願うというのではなくて、一首は「拾っていない」事実だけを取り立てている。つまりこの文脈では「見せつ」と「拾はぬ」が実現と非実現との際やかな対照関係にあるのであり、「野島は（見せつ）」「玉ぞ（拾はぬ）」の助詞の対比を見ても、また上下句間の動作主体の変更によっても、実現しなかった主体の行為に重点が置かれているのが明瞭である。当該歌に倣ったとおぼしい黒人歌、

我妹子に　猪名野は見せつ　名次山　角の松原　いつか示さむ　（3・二七九）

とはその点で決定的に異なっている。右は「猪名野」を見せたことをひとつの成果として示しつつ、さらに将来に期待を持たせるうたい方を採って優しいけれども、中皇命歌は手厳しく突き放している。

菊川論は一二歌に読み取れる心情を「ある種の甘え」という。[54] おそらくそのとおりであり、その甘えもまた、旅中宴の時空が誘発する発想であろう。阿胡根浦の玉が得られなかったといって本心からすねているのでは大人気ない。表面上は、あれほど期待した玉を拾い得ていないからこの旅には不満足であると訴えるごとくではありながら、それは前二首と同じく状況に即した当意即妙のはぐらかしであって、真意はむしろ通過地点を詠み込み景勝地を称賛するにあろう。当時存在したはずのこれと連れ立つ歌々が失われているため明確に言えないが、具体的歌詠の場面では前後の歌とあえて異質な発想を持ちこむことにより、逆に対象を効果的に称えることがあった。

梅の花　今盛りなり　思ふどち　かざしにしてな　今盛りなり　（5・八二〇）

青柳　梅との花を　折りかざし　飲みての後は　散りぬともよし　（5・八二一）

前歌で、今を盛りと咲き誇る梅に陶酔し気分も一気に高揚してかざしにしようとうたった、その有頂天な興趣に水を挿すかのごとく後歌は、今宵の宴が終わったら梅は散ってもよいという。しかしそれは本心ではなくて、前

歌とは観点を変え、裏返しの発想に立ちつつ結局は梅の讃美に向かっているのである。旅先の光景を次のように貶すこともある。

玉津島　見てし良けくも　我はなし　都へ行きて　恋ひまく思へば　（7・一二一七）

一二一七歌の切り捨てるような口吻は、このような詠歌の呼吸から選択されたものと推考する。

表現に即してここまで導いてきた解析の当否は今後の評価にゆだねるほかないが、中皇命が具体的に誰を指そうとも、以上の表現解析が影響を蒙ることはない。

七　むすび

斉明四年の紀伊国行幸が初期万葉の幕を鮮烈に開く。ただし、むろんそれは資料的制約のもとでそうなのであって、すべてがここから加速的に始まるというのではない。『万葉集』が紀伊国行幸歌としてほかならぬ額田王と中皇命の作歌を採録する現象には、なるほど後代的評価の投影すなわち編纂時の補正を考慮しなければならないだろう。しかし、そのことが個々の歌の理解を左右することは予想しにくい。言い換えれば、歌意を転換するほどの補正を施した事例を見出すことがむしろ難しいのである。

検討してきたところによれば、中皇命歌三首には古代的呪術性の付帯を認めがたい。一貫して見出されるのは、遠距離行幸の開放性に起因した遊覧の気分である。小稿は初期万葉歌の「初期性」を、このような実質の上に見るべきであると考える。

そもそも貧弱にしか残されない初期万葉歌、それらを丁寧に読み解いてゆく試みの集積こそが、豊かな初期万葉論の構築を果たすのであると信じたい。

【注】

（1）『上代文学』80号（一九九八）所収。梶川による《初期万葉》に関する提言は、その後「七世紀の〈三山歌〉と八世紀の《三山歌》と――「三山歌」をどう読むか――」（『語文』100輯・一九九八）、「《初期万葉》の反歌」（『語文』103輯・一九九九）、「《初期万葉》の新体詩――万葉史の中の宇智野遊猟歌――」（『語文』114輯・二〇〇二）、「《初期万葉》の挽歌（上）」（『語文』115輯・二〇〇三）、「《初期万葉》の挽歌（下）」（『語文』116輯・二〇〇三）など精力的に継続されている。

（2）大浦誠士「初期万葉の作者異伝と『類聚歌林』」（『古代文学』40号・二〇〇一）など。

（3）小野寺静子「斉明四年紀伊行幸歌考」（『万葉とその伝統』桜楓社・一九八〇）に、この行幸をひとつの画期ととらえる発言がある。ただし同論はその点を掘り下げてはいない。

（4）有間皇子自傷歌二首は、皇子実作かどうかということを別にして、行幸関係歌ではないという理由でここでは対象としない。IIIは題詞の記述を重く見てIIとは別時の紀伊下向と解する余地も皆無でないが、非現実的である。IVは、巻九冒頭大宝元年紀伊国行幸歌群に対する古歌として前置された伝承歌だろうから、斉明四年制作と見るべき客観的根拠は乏しいものの、これを踏まえた歌が大宝元年行幸で詠まれている点にそれなりの由緒を認めうる。

（5）現行の『万葉集』では軍王による五、六歌を舒明天皇讃岐行幸関係歌として収録するが、当該左注に記すとおり事実性に不審がある。左注が引く類聚歌林一書によれば作歌場面があったようだが、よくわからない。額田王七歌に関しても、後述のように疑問が残る。

（6）青木生子『萬葉挽歌論』（塙書房・一九八四）。

（7）稲岡耕二「初期万葉の歌人たち4　舒明天皇・斉明天皇その四」（『國文学　解釈と鑑賞』36巻2号・一九七一）。

（8）土橋寛『古代歌謡全注釈　日本書紀編』（角川書店・一九七六）。

（9）居駒永幸「斉明紀建王悲傷歌の場と表現――二つの歌群の異質性をめぐって――」（『上代文学』47号・一九八一）に土橋説への批判がある。

（10）寺西貞弘「古代の行幸と和歌浦」（『有坂隆道先生古稀記念　日本文化史論集』同朋社出版・一九九一）。

（11）坂本太郎「上代駅制の研究」（『坂本太郎著作集第八巻　古代の駅と道』吉川弘文館・一九八八／初出は一九二八）。
（12）笠原英彦「古代行幸の政治的機能」（『法学研究』66巻6号・一九九三）。
（13）鈴木景二「日本古代の行幸」（『ヒストリア』125号・一九八九）。
（14）仁藤敦史「古代王権と行幸」（『古代王権と祭儀』吉川弘文館・一九九〇）。
（15）澤木智子「日本古代の行幸における従駕形態をめぐって」（『史艸』30号・一九八九）。
（16）注13の論および注14の論など。
（17）注14に同じ。
（18）佐伯有清『新撰姓氏録の研究　研究篇』（吉川弘文館・一九七六）四六一頁。
（19）行幸関係歌のうち次のような事例が参考となる。

当麻真人麻呂妻作歌

我が背子は　いづく行くらむ　沖つ藻の　名張の山を　今日か越ゆらむ　（1・四三）

石上大臣従駕作歌

我妹子をいざみの山を　高みかも　大和の見えぬ　国遠みかも　（1・四四）

また「大宝元年辛丑冬十月太上天皇大行天皇幸紀伊国時歌十三首」（9・一六六七～一六七九）の直後に「後人歌二首」として続く二首（9・一六八〇～一六八一）も題詞の記述どおり家で待つ妻の立場の詠歌だが、『古典集成』に「前十三首と同じ場で、待つ妻の立場の歌として披露されたものか」とするのが首肯される。『古典集成』は当該一六六六歌に関しても同趣の理解を示している。
（20）山田英雄「口号と口吟」（『万葉集覚書』岩波書店・一九九九）。
（21）折口信夫「大和時代の文学」（『折口信夫全集　第八巻』中央公論社・一九五五）。
（22）山本健吉「詩の自覚の歴史」（『柿本人麻呂』新潮社・一九六二）。
（23）中西進「近江朝作家素描」（『万葉集の比較文学的研究　上』桜楓社・一九六三）、橋本達雄「初期万葉と額田王」（『万葉宮廷歌人の研究』笠間書院・一九七五）。

(24) 伊藤博「御言持ち歌人」(『萬葉集の歌人と作品 上』塙書房・一九七五)。
(25) 神野志隆光「中皇命と宇智野の歌」(『万葉集を学ぶ 第一集』有斐閣・一九七七)。
(26) 稲岡耕二「舒明天皇・斉明天皇その五」(『国文学 解釈と鑑賞』36巻3号・一九七一)。
(27) 居駒永幸「斉明紀建王悲傷歌の場と表現」(『上代文学』47号・一九八一)、塚本澄子「斉明天皇」(『作新学院女子短期大学紀要』7号・一九八三)、武尾和彦「斉明天皇論(上)」(『青山語文』16号・一九八六)。
(28) 鉄野昌弘「斉明紀建王悲傷歌の抒情について〜『おもしろきいまきのうち』小考〜」(『帝塚山学院大学研究論集』26集・一九九二)。
(29) 武田祐吉『記紀歌謡集全講』(明治書院・一九五六)。
(30) 秋間俊夫は「死者が陵墓で受ける祭礼歌舞のおもしろさを指す」と述べ(「『死者の歌』」『文学』40巻3号・一九七二)、渡瀬昌忠は殯宮・墓所の内部装飾をいったものと解する(「高松塚壁画と人麻呂の世界」『渡瀬昌忠著作集 第六巻 島の宮の文学』おうふう・二〇〇三／初出は一九六八)。
(31) 松岡静雄『記紀論究 外篇 古代歌謡下』(同文館・一九三二)。
(32) 注26に同じ。
(33) 注23に同じ。
(34) 注24に同じ。
(35) 神野志隆光「人麻呂の離陸」(『柿本人麻呂研究』塙書房・一九九二)。
(36) 身崎壽『額田王 萬葉歌人の誕生』(塙書房・一九九八)、曽倉岑「初期万葉における歌の『共有』をめぐって」(『論集上代文学 第二十二冊』笠間書院・一九九八)。
(37) 澤瀉久孝『萬葉集注釋』および梶川信行「類聚歌林編纂の意義」(『語文』41輯・一九七六)に指摘がある。
(38) 七歌題詞下に小字で「未詳」と記すのはあるいはこのこととかかわるのかもしれない。すなわち、作歌時の特定考証ができないために「明日香川原宮御宇天皇代」の配列の是非を「未詳」と記した可能性が考えられる。
(39) 拙稿「額田王九番歌について」(『園田学園女子大学論文集』37号・二〇〇二)では一二歌左注の「類聚歌林云々」が

九歌にも及ぶのではないかと述べたが、誤りである。九歌題詞には「幸」字があって天皇行幸であることが明示されているので、類聚歌林を「検」する意味はない。もっとも、そのこととは別に九歌が天皇御製として歌林に収録されていた可能性は残る。ほかにも歌林で天皇御製と扱われた万葉歌が少なからずあったと想像される。

(40) 武田祐吉『上代国文学の研究』（博文館・一九二一）。

(41) 吉永登「類聚歌林の形態について」（『萬葉』21号・一九五六）は収録歌数を「千首前後」に見積もる。

(42) 吉井巌「額田王覚書——歌人額田王誕生の基盤と額田メモの採録——」（『萬葉集への視覚』和泉書院・一九九〇）。

(43) 市瀬雅之「『類聚歌林』覚え書き」（『同朋国文』23号・一九九一）に的確な諸説整理がある。

(44) 七世紀に和歌を書き記すことが可能であったことは出土木簡の分析からすでに証明されている。現行の『万葉集』に載る和歌はそこから書き換えられたり転写を重ねたりした後次的様態であるかもしれないが、それでも九歌の表記などを勘案すればさほど大きな変形は受けていないのでないか。

(45) 折口信夫「万葉集研究」（『折口信夫全集　第一巻』中央公論社・一九五四／初出は一九二八）。

(46) 注24に同じ。

(47) 上野理は中皇命歌をすべて神事祭祀に引きつけて解読しようとする伊藤説を批判し、「共有」の視点には共鳴しつつ、三首を「宴に参加する斉明天皇をはじめとする女たちを代表して、中大兄をはじめとする男たちにうたいかけた」恋情を旨とする歌であると説く（「中皇命と遊宴の歌」『人麻呂の作歌活動』汲古書院・二〇〇〇／初出は一九八六）。小西淳夫も当該三首にむしろ抒情性と個性を認めて、伊藤の御言持ち説を批判し、天皇代作と見ることにも疑問を投げかけている（「中皇命の献歌」『古代の文学5　初期万葉』早稲田大学出版部・一九七九）。

(48) 「万葉集民俗事典」（『別冊國文学　万葉集必携』學燈社・一九七九）、項目執筆は野本寛一。

(49) 平松弘之「南部の万葉歌　後篇（1）」（大阪星光学院校友会誌『星光』32号・発行年不詳）。

(50) 上野理注47の論。

(51) 菊川恵三「中皇命の宇智野遊猟の歌」（『セミナー万葉の歌人と作品　第一巻　初期万葉の歌人たち』和泉書院・一九九九）。

(52) 上野理注47の論。
(53) 村瀬憲夫「わが欲りし野島は見せつ」(『紀伊万葉の研究』和泉書院・一九九五)。
(54) 注51に同じ。

初期万葉の「反歌」

――反歌成立に関する一試論――

大浦誠士

一　はじめに

『万葉集』において壬申の乱以前を一時期として画することは、澤瀉久孝・森本治吉『作者類別・年代順　萬葉集』[1]に始まるが、それに「初期万葉」という名称が与えられ、特別な思い入れをもって取り上げられるようになるのは、昭和二五年頃から昭和三〇年頃であった（詳細は本書所載の野口恵子論参照）。そして初期万葉は、中でも極端に古い時代を「伝承歌の時代」として括り出す動きとともに、『万葉集』が伝える時代の歌の実態を反映する抒情詩萌芽期の歌として、郷愁にも近い熱気を伴って、文学史の中に大きな位置を占めるに至った。一方、人麻呂歌集をめぐる歌と文字の議論は、人麻呂関連歌を「文字の歌」の始まりと位置付けるとともに、初期万葉歌を「声の歌」の時代の所産として捉え[2]、口誦の時代の素朴と豊饒を湛えた歌々としての表現の質が見出されたのだが、それは同時に、「声の歌」である初期万葉歌が、文字で書かれて存在しているという根本的な矛盾を孕む結果ともなった。

そうした初期万葉把握に対して、梶川信行「八世紀の《初期万葉》」[3]は、七世紀の〈初期万葉〉と、八世紀の所産である《初期万葉》とを峻別する立場に立ち、『万葉集』に記載された初期万葉歌が、七世紀の歌の実態とは考えられないことを主張した。確かに旧来の初期万葉把握は、『万葉集』という七世紀末から八世紀に屹立するテキストが描く歌世界の写像を、その時代の実像として見ていたのであり、その意味で梶川論は、初期万葉の歌を『万葉集』が帰属させる時代の実態を伝えるものと漠然と考えてきた素朴実証主義に対して一石を投じるという意味では大きな意義を持つものの、八世紀の《初期万葉》という概念は、それが非常に漠然とした概念であるために、『万葉集』の天智朝以前の歌をテキスト論的に捉えることにほかならず、かつての素朴な初期万葉理解を「八世紀の認識においては」と冠することによってほぼ容認する論理構造となる可能性を持ち、初期万葉をめぐる議論は、なかなか展望の拓けない地点に来ていると言える。本書がなされる所以もそこにあるのだろう。

本稿は、初期万葉論を模索する一端緒として、初期万葉の「反歌」をめぐる文学史について考えてみるものである。

二　反歌史をめぐる研究史と問題点

『万葉集』に見られる反歌の通説的な理解は、例えば『全註釈』に

本来古代の長歌に、一部を反覆吟唱する性質があり、その歌末の繰り返しの部分がちぎれて独立すべき素質があつた所に、漢文学中、たとえば、荀子の反辞、離騒の乱というようなものの影響を受けて、独立したものである。長歌の内容に対して、これを補足し、その一部を繰り返し、別の方面から叙述し、作者の環境を

叙するなどの性質を有し、長歌に比して一層詠歎の気分を集中せしめる性能を有している。とあるのが端的に示していよう。その成立については、長歌末尾を繰り返して吟唱する誦詠法の中から、漢籍の「乱」「反辞」の影響を受けて、長歌末尾が分離独立したものと捉えられ、その性能面では、長歌の内容を補足したり、繰り返したりするもので、長歌に比して抒情的な側面が強いとされる。

反歌成立の契機に漢籍の影響を見る説は、早く『代匠記』総説が「乱」との関係を指摘したのを受けて『美夫君志』が、『荀子』巻十八の「添加不治、請陳佹詩云々、與愚以疑願聞反辞」に対する揚涼注に「反辞反覆叙説之辞、猶楚詞乱曰」と記され、同書の「其小歌曰」の注に「此下一章即其反辞、故謂之小歌揔論前意也」と記されることや、『楚辞』「離騒」の「乱曰」の王逸注に「乱理也、所以発理詞指總撮其要也」とあることなどをあげて、「かかれば本邦の反歌は全く荀子の反辞に擬したるものなる事を明むべし」と説いたことに始まる。南宋洪興祖の『楚辞補注』には「国語云、其輯之乱、輯成也、凡作篇章、既成撮其大要以為乱辞也、離騒有乱、乱者總理一賦之終也」とあり、およそこれらの記述から「乱」は賦の「大要」「終」を「總撮」「總理」するものと見られ、こうした「乱」「反辞」の影響によって、長歌の後に反歌を付す形式が生まれてきたと見るわけである。

一方、反歌の成立を長歌末尾の分離独立に由来すると説く説は、五十嵐力『國歌の胎生及び発達』(4)に始まり、折口信夫、森重敏、本田義寿ら(5)によって、さまざまに角度を変えながら、歌謡的な発生が主張された。

反歌成立を「乱」「反辞」によるとする説が、若干の修正的批判を伴いつつも、現在一般に承認されているのに比して、長歌の誦詠法から生じたとする説は、反歌を文芸作品としての意図的な営みによるものとする把握が進められてきたことにより影をひそめるようになった。しかし私見によれば、その論は表面的には退けられつつも、形を変えて根強く反歌成立の論の中に潜行したように見える。それは、中国詩文の「乱」「反辞」等の影響によって生まれた反歌の始発に、長歌末尾の繰り返し・要約という形を想定する傾向に端的に見られる。先に見たように、反歌成立に中国詩文の「乱」「反辞」等の影響を見る説にあっては、それを長歌の繰り返し・要約とする把握は見られず、また、実際に『楚辞』「離騒」の「乱」を見ても、賦の歌い納めではあっても決して繰り返し・要約ではないのだが、その後の論では「乱」「反辞」の影響による成立と、それが長歌の繰り返し的・要約的なものであることとが同一視されるようになる。それはおそらく、記紀所載歌や初期万葉歌から人麻呂以後の歌への文学史が、口誦から記載へという把握によって描かれるようになったことと無縁ではないだろう。口誦から記載への反歌史を描く中に、長歌誦詠による長歌末尾の分離独立の論が潜行したものと見られる。稲岡耕二「反歌史溯源」(6)が、初期万葉の「反歌」から元来反歌ではなかったと見られるものを除いてゆき、額田王の三輪山歌に見られる、長歌末尾の繰り返しに近い「反歌」を反歌の嚆矢と位置付け（額田王の三輪山歌の「反歌」が決して長歌の繰り返し的な反歌でないことは後述）、そこから人麻呂作歌の「反歌」、さらに「短歌」と頭書される反歌へという反歌史を描くのはその典型である。稲岡の人麻呂作歌における反歌の発展史――「人麻呂『反歌』『短歌』の論」(7)に述べられる（後述）――は説得力を持つが、それを溯らせて初期万葉に繰り返し的な反歌を見出し、それを反歌の始発と位置づけるのは、初期万葉から人麻呂へという文学史観によるものである。同様に、反歌を人麻呂において「確立」するものとして捉える反歌論にも共通する問題を指摘できる。「確立」を言うこと自体に、初期万葉における反歌の萌芽・先蹤が想定されているのである。さらに、人麻呂における反歌形式の確立は、人麻呂以前の反歌の状況を確認することによって説きうるのであり、人麻呂における反歌の確立を根拠として初期万葉の反歌の状況を説く論は、ある種の論理循環に陥っていると言える。(8)

そうした反歌史理解の問題を明確に認識させるのは、吉井巖「反歌攷序説」(9)の所論である。吉井論が提示する反歌史は、如上の反歌史把握とは根本的に異なる。吉井論は反歌を中国文学の「反辞」「乱」に由来するものと捉える論は肯定しつつも、その意識が最も先鋭的に見られるのは家持の反歌であるとする。巻十七の三九七六番歌の前文に、

如今賦レ言勒レ韵同二斯雅作之篇一　豈殊三将レ石間レ瓊唱レ声遊二走曲一歟　抑小児譬濫謡　敬写二葉端一式擬レ乱曰

と、明らかに家持が「乱」を意識した記述が見られ、家持の反歌が、先行歌の模倣であるもの以外は単なる長歌の繰り返しであることから、家持の長歌における非力ゆえに「乱」「反辞」の概念に頼って反歌を制作したのだと捉える。そして、前代の赤人、人麻呂、さらに人麻呂以前の反歌は、「反辞」の説明等では一律に解し得ないような、長歌から自由な表現性を有することを主張する。家持の非力云々については、家持の個人的な力量よりもむしろ、長歌形式の時代的な趨勢を考慮すべきであり、また、人麻呂以前の「反歌」をその時代の歌の実態として捉えることには問題があるが、人麻呂や赤人において長歌から自由であり表現性に富んでいた反歌が、家持においては長歌の繰り返し的なものとなるという指摘と、万葉後期の家持にのみ中国詩文の「乱」を意識して反歌を制作した確例が見られるという指摘は、先述の通説的反歌史把握との関係で重要である――ただし、その二つが連動しないことは先述の通り――。吉井論の提示する反歌史は、他の反歌史の論の多くに見られる発展史観に対して、衰退史観と言いうるが、反歌が長歌と切り離し得ないものであり、『万葉集』においても、さらに王朝和歌に向かっても、長歌形式が衰退の一途を辿ることを考え合わせるとき、吉井論の提示する衰退史観こそが、反歌史の大勢を正当に捉えているのではないかと思われる。

もう一点注目したい現象は、初期万葉から人麻呂の時代への「反歌」史に見られる不連続である。初期万葉の歌には、後掲のように「反歌」を伴う長歌が五例見られる一方で、「反歌」を伴わない長歌は六例見られる。後

代の仮託歌と見られるものも含めてだが、初期万葉の長歌では、「反歌」を持つものと持たないものとが相半ばする状況にある。ところが初期万葉と人麻呂の時代との中間に当たる天武朝に配される長歌は、或本歌を含めて四首いずれも「反歌」を伴わない（1・二五、二六、2・一五九、一六二）。そして持統・文武朝の人麻呂作歌の時代に入ると、長歌は突如としてほとんど全て反歌を伴う――反歌を伴わない長歌は「藤原宮之役民作歌」（1・五〇）のみ――ようになる。初期万葉に萌した反歌が次第に定着し、人麻呂の時代に確立するという発展史観では、この不連続を説明し難いのではないか。

以上の二点からは、人麻呂において確立する反歌という方法の先蹤を初期万葉の歌に探し、そこから人麻呂の反歌への補助線を引いて反歌史を構想することに問題があることが明瞭に見えるであろう。

天智朝以前に反歌が不在であったとする方向での論としては、身﨑壽『額田王　萬葉歌人の誕生』(10)が見られるが、歌が誦詠され実現された〈場〉において、長歌の持つ儀礼的な性格が短歌によって解放され、他の歌を呼び込んでくるという把握は、初期万葉の歌を当時の歌の実態として捉える従来の枠組みの中にあるものである。また、梶川信行「《初期万葉》の『反歌』」(11)は、先述のテキスト論的な理解の中で、初期万葉の「反歌」を八世紀の目から見た反歌史として捉える。その枠組みの変更自体は重要な意味を持つが、具体的な事例の把握については、例えば三輪山歌の「反歌」（1・一八）が七世紀の〈初期万葉〉の反歌であった可能性を指摘するなど、従来論の指摘を越えるものではない。

以下、初期万葉の「反歌」の個々の事例に即しつつ、反歌成立の歴史を考えるとともに、初期万葉の「反歌」とはどのようなものかに説き及んでみたい。なお、以後は初期万葉という用語を、『万葉集』が描く天智朝以前の歌世界の意で用いる。

三　初期万葉の「反歌」

『万葉集』に天智朝以前のものとして載せられる長歌で「反歌」を伴うものは次の五例である。

A　天皇遊猟内野之時中皇命使間人連老献歌（1・三〜四）
B　幸讃岐国安益郡之時軍王見山作歌（1・五〜六）
C　中大兄近江宮御宇天皇三山歌（1・一三〜一五）
D　額田王下近江国時作歌井戸王即和歌（1・一七〜一九）
E　崗本天皇御製一首并短歌（4・四八五〜四八七）

これら五例の中には、先行論によって第二期以降の作であることが指摘されるものが見られる。BとEがそれである。Bの軍王作歌については、稲岡耕二[12]が、長歌の「遠つ神」「大夫」「玉だすき　懸け」「ぬえこ鳥　うら嘆け」といった表現の詳細な検討によって、人麻呂以後の成立であることを主張し、編者の時代の舒明尊崇の意識と「遠神吾大王行幸能山越風」の誤読によって舒明朝に配されたとの理解を示している。天皇を「神」とする表現や「大夫」の表記、否定的な意味合いの用言にかかる枕詞である「ぬえこ鳥」などは、確かに人麻呂以後の成立と見る方が自然であり、それはBの長歌が整った五七定型を持つこととも整合する。舒明朝に配された理由については即断できないが、Bが人麻呂以後の成立であることは動かないだろう。Eについても、曽倉岑[13]に、神の出現を意味する「生《あ》る」がCの長歌では人の誕生の意味で用いられていることなどの検討から、第三期以降の成立とし、稲岡耕二[14]も、長歌に見られる「昼は……夜は……」という対句が、天智挽歌の一五五番歌に見られる「夜は……昼は……」という対句と逆転しており、一日が日没から始まる古い観念とは異なる新しい観念の投影と見られることを指摘する。さらに加えて、Cが相聞長歌であることも考慮する必要がある。Cを除いて天智朝以前の相聞には長歌形式は見られず、第二期においても人麻呂の石見相聞歌に始まり、丹比真人笠麻呂の歌（4・五〇九）が見られるのみであり、第三期になって、安貴王、笠金村、坂上郎女などが相聞長歌を詠むようになる。これは長歌形式の淵源が祭祀歌や儀礼歌に求められることを考えても当然の現象であり、人麻呂の意識的な営み以前に相聞長歌を想定することは困難だろうと思われる。この点は、「雑歌」には配されているものの、内容面ではきわめて相聞的であるBの軍王作歌についても言えることだろう。

以上のような理由から、BEの「反歌」は、その成立自体が第二期以降に想定されるのであり、その他のACDの「反歌」と同列に扱うことはできないが、これまでの論が初期万葉歌にあらずとして考察の外においてきたことには問題がある。歌を配列することに歴史意識を見せる『万葉集』が、BEの歌を舒明朝・斉明朝に配しているということは、『万葉集』編纂の時代は、舒明朝や斉明朝に自らの持つ反歌という形式のルーツを見ている（設定している）ことになる。最終的な反歌史の理解においては、これらの例も考慮すべきものと考える。

四　歌の伝承と記定

初期万葉の「反歌」の問題を端的に見せてくれるのはCの三山歌だろう。

中大兄近江宮御宇天皇三山歌

香具山は　畝傍を惜しと　耳梨と　相争ひき　神代より　かくにあるらし　古も　しかにあれこそ　うつせみも　嬬を　争ふらしき　（1・一三）

反歌

香具山と　耳梨山と　あひし時　立ちて見に来し　印南国原　（1・一四）

わたつみの　豊旗雲に　入り日見し　今夜の月夜　清く照りこそ　（1・一五）

右一首歌今案不似反歌也　但舊本以此歌載於反歌　故今猶載此次　亦紀曰　天豊財重日足姫天皇先四年乙巳立天皇為皇太子

この三山歌が反歌の問題で注目されてきたのは、一五番歌の左注に見られる「右一首今案不似反歌也」という記述による。左注筆者が一五歌を反歌とすることに対して疑問を呈しているのだが、この疑問は、「舊本」編者と左注筆者の反歌に対する認識の違いによるものと説明される。その説明自体は誤りではないが、問題はより深いところにある。

神野志隆光「中大兄三山歌」(15)は、複数反歌の方法を人麻呂以後に確立したものと見る立場から、三山歌の反歌における問題は一五番歌にとどまらず、一四、一五番歌の二首が「反歌」となっていることにまで問題が及ぶことを説き、「同じときになされた」複数の歌を「一緒に伝えてきた」ものを、「一続きに書きとめ」ることによって、一四、一五番歌が「反歌」となったものと見て、長反歌全体のあり方を「口承の歌の伝来と万葉集への定着」という観点から考えるべきことを提唱している。その主張するところは正当であり、本稿もその立場をとるのであるが、神野志論は後述する稲岡耕二の反歌史の論を援用しての立論であり(16)、また人麻呂における反歌様式の「確立」を根拠としての立論には、先述のような危うさを感じる。「一緒に伝えてきた」とはどういうことなのか、それが記定された論理とはいかなるものか、三山歌の表現や存在形態に立ち戻ってさらに考えてみる必要がある。

左注筆者が疑問を抱くような「長反歌」がいかにして生じたのかという出発点に立ち戻る必要がある。この問題は、三首がどのような形での結びつきを見せているかを考えることで明らかになるものと考える。三山歌は、斉明七年（六六一）に百済救援軍が瀬戸内海を西に向かった時、印南の地で歌われたと見るのが通説的な理解であり、中大兄が「印南国原」で「今夜の月夜」の清明を願う情況としてはその想定が最も理解しやすいが、題詞は時を明示せず、ただ「三山歌」とのみ記す。このような三首のまとまりを、どのように捉えられるかである。

一三番歌は香具山、畝傍山、耳成山の嬬争いを歌い、「神代」「古」の嬬争いによって今の嬬争いを根拠づけるのであるが、印南の地には一切触れず、また西征を思わせる表現も全く見られない。その一方で、「神代よりかくにあるらし」に見られる現場指示は、一三番歌が大和三山を眼前にしての歌であることを示唆している。このような一三番歌のあり方から、これを大和地方の伝承歌として捉える論もすでに見られる。[17] 一方、一四番歌は、一三番歌の主題の一つである現在の嬬争いには一切触れない。このような二首のあり方を、一四番歌をなすにあたって関連する伝承歌が誦詠されたというように詠歌の〈場〉の論理によって説明するのではなく、あくまで一三番歌と一四番歌の存在形態として、二首は三山にまつわる伝承を歌うというレベルで結びついているのだと捉えておきたい。

一方、一四番歌と一五番歌とはどのような結びつきを見せているか。一五番歌は三山を歌うことなく、またそれを示唆する表現も見られない。一五番歌は「わたつみ」への信仰の心を込めて「今夜の月夜」の清明を願う歌、つまり航路の安全を願う歌である。この一五番歌のモチーフは、「印南国原」という土地を称揚する一四番歌にも見ることができる。神野志隆光「羈旅歌八首をめぐって」[18]は、『万葉集』の旅の歌に見られる二つのタイプ――土地そのものを歌うタイプと家・妹を歌うタイプ――のうち、土地そのものを歌うタイプを「地名」を歌うことにおいて捉え、その地名を折口信夫の言う「生命標」としての地名と見るべきことを説く。そうした地名を歌うことによって土地霊に働きかけ、旅の安全が保証されるのである。折口の生命指標《らいふ・いんできす》論では、地名はそれに生命を与える伝承やそれを伝える詞章を背負って存在し、その伝承・詞章が極端に圧搾されたものが地名であるとされる。とすれば、三山の争いにまつわる伝承を背負う地として「印南国原」という地名を称揚する一四番歌は、まさに生命指標《らいふ・いんできす》としての地名を歌うことを主眼とすると言え、一四番歌の根底には、やはり航路の安全を祈る心が横たわっていると言える。[19] 一四番歌と一五番歌は征旅という状況の中で、航路の安全を祈るモチーフにおいて結びついているのである。

以上のように三首相互の結びつきを捉えてみると、三首は三首全体が統一的な主題で結びつくのではなく、一四番歌を軸として、一四番歌と一三番歌、一四番歌と一五番歌という二つの異なる結びつきによって成り立っていることがわかる。しかも、一三番歌と一四番歌との結びつきは、主題による結びつきではなく、三山にまつわる伝承を歌うというレベルでの結びつきと見られる。一緒に記憶され、伝えられてきた歌の結びつきの内実は、そのように捉えられるだろう。

そうした三首が文字によって記定されるとき、「三山歌」という題詞によって、つまり一三番歌と一四番歌の結びつきによって、しかも長歌形式をとる一三番歌を先行させ、優先する意識によって記定されたのである。この記定のあり方は、長歌形式の歌と短歌形式の歌とが一緒に存在する場合、長歌形式の歌が短歌形式の歌に先行し、またその内容が全体を覆う主題となるという意識によるものであり、長反歌の様式が成立した時代の認識を示している。先述した「右一首今案不似反歌也」という左注の疑義は、右に見たような伝承・記憶の中での三首の結びつき方と文字による記定のあり方とのズレにこそ、根本的な原因を求められるだろう。

三山歌と類似の問題を孕むのが、宇智野遊猟歌である。

天皇遊猟内野之時中皇命使間人連老献歌

やすみしし　我が大君の　朝には　取り撫でたまひ　夕へには　い寄り立たしし　御執らしの　梓の弓の　中弭の　音すなり　朝猟に　今立たすらし　夕猟に　今立たすらし　御執らしの　梓の弓の　中弭の　音すなり（1・三）

反歌

たまきはる　宇智の大野に　馬並めて　朝踏ますらむ　その草深野（1・四）

この二首をめぐっては、歌謡的・類型的性格を色濃く持つ三番歌と、清新な抒情性を打ち出す四番歌の「不均衡」[20]が指摘されつつも、二首の作者の位置と三番歌の「今」をどのように統一的に把握すべきかについて様々な論が提出されたが、神野志隆光「中皇命と宇智野の歌」[21]は、二首を統一的に理解しようとする従来の解釈のいずれをとっても解釈に無理が生じることから、二首を統一的に把握しようとすること自体に疑問を投げかけ、二首を別時の作と捉える可能性を提示した。神野志論に対しては、菊川恵三[22]に両首に共通する非現前性——「なり」「らし」「らむ」と推定によって歌う——からの反論があり、また鉄野昌弘「初期万葉の〈抒情〉試論——中皇命『宇智野の歌』をめぐって——」[23]が、三、四番歌を歌謡性を含み持ちつつ抒情詩へと一歩を踏み出した性格において二首を捉えるのも、従来の議論とは別次元で二首を統一的に捉えようとする論である。しかし、梶川信行「《初期万葉》の『反歌』」[24]が指摘するように、三番歌に「固有名詞や地名、季節の景物などが詠み込まれていない」ことは重視する必要がある。この特徴は、『万葉集』の長歌が、「地名の提示→情景の描写」をもって始まる様式性を強固に持つことに照らし合わせたとき、やはりきわめて特殊なあり方と言える。それを「どの天皇のどんな季節の狩猟においても（中略）使用が可能」（梶川論）とまで言いうるかどうかは別として、遊猟の地を「宇智の大野」と限定し、「朝踏ます」と時間を限定的に歌う四番歌とは、――たとえその成立が同時同所であったとしても――質を異にする歌と見るべきである。三番歌の表現の持つ非個別性と四番歌の表現の持つ個別性との落差は、両歌を一作品と見るには決定的に過ぎるだろう。

二首の主題について見ると、四番歌の「宇智の大野」「その草深野」に込められた豊猟を予祝する古代的心性[25]からすると、二首の歌は豊猟の予祝という共通の主題を持つと言える（前掲鉄野論）。しかし、主題の共通性も二首が一組で一作品をなすことの保証とはならない。三山歌の一四番歌と一五番歌が征旅の安全を願う心において共通しつつも、歌としては別々の歌であるのに似て、三番歌は歌謡的・類型的な長歌の形式において、四番歌は古代的な心性を湛えつつも清新な短歌の形式において、天皇の猟の豊猟を予祝する別個の歌であると捉えることが求められよう。

宇智野遊猟歌の二首も、舒明朝の遊猟にまつわる歌として一緒に記憶され、伝えられてきた二首の歌が、長歌形式の歌を先行させる形で長反歌として記定されたものと捉えられる。その際、三山歌とは異なり、「遊猟内野之時」と短歌である四番歌の内容による題詞によってまとめられたのは、四番歌のもつ表現の個別性ゆえと考えられる。また、「使間人連老献」と歌を献上した人物を記す異例の題詞は、先掲菊川論が強調する両首に共通する非現前性ゆえなのだろう。

五　額田王三輪山歌の「反歌」

先行論においても「長反歌」のあり方に疑問を投げかけられてきた宇智野遊猟歌や三山歌に対して、額田王の三輪山歌は、一七番歌と一八番歌の詞句の近似ゆえに、「長反歌」のあり方にあまり疑問を持たれなかった。

額田王下近江国時作歌井戸王即和歌

味酒　三輪の山　あをによし　奈良の山の　山の際に　い隠るまで　道の隈　い積もるまでに　委曲にも
見つつ行かむを　しばしばも　見放けむ山を　情無く　雲の　隠さふべしや　（1・一七）

反歌

三輪山を　しかも隠すか　雲だにも　情あらなも　隠さふべしや　（1・一八）

右二首歌山上憶良大夫類聚歌林曰　遷都近江国時　御覧三輪山御歌焉　日本書紀曰　六年丙寅春三月辛酉朔己卯遷都于近江

綜麻形の　林の前の　狭野榛の　衣に著くなす　目につく我が背　（1・一九）

右一首歌今案不似和歌　但舊本載于此次　故以猶載焉

確かに一七番歌の「情なく　雲の　隠さ際べしや」と一八番歌の「雲だにも　情あらなも　隠さふべしや」とは非常に類似した表現であり、先述した二例に比べると、長歌と「反歌」との近親性が覗われるのだが、詞句の類似のみに目を奪われることなく歌表現の全体を詳細に見るとき、三輪山歌においても、一八番歌が反歌であるかどうか疑問が持たれる。

注意すべきは、一七番歌と一八番歌の表現が表し出してくる歌の時点・地点の相違である。一七番歌においては、「山の際に　い隠るまで」「道の隈　い積もるまでに」と歌われ、「見つつ行かむを」「見放けむ山を」と、助詞「まで」と助動詞「む」によって、歌の時点から未来へと向かう志向が見られ、一七番歌が表し出している時点は、三輪山から奈良山へと向かう時点であると見られる。しかも、「委曲にも　見つつ行かむ」と、三輪山を委細に見ながら行くことを未来の事柄として歌う表現からは、三輪山をそう遠く離れていない地点を想定すべきである。[26] 一方、一八番歌はどうか。それを直接に明示する表現は見られないが、「雲だにも」の持つ意味合いを考えてみる必要がある。この「雲だにも」については、何との対比において「せめて雲だけでも」と言っているのかが問題となり、大和を置いて近江へと移る「人」の無情さが含意されるとする理解の他、三輪山を隠す雲を大和の国魂の神威の発現と見て、自らを隠そうとする三輪山との対比において「せめて雲だけでも」と言うのだとする理解も見られるが、三輪山を無情にも隠して見えなくしてしまうだろう奈良山との対比において「せめて雲だけでも」と言っているとする理解[27]が説得力を持つと考える。人の無情説によった場合、大和を置いて他国へと向かう人の無情と、三輪山を隠し続ける雲の無情との間には、無情の内実に大きな隔たりがあり、「無情」という抽象的な概念によってのみ対比されることとなる。三輪山を隠す雲と対比されているものは、やはり三輪山を隠して見えなくするものを想定すべきだろう。三輪山説によった場合は、三輪山を隠す雲を神威の発現と見ることと「雲だにも　情あらなも　隠さふべしや」と歌うこととの間に矛盾を生じてしまう。奈良山を大和の「見納め山」[28]として、奈良山に隠れて三輪山が見えなくなるのは如何ともしがたいが、せめて雲だけでも…と雲に訴えかける表現と捉えるべきである。そのような一八番歌が表し出している歌の時点は、今まさに奈良山を越えようとしている時点こそが相応しい。このように一七、一八番歌の表現が表し出している地点・時点を見ると、両者はかなり異なっていることになる。人麻呂の長歌作品には、長歌と反歌の時点をあえてずらすことによって、立体的な時空を構成するものが見られる（石見相聞歌、吉備津采女挽歌など）が、この一七、一八番歌に見られる歌の時点の相違を、人麻呂の長歌作品のような意図的な構成と見ることはできない。

二首に共通する「隠さふべしや」に見られる抒情の相違にも注意しておきたい。それは端的に言って切迫感の相違である。一八番歌が「しかも隠すか」と雲が三輪山を隠していることを明言するのに比して、一七番歌にはそれを明言する箇所が見られない。集中の「べしや」の検討からは、一七番歌の「隠さふべしや」も雲が三輪山を隠している眼前の現実に向けられた批判的願望と見るべきであるが、その現実を「しかも隠すか」と明言する一八番歌との落差は確実である。さらに一七番歌の「隠さふべしや」は、先述のように歌の現在から未来へと向かう意識に包まれているために、切実な願いではあっても、一八番歌の持つ切迫感は感じられない。それに対して、「しかも隠すか」と歌い、「雲だにも」「情あらなも」と最小限の願いとして雲に訴えかける叙述の先に置かれる一八番歌の「隠さふべしや」には、今を逃してはもう二度と三輪山を見られないかも知れない切迫感に満ちている。そうした切迫感の歌われる地点としては、奈良山における三輪山との最終的な決別の地点が相応しい。一七番歌と一八番歌は、その抒情の落差からも、表現の表し出す時点の相違からも、異なる二首の歌と見るべきである。

一九番歌にも触れておこう。左注に「今案不似和歌」とされる一九番歌が崇神記などに見える三輪山伝承を踏まえて、まさに三輪山を歌う歌であることは、佐竹昭広「蛇聟入の源流」(29)の説くところであるが、そうした伝承が想起され機能する地点、「綜麻形の林のさきの狭野榛」と歌い、野榛の色が「衣につく」と歌う地点は、身﨑壽(30)も説くように、「三輪山近傍の、三輪山をまぢかに展望できる」ような地点だろう。一九番歌の「和歌」性については、三輪山が見えないことを歌う一七、一八番歌に対して、「目につく」と応じたともされるが、それは一九番歌が「和歌」であることを前提とした理解であり、その前提を取り払って読んだ場合には、「目につく」と歌われる地点は、三輪山が間近に見える地点と考えるのが自然である。三首の歌は、三輪山に別れを告げて近江へと下ってゆく――それが近江遷都によるものとは題詞は語らない――時の、別個の三首であったと見るべきである。

先述のように、一七番歌に対する一八番歌は、天智朝以前の反歌の確例と目されてきたのだが、右のように捉えた場合、一八番歌もやはり伝承の過程では反歌ではなかったものが、歌を記定する目――長歌と短歌とが一緒に記憶されている場合、長歌を先立て、短歌を「反歌」として記定するという認識――によって「反歌」となったものということになる。

以上、初期万葉の「反歌」を通覧してきたが、先行論に元来反歌ではなかったとされる歌はもちろん、天智朝以前の反歌の確例とされてきた三輪山歌の「反歌」も含めて、初期万葉の「反歌」は、歌が記定され、集として編まれる時代以降の所産であることが確認できるのである。と同時に、これまで額田王の三輪山の歌を反歌の嚆矢と見て、反歌は長歌の繰り返しとして始まり、人麻呂以降の、長歌と対峙し拮抗するような反歌へと発展してゆくとする反歌史の通説も見直す必要があることも確認できるだろう。

六　反歌の成立――人麻呂の反歌――

反歌の成立を、その萌芽も含めて、天智朝以前に見ることはできないこと、また、反歌が長歌末尾の繰り返しから始まり、人麻呂の反歌へと発展を遂げるという発展史観的な反歌史を描くことには問題があることを確認してきた。ここでは、本書の趣旨からは少し外れるが、反歌の成立について考えておく必要があろう。

先述のように初期万葉の「反歌」を、長歌と一緒に記憶された別個の歌とした場合、天武朝の長歌に「反歌」が一例も見られないことも無理なく説明でき、反歌史に不連続はなくなる。そして持統・文武朝の長歌に目を向けると、「反歌」頭書の反歌が人麻呂に一五例二〇首、置始東人に一例一首、鴨君足人に一例二首、「短歌」頭書の反歌が人麻呂に八例一八首、置始東人に一例一首、作者不明（「藤原宮御井の歌」）一例一首と、突如として爆発的に反歌形式が登場することになる。

人麻呂作歌に見られる反歌の方法については、これまで多くの論が重ねられており、長歌と短歌という、出自を異にし、表現性を異にする形式の有機的な連関によって、時間・空間が展開・重層し、厚みを持った抒情が形成される様相が論じられてきており、『万葉集』の反歌は、そうしたきわめて文芸的な方法意識において、人麻呂（とその時代）が「創始」したと捉えるのが正当であると考える。そのように捉えてはじめて、先掲吉井論の指摘する反歌の衰退史観にも正しく答えられるものと考える。

人麻呂作歌の反歌については、稲岡耕二「人麻呂『反歌』『短歌』の論――人麻呂長歌制作年次攷序説――」[31]が、作歌年次の明確な人麻呂長歌に「反歌」頭書から「短歌」頭書へという傾向が見られ、表現面でも、「反歌」頭書の反歌が長歌に密着し、長歌末尾の繰り返し的な性格を持つのに対して、「短歌」頭書の反歌は、複数反歌への志向を持ち、長歌から独立的で自由な表現性をもって長歌と向き合う傾向が見られることを論じている。稲岡論は人麻呂長反歌作品の周到かつ詳細な検討の上になされており、「短歌」頭書が人麻呂の長歌・短歌という形式への洞察を深めた結果であることは間違いないが、「反歌」頭書の反歌は、長歌に密着する性格は有していても、決して長歌末尾の繰り返しではない。その一々を検討する紙幅はないが、人麻呂における反歌の「創始」の形を確かめるために、ここでは人麻呂歌集の反歌に注目してみたい。人麻呂歌集歌には反歌が一例見られるが、反歌史を扱う論ではこれまであまり顧みられなかった。

柿本朝臣人麻呂歌集歌曰

葦原の　水穂の国は　神ながら　言挙げせぬ国　しかれども　言挙げそ我がする　言幸く　真幸く座せと
恙みなく　幸く座さば　荒磯波　ありても見むと　百重波　千重波にしき　言挙げす我は　言挙げす我は

反歌

敷島の　大和の国は　言霊の　幸はふ国そ　真幸くありこそ　（13・三二五四）

この長反歌については、山上憶良の好去好来歌（5・八九四）との類似をもって、大宝二年（七〇二）の遣唐使派遣に際して歌われた歌かという推測もなされている。[32] 人麻呂作歌との先後関係に関わって重要であるので、はじめにその点に触れておきたい。

三二五四番歌は確かに好去好来歌と共通する詞句が見られ、また「荒磯波　ありても見む」「百重波　千重波にしき」と波が枕詞や比喩として用いられることも、遣外使を送る歌と見られる要因である。しかし、右の歌の表現をそのままに受け取った場合、はたして大宝二年の遣唐使派遣に際しての歌と見られるかどうかには疑問がある。以下にその理由を列挙する。第一点は、好去好来歌が「大命　戴き持ちて　唐の　遠き境に　遣はされまかり座せ」と遣唐使の派遣を直接に表現する箇所を持つのに対して、右の歌は「葦原の瑞穂の国」「敷島の大和の国」のことは歌うが、国外への旅を思わせる表現は見あたらないことである。波が比喩として用いられるのも、幾重にも立つ波が繰り返しの比喩となるのは万葉歌では通常のことであって、それをもって遣外使を想定することはできない。船旅と結びつける場合も、国内の船旅も十分に想定しうる。第二点は、やはり好去好来歌との比較において、旅人の「幸く」あることを保証するものが全く異なっていることである。好去好来歌では、「言霊の幸はふ国」は冒頭部で自国を幸いに満ちた国として提示する文脈に見られ、船旅の安全は「言霊」によってではなく、「大御神」たちの先導・随伴によって保証される。これは「言霊の幸はふ国」の外に出かけるのだから当然なのだが、右の歌の長歌では「言挙げ」が、反歌では「言霊」が旅人の安全を保証するのであり、国外への旅よりもむしろ、国内の旅をこそ想定すべきである。第三点は、第一点と関わって、歌にどのような状況が詠まれているのかが明確に把握できないことである。大宝二年といえば人麻呂の活動時期としても後期に属するが、その時期の歌としては、歌の表現が固有の状況をあまりにも表し出していない。第四点として形式面を見ると、右の長歌が最後の繰り返し部を含めても十六句という小長歌の形式をとることが挙げられる。人麻呂の長歌作品の中では献新田部皇子歌が十一句よりなる小長歌の形式を持つが、それも「人麻呂にしては著しく簡素な讃歌と言える」（『全注』西宮）、「人麻呂にはめずらしい」（『釋注』）と言われるように、非常に例外的なものであって、その他の人麻呂作歌の長歌作品と比べると、右の歌がむしろ初期万葉に見られる小長歌に近い形式を持つことは否定できない。さらに長歌末尾の「言挙げす我は」の繰り返しは、古体を残存させた形式と見られる。以上のような諸点を勘案すると、右の歌の背景として遣唐使のような遣外使節の派遣を想定するべきではなく、国内の旅に旅立つ夫を見送る妻の立場での歌だろう。成立時期も大宝二年の歌とは考えられず、内容面や形式面に見られる古体から推して、人麻呂作歌に先行する作品として捉えるべきものと考える。

成立事情の検討に紙幅を費やしたが、成立時期をそのように考えると、右の歌は人麻呂における最初の反歌の例となる。長歌と反歌の関係に目を向けると、まず主題面では、旅立つ者の安全を祈るという主題によって統一されており、歌の表現が表している時点も、旅立つ者を見送る時点で統一的に把握できる。長歌と反歌とは一つの作品として構想されていると見てよいだろう。

そして、反歌が長歌の単なる繰り返しとなっていないことには注目すべきである。長歌では「葦原の瑞穂の国」と歌われる国が、反歌では「敷島の大和の国」と歌われている点である。「葦原の瑞穂の国」は、『古事記』等に見られる神話的な呼称であり、「敷島の大和の国」は歌の世界での呼称と言いうる。また、長歌と反歌では、

「言霊」をめぐる認識の違いも認められる。長歌においては、「葦原の瑞穂の国」は「神ながら言挙げせぬ国」とされるのに対し、反歌では「敷島の大和の国」は「言霊の佐くる国」と歌われるのである。この二点の相違は相互に関連し合うものであり、伊藤益[33]が、

神代の日本国(「葦原の瑞穂の国」)に、「神ながら」の道が浸透する国、貫流する神意によって人間の願望が達せられている国であり、それゆえ、そこでは、ことさらなる言挙げは不要とされたけれども、一方、人代の日本国(「敷島の大和の国」)は、かならずしも神意のままに人間の願望が実現されるわけではない状況にあり、それゆえ、そこでは、時としてことさらなる言挙げが必要となる、という認識が、自らを人の代に生きる人草として観ずる人麻呂に対して、立場の転換を迫ったのではなかったか、と考えられる。

と述べるのが、その違いをほぼ言い当てている。ここで伊藤が長歌と反歌との間に「転換」を見ていることは重要である。ただし、「自らを人の代に生きる人草として観ずる人麻呂に対して…」という発言が、長歌の形で歌った後、自らの生きる時代を顧みて反歌の形に「転換」したと捉えているなら、その見方には与しない。両者の違いは長歌と短歌という形式の相違が要請する「転換」であったと捉えるべきである。長歌は長歌形式の持つ叙事性や儀礼的性格の中で、反歌は短歌形式の持つ抒情的表現性の中で、それぞれ旅の安全を祈る心に形を与えているのであり、その両者が長反歌形式において対峙するところに「転換」が実現されるのである。そこに現れるのは長歌と反歌との分裂ではない。神意の貫流する「神ながら」の世界である「葦原の瑞穂の国」と、「言霊の幸はふ国」である「敷島の大和の国」との重層によって、旅人の安全は二重に守られるのである。

この人麻呂歌集の反歌を見ると、人麻呂において反歌は、長歌の繰り返しとして始まったのではなく、長歌からの「転換」を持ち、長歌とは異なる形式において長歌に対峙し、その両者がいわば弁証法的に止揚されたとこ

ろに作品が成り立つようなあり方でもって始まっていることが確認されよう。

七　「反」字の用法と「反歌」の語義

ここで「反歌」という語自体の意味について検討してみたい。先行論には「反歌」と「反辞」との類似に着目するものや、読みに関するものは見られるが、「反歌」が『万葉集』中でどのような語義・ニュアンスを持つ語であるかの検討はあまりなされていない。

題詞、左注等に見られる「反」は次の四例である。

a　令反或情歌一首并序（5・八〇〇　題詞）

b　…以歌令反其或…（5・八〇〇　序）

c　十二年庚辰冬十月依大宰少貳藤原朝臣廣嗣謀反發軍　幸于伊勢国之時河口行宮内舎人大伴宿祢家持作歌一首（6・一〇二九　題詞）

d　或本以件歌為後皇子尊殯宮之時歌反也（2・一六九　左注）

dは草壁皇子挽歌の反歌である一六九番歌が、或本では高市皇子挽歌の「反」として載っていることを示しており、「反歌」と同義の「反」と見られる。abはいずれも憶良の「令反或情歌」の例であり、父母・妻子をかえりみず、修行得道に精を出す男の思い違いを、歌を以て思い直させるという文脈で用いられる。cは天平十二年（七四〇）に藤原広嗣が大宰府で蜂起した藤原広嗣の乱を指す例である。

歌の表記では、訓字「反」は、カヘス（返）、カヘル（返）、カヘル（帰・還）の表記例が多く見られ、その他に、ナホ、モミツ、コイマロブ、コイフスの表記としても用いられる。カヘス（返）の例では、

「袖吹反《そでふきかへす》」（1・五一）、「絡反《くりかへし》」（7・一三一六）、「事不反《ことかへさずそ》」（11・二四三〇）、「袖反之者《そでかへししは》」（11・二八一二）、「袖反《そでかへす》夜之《よの》」（11・八一三）、「袖折反《そでをりかへし》」（12・二九三七）、「折反《をりかへし》」（13・三三七四）、「反賜米《かへしたまはめ》」（16・三八〇九）に見られるように、袖を折り返す例が多く、その他、袖の翻り、後戻りできぬ恋、下衣の返還といった文脈に見られるカヘスの表記となっている。他動詞カヘスに対する自動詞としてのカヘル（返）では、「反見為者《かへりみすれば》」（1・四八）、「又變若反《またをちかへり》」（6・一〇四六）、「出反等六《いでかへるらむ》」（7・一〇八〇）、「吹反者《ふきかへらば》」（10・二〇九二）、「死反《しにかへらまし》」（11・二三九〇）、「又若反《またをちかへり》」（11・二六八九）、「又若反《またをちかへり》」（12・三〇四三）、「反乍《かへりつつ》」（7・一三八九）、「松《まつ》反《がへり》」（9・一七八三）、「反羽二《かへらばに》」（12・三〇三五）に見られるように、若返りを言う「をちかへり」の例が目立ち、その他「かへり見」、生き返り、翻る波といった例が見られる。総じて、ある方向の動きやある状態に対して、逆方向の動きや状態が示されているようである。『説文』には「反、覆也」とあり、「覆」は『説文』に「覂也」、『類篇』に「倒也」とあって、クツガエル・ウラガエルの意と見られる。題詞・左注の例も含めて、カヘス・カヘル（返）の表記としての「反」はそれに通じる意を持つと見られる。

カヘル（帰・還）の表記の例は、「人者反而《ひとはかへりて》」（2・一四三）、「飛反来年《とびかへりこね》」（2・一八二）、「反居者《かへりいば》」（2・一八七）、「又反将見《またかへりみむ》」（7・一一〇〇）、「吾反将見《われかへりみむ》」（7・一一三三）、「反来吾背《かへりこわがせ》」（7・一一七〇）、「見反将来《みてかへりこむ》」（9・一六七〇）、「吾将反哉《われかへらめや》」（9・一七六〇）、「反来嘗跡《かへりきなむと》」（12・三一三八）、「又反見《またかへりみむ》」（13・三二四〇）、「又反見《またかへりみむ》」（13・三二四一）、「復去反《またゆきかへり》」（13・三三〇二）、「反嘗不知《かへりもしらず》」（13・三二七六）と、「またかへり見む」の例が目立ち、旅の帰りの例が目立つことが指摘しうる。「往反道之《ゆきかふみちの》」（12・三〇三七）も類例として挙げ得る。ここでも「反」字が逆方向への動きを示すことが確認できよう。それは憶良の「沈痾自哀文」の「…曽子曰　往《ゆき》而《て》不反《かへらぬ》者《ものは》年《とし》也《なり》…」にも見ることができる。『戦国　衛策』の「至竟而反」の注に「反、還也」とあり、『孟子』「盡心下」の「君子反経而已矣」の注に「反、帰也」とあるのなどが参照される。

「反《なほ》戀《こひにけり》」(7・一三〇六)、「反《なほ》吾《わが》上《うへ》尓《に》」(11・二五六一)、「乱《みだれ》而《て》反《なほも》」(11・二六一〇)は「反」字を副詞ナホの表記とするもので、『篆隷萬象名義』に「本也、難也、習也」とある「本也」がタチカエル・モトニカエル意であることによって説明されるが、内田賢徳「副詞ナホの用法と訓詁」(34)は、三例をいずれもサラニと訓み、「事アタラシウ」(かざし抄・さらに)のニュアンスを読み取るべきことを主張している。「秋山に　黄《も》反《みつ》木葉《このは》乃《の》」(8・一五一六)とモミツの表記となっている「反」字は、『列子』「仲尼」の「回能仁而、不能反」の注「反、変也」に見られるように、「反」字が変化を意味する例である。コイマロブ(9・一七四〇、一七八〇)・コイフス(12・二九四七　左注或本歌句)を「反側」で表記するものは、『詩経』「小雅」の「以極反側」の箋に見られる「反側、輾転也」による表記である。その他では、反切による訓みの注記の例が五例見られる(5・八九四、16・三八一七、三八三九、三八五三)。

右のような『万葉集』中の「反」字の用法からは、「反」字に「繰り返し」の意や、「要約」の意を見出すことはできず、ある動きや状態に対して、変化を伴って、それと逆方向の動きや状態が発生する意、と大まかに捉えることができる。そうした「反」字の字義からは、「反歌」とは、長歌の流れをとどめ、長歌とは異なる形式と、それゆえの異なる表現性をもって、長歌と対峙する歌に対して与えられた名称と言い得るだろう。この「反歌」の語義は、先に見た人麻呂作歌、人麻呂歌集の反歌の持つ性格と符合する。「反歌」という呼称は、人麻呂(とその時代)が、長歌に短歌をつがえるという斬新な方法に対して与えた、簡潔かつ適切な名称だったのである。

八　おわりに——初期万葉をどう見るか——

初期万葉の「反歌」は、「反歌」という用語を伴って長反歌形式が誕生した人麻呂の時代から、振り返る形で見出されたものである。しかしそれを後世的な目による「誤認」と見るべきではなかろう。個性や斬新さが価値を決定する現代とは異なり、古さや伝統こそが今を価値付ける時代にあって、自らの時代の生み出した表現のルーツを、記憶され伝承されてきた歌々の中に見出したのが、初期万葉の「反歌」であると捉えたい。成立の新しさが指摘される軍王作歌や崗本天皇御製歌についても、『万葉集』はそれらを自らの時代の先蹤として置くのであって、そこに反歌のルーツを設定しているということになる。

内田賢徳「初期万葉論」(35)が初期万葉を「人麻呂の時代が回想する人麻呂の以前」と捉えることは参考となる。筆者もかつて有間皇子自傷歌をめぐって、初期万葉の歌を、天武・持統朝の「時代の記憶」として捉えるべきことを述べたことがある。(36)回想・記憶は、過去に関わるものでありつつ、基本的には回想し記憶している現在に属するものである。そこでは時は過去から現在へと流れるのではなく、むしろ現在を基点として過去へと遡行してゆく。したがってそこでの文学史は、現在から過去へと溯る形で把握されなければならない。天武・持統朝が、我々には認知不能な時の記憶を、自らの時代の歌世界を根拠づけ、価値付けるルーツとして記定し、歴史的な目をもって集として編んだ、それが『万葉集』の初期万葉の歌なのだろう。

【注】

（1）澤瀉久孝・森本治吉『作者類別年代順　萬葉集』（新潮社・一九三二）。

(2) 稲岡耕二「声と文字序説――人麻呂歌集古体歌の時代――」(『声と文字　上代文学へのアプローチ』塙書房・一九九九)など。
(3) 梶川信行「八世紀の《初期万葉》」(『上代文学』80号・一九九八)。
(4) 五十嵐力『國歌の胎生及び発達』(早稲田大学出版部・一九二四)。
(5) 折口信夫『日本文學の發生　序説』(斎藤書店・一九四七、『折口信夫全集　第七巻』所収)、森重敏「反歌としての短歌の成立過程」(『萬葉』35号・一九六〇)、本田義寿「万葉集における『長歌+短歌』の様式」(『奈良大学紀要』4号・一九七五)など。
(6) 稲岡耕二「反歌史溯源」(『万葉集の作品と方法』岩波書店・一九八五)。
(7) 稲岡耕二「人麻呂『反歌』『短歌』の論――人麻呂長歌制作年次攷序説――」(『萬葉集研究　第二集』塙書房・一九七三)。
(8) 神野志隆光「中大兄三山歌」(『セミナー万葉の歌人と作品　第一巻　初期万葉の歌人たち』和泉書院・一九九九)、身﨑壽『額田王　萬葉歌人の誕生』(塙書房・一九九八)など。
(9) 吉井巖「反歌攷序説」(『萬葉集への視角』和泉書院・一九九〇、初出一九五八)。
(10) 身﨑前掲(注8)書。
(11) 梶川信行「《初期万葉》の『反歌』」(『語文』103輯・一九九九)。
(12) 稲岡耕二「軍王作歌の論――『遠神』『大夫』の意識を中心に――」(『國語と國文学』50巻5号・一九七三)。
(13) 曽倉岑「万葉集巻四『岡本天皇御製一首』――長歌の成立時期について――」(『青山語文』8号・一九七八)。
(14) 注7に同じ。
(15) 神野志前掲(注8)論。
(16) 先掲稲岡(注7)論には、一四番歌が反歌と見られないことの明確な根拠は示されていない。
(17) 梶川信行「七世紀の〈三山歌〉と八世紀の《三山歌》と――「三山歌」をどう読むか――」(『語文』100輯・一九九八)は、大和における歌垣を母胎とする妻争いの歌謡と推定する。

(18) 神野志隆光「羈旅歌八首をめぐって」（『柿本人麻呂研究』塙書房・一九九四）。
(19) 伊藤博『萬葉集全注　巻第一』（有斐閣・一九八三）は、土地の「伝説」を歌うことが土地（地霊）を讃美（魂振り）につながることから、「三山歌も、根源的には行路安全の祈誓歌であっただろう」とする。
(20) 西郷信綱『萬葉私記』（未来社・一九七〇）。
(21) 神野志隆光「中皇命と宇智野の歌」（『万葉集を学ぶ　第一集』有斐閣選書・一九七七）。
(22) 菊川恵三「中皇命の宇智野遊猟の歌」（『セミナー万葉の歌人と作品　第一巻　初期万葉の歌人たち』和泉書院・一九九九）。
(23) 鉄野昌弘「初期万葉の〈抒情〉試論――中皇命の「宇智野の歌」をめぐって――」（『声と文字　上代文学へのアプローチ』塙書房・一九九九）。
(24) 注11に同じ。
(25) 注21に同じ。
(26) 身﨑前掲（注8）書も同様の観点から一七番歌が未来を歌うことに注目する。
(27) 稲岡耕二「雲だにも情あらなも――声の文化と〈自然〉――」（『高岡市万葉歴史館紀要』3号・一九九三）。
(28) 伊藤博「石見相聞歌の構造と形成」（『萬葉集の歌人と作品　上』塙書房・一九七五）。
(29) 佐竹昭広「蛇聟入の源流」（『國語國文』23巻9号・一九五四）。
(30) 身﨑前掲（注8）書。ただし身﨑が一七～一九番歌の全体を三輪山近傍の地点を〈場〉とする歌と捉える点は、本稿の理解と異なる。
(31) 注7に同じ。
(32) 太田善麿「『言霊』考――万葉集に見出される言語意識（その一）――」（『東京学芸大学研究報告』5集・一九五三）。西郷信綱「言霊論」（『詩の発生』未来社・一九六〇）など。
(33) 伊藤益『ことばと時間　古代日本人の思想』（大和書房・一九九〇）。
(34) 内田賢徳「副詞ナホの用法と訓詁」（『上代日本語表現と訓詁』塙書房・二〇〇五、初出一九九九）。

(35) 内田賢徳「初期万葉論」(『セミナー万葉の歌人と作品　第一巻　初期万葉の歌人たち』和泉書院・一九九九)。
(36) 拙稿「〈講演〉有間皇子自傷歌を考える」(『〈高岡市万葉歴史館叢書17〉悲劇の皇子・皇女』二〇〇五)。

IV

比較文学的アプローチ

『万葉集』は、七、八世紀の東アジアにおけるグローバル化の中で形成された歌集である。すべて漢字で書かれているという事実が、何よりもそれを雄弁に物語っている。『万葉集』は、海彼の文化をどのような形で受け入れつつ形成されたのか。契沖以来、営々と積み上げられて来た出典研究をより深化させるためにも、研究の国際化をなお一層推し進めて行かなければならない。

記紀歌謡から初期万葉歌への変遷に見る外来思想

――「国見歌」と「望祀詩」の比較を中心に――

孫　久富

一　はじめに

民間習俗・行事に端を発した記紀歌謡の「国見」より、国家政治が盛り込まれる宮廷祭祀儀礼歌としての初期万葉の「国見歌」への変遷には、内容的、思想的な飛躍が認められる。従来の研究は、基本的に国見歌に対する遡源と歌性質の分析及び国見歌の形成に対する追跡を繞って展開されてきた。昭和七年、折口信夫が国見の起源を日本古来の民俗行事に求め、国見の性質を「来訪神（マレビト）による神詔の宣下と祝福」だと指摘し[1]、その延長線に三谷栄一の来訪神のマレビトが戌亥からの祖霊神だという論がある[2]。この両論に対して、昭和二十三年吉田義孝は国見の起源が宮廷の祭祀行事にあると指摘し、またその宮廷の祭祀行事が民間に浸透してはじめて記紀や風土記などの古典に国見の説話が多く登場してきたという異論を唱えた[3]。三氏の論説を綜合して且つ進展させたのが土橋寛である。先行研究を詳述した上で、国見をめぐる民間行事と民間習俗の資料を詳細に例示し、また中国の望祀及び神話伝説にも触れながら、国見と歌垣との関係、国見の起源としての春山入り、花見、御岳参り、山遊び、山人の儀礼、タマフリ、鎮魂等を考察して、国見の政治的意義を天皇の国見歌を通して解き明かした。(4) その後、国見歌の表現構造を分析して、王朝交代論の視点から国見歌を景物列叙、対象称揚という二型に分けた森朝男の論が発表され、(5) その論を受けて川口勝康は国見歌の史的展開の道筋を追跡した。(6) そのほかに青木周平、内田賢徳、神野富一、古橋信孝らの論考もある。(7)

右に掲げた諸論は、国見歌の起源と成立に対する追跡及び国見歌の性質と政治的意義をめぐる分析の面で、少なからぬ卓見が出されている。小論もそれより示唆を受けるところが多い。但し、ここで指摘しておきたいのは、即ち時代や社会の進展を伴う国見歌の変貌に、中国古代「望祀儀礼」と「望祀思想」の浸潤もあったということである。その点では、国見歌の考察に「望祀」を視野に入れた吉田義孝と土橋寛の論考は注目に値するが、聊か不足に感ずるところがあるとすれば、即ち両者の考察はいずれも国文学的研究の立場から行われたもので、比較文学的研究の視点から「国見」と「望祀」との関係を究明するものではない。それゆえ両論に引かれている「望祀」についての中国古代資料は限られたものだけでなく、「望祀」の起源及びその伝承・沿革に対する論述も充分だとは言えない。特に「望祀」と「国見」が民間行事から宮廷祭祀儀礼に変貌する過程において、「望祀」を詠む詩と「国見」を詠む歌がどのように変化し、また両者の間に存在する受容関係乃至双方の共通点と相違点についての考察も、詳細に行われていない。その不足を補うのが、本論の主旨である。

二　「望祀」の遡源と資料の追跡

「望祀」の源流は「方望」または「方祀」で、その発祥は殷王朝に遡れる。甲骨文に「貞、方帝」、「辛酉卜、亘貞、方帝、卯一牛」[8]等の卜辞があり、その「帝」は即ち「禘」（祭りの名）で、「方帝」は、ほかならぬ「四方の神明を祭る」意味である。「方禘」という行事は、本来雨乞いや豊年祈願のために行われた場合が多い。甲骨文に「丁丑貞、其寧雨于方」[9]等があり、王が風朝雨順を四方の神に祈願したことを記録している。この種の祭祀行事は、殷以降の周にも受け継がれる。

以我斉明、與我犠羊、以社以方、我田既臧。農夫之慶、琴瑟撃鼓、以御田祖、以祈甘雨。

（『毛詩・小雅・甫田』）

周王が土地の神・四方の神を祭る「祈年之歌」である。『毛詩正義』では「社、后土也。方、迎四方気於郊也」と注し、鄭玄が「以絜齊豊盛、與我純色之羊、秋祭社與四方、為五穀成熟、報其功也」と箋する。即ち「秋の季節に、土地の神、四方の神を祭るために、祭祀用の器に黍稷や犠牲を盛り、琴瑟を弾き、太鼓を打ち鳴らし、農神を迎えて雨乞いの儀式を行い、以て五穀豊穣を祈り、一族の民を養えるよう祈禱する」のが、詩の趣旨である。「以社以方」（土地の神、四方の神を祭る）という祭祀儀礼は、従来より「方望」「方祀」「望祀」等と称されて、天子が行う「郊祀儀礼」の重要な内容である。かかる祭祀儀礼を詠む最も古い詩作としては、以下の例も挙げられる。

饁彼南畝　田畯至喜　来方禋祀　以其騂黒　與其黍稷　以享以祀　以介景福。

（『毛詩・小雅・大田』）

祈年孔夙　方社不莫　昊天上帝　則不我虞　敬恭明神　宜無悔怒。……

（『毛詩・大雅・雲漢』）

「大田」では「南畝で田の祖神に飲食を供すれば、田の祖神の尸がやって来て飲食する。四方の神々を祭り、赤毛の牛、黒毛の牛、もち黍、うる黍を供えば、神々は大いなる幸福を与えて下さる」と詠み、「雲漢」では「祈年の祭りは謹んで行い、土地の神、四方の神の祭りも厳粛に行ったが、昊天上帝は我を助けようとしない。神々を恭しく祭れば、怨みも怒りもないはずなのに……」と嘆いてはいるが、祭祀儀礼としての「望祀」の役割及びその重要性が強調されている。

甲骨文や『毛詩』のほかに、「望祀」のことを具体的に記す古代文献としては、まず『尚書』が挙げられる。その「舜典」には、

正月上日、受終于文祖、璿璣玉衡、以齊七政。在肆類于上帝、禋于六宗、望于山川、徧于羣神……。歳二月東巡守、至于岱宗柴、望秩于山川。

とあり、孔安国の伝では「望于山川、徧于羣神」を「九州名山大川、五岳四瀆之屬、皆一時望祭之。羣神謂丘陵、墳衍、古之聖賢、皆祭之」[10]と注釈している。即ち「正月の吉日に、文祖廟で帝尭から籌（天文の計算書）を譲り受け、璿璣玉衡（天文観測の道具）を在《み》て、七星の運行によって暦を調整した舜が、上帝に臨時の祭祀を挙げ、六宗（天の神々）を祭り、山川の神に望祭し、またあまねく諸々の神を祭った。……正歳の二月に東方に巡守し、岱宗（泰山）に至って柴を焼いてこれを祭り、その地方の山川の神々をその秩序に従ってあまねく祭った」というように、尭に代わって帝位に就いた舜が行った「望祀」の一部始終を記録している。

続いて『春秋』僖公三十一年の条にも、

夏、四月、四卜郊。不従。乃免牲。猶三望。

とあり、文中の「猶三望」の「三望」は、晋の杜預の注「三望、分野之星国中山川、皆因郊祀望而祭之」[11]に拠れば、即ち①空の星、②国中の大山、③国中の大川を眺望して祭ることである。『左伝』では「望、郊之細也」と解し、『公羊伝』では「天子祭天、諸侯祭土。天子有方望之事、無所不通」と釈す。『公羊伝注疏』では「方望」を「謂郊時所望祭四方群神、日月星辰、風伯雨師、五嶽四瀆及餘山川、凡三十六所」と注して、「方望」という

祭祀を行えば、則ち「無所不通」（「盡八極之内、天之所覆、地之所載、無所不至、故得郊也」）[12] となる。右記の諸注釈より「望祀」の内容と意義及びその効能性が覗える。

殷に起源した「方禘」「方望」は、周に「望祀儀礼」として継承され、春秋時代（前八世紀）以降、次第に制度化されて行く。

国有大故、則旅四望。（『周礼・大宗伯』）

国将有事于四望、則前祝。（『周礼・太祝』）

望祀、各以其方之色牲毛之。（『周礼・地官』）

兆五帝于四郊、四望四類亦如之。兆山川丘陵墳衍、各以其力。（『周礼・春官』）

天子祭天下名山大川、五嶽視三公、四瀆視諸侯、諸侯祭名山大川之在其地者。有天下者祭百神。（『礼記・王制』）

天子祭天地、祭四方、祭山川、祭五祀、歳徧。諸侯方祀、祭山川、祭五祀、歳徧。（『礼記・曲礼下』）

八蜡以記四方。四方年不順成。八蜡不通、以謹民財也。順成之方、其蜡乃通、以移民也。（『礼記・郊特牲』）

始皇帝東行郡縣、……議封禅望祭山川之事。乃遂上泰山、立石封祠祀。（『史記・秦始皇本紀』）

上親禅高里、祠后土。臨渤海、将以望祠蓬萊之属、冀至殊庭焉。（『史記・孝武本紀』）

右に掲げた諸文は、いずれも宮廷祭祀儀礼としての「望祀」に関する記述である。

一方、山川、四方の神を祭る「望祀」を行う際に、欠かせないのが「登高眺望」である。その「登高眺望」は、高き山や壇に登って四方の神々を祭り、風調雨順や五穀豊穣を祈禱すると同時に、その後、道家思想や儒家思想の成立を伴って、陰陽五行による風水の観察や君主の国家政治運営の良し悪しに対する観察にもなる。

四坎壇、祭四方也。山林川丘谷陵能出雲、為風雨、見怪物、皆曰神。有天下者祭百神。（『礼記・祭法』）

社所以神地之道也。地載万物、天垂象。取財于地、取法于天、是以尊天而親地也。（『礼記・郊特牲』）

というように、山川丘谷は雲を出し、風雨を為す。百神の居る場所である。天と四方の神を祭るのは、ほかならぬ四方の大地に万物が育まれ、天より吉凶の象（兆候）を垂らしているからである。故に、

賢者之祭也、必受其福。非世所謂福也。福者備也、備者、百順之名也。無所不順者之謂備。（『礼記・祭統』）

祭者、澤之大者也。是故上有大澤、則恵必及下、……故曰、可以観政。（『礼記・祭統』）

即ち「賢者が祭りを行えば必ずその報いの福を受ける。それは世に言う所の福ではない。賢者の受ける福とは備であり、備とは万事が備わって順調なる状態をいうのであり、すべて順調ならぬ所のない状態を備というのである」。その祭祀儀礼は「君主の恩沢の広大であることを明らかにするものであり、広大な恩沢が施されれば、その恩恵は必ず下民に及ぶ。故に祭礼によって君主の政治を観察することができる」。つまり天と四方の神を祭る儀礼は、国家政治と直結し、君主の施政を観察する基準となってきたのである。

一方、「登高眺望」は右記のような役割が果たされているため、当然、君主の偉業の一つとして行われる都城宮殿の造築、その造築時に行う地勢・風水の観測や吉凶の問卜にも繋がる。その源流を辿れば、まず『毛詩』中の「大雅・公劉」、「周頌・般」、「鄘風・定之方中」を挙げることができる。

篤公劉、逝彼百泉、瞻彼溥原。迺陟南岡。乃覯於京。京師之野、於時処処、於時廬旅。（「大雅・公劉」）

於皇時周、陟其高山、嶞山喬岳、允猶翕河。敷天之下、裒時之対、時周之命。（「周頌・般」）

定之方中、作于楚宮。揆之以日、作于楚室。樹之榛栗、椅桐梓漆、爰伐琴瑟。昇彼虚矣、以望楚矣。望楚與堂、景山與京。降観於桑、卜云其吉、終焉允臧。（「鄘風・定之方中」）

右記の詩は、いずれも高き山に登って山川地勢を眺め、神霊を祭り、都城宮室を建造する君主の偉業を謳歌している。『史記・周本紀』によれば、公劉が后稷の曾孫で、古公亶父の第九代の遠祖である。「公劉」の詩は、公劉が十八カ国の諸侯を率いて鴅（陝西省武功県）から幽地（陝西省歆県）に遷し新たに都を造った功績を褒め称え、「般」は周の武王が巡守の際に高き山に登って山川百神を祭る儀式を詠み、「定之方中」は『毛詩序』の解釈「美衛文公也。衛為狄所滅、東徙渡河、野処漕邑。斉桓公攘戎狄而封之。文公徙居楚丘、始建城市而営宮室、得其時制、百姓説之、国家殷富焉」に基づくならば、都城宮室を造営する際に行われた「国見・国褒め」の儀式を詠む詩である。詩中の「昇彼虚矣、以望楚矣。望楚與堂、景山與京」は、明らかに宮室を造営した後に行われた「望祀」（高い山に登って周辺の景観を眺め、神霊の保護を願う祭祀を行なう）である。詩中に衛文公が京堂を望祀した後、楚丘から降って桑社で亀卜を行ない、「吉」の兆しが出たということで、京堂宮室の建設が天意に合致し、国家がこれから栄えて行くことを予祝したのである。

漢王朝に入って、都城宮苑の造築を論評する「賦」の創作が盛んになる。班固が「西都賦」で長安の造営情況を次のように記している。

漢之西都、在於雍州、寔曰長安。左拠函谷二崤之阻、表以太華終南之山、右界褒斜隴首之険、帯以洪河涇渭之川、衆流之隈、汧湧其西。華實之毛、則九州之上腴焉、防御之阻、則天地之隩区焉。是故横被六合、三成帝畿、周以龍興、秦以虎視。及至大漢受命而都之也、仰悟東井之精、俯協河図之霊。奉春建策、留侯演成、天人合応、以発皇明。乃眷西顧、寔惟作京。

文中の「仰悟東井之精、俯協河図之霊」は、明らかに右記の「望祀」の伝統を受け継いでいる。「俯協河図之霊」の「河図」は、即ち黄河に現れた瑞祥の徴である「神亀負図」或いは「龍馬図」のことを指す。その出典を求めれば、まず『周易・繫辞下』に「古者包犠氏之王天下也。仰則観象於天、俯則観法於地、観鳥獣之文、與地之宜。近取諸身、遠取諸物。於是始作八卦、以通神明之徳、以類万物之情」とあり、次に『尚書・洪範』「天乃錫禹洪範九疇。彝倫攸敘」の孔氏伝に「天與禹洛出書、神亀負文而出、列於背、有数至于九。禹遂因而第之、以成九類、常道所以次敘」とあり、次に『古今図書集成・職方典』に「上古伏羲時、龍馬負図出於河、其図之数、一六居下、二七居上、三八居左、四九居右、五十居中。伏羲則之、以画八卦」とある。いずれも伝説中の古帝が地象を観察し「神亀負文」「龍馬負図」を参照して八卦を作った経緯を説いている。(13)

古帝が観測した地象と天象は、ほかならぬ土、金、木、火、水という五行の「相生」「相克」の原理による自然万物の変化と日、月、星、辰による天体運行のことを指し、「神亀負文」「龍馬負図」を基にして作った八卦は、これらの自然現象を人間世界の諸事象と結びつけて、万事の吉凶禍福を占い、未来の運勢盛衰を予測するものである。それゆえに中国古代人は天上の四方と中央の神を「五帝」として祭り、その「五帝」は、五行と天宮五獣及び伝説中の帝王に当てられ、それぞれ四時を司り、天下の政治を分担している。この五帝を郊外において祭る儀式は「郊祀」と呼ばれる。五帝を祭る儀式を行なう際に、まず「天」に象る祭壇を設け、執政者と巫師は祭壇に登り、天地万物の兆候を観察し、四方の百神を祭って風調雨順や五穀豊饒及び天下平安と幸福幸運を祈る。『東漢会要』巻三によれば、「郊祀」を行う際に五帝の居る方位は、次のようになっている。

為圓壇八陛。中又為重壇。天地位其上、皆南郷西上。其外壇上為五帝位。青帝位在甲寅之地。赤帝位在丙巳之地。黄帝位在丁未之地。白帝位在庚申之地。黒帝位在壬亥之地。其外為壝。重営皆紫。以象紫宮。有四通道以為門。日月在中営内南道、日在東、月在西、北斗在北道之西。

「郊祀」の対象としては、五帝のほかに五星、二十八宿星官、雷神、風神、雨神、山川の神等も祭られる。つまり「方望」或いは「望祀」の「望」は、四方の神を祭ることを意味するほかに、五行と日月星辰の運行状態、その運行状態に象る君・臣・民・事・物の状態、即ち「土↓君の象、金↓臣の象、木↓民の象、火↓事の象、水↓物の象、日↓陽の精↓君王の象、月↓陰の精↓臣下の象、五星↓五行の精↓五事得失の象」を観察することも含まれる。「天人合応」という理論の根本は、まさにこれに基づく。即ち天（万物を司る神・上帝）は、瑞祥と災異を通して、その意志を表明し、王道の善し悪しと人間万事の是非によって、奨励或いは懲罰を下す。漢の董仲舒が『春秋繁露・同類相動』で強調する「帝王之将興也、其美祥亦先見。其将亡也、妖孽亦先見。」及び陸賈の『新語・明誡』に記されている「悪政生悪気、悪気生災異。螟虫之類、随気而生。虹蜺之属、因政而見。治道失于下、則天文変于上」等の文言は、いずれも「天人合応」という発想から来たもので、それは人間の思想と行動、とりわけ帝王の人格と執政の好悪を検定する最も重要な基準にもなる。故に瑞祥と災異に対する観察、即ち「登高望祀」は、歴代の君王に最も重要視される祭祀儀礼であると同時に、国家政治を運営する重要な依拠ともなる。

かかる祭祀儀礼は、都を造営する時に限らず、都が築かれていた後もたびたび行われていた。班固が「東都賦」の結び部分に付した「霊台詩」は、そのことを記している。

乃経霊台、霊台既崇。帝勤時登、爰考休征。三光宣精、五行布序。習習祥風、祁祁甘雨。百谷蓁蓁、庶草蕃廡。屢惟豊年、于皇楽胥。

「霊台詩」の元を辿ると、『詩経・大雅・霊台』がその嚆矢である。

経始霊台、経之営之。庶民攻之、不日成之。経始勿亟、庶民子来。王在霊囿、麀鹿攸伏。麀鹿濯濯、白鳥翯翯。王在霊沼。於牣魚躍。虡業維樅。賁鼓維鏞。於楽辟廱。於論鼓鐘。於楽辟廱、鼉鼓逢逢。矇瞍奏公。

漢の鄭玄は「天子有霊台者、所以観祲象、察氣之妖祥也。文王受命而作邑于豊、立霊台」と箋注している。即ち霊台を築くのは、不祥の象を観て、気の妖祥を察するためである。『説文解字』では「台」のことを「台観、四方而高者也」と説明し、『釈名・釈宮室』では「台、持也、築土堅高、能自持也」と解釈する。台を造って天象を観察することは、早くも殷の時代にすでに始まった。劉向の『新序・刺奢』に「紂為鹿台、七年而成。其大三里、高千尺、臨望雲雨」とある。周の時代では、「台」は雲雨の天象を観察するために登るのみならず、次第に「望祀」という儀礼を行う場としても使われていた。「大雅・霊台」は、まさに「台」を築いて周の建国を祝い、「天下安泰」と「万象祥和」を賛美する儀礼歌である。霊台の園内には鹿や鶴がいるばかりでなく、「神池」としての「霊沼」（班固の『西都賦』に「神池、霊沼、往往而在」とある）にも魚が飛び跳ねて、吉祥と調和の景観を呈している。詩に登場する鹿、鶴、魚は、いずれも吉祥を表す霊物である。「詩小序」では「民始附也、文王受命、民楽其有霊徳以及鳥獣昆虫焉。」と解釈している。[14]

以上に見た『毛詩』及び古代文献の「方望」「望祀」及び「霊台詩」に詠まれる「登台望祀」の儀式は、もともと中国の上古時代に広く信仰されていた「山川崇拝」に、その源を求めることができる。『山海経』には、

海内崑崙之虚、在西北、帝之下都。崑崙之虚、方八百里、高万仞。上有木禾、長五尋、大五囲。而有九井、以玉為檻。面有九門、門有開明獣守之、百神所在
（『山海経・海内西経』）。

大荒之中、有山名曰日月山、天枢也。呉姖天門、日月所入。有神、人面無臂、両足反属于頭山、名曰嘘。……西海之南、流沙之濱、赤水之後、黒水之前、有大山、名曰崑崙之丘、有神……処之
（『山海経・大荒西経』）。

と記してあり、高き山は即ち日月の入る所で、百神或いは神霊の居る場所である。かかる信仰は『淮南子・地形

訓』にも記されている。

崑崙之邱、或上倍之、是謂涼風之山、登之不死。或上倍之、是謂懸圃、登之乃霊、能使風雨。或上倍之、乃維上天、登之乃神、是謂太帝之居。

高き山に対する憧憬に根ざす山岳信仰が古代に広く存在していたために、歴代の君王に、高き山に登ることを「帝王」になる必須の条件或いは政治の安定と国運の興隆を招く祭祀儀礼として重視していたのである。『毛詩・秦風・終南』はそのことを詠む作品である。

終南何有　有條有梅。君子至止、錦衣狐裘。顔如渥丹、其君也哉。終南何有、有紀有堂。君子至止、黻衣繡裳。佩玉将将、寿考不忘。

詩中の終南山は「道徳至高」と「不老不死」の象徴と見なされ、秦地の君主は終南山に登って、国運と長寿を祈る儀式を行う。かかる祭祀儀礼は「周頌・天作」にも詠まれている。

天作高山、大王荒之。彼作矣、文王康之。彼徂矣、岐有夷之行。子孫保之。

「詩小序」では「祀先王先公」と解釈し、『詩集伝』では「祭太王之詩」と説明する。詩中の「高山」は即ち「岐山」で、周が豳から移して、そこで栄えて強大になった場所である。故に周の人々は「岐山」を神山として奉っていたのである。『周易・随・上六』に「王用享于西山。象曰、拘係之、上窮也」（周の文王が西山に享祭した時のように山川の祭りをするので、その誠意は神明にも通ずるのである）とあり、この卦爻は西山（即ち岐山）を祭る儀式を記している。周の文王が「岐山」を祭る政治的意図は、ほかならぬ「天命」を受けた周王朝の正統性を強調することにある。そういう意味で「周頌・天作」は、まさに周王朝の勃興の歴史を「岐山」に凝縮し、「岐山」を祭ることによって先王の偉業を偲び、国の隆盛幸運を祈る詩である。かかる先王、賢臣及びその成し遂げた偉業を山に見立てて称賛する作品は、「大雅・崧高」も挙げられる。

崧高維岳、駿極于天。維岳降神、生甫及申。維申及甫、維周之翰。四国于蕃。四方于宣。……。

『詩集伝』では「宣王之舅申伯出封于謝、而尹吉甫作詩以送之」と、詩の性質を「送別詩」と定めているが、詩の内容はもちろん宣王の臣下である申伯と仲山甫を四岳に降した神霊として称賛するものである。ここで注目すべきなのは、即ち四岳は神霊の降る場所だけでなく、四方の諸侯を守る蕃屏にもなっているという点である。この思想の踏襲は、漢の班固が作った「西都賦」に認められる。

三　「国見」歌の変遷と「望祀」思想の受容

右記の「望祀」行事に相当するのが「国見」行事で、「望祀詩」に相当するのが「国見・国褒め」の歌である。但し中国に比して、日本では「国見・国褒め」歌の源流を突き止める直接的な歌作品は、それほど多くはない。記紀に「国見歌」の源流と見なされる歌謡が、実に三首しかない。

①倭は　国のまほろば　畳づく　青垣　山隠れる　倭し美し　（記・三一）

②千葉の　葛野を見れば　百千足る　家庭も見ゆ　国の秀も見ゆ　（記・四一）

③押し照るや　難波の埼よ　出で立ちて　吾が国見れば　淡島　淤能碁呂島　檳榔の　島も見ゆ　佐氣都島見ゆ　（記・五四）

①は倭建命（『記』）と景行天皇（『紀』）の歌とされるが、同一作品である。記紀では「思国歌」「思邦歌」と題して「国見歌」と記していない。②は応神天皇が近江国に行幸した際、山城国宇遅の野に立って葛野を展望して作ったもの。③は仁徳天皇が黒日売を慕い皇后を欺かして淡路島に出掛けたときに作った「国見」歌だが、島の名

称を並べただけで「国褒め」の内容が認められない。

一方、『万葉集』には「国見」と題され、或いは国見のことを直接的に詠む歌作品は以下の如きである。

巻一・二、巻一・三八、巻三・三八二、巻十・一九七一、巻十三・三三二四、巻十九・四二五四

これらの「国見」を題材とする創作歌は、記紀の「思国歌」以後に作られたもので、「国見歌」の源流だとは言い難い。土橋寛及びその他の研究者が考察の目を歌垣に誕生した歌謡或いは民間に散在する民謡に向き、それらの歌謡に含まれている民間習俗の要素から「国見・国見歌」の源流を求めるのは、民俗学的研究方法に基づくかも知れないが、記紀歌謡に「国見歌」が極めて少ないのもその一因になるのではないかと思う。

これまで「国見・国褒め」歌作品の源流として取り扱われてきた右記の①は、次の二首の歌謡とセットになっている。

イ、命の　全けむ人は　畳薦　平群の山の　熊白梼が葉を　髻華に挿せ　その子　（記・三一）

ロ、愛しけやし　吾家の方よ　雲居立ち来も　（記・三二）

『古事記』の記述に基づくならば、イは右記の①と同じく「思国歌」と題され、ロは「片歌」である。『日本書紀』では、作者が倭建命ではなく父の景行天皇となっている。即ち景行天皇が筑紫巡幸の時に、日向国の丹裳の小野で「東を望して」また「野中の大石に陟りまして、京都を憶びたまひて」歌ったというようになっている。倭建命と景行天皇はともに伝説中の人物である。故にセットとなっている三首の歌は、恐らく記紀の編纂者によって書中に挿し込まれた既成の古歌謡であろう。

従来の研究では、①とイ、ロを束ねて一首の長歌と見なす学者もいるが、三首をそれぞれ独立した歌として取り扱うのが、むしろ普通である。歌の内容から見れば、①は故郷を偲ぶ心情を述べるよりも、故郷の自然景観に

対する賛美がその主幹になっている。つまり歌の性質は「故郷褒め」である。イは旅の安全と帰郷への予祝を詠むもので、呪術歌の色彩が濃厚である。ロは「片歌」と題されているが、「望郷」の哀愁を表す「思郷」の作である。この三首歌中の一首目即ち右記の①は、故郷の景観に対する称賛が歌の主旨になっているがゆえに、従来の研究では、それを抽出して「国見歌」の源流と定める傾向がある。但し、私見としては「国見」、「国褒め」という定義と概念及びその範疇を、

①宗教的・政治的（五穀豊穣の予祝・山川百神を敬い、君主の権威及び国運の隆盛を祈る宮廷の祭祀儀礼等）に行われるもの。

②非政治的非宗教的に発せられる「国自慢」（故郷への賛美）と「叙景」（自然景観への描写）

という二種類のものに分けるべきである。もちろん神人不可分の古代においては、この両者を区別する境界線をはっきりと画するのが難しい。但し、歌の主旨と内容、作歌の場と作者、作歌の状況と背景などを総合的に見た場合に、ある程度の区別ができるのではないかと思う。

土橋寛は民間行事から「国見」の起源を探る際に、傍証として『毛詩』の「魏風・陟岵」、「小雅・北山」「周南・巻耳」を挙げている。(15)

陟彼岵兮。瞻望父兮。父曰、予子行役、夙夜無已。上慎旃哉。猶来、無止。（「魏風・陟岵」）

陟彼北山、言采其杞。偕偕士子、朝夕従事。王事靡盬、憂我父母。溥天之下、莫非王土。率土之濱、莫非王臣。大夫不均、我従事独賢。（「小雅・北山」）

采采巻耳、不盈頃筐。嗟我懐人、寘彼周行。陟彼崔嵬、我馬虺隤。我姑酌彼金罍、維以不永懐。（「周南・巻耳」）

確かに三詩とも「登山」や「瞻望」に触れてある。但し、その「瞻望」「眺望」は「望郷」のためであって「望祀」のためではない。『詩集伝』では「魏風・陟岵」を「孝子行役、不忘其親、故登山以望父之所在」と解釈している。「小雅・北山」も同様、詩中の「陟彼北山」は、枸杞を取る労役のためであって「山を祭る」ものではない。詩中の「溥天之下、莫非王土。率土之濱、莫非王臣」は、周の幽王の管轄地の広さ及び天下の人々が服従せしめた幽王の権力の絶大さを詠んでいるが、王政を褒めるにあらず、士大夫らの執政の不平等及び絶え間ない労役に対する不満を表す前置詞に過ぎない。従って「溥天之下、莫非王土。率土之濱、莫非王臣」のみを抽出するならば、いかにも王権を誇示しているように受け止められるが、しかしそれを詩の全体において捉える場合に、決して王権への賛美ではなく、むしろ王権に対する批判乃至諷刺である。それゆえ『毛詩序』では「大夫刺幽王也。使役不均、已労于従事、而不得養其父母焉」といい、『毛詩鄭箋』では「登山而采杞、非可食之物。喩己行役不得其事」と箋注し、『詩集伝』では「大夫行役而作此詩」と解釈する。「周南・巻耳」にも「採集」と「登山」という二つの行為が認められるが、それは土橋寛の言う「国見」の要素を具有するよりも、むしろ遠くに労役に行っている夫に対する妻の離別の切ない心情を表すのが、詩の主旨である。従って「国見」の起源を論ずる傍証として挙げた右記の詩は、必ずしも適切だとは言えない。詩の内容や性質に対する峻別が必要である。

かかる視点に立って記紀の「思国歌」を検討するならば、同じことが言えるのではないかと思う。まず作歌情況をめぐる記紀両書の記述では、宗教的祭祀儀礼及び政治的な要素が殆ど認められない。倭健命の「国見」及び景行天皇の「野中の大石への陟り」は、『毛詩・鄘風・定之方中』に詠まれている「昇彼虚矣、以望楚矣」（周の王様が高い山に登って山川百神を参詣し、楚丘の地に宮を作って望祀を行う）ためではなく、故郷への慕い心情を表すためのものである。二首目の歌に詠まれている「熊白梼が葉を髻華に挿せ」という呪術的要素も、前述のように旅の安全と無事に帰郷できることを願う習俗に根ざしているもので、「国見」とは殆ど無関係である。もちろん一首目の歌には「倭し美し」という「国褒め」の要素が認められるが、しかし記紀の記述に従えば、その「国褒め」は「望郷の思い」を抒《の》べるための「国自慢」であって、「国見」という祭祀儀礼を行う際に発せられた予祝としての「国褒め」とは性質が異なる。もしこの「思国歌」を桜井満が言うように「倭の大王が年のはじめに執り行った国見儀礼の歌として伝承されたもの(16)」として捉えるならば、記紀の編纂者がなぜこの歌を、記紀に明記されている「国見行事」の箇所に挿し入れなかったのかという疑問が生じてくる。若し、この「思国歌」を「倭の大王が年のはじめに執り行った国見儀礼の歌」と見なすならば、記紀の編纂者は倭建命が伊勢の野煩野に辿り着いた時に故郷を偲び、景行天皇が筑紫巡幸の時に「野中の大石に陟りまして、京都を憶びたまひて」歌った「思国歌」としてではなく、神武天皇の条に記されている「東有美地。青山四周。彼地必足以恢弘天業。光宅天下。蓋六合之中心乎」或いは「観夫畝傍山東南橿原地者。蓋国之墺区乎。可治之」（『日本書紀』）というような箇所に、または仁徳天皇が「国見」の行事を行われた（記紀両書とも記されている）部分に、予祝の意味を表す歌として挿入されたはずであろう。

従来の研究において、記紀の「思国歌」を「国見歌」の源流として捉える唯一の根拠は、恐らく「思国歌」に謳われている「国の景観への賛美」にあろうかと思うが、もしその「国の景観への賛美」を根拠にして、宮廷の政《まつりごと》としての「国見・国褒め」の源流をこの「思国歌」に求めるならば、景行天皇が碩田国に至るときに「其の地形廣く大きにして亦麗し」と讃えた言葉も、一種の「国見・国褒め」だと見なすことができる。しかし従来の研究では、この讃辞を「国見・国褒め」のものとして取り上げる学者は殆どいない。それはほかならぬ景行天皇が発した「其の地形廣く大きにして亦麗し」という感嘆の言葉には「予祝」などの宗教的な意味が含まれていないからである。『万葉集』にも「国の山河」を讃える叙景歌が多く収められている。しかし「国褒め」の要素があるからといって、それらの歌をすべて「国見歌」或いは国見行事の場に作られたものとして取り上げるわけにはいくまい。そういう意味で、歌の性質についての解釈は、研究者の意向や臆断に拠るというよりも、むしろ作歌或いは歌が引用された時の情況や背景をめぐる記述に基づくべきではないかと私は思う。

『毛詩』に比べて、記紀歌謡には中国の「望祀詩」に相当するような「国見行事」を直接的に詠む歌作品が極めて少ない。というより、実際に「国見・国褒め」の歌作品として、右に例示した歌謡以外には殆ど例を挙げることができない。宗教的祭祀儀礼歌としての「国見歌」の源流を記紀歌謡に求め難いのも、ほかならぬ記紀歌謡には前掲した「大雅・公劉」「周頌・般」「鄘風・定之方中」のような作品が殆ど認められないからである。従来の研究では、「国見歌」の源流として、記紀の「思国歌」がよく引かれるのも恐らくそれ以外のものはないからであろう。

記紀歌謡には中国古代の「望祀詩」に相当するようなものが認められない。しかし初期万葉の舒明天皇の「国褒め歌」や記紀の一部の記述には、中国の「望祀思想」乃至「望祀儀礼」を行う際に唱えられる道教の「瑞祥災異」の予測と儒教の「民本思想」が顕在している。つまり記紀歌謡の「国見歌」から初期万葉の「国褒め歌」への過渡には、歌作品の創作上に断層があり、その断層があってこそ、従来の研究では「国見」歌の創作に「飛躍」或いは「昇華」があったと称されるのである。ならば、断層を生じさせ且つ民間行事に発せられた「国見」の古歌謡を、宮廷祭祀儀礼歌に「昇華」させた最大の要因がどこにあるのか、という問題を考える場合に、まず外来文化としての中国「望祀」儀礼及びそれを記録する中国古代文献の日本への将来という事実に注目すべきであると私は思う。

『日本書紀』巻第三・神武天皇についての記述に次のような一段がある。

我が皇祖の霊、天より降り鑒て、朕が躬を光し助けたまへり。今諸の虜已に平けて、海内事無し。以て天神を郊祀りて、用て大孝を申べたまふべし」とのたまふ。乃ち霊畤を鳥見山の中に立てて、其地を号けて、上小野の榛原・下野原の榛原と曰ふ。用て皇祖天神を祭りたまふ。

三十有一年の夏四月の乙酉の朔に、皇輿巡り幸す。因りて腋上の嗛間丘に登りまして、国の状を廻らし望みて曰はく、「妍哉乎、国を獲つること。内木綿の真迮き国と雖も、蜻蛉の臀呫の如くにあるかな」とのたまふ。是に由りて、始めて秋津州の号有り。昔、伊奘諾尊、此の国を目けて曰はく、「日本は浦安の国、細戈の千足る、国、磯輪上の秀真国。

皇祖の霊は天より降り、その霊光に照らされ助けられて、神武天皇は天下を平定し、国内の平穏無事を保つことができた。ゆえに天神を郊に祀り、大孝を尽くす。霊堂を鳥見山の中に立てて皇祖天神を祭ると記されているが、鳥見山に祭りの場所を設けた神武天皇の「皇祖天神の祭祀」は、中国古代の「郊祀」に相当し、「大孝」は儒教思想の重要な部分である。そして神武天皇が巡幸する際に、腋上の嗛間丘に登って国の状況を観察し「妍哉乎、国を獲つること。内木綿の真迮き国と雖も、蜻蛉の臀呫の如くにあるかな」と発せられた讃辞を、前段の「郊祀」と併せて見れば、まさに中国古代の「望祀」にあたる「国見・国褒め」である。かかる例は『風土記』にも散在している。

大見山。大見と名づくるは所以は、品太の天皇、此の山の嶺に登りて、四方を望み覧たまひき。故、大見といふ。（『播磨国風土記』）

御立阜。品太の天皇、此の阜に登りて、国覧したまひき。故、御立岡といふ。（『播磨国風土記』）

昔者、纏向の日代の宮に御宇しめしし天皇、此の坂の上に登りて、国形を御覧して、即ち勅りたまひしく、「此の国の地形は、鏡の面に似たるかも」とのりたまひき。（『豊後国風土記』）

倭武の天皇、天の下を巡狩はして、海の北を征平けたまひき。是に、此の国を経過ぎ、即ち、槻野の清泉に頓幸し、水に臨みてみ手を洗ひ、玉もちて井を栄へたまひき。今も行方の里の中に存りて、玉の清井と謂ふ。更に車駕を廻らして、現原の丘に幸し、御膳を供奉りき。時に、天皇四を望みまして、侍従を顧てのりたまひしく、「輿を停めて徘徊り、目を挙げて騁望れば、山の阿・海の曲は、参差ひて委蛇へり。峯の頭に雲を浮かべ、谿の腹に霧を擁きて、物の色可怜く、郷体甚愛らし。宜、此の地の名を行細の国と称ふべし」とのりたまひき。後の世、跡を追ひて、猶、行方と号く。（『常陸国風土記』）

右記の諸文は、いずれも天皇が「国見」を通しておこなった「地名付け」の行事を記録するものである。朝鮮半島より儒教、道教、仏教の思想が日本に伝わって以来、右記の「国見」行事に、「瑞祥災異」の発想と「民本思想」が新たに加えられたのである。『日本霊異記』上巻に次のような記述が見られる。

原ねみれば夫れ、内経外書の、日本に伝はりて興り始めし代、凡そ二時有り。皆百済の国より将ち来る。軽嶋の豊明の宮に宇御メタマヒシ誉田の天皇のみ代に外書来り、磯城嶋の金刺の宮に宇御めたまひし欽明天皇のみ代に内典来る。……。唯代々の天皇、或るは高き山の頂に登りて悲心を起し、雨の漏る殿に住みて庶の民を撫でたまひ

即ち百済より「内経」（仏教の典籍）「外書」（儒教、道教）が日本に伝わり、広く弘まることによって、代々の天皇は「高き山の頂に登りて悲を起し、雨の漏れる殿に住みて、庶民を撫でたまふ」のである。この記述に関連して『日本書紀』巻十一では、仁徳天皇の「国見」が次のように記録されている。

朕、高台に登りて、遠に望むに、烟気、域の中に起たず。以為ふに、百姓既に貧しくして、家に炊く者無きか。朕聞けり、古は、聖王の世には、人人、詠徳之音を誦げて、家毎に康哉之歌有り。今朕、億兆に臨みて、茲に三年になりぬ。頌音聆えず。炊烟転疎なり。即ち知りぬ、五穀登らずして、百姓窮乏しからむと。天皇、台の上に居しまして、遠に望みたまふに、烟気多に起つ。是の日に、皇后に語りて曰はく、朕、既に富めり。更に愁無しとのたまふ。皇后、対へ諮したまはく、何をか富めりと謂ふとまうしたまふ。天皇の曰はく、烟気、国に満てり。百姓、自づからに富めるかとのたまふ。

暴虐の君主である武烈天皇と対照的に、記紀両書では仁徳天皇を儒教の聖天子のように人物造形をしている。そのことを念頭に置いて右の記述を検討すれば、仁徳天皇の「登臺遠望」という「国見」の行為は、すでに国の景観に対する賛美から国情の観察へと政治的に変貌していたのである。言うならば、民間の自然崇拝の習俗に端を発した「望山川」の祭祀行事が、記紀に記されている仁徳天皇の時代に入ってから、すでに宮廷の政《まつりごと》へと発展してきたのである。この変貌の軌跡が初期万葉歌・舒明天皇の「国見歌」においては、いっそう顕著なものとなってくる。

大和には　群山あれど　とりよろふ　天の香具山　登り立ち　国見をすれば　国原は　煙立ち立つ　海原は　鷗立ち立つ。うまし国ぞ　あきつ島　大和の国は　（１・二）

まず舒明天皇の「国見歌」中の香具山は、「周頌・天作」、「大雅・崧高」に詠まれている山と同じく、天より降る、もしくは天の神が作った「神霊たる山」である。その山に登って「国見」（望祀）を行い、自然景観に象る「国情」を観察することは、仁徳天皇の「登臺望国」と同様に政治的な意義を持ち、歌中の「煙立ち立つ」は即ち仁徳天皇の「烟氣満国。百姓自富」に相当する表現で、「鷗立ち立つ」は瑞祥を表す「麀鹿濯濯、白鳥翯翯」

（『毛詩・大雅・霊台』）に当たる表現である。その点から見れば、舒明天皇の「国見歌」と記紀両書に記されている仁徳天皇の「居臺遠望」とは、全く同一思想に基づいているものだと言えよう。その同一思想は、ほかならぬ前節で紹介した「社所以神地之道也。地載万物、天垂象。取財于地、取法于天、是以尊天而親地也」（『礼記・郊特牲』）、「賢者之祭也、必受其福。非世所謂福也。福者備也、備者、百順之名也。無所不順者之謂備」、「祭者、澤之大者也。是故上有大澤、則恵必及下、……故曰、可以観政」（『礼記・祭統』）であり、『毛詩・大雅・霊台』と班固の「東都賦」に付く「霊台詩」に現れている「天子の有徳による天下安泰・万象祥和」の景観に対する賛美である。

中国古代の「望祀思想」に対する受容は、右記の例に限らず日本古代の造都思想にもその痕跡が認められる。『日本書紀』巻第三・神武天皇即位前紀己未年三月の条には、皇都造営の意義が次のように記されている。

誠に皇都を恢き廓めて、大壮を規り摹るべし。而るを今運屯蒙に属ひて、民の心朴素なり。巣に棲み穴に住みて、習俗惟常となりたり。夫れ大人制を立てて、義必ず時に随ふ。苟くも民に利有らば、何ぞ聖の造に妨はむ。且当に山林を披き払ひ、宮室を経営りて、恭みて宝位に臨みて、元元を鎮むべし。上は乾霊の国を授けたまひし徳に答へ、下は皇孫の正を養ひたまひし心を弘めむ。然して後に、六合を兼ねて都を開き、八紘を掩ひて宇にせむこと、亦可からずや。観れば、夫の畝傍山　畝傍山、此をば宇祢縻夜摩と云ふ。の東南の橿原の地は、蓋し国の墺区か。治るべし」とのたまふ。是の月に、即ち、有司に命せて、帝宅を経り始む。

『日本書紀上』（日本古典文学大系・岩波書店）の頭注によれば、右の文章は『文選』の「魏都賦」「東京賦」「東都賦」「西都賦」「魯霊光殿賦」「呉都賦」及び『周易・序卦』、『礼記・礼運』中の表現を下敷きにしているものである。のみならず、右の文章に表れている造都思想（大人立制、義必随時。経営宮室、而恭臨寶位、以鎮元元。上則答乾霊授国之徳、下則弘皇孫養正之心）も、班固が著した「東都賦」中の「体元立制、継天而作」を踏まえたものと思われる。さらに文中の「観夫畝傍山、東南橿原地者、蓋国之墺区乎。可治之」は、いうまでもなく宮都造営時の自然景観に対する眺望であり、風水思想による場所の選定である。畝傍山等に取り囲まれる橿原、即ち飛鳥地方が宮都建造のよき場所として選ばれた理由については、『万葉集』中の「役民の作る歌」及び人麻呂の「藤原宮の御井の歌」という二首の長歌よりその一端が窺える。

やすみしし　我が大君　高照らす　日の皇子　あらたへの　藤原が上に　食す国を　見したまはむと　みあらかは　高知らさむと　神ながら　思ほすなへに　天地も　依りてあれこそ　いはばしる　近江の国の　衣手の　田上山の　真木さく　桧のつまでを　もののふの　八十宇治川に　玉藻なす　浮かべ流せれ　そを取ると　騒く御民も　家忘れ　身もたな知らず　鴨じもの　水に浮き居て　我が作る　日の御門に　知らぬ国　よし巨勢道より　我が国は　常世にならむ　図負へる　くすしき亀も　新た代と　泉の川に　持ち越せる　真木のつまでを　百足らず　筏に作り　のぼすらむ　いそはく見れば　神からならし　（1・五〇）

やすみしし　我が大君　高照らす　日の皇子　あらたへの　藤井が原に　大御門　始めたまひて　埴安の　堤の上に　あり立たし　見したまへば　大和の　青香具山は　日の経の　大き御門に　春山と　しみさび立てり　畝傍の　この瑞山は　日の緯の　大き御門に　瑞山と　山さびいます　耳梨の　青菅山は　背面の　大き御門に　よろしなへ　神さび立てり　名ぐはしき　吉野の山は　影面の　大き御門ゆ　雲居にそ　遠くありける　高知るや　天の御陰　天知るや　日の御陰の　水こそば　常にあらめ　御井の真清水　（1・五二）

藤原宮を造営する際に現われた「図負へるくすしき亀」（神亀負図）は、前節に掲げた班固の「西都賦」中の「仰悟東井之精、俯協河図之霊」と同じく、都を造営する際に現れた瑞祥の徴である「龍馬図」のことを指す。その出典はもちろん前節に例示した『周易・繫辞下』、『尚書・洪範』（孔氏伝）、『古今図書集成・職方典』に求め得る。のみならず埴安の堤上に行なわれた「国見」、その「国見」における藤原宮を取り囲む香具・畝傍・耳梨・吉野という東西南北の御門に鎮座する四つの山に対する讃美も、『毛詩・大雅・崧高』中の「崧高維岳、駿極于天。維岳降神、生甫及申。維申及甫、維周之翰。四国于蕃。四方于宣」及び班固の「西都賦」中の「漢之西都、在於雍州、寔曰長安。左拠函谷二崤之阻、表以太華終南之山、右界褒斜隴首之険、帯以洪河涇渭之川、衆流之隈、汧湧其西」と軌を同じくしている。

以上によって察せられるように、記紀の「思国歌」「国見歌」から万葉の「国見・国褒め歌」への飛躍は、民間習俗に端を発した「国見」から宮廷祭祀儀礼としての「国見」への昇格と同じく、その飛躍と昇格を成し遂げた最大の要因は、ほかならぬ中国古代の「望祀儀礼」と「望祀思想」を記録する中国古代文献（『毛詩』『尚書』『易』『春秋』『周礼』『礼記』『史記』『漢書』『文選』等及び諸本の注疏箋釈）の日本への将来にあると見るべきであろう。ちなみに記紀の編纂及び初期万葉歌の創作時に、右に例示した諸典籍の殆どは大学寮の教科書として講義にも使用されていたのである。故に「国見歌」の変遷及び「国見歌」の持つ宗教的、政治的な意義に対する解明も、やはり大陸文化の導入という大きな歴史的背景と連動的に行わなければならない。

四　「登高望祀」から「登高能賦」への変移

「登高望祀」という祭祀儀礼における君王を称賛する『毛詩』の「雅」「頌」の詩は、その後「群雄争覇」と「百家争鳴」の春秋時代、及び天下統一を果たし「焚書坑儒」という厳しい思想統合を行った秦王朝を経て、漢の時代に入ると大きな変化が起きた。つまり「望祀」の儀式における祝辞は、「郊廟歌辞」の一部として漢の武帝に設置された音楽機構の「楽府」に取り入れられて、宗廟の祭祀儀礼が行われる際に曲を伴って吟唱されるようになった。宋の郭茂倩が『楽府詩集』巻一「郊廟歌辞」の前置きに、

武帝時、詔司馬相如等造《郊祀歌》詩十九章、五郊互奏之。又作《安世歌》詩十七章、薦之宗廟。至明帝、乃分楽為四品、一曰《大予楽》、典郊廟上陵之楽。郊楽者、《易》所謂「先王以作楽崇徳、殷薦上帝」。宗廟楽者、《虞書》所謂「琴瑟以詠、祖考来格」。《詩》云「粛雍和鳴、先祖是聴」也。二曰雅頌楽、典六宗社稷之楽。社稷楽者、《詩》所謂『琴瑟撃鼓、以御田祖』。《礼記》曰「楽施於金石、越於音声、用乎宗廟社稷、事乎山川鬼神」是也。

と記されている。司馬相如等が作った《郊祀歌》、《安世歌》は『楽府詩集』に見えないが、「漢郊祀歌」二十四首及び漢から隋、唐に至るまでの多くの「郊廟歌辞」が『楽府詩集』の十二巻に収められている。それらの作品は天地・太廟・明堂・社稷等を奉る祭祀儀礼の場に吟唱されるもので、内容は天地百神、赤・白・青・黄・黒という五帝（四方と中央の神霊）を讃美し、天下の平安と国運の隆盛及び多幸多福を祈り、曲名即ち歌辞のタイトルは「降神」、「迎神」、「饗神」、「送神」、「寿和」、「酌献」等があり、宗教的祭祀儀礼の色彩が濃厚である。しかも「郊祀歌辞」の曲目は、祭祀儀礼の段取りに合わせて演奏されるもので、『楽府詩集』が引く『南斉書・楽志』、『隋書・楽志』、『唐書・楽志』には、当時の祭祀儀礼の場における演奏・吟唱の状況を次のように記されている。

武帝建元二年、有司奏、郊廟雅楽歌辞、……迎神奏《昭夏之楽》、皇帝入壇東門奏《永至之楽》、昇壇奏登歌、初献奏《文徳宣烈之楽》、飲福酒奏《嘉胙之楽》、送神奏《昭夏之楽》、就燎位奏《昭遠之楽》、還便殿奏《休成之楽》、重奏。

（『南斉書・楽志』）

周祀圓丘楽、降神奏《昭夏》、皇帝将入門奏《皇夏》、俎入、奠玉帛並奏《昭夏》、皇帝昇壇奏《皇夏》、初献及初献配帝並作《雲門之舞》、献畢奏登歌、飲福酒奏《皇夏》……（『隋書・楽志』）

祭天神奏《豫和之楽》、祭地祇奏《順和》、祭宗廟奏《永和》、登歌奠玉帛奏《粛和》、皇帝行及臨軒奏《太和》、王公出入、送文舞出、迎武舞入奏《舒和》……（『唐書・楽志』）

右の記載に注目すべきなのは、即ち帝王が「郊祀」を行なう際に必ず「登歌」を演奏する点である。『楽府詩集』に収められている「漢郊祀歌」には「登歌」と題する作品が認められないが、「宋明堂歌」、「斉南郊楽歌」、「斉北郊楽歌」、「斉明堂楽歌」等の部類に「登歌」が収められており、梁の沈約が作った「登歌」九首は、それぞれ「梁南郊登歌二首」、「梁北郊登歌二首」、「梁明堂登歌五首」と題されている。「登歌」の定義については、『楽府詩集』中の「梁南郊登歌二首」の解題では、次のように記している。

登歌者、祭祀燕饗堂上所奏之歌也。……《周礼・大師》職曰「大祭祀、帥瞽登歌、令奏撃拊」。《小師》曰「大祭祀、登歌撃拊」。……按登歌各頌祖宗之功烈、去鐘撤竿以明至徳、所以傳云其歌之呼也。

つまり「登歌」は祭祀饗宴の堂上に奏でられ、吟唱される歌辞で、その内容は祖宗の功徳を称賛するものである。但し右に掲げた『南斉書・楽志』中の「昇壇奏登歌」という記載に基づくならば、「登歌」は皇帝が壇に昇る際に奏でられ、歌唱されるものであるが、『隋書・楽志』の記載では皇帝が壇に昇る際に「皇夏」が奏でられ、「登歌」が「初献」の儀式が終る頃に奏でられるものとなっている。さらに『唐書・楽志』には「登歌」として「粛和を奏る」と記されている。とすれば、「皇夏」や「粛和」等の曲と歌辞は恐らく「登歌」と同類のもので、いずれも「昇壇方望」という儀式を行なう際に奏でられ、詠歌されたものであろう。その内容を見ると、

報惟事天、祭實尊霊。史正嘉兆、神宅崇禎。五時昭鬯、六宗彝序。介丘望塵、皇軒粛挙。（『楽府詩集』第二巻）

雍台辨朔、澤宮選辰。潔火夕炤、明水朝陳。六瑚賁室、八羽華庭。昭事先聖、懐濡上霊。肆夏式敬、昇歌発徳。永固洪基、以綏万国。
（『楽府詩集』巻二「郊廟歌辞二・登歌」）

質明孝敬、求陰順陽。壇有四陛、琮為八方。牲牷蕩滌、蕭合馨香。和鑾戻止、振鷺来翔。威儀簡簡、鐘鼓喤喤。聲和孤竹、韻入空桑。封中雲気、坎上神光。下元之主、功深蓋藏。
（『楽府詩集』巻四「郊廟歌辞四・登歌」）

於穆我君、昭明有融。道済区域、功格玄穹。百神警衛、万国承風。仁深徳厚、信洽義豊。明発思政、勤憂在躬。鴻基惟永、福祚長隆。
（『楽府詩集』巻四「郊廟歌辞四・皇夏」）

壇（台、丘）に登って、天地四方の神霊を祭り、国中を見れば、吉祥の兆しが現われたばかりでなく、国家の威厳と国運隆盛の象徴としての皇居宮室も華々しく、おごそかに聳え立っている。調和の取れた音楽や鐘鼓が響き、吉祥の鳥が飛び交い、君王の仁徳と功徳は天に輝き、万国が恩恵を受け、百神に守られて、国は永遠に栄えて行こうというような「予祝」と「国褒め」及び「君王讃美」の歌辞が並べられている。

『万葉集』中に収められている国見歌は、その性質及び歌の体裁や内容や表現手法などから見れば、右記の楽府の「登歌」及び「登歌」と同類の祭祀儀礼歌と相似する部分がある。例えば、大伴家持が作った「侍宴応詔歌」（国見歌）はそのような一例である。

秋津島　大和の国を　天雲に　磐船浮かべ　艫に舳に　真櫂繁貫き　い漕ぎつつ　国見し為して　天降り坐し　掃ひ言向け　千代累ね　いや嗣継に　知らしける　天の日嗣と　神ながら　わご大君の　天の下　治めし賜へば　物部の　八十伴の緒を　撫で賜ひ　斉へ賜ひ　食国の　四方の人をも　遺さはず　恵み賜へば　古昔ゆ　無かりし瑞　度まねく　申し給ひぬ　手拱きて　事無き御代と　天地　日月と共に　万世に　記し続がむそ　やすみしし　わご大君　秋の花　しが色々に　見し賜ひ　明め賜ひ　酒宴　栄ゆる今日の　あやに

貴さ

宴の場で作った「応詔歌」なので、歌中の「国見」はすでに形式化、概念化されたものに過ぎない。歌人の作歌意図は、ほかならぬ「万民承恩」「盛世祥和」の景観を以て、天下を平定した歴代天皇の偉業を讃え、瑞祥の「度まねく」「秋の花　しが色々」「酒宴　栄ゆる今日」を以て、君主の恵みと「事無き御代」の永続を謳歌することにある。歌の主旨と内容は、右記の「郊廟歌辞・登歌」のそれとさほど変わるものではない。但し、「登歌」のような祭祀儀礼歌の作り手及びそれを演奏し歌唱するのは、「矇」や「瞍」と称される「巫師」（シャーマン）であるのに対して、万葉の宮廷儀礼歌の作り手は、天皇本人の場合もあるが官職についている「宮廷歌人」はその殆どである。しかも万葉には宮廷儀礼歌及び称賛歌を一つのジャンルとして、『楽府詩集』中の「郊祀歌辞」のように分類することはなかったし、また「登歌」「皇夏」「粛和」などのように、題を見ればすぐ「祭祀儀礼歌」だと解るような題付けもしていない。万葉の「国見歌」及びその他の宮廷儀礼歌は異なる種類の歌と混雑し、その題付けも作歌の場及び作歌状況を説明するというような形を取っている。

一方、郊祀歌辞の「登歌」と同じく、賦の創作にも「登高」（高き山等に登ること）がその前提条件となっている。即ち「登高能賦」である。「鄘風・定之方中」を解釈する漢代の『毛詩伝』には、次のようなことが記されている。

建邦能命亀、田能施命、作器能銘、使能造命、昇高能賦、師旅能誓、山川能説、喪紀能誄、祭祀能語。君子能此九者、可謂有徳音、可以為大夫。

即ちもともと「望祀」を行なう際に「矇」「瞍」らの「巫師」によって、予祝や国褒め及び君王讃美の歌辞が奏でられ、歌唱されていたことが、漢の時代に入ってからは、士大夫の持つべき九つの能力として要求されるようになったのである。『漢書・芸文志』に「伝曰、不歌而誦謂之賦。登高能賦、可以為大夫」と記され、劉勰は『文心彫龍・詮賦』で「登高能賦」の趣旨を次のように説明している。

原夫登高之旨、蓋覩物興情。情以物興、故義必明雅。物以情覩、故詞必巧麗。麗詞雅義、符采相勝、如組織之品朱紫、畫繪之著玄黃。文雖雜而有質、色雖糅而有儀。此立賦之大體也。

劉勰の説明は「登高能賦」が本来に持つ具有した祭祀儀礼という性質から抜き出して、「賦」という文学創作の主旨と特質を強調するようになったのである。言うならば、「望祀」という祭祀儀礼の場における神霊・君王を称賛する「登高能賦」は、漢の時代においては、すでに士大夫階級の文学活動に変貌していたのである。班固が「両都賦」の序に言う「朝夕論思、日月献納」は、まさに当時の士大夫らの文学創作の意欲及び文化気運の高揚状況を反映するものである。そして「登高能賦」によって作られた作品の殆どは、もちろん高き所から眺望した国土の景観や都城宮殿の絢爛豪華さに対する論評である。その代表的作品は「京都」という部類のものとして、六朝の詩文集『文選』に収められている。東漢の後期、王朝の衰退を伴って、都城宮殿をテーマとする賦の創作には、新たな変化を見せていた。つまり都城宮殿を描き、帝都を誇り、君主の執政を議論する長大作から、次第に六朝時代の山水景物を描き、叙景と抒情を兼ねる駢体小賦へと傾斜していたのである。

右記のような変化は、万葉の「国見歌」の創作にも認められる。人麻呂以降、天皇家による中央集権的支配体制の完成及び政局の安定に伴って、「国見・国褒め」の歌は、次第に宗教的、政治的な色彩が薄められ、叙景・抒情歌へと傾斜していたのである。山部赤人らの歌作品はその代表的な例である。

みもろの　神奈備山に　五百枝さし　しじに生ひたる　つがの木の　いやつぎつぎに　玉葛　絶ゆることなく　ありつつも　やまず通はむ　明日香の　古き都は　山高み　川とほしろし　春の日は　山し見がほし

秋の夜は　川しさやけし　朝雲に　鶴は乱れ　夕霧に　かはづはさわく　見るごとに　音のみし泣かゆ　古思へば　（3・三二四）

鶏が鳴く　東の国に　高山は　さはにあれども　二神の　貴き山の　並み立ちの　見が欲し山と　神代より　人の言ひ継ぎ　国見する　筑波の山を　冬ごもり　時じき時と　見ずて行かば　益して恋しみ　雪消する　山道すらを　なづみぞ我が来る　（3・三八二）

一首目の歌は神岳山に登って「古き都」を取り囲む春秋両季にわたる山川の景観を眺望し、朝雲に飛び交う鶴、夕霧に鳴き騒ぐ蛙から、古き都に対する「懐旧」の切ない思いを述べているもので、前に考察した「国見歌」の性質と違って、ただの叙景・抒情の歌となっている。二首目の歌（「登筑波岳丹比真人国人作歌一首」）も、「国見」のことに言及してはいるが、その内容には予祝や祭祀儀礼の要素がまったくなく、ただ「神代より人の言ひ継ぎ国見する筑波の山」という、かつて国見の行事が行われていた場所を見に来たという感慨を詠んでいるのみである。

もし、記紀に現れている自然崇拝の民間習俗に根ざす「国見行事」から宮廷の祭祀儀礼における「国見・国褒め」への変貌、記紀歌謡の「国見」（故郷賛美）から初期万葉の「国見・国褒め歌」（儒教的色彩を帯びる）歌への昇華、国土の経営や都城宮殿の造築を賛美する長歌から一般の叙景歌への進展過程を以て、中国の「山川百神」という自然神霊を祭り五穀豊穣を祈る民間習俗に端を発した「方締」から、王朝の祭祀儀礼としての「望祀」への変貌、「望祀詩」から「登高能賦」という文学活動への移り変わり、そして国土・都城宮殿の威容を誇示する長大作から叙景と抒情を兼ねる駢体小賦への傾斜と照らし合わせれば、双方が辿ってきた道程或いはその進展のプロセスはほぼ同じである。但し、日本の場合、即ち記紀の「思国歌」から万葉の「国見・国褒め」への変遷過程には、外来文化の浸潤が認められるがゆえに「飛躍」と「昇華」があり、中国の「望祀」における漸進式的な変遷とは全く同一視することができない。

一方、日本古代文化、文学の発展は、前述したように大陸文明の投影が認められるにも拘わらず、両国の古代文化の性質、文学の内容、題材、表現手法及び文学風格と文学観念などは必ずしも一致するものではない。むしろ大きな相違を見せている。例えば、柿本人麻呂が作った「国見歌」は、そのような一例である。

やすみしし　我が大君　神ながら　神さびせすと　吉野川　たぎつ河内に　高殿を　高知りまして　登り立ち　国見をせせば　たたなはる　青垣山　やまつみの　奉る御調と　春へには　花かざし持ち　秋立てば　黄葉かざせり　行き沿ふ　川の神も　大御食に　仕へ奉ると　上つ瀬に　鵜川を立ち　下つ瀬に　小網さし渡す　山川も　寄りて仕ふる　神の御代かも　（1・三八）

この「国見歌」は、明らかに高殿を造営した後に行われた「国見」の行事を詠んでいる。本来、造築した高殿に登って国の景観を眺望し、「山川之神」を祭るはずの儀式であるが、壬申の乱以降、中央集権的国家体制の確立と天皇家による政治支配の強化に伴って、天武天皇を「現人神」として奉り、「我が大君」の権威・権力の絶対性を宣揚するために、宮廷歌人としての人麻呂は、わざと行事の主従（天子と自然神との）関係を逆転して、「山川之神」（自然神）への祭祀儀礼を「山川之神」の天皇への心服と「祭る御調」に置き換えたのである。このような神と人の「位置転倒」は、「山川百神」を祭ることを主旨とする中国の「望祀」及びその「望祀」という祭祀儀礼を記録する中国の古代文献、文学作品には全く認められない。その点から見れば、人麻呂の歌創作には題材、表現手法等の面において中国古典の影響が認められるものの、その発想はむろん日本的なものである。しかもその日本的な発想を醸成させたのは、ほかならぬ七世紀における天武天皇の押し進めた中央集権国家の建設に伴って、天皇の権威・権力が絶対視され、天皇自身も「人間」から「神」へと昇格したという歴史的背景があるからである。この「天皇即神」という思想が強調されるがゆえに、「国見歌」の性質及びその内容もさらに変化が起きたのである。つまり儒教の「民本思想」や道教の「瑞祥思想」の色彩を帯びる初期万葉の「国見・国褒め」歌から、天皇の神聖さを謳い、都城宮室を取り巻く自然景観に対する賛美によって皇家支配の永久不変を祈る「国見・国褒め」歌へと移り変わったのである。

【注】

（1）折口信夫『萬葉集講義』（改造社・一九三二）。
（2）三谷栄一「日本文学発生試論――国見と歌垣の起源をめぐって――」（『実践女子大学紀要』3集・一九五五）。
（3）吉田義孝氏「思国歌の展開」（『文学』・一九四八）。
（4）土橋寛『古代歌謡と儀礼の研究』（岩波書店・一九六五）。
（5）森朝男「天つ神志向と国つ神志向」（『国文学研究』45号・一九七一）。
（6）川口勝康「舒明御製と国見歌の源流」（『万葉集を学ぶ　第一集』有斐閣・一九七七）。
（7）青木周平「舒明国見歌の神話的表現」（『日本文学論究』45号・一九八六）、内田賢徳「『見る・見ゆ』と『思ふ・思ほゆ』」（『萬葉』115号・一九八三）、神野富一「国見歌」（『国文学　解釈と教材の研究』30巻13号・一九八五）、古橋信孝『古代和歌の発生』（東京大学出版会・一九八八）。
（8）『甲骨文合集』（中華書局・二〇〇五）
（9）同（八）。
（10）『尚書正義』巻第三。
（11）『春秋左傳正義』巻第十七。

(12)『春秋公羊傳注疏』巻第十二。
(13)『尚書正義』巻第十二。
(14)『毛詩正義』巻第十六。
(15) 同(四)。
(16) 桜井満『古代の山河と伝承』(おうふう・一九九六)。

額田王の「思近江天皇作歌」と宮怨詩

劉　雨珍

一　序

額田王は『万葉集』に長歌三首、短歌九首計十二首（他に重出歌一首）を残し、その作歌年代も孝徳朝、斉明朝から持統朝にまで及んでおり、名実ともに初期万葉の代表的存在とされている。ただ現存する十二首の歌作のうち、十一首が巻一、巻二の古歌巻に収められ、宴席歌などの公的作歌の性格を示しているが、唯一彼女の「個人的感情を知り得る」[1]ものは、巻四に収録されている「額田王思近江天皇作歌」という歌である。

君待つと　我が恋ひ居れば　我が屋戸の　簾動かし　秋の風吹く　（4・四八八）[2]

周知のように、この歌のすぐ後に次のような「鏡王女作歌一首」が収められている。

風をだに　恋ふるはともし　風をだに　来むとし待たば　何か嘆かむ　（4・四八九）

なお、用字に若干の相違は見られるものの、巻八の「秋相聞」の冒頭（8・一六〇六～一六〇七）にも、二首の歌はほぼこのままの形で重出している。ということは、奈良朝の人達にとって、すでに人口に膾炙する秀歌として認識されたものと考えられよう。

もちろん、この王朝風の優美さを備えている作品は成立年代だけでなく、その実作者までも諸説があり、なかなか決定しにくい要素を抱えている。「思近江天皇作歌」という題詞に従えば、額田王が近江天皇（天智）を思う歌になるが、「蒲生野」の歌（1・二十）のような具体的な作歌年代を突き止めることはできない。また、二首は古くから額田王と鏡王女の間で交わされた唱和歌として鑑賞されてきたが、[3] 唱和の相手が近江天皇ではなく、鏡王女となっているのも不可解である。そこで、伊藤博は、この二首の歌を後世の仮託と見なし、「王朝閨怨の情緒にも似るみやびの歌風に、『万葉集』、それもそのごく初期のものとはとうてい思えない感覚が漂っている。この不思議は、二首が二人の女王の実作ではなくて、奈良朝びとによって仮託されたものと考えないかぎり解けない」と論断している。[4] また、梶川信行もこの歌について、「それは声の世界にあった七世紀の歌人としての「額田姫王」の作ではなく、八世紀に定着した文字の世界の歌人としての「額田王」の歌と見たほうがふさわしい」と指摘している。[5]

そもそも額田王が近江天皇の妃だったという事実は史書にはまったく見当たらい。周知のように、額田王に関する歴史記録は『日本書紀』天武二年（六七三）二月の条に「天皇初娶鏡王女額田姫王、生十市皇女」と見えるのが唯一の例である。そういう意味で、梶川信行がこの『日本書紀』に登場する「額田姫王」、『万葉集』の編者によって創られた「額田王」、さらに享受史の中で後世の人々によって新たに創造された《額田王》を区別していることに象徴されるように、初期万葉の史料の少なさから、額田王研究においては、さまざまな実像と虚像が交差しているのが実情である。[6]

もちろん、前述の伊藤博の後世仮託説に対して、「決定的な根拠というものがひとつとして存在していない」[7]

という反論もあり、研究者の多くは作者の仮託説よりも、歌自身の表現特色の解明に多くの努力がなされてきたように感じられる。(8)以下、拙論も額田王の「思近江天皇作歌」における表現上の特色を、宮怨詩との関連から読み解き、先行諸説とは異なる若干の私見を提示してみたい。

二　先行諸説の再検討

さて、この歌は「あなたのお出でを待って、私は恋しく思っていると、我が家の簾を動かして秋の風が吹いている」という意味だが、中西進が指摘するように、その「繊細さを作り上げているものが、すだれに吹く秋風(9)」であり、歌全体のイメージを決定付けるキーワードはまさに「簾」と「秋風」なのである。つとに古沢未知男が「発想や其の表現手法は、どうしても中国風の色濃いものを思はせる。現にそれは中国詩文に多数の用例が見られるのに反して、我国当時の文献には一の事例も見出せない(10)」と述べるとおり、この二首の歌にはそれまでの日本文学にない斬新さがあり、歌全体の意味を解明するためには、やはり「簾」と「秋風」のイメージを中国古典文学との関連から考察しなければならない。以下、まず主要な先行諸説について少し整理してみよう。

周知のとおり、この歌と中国文学との関連をいち早く指摘したのは契沖の『萬葉代匠記』であった。契沖はまず額田王の歌について、

簾うこかし秋の風ふくとは、もし君やおはしますとおもふ心に、簾をうこかす秋風の音も君かとおもひてはからるゝなり。又河図帝通記《ママ》云。風者天地之使也。和漢ともに風の使といふことあれは、君をわか恋をれは、心の通するにや、秋風の、君か使のやうに簾をうこかして吹くるとよみたまへる歟。（初稿本）

と述べ、さらに次の鏡王女の歌について「此風ト云ハ使ナリ。風者天地之使也。陸士衡擬古詩云、驚飈褰反信。

（精撰本）」と指摘している。[11]

もちろん、契沖の指摘は二首の歌と中国文学との関わりを示す意味で大事であるが、同時にそれは厳密な意味での出典論とは言いがたい。というのは、「風者天地之使」とは『文選』巻十三の宋玉「風賦」に対して、唐の李善が緯書の『河図帝通紀』を引用して注記する部分であり、額田王とは時代が前後する。また、現存する『河図帝通紀』の逸文を見ると、「風者天地之使、故悪風所起之方、必有暴兵（風は天地の使なり。故に悪風の起つ所の方、必ず暴兵有り）」[12]となっており、それは自然現象を国家の運命に結び付けようとする漢代流行の纖緯思想に基づく言い方だろうと考えられる。

近代に入って、いち早くこの歌を中国文学と関連づけて論じたのは土居光知であった。氏はこの歌について、『文選』巻二十九雑詩上所収の張茂先「情詩」における「清風動帷簾、晨月照幽房。佳人処遐遠、蘭室無容光」から「暗示をうけてはゐないであらうか」と推測している。[13]さらに、次の鏡王女の歌についても、曹子建の「七哀詩」（『文選』巻二十三所収）などが「源泉ではなかつたらうか」と指摘し、「両王女が漢詩を和歌にする技を競つてゐるやうに感ぜられる」と述べている。

その後、小島憲之は張華の「情詩」以外に、次のような用例を挙げている。

秋風入窗裏、羅帳起飄颺、仰頭看明月、寄情千里光　（『玉台新詠』巻十、秋歌）

昭昭素月明、暉光燭我牀、憂人不能寐、耿耿夜何長、微風吹閨闥、羅帷自飄颺。　（『文選』巻二十七、樂府、傷歌行）

夜相思、風吹窗簾動、言是所歓來。　（『楽府詩集』巻第四十六、華山畿）

そして「或は寵を失った陳皇后を詠じ司馬長卿の長門賦（『文選』第十六）などの情景は、額田王の歌と一脈相通

ずるものがある」と述べている。(14)

ほかにも中国の六朝、隋および初唐の様々な類似表現が紹介されているが、総じて言えば、土居の挙げる張茂先の「情詩」と小島の挙げる「華山畿」が代表的な見解として定着しているようである。たとえば、小学館新編日本古典文学全集本『萬葉集』はこの歌について、

六朝の閨怨詩に通じる歌境の歌。「夜相思フ、風ノ窗ヲ吹キテ簾動ク、コレ歓《うれ》シキ所《ひと》来レルカ」（『清商曲辞』呉声歌、華山畿）の趣に近い。

と注釈をつけているし、岩波新日本古典文学大系本『萬葉集』も有斐閣『萬葉集全注』巻四、巻八も基本的に上記の説を踏襲している。

これらの先行研究は額田王の歌と中国文学との関連性を示す意味で、いずれも大変示唆に富む指摘である。ただし上記二首の漢詩をよく読むと、額田王の歌と少し異なっている点にも留意せねばならない。

まず、張茂先（華）の「情詩」は全部で五首あるが、本詩は第三首にあたり、『文選』巻第二十九雑詩上にも『玉台新詠』巻二にも収められている有名なものである。

清風動帷簾　　清風　帷簾を動かし
晨月照幽房　　晨月　幽房を照らす
佳人処遐遠　　佳人は遐遠に処り
蘭室無容光　　蘭室に容光無し
襟懐擁霊景　　襟懐《きんかい》に霊景を擁《いだ》くも
軽衾覆空牀　　軽衾《けいきん》は空牀を覆ふ

居歓惜夜促　歓《よろこび》に居りては夜の促《みじか》きを惜しみ
在慼怨宵長　慼《うれひ》に在ては宵の長きを怨む
拊枕独嘯嘆　枕を拊して独り嘯嘆し
感慨心内傷　感慨して心内に傷む

詩の大意を示すと次のとおり。清らかな風が吹いて、とばりや簾を動かし、夜明けの月が奥まった部屋まで差し込んでくる。夫は現在出かけており遠方にいるので、この部屋にはあの立派な姿を見ることができない。胸のうちに空しくその面影を抱き、薄いしとねが、夫のいない寝台を覆うのみ。かつて夫と一緒に喜びあったころは、夜の短さを惜しんだのに、別れて独り寝を憂える今こそは、夜の長さが恨めしい。枕をなでては一人ため息を漏らし、わびしい思いに胸が痛むばかりである。

さて、詩二句目の「照」、五句目の「霊景」は『玉台新詠』でそれぞれ「燭」、「虚景」に作るなど、両書には多少文字の異同が見られるが、詩全体の内容として、佳人（夫）が遠いところに出かけているので、逢うことができないことを嘆いている内容で貫かれている。言ってみれば、いま出かけて遠方にいる夫をひたすら思う女性の姿を、現在の視点に立って詠んだものである。それに対して、額田王の歌の前半では「君待つと　我が恋ひ居れば」とこれまでずっと「君」を思い続けている気持ちを描き、後半では「我が宿の　簾動かし　秋の風吹く」と季節が秋まで続いているという時間の推移を示しており、全体としては過去から現在への視点で詠んだものである。そういう意味で、「清風動帷簾」における「清風」は額田王の歌における「秋風」と同一に論じることはできない。

同じく、前述の『楽府詩集』巻第四十六「華山畿」の詩も風を所歓つまり恋人の訪れかと思わせるとして描いているが、ここも「風吹窗簾動」と作り、秋風には作っていない。また、『楽府詩集』が引く『古今楽録』によると、「華山畿」は自分を恋い続けて命を落としてしまった男に対する女性の回想の連作で、全部で二十五首もあり、上記のものは其二十三首にあたる。

以上見てきたように、上記二首の漢詩が額田王の歌と似ているところも見られる一方、それぞれ相違点が存在していることも無視できない。もっとも、小島憲之もはっきりとこれらが出典だと断定したわけでもなく、「語句の類似性から云へば、これは必ずしも源泉とは云ひ難いが、佳人秋風裡の優艶な歌風の姿は、六朝詩よりまなんだものとみるべきではなからうか。そこに近江朝廷を中心とする文学的雰囲気がみられる」と述べている。[15] そこで、もっと視野を広めて、本歌における「簾」と「秋風」の新しい要素の受容を考察する必要が生じてくると思われるのである。

三　簾と宮怨

まず、「簾」について見ると、『説文解字』竹部に「簾、堂簾也。从竹廉声（簾は堂簾なり。竹に从《したが》い廉の声なり）」とあり、『倭名類聚抄』巻六屏障具に「簾（音は廉、須太礼《すだれ》）、編竹の帷なり」とある。『万葉ことば事典』の説明によると、「『簀＋垂れ』の意。竹や葦、麻などを糸で粗く編んだもの。四季を通して、ものの隔てや日光の遮りに用いられた」という。[16] しかし「簾」の用例は記紀には見えず、『万葉集』においても単独の使用例はこの歌のみである（8・一六〇六に重出）。そのほかには、「小簾（簀）」が三例、「垂簾」が一例見られる。

（1）玉垂《たまだれ》の　小簾《こす》の間通し　ひとり居て　見る験なき　夕月夜かも　（7・一〇七三）

（2）玉垂の　小簾の隙に　入り通ひ来ね　たらちねの　母が問はさば　風と申さむ　（11・二三六四）

（3）　玉垂の　小簾の垂簾《たれす》を　行きかちに　眠《い》は寝《な》さずとも　君は通はせ　（11・二五五六）

三首とも「小簾《こす》」の前に「玉垂」という枕詞がついているが、これについて、小学館新編日本古典文学全集本『萬葉集』の頭注では次のように説明している。

玉垂は、穴を穿った数多くの玉に穂を通して垂らした豪華なすだれ。雅語として用いられ、同格的に小簾を修飾する。(17)

つまり、これらの「玉垂の小簾」という表現は漢語の「珠簾」の訳語として理解して差し支えなかろう。

さて、上記の三首のうち、（1）は巻七「雑歌」の「詠月十八首」の五首目であり、簾の目越しに一人座って月を見ている女性の姿が描かれているが、それは男性の来訪をひたすら待ち続ける女性だろうと考えられる。また、（2）と（3）はともに巻十一の古今往来相聞歌に収められた歌だが、前者は旋頭歌、後者は正述心緒歌に分類されている。（2）では母親に察知されないように、簾の隙間から通ってくる恋人を風にしておこうと述べ、（3）でも「玉垂の小簀の垂簾」を邪魔物として詠んでいる。それは「住居などの入り口に簾があって邪魔なように、母親などの警戒が厳重で男が潜入できないことを言う」という解釈が示されるとおり、前句と趣を同じくしているものと考えられる。(18)ということは、上記三例の「小簾」とも男女の恋を詠むものとして登場しているのである。

なお、上代における「簾」の用例について、わずか『懐風藻』で紀古麻呂の七言「望雪」詩にも一例見られる。

垂拱端坐惜歳暮　　垂拱端坐して歳暮を惜しみ
披軒褰簾望遙岑　　軒を披き簾を褰げて遙岑を望む

ただし、これは年の暮れに窓を開き、簾をかかげ、遠い山々の積雪を望む姿が描かれており、『万葉集』における恋歌のイメージと異なることは言うまでもない。

ところで、額田王の歌における「簾」に関する詳しい注釈は諸注にはあまり見られず、その意味で岩波新古典文学大系本『萬葉集』の注は大変重要なものである。

「簾」は「玉垂の小簀」（一〇七三）などと歌われる、小玉を貫き通したものもあったらしいが、それは「珠を織りて簾と為す」（『西京雑記』二）という中国の「珠簾」を模するものであろう。君の訪れを待ちながら風に動く簾を見るという趣向も、六朝の閨怨詩に倣うと考えられる。

ここでは、「玉垂の小簾」は漢籍の「珠簾」からの受容である可能性を述べている。題詞通りに解釈すれば、このような美しい簾を飾っている「我が宿」は、同じく額田王の作「秋の野の　み草刈り葺き　宿れりし　宇治の宮処の　仮廬し思ほゆ」（1・七）という歌における「仮廬」ではなく、むしろ天皇の妃として暮らし、天智天皇の来訪をひたすらに待ち続ける後宮のことと考えられよう。そういう意味で、宮怨詩との関連性を示す重要なキーワードと言えるが、以下、中国における「簾」の用例について考察してみたい。

中国における簾の起源については定かではないが、「簾」の字が『詩経』、『楚辞』などには見えず、秦以前にはさほど普及していなかったと推定できる。漢代に入ると、たとえば『漢書』外戚伝下に「厳持篋書、置飾室簾南去（厳は篋書を持ち、飾室の簾の南に置きて去る）」とあり、ようやく文献に登場してくる。一番有名な例として、前漢末の劉歆の撰と伝えられる『西京雑記』巻二に見られる次の用例が挙げられよう。

漢諸陵寝皆以竹為簾、皆為水紋及龍鳳之像。昭陽殿織珠為簾、風至則鳴如珩珮之声。

（漢の諸陵寝は皆な竹を以て簾と為し、皆な水紋及び龍鳳の像を為す。昭陽殿は珠を織りて簾と為し、風至れば則ち鳴ること珩

珮の声の如し）

『西京雑記』は前漢一代の雑事を記録したものだが、中では皇帝や后妃、諸侯王らの逸話を始め、風俗、逸聞、雑事、伝説など多彩な記事を収録する。これによると、前漢時代の帝王陵には竹の簾を用い、水や龍、鳳の模様を飾る。それに対して昭陽殿では珠の簾を用い、風が吹くと玉のような音がするという。興味深いことに、ここにも早くも「簾」と「風」の組み合わせが登場しているのである。

なお、昭陽殿とは前漢の成帝とその寵愛を受ける趙飛燕姉妹が住む宮殿であり、栄耀と寵愛の象徴的存在である。そこを「珠簾」で飾るのは、もちろん宮殿に住む女性の高貴さを物語っており、またこの特殊な空間において皇帝の寵愛をめぐる女性たちの熾烈な闘いが繰り返されている。後述するように、この闘いに負けた班婕妤が「怨詩」を作り、それが中国における宮怨詩の濫觴となったのである。宮怨詩とはいうまでもなく、宮中の女性が天子の愛の衰えを嘆くものつまり宮女の怨情を描くものである。

後世の宮怨詩の代表的存在として、まず謝眺の有名な「玉階怨」（『玉台新詠』巻十）が挙げられる。

夕殿下珠簾　　夕殿　珠簾を下し
流螢飛復息　　流螢　飛びて復た息む
長夜縫羅衣　　長夜　羅衣を縫ひて
思君此何極　　君を思ふこと此に何ぞ極まらん

題名の「玉階怨」に象徴されるとおり、この詩は玉の階に住む宮女の愁いを歌ったものであるが、ここでは珠簾が下ろされ、蛍が飛び交う秋の長夜の宮殿に暮らし、服を縫いながら「君を思ふ」宮女の姿が見事に描かれている。

なお、このような宮怨詩は脈々と後世まで受け継がれており、唐の李白も「怨情」（『全唐詩』巻一百八十四）という題で次のような名作を残している。

美人捲珠簾　美人　珠簾を捲き
深坐顰蛾眉　深く坐して蛾眉を顰《ひそ》む
但見涙痕湿　但だ見る　涙痕の湿《うるお》ふを
不知心恨誰　知らず　心に誰をか恨むを

ここでも、珠簾を捲いて眉を顰めて、涙を流している宮女の姿を見事にとらえているが、上記の作品と同じく、「珠簾」は宮殿における高級装飾品として描かれるよりも、宮怨詩には不可欠な素材の一つとして詠まれているのである。

四　秋風と怨詩

次に、この歌のもう一つのキーワード「秋風」について考察を進めよう。「秋風」は記紀歌謡に歌われておらず、『万葉集』によってはじめて取り上げられた素材なのだが、集中全部で五十七ヶ所詠まれている。辰巳正明の統計によると、「これらの秋風の歌は、作者の判明するものから考えると時代的には新しい歌であり、作者未詳においても巻十季節歌群に集中するものであって、それは新しい時代のみやびであった可能性を示唆」するものだが、その中で額田王の詠む秋風が「このように早く万葉集に現れるのは、それが漢文学による理解からであった」という。[19]さらに氏は『万葉集』におけるこれら秋風の歌につて、「旅にあった秋風の寒さを詠んでいるもの、秋の美しい風物として詠んでいるものなどであり、そこには秋の悲しみが見られない」ところに特徴があると指摘し、この秋風が秋の季節を表現する風物として詠まれるのは、七夕との結びつきが考えられ、七夕詩が七夕歌の「秋風」を促したと述べている。[20] その中で、藤原宇合の、

我が背子を　何時ぞ今かと　待つなへに　面やは見えむ　秋の風吹く　（８・一五三五）

という歌は「明らかに女の立場で男の訪れを待つ歌」と指摘し、閨怨詩の特徴を持っているという。これをうけて氏はさらに、「額田王の秋風の歌は王が、《男》の立場で《待つ女》の姿を詠んだ閨情詩だと考えることも可能」だと述べている。[21]

さて、この「秋風」をいかに理解すべきかは、古来議論の焦点となっているところである。ある意味では、この額田王の歌をめぐる諸家の解釈は主として「秋風」をめぐって展開されてきたといっても過言ではあるまい。古沢未知男や身崎壽、井手至は諸家の説を丁寧に整理しているが、ほぼ次のように分類できる。[22]

（１）前兆説　（２）風使説　（３）錯覚説　（４）景趣説

もちろん、これらはあくまでも便宜的な分類であって、古沢と身崎の間でも具体的な説に対して分類の違いを見せている。一方、井手は、中国六朝時代の閨怨詩に、「空しく風が吹き、恋しい人に逢えない嘆きを詠んだ内容」や「女人が『秋風』の吹く閨房にあって物思いに沈み、夫に逢えないことを嘆いた」ものの多いことを指摘した上で、[23] さらに

君に恋ひ　しなえうらぶれ　我が居れば　秋風吹きて　月傾きぬ　（10・二二九八）

という「寄月」歌と額田王の歌がほぼ同じ構造であることに注目して、この「秋風」も女が男を待ち恋うものとしてとらえている。そして、「額田王歌の結句が『秋の風吹く』の表現にも、含蓄として身にしみるような秋風の意とともに、そこに、天皇の訪れを望み得ないのではないかという嘆きの気持ちが漂っているように思われる

のである。この額田王の『秋風』の用法には、源泉として六朝時代の閨怨詩の『秋風』が考えられ、時代的にも最も早い中国閨怨詩の影響をここに指摘することができる」と述べている。[24] もちろん、氏の指摘のとおり、中国の閨怨詩には、帷簾を揺り動かす秋風がほとんど夫に逢う前触れとして描かれていない。

実は上記の先行諸説に全く触れていないが、中国では漢代以降定着した「秋風」には、もっと大事なイメージが結びついているのである。むしろ、それこそ宮怨詩を読み解く極めて重要なキーワードといっても過言ではあるまい。

まず、『玉台新詠』巻一に収められている班婕妤の「怨詩」および序を見てみよう。

新裂斉紈素　新らに斉の紈素《がんそ》を裂けば
皎潔如霜雪　皎潔として霜雪の如し
裁為合歓扇　裁《た》ちて合歓の扇と為せば
団団似明月　団団として明月に似たり
出入君懐袖　君の懐袖に出入し
動揺微風発　動揺して微風を発《おこ》す
常恐秋節至　常に恐る　秋節の至りて
涼風奪炎熱　涼風の炎熱を奪わんことを
棄捐篋笥中　篋笥《きょうし》の中に棄捐《きえん》せらるれば
恩情中道絶　恩情も中道にて絶えなん

その序に「昔漢成帝班婕妤失寵、供養於長信宮。乃作賦自傷、並為怨詩一首（昔漢の成帝の班婕妤は寵を失い、長信宮に供養せらる。乃ち賦を作り自ら傷み、並せて怨詩一首を為る）」とあるが、『漢書』外戚伝下によると、班婕妤は前漢の成帝が即位時に選ばれた妃であり、才色兼備のため初めは成帝に寵愛され、皇太后にも可愛いがられていた。ところが、後に趙飛燕、趙合徳姉妹に成帝の寵を奪われ、身の危険を恐れて長信宮に退いて皇太后に仕え、寂しく日々をすごした。その時に作られたのが有名な「長信宮賦」とこの「怨詩」であった。ただ『漢書』では「長信宮賦」を収録しているが、この「怨詩」を収めていない。

一首の意味は以下のとおり。新しく斉国産の白絹を裂いて、満月のような丸い団扇を作る。この団扇はいつも君の懐や袖に出入りし、動かすたびにそよ風を発している。しかし心配しているのは、秋風が吹くころになり、涼風が熱さを奪い去ると、わが身は秋の団扇のように、箱の中に投げ込まれ、君の恩情もそこで絶えてしまうことである。

これでは、見事な記事や模様を愛されながら、秋風のころになると捨てられる団扇の運命に、自己の姿を見る女の嘆きを歌っている。この詩をきっかけとして、秋風と団扇が宮怨詩の重要な素材として以降の中国文学史上すっかり定着したのである。もちろん、ここで詠まれた「涼風」は「秋風」とまったく同じ意味である。

この詩は「怨歌行」と題して『文選』巻二十七「楽府」上にも収められており、その巻三十一「雑擬下」（『玉台新詠』巻五）に、江文通「雑體詩」三十首の其三に「班婕妤（詠扇）」を擬した詩が載せられている。

紈扇如円月　　紈扇は円月の如く
出自機中素　　機中の素自り出づ
画作秦王女　　画《えが》ひて秦王の女《むすめ》と作し
乗鸞向煙霧　　鸞に乗りて煙霧に向かふ

采色世所重　采色は世の重じる所
雖新不代故　新と雖も故に代らず
窃愁涼風至　窃かに愁ふ　涼風の至りて
吹我玉階樹　我が玉階の樹を吹き
君子恩未畢　君子の恩の未だ畢らざるに
零落在中路　零落して中路に在らんことを

ここでも上記の班婕妤の「怨詩」を踏まえて、秋風が吹き、捨て去られる団扇の運命が詠まれている。一首の大意は次のとおり。白い絹張りの団扇は丸い月のようで、それは機の中の白絹から出たものである。そこには秦の穆公の娘である弄玉が夫の蕭史とともに鸞鳥に乗って、煙や霧のたなびく空に向かって舞い上がる絵が描かれてある。美しい彩りは世の中の人々に重んじられるが、新しいからとて、古いものに取り替えるべきではない。私が恐れているのは、秋風が吹いてきて、私の玉の階の樹を吹きはしないか。そしてわが君の恩愛がまだ終わらぬうちに、団扇のように捨て去られるのではないかということだ。

詩題および全体の内容から分かるように、本詩が前述の班婕妤の「怨詩」の擬作であることは一目瞭然である。特に、「窃恐愁涼風」から「零落在中路」までの最後の四句において、踏襲の痕跡を色濃く残している。

梁の簡文帝が「秋風與白団、本自不相安」（「怨詩行」、『玉台新詠』巻七）と詠むように、もともと関係のない「秋風」と「白団」（団扇）のことだが、班婕妤の「怨詩」以降すっかり密接に結びつき、ほとんどセットのような存在となっている。たとえば、『楽府詩集』巻四十三「相和歌辞・楚調曲」中においては、班婕妤の「怨詩行」に続き、曹植、傅玄、梁簡文帝、江淹、沈約、庾信、虞世南、李白などの問題作品が収められているし、さらに下においては、陸機、梁元帝、劉孝綽、孔翁帰、何思澄、王叔英妻沈氏、何楫など六朝時代の人たちの「班婕妤（一曰婕妤怨）」という同題の詩が収録され、当時この題材が数多く詠まれていたことを示している。ほかにも、この故事を詩の中に読み込むものも数多く見受けられる。井手至の論文にも取りあげられたものから一例を示すと、王僧孺の「秋閨怨」（『玉台新詠』巻六）は次のように詠んでいる。

斜光隠西壁　　斜光　西壁に隠れ
暮雀上南枝　　暮雀　南枝に上る
風来秋扇屏　　風来れば　秋扇　屏《しりぞ》けられ
月出夜灯吹　　月出づれば　夜灯吹かる
深心起百際　　深心　百際より起こり
遥涙非一垂　　遥涙　一垂に非ず
徒労妾辛苦　　徒労す　妾が辛苦
終言君不知　　終に言う　君知らずと

題名の「秋閨怨」から分かるように、本詩は女子の秋の閨怨を詠むものであるが、三句目の「風来秋扇屏」は言うまでもなく、前述の班婕妤の「怨詩」を踏まえた言い方である。

以上の用例から見て取れるように、中国の宮怨詩における「秋風」のイメージには団扇が深く結びついており、そこには途絶えている男の来訪を待ち続け、自分が団扇のように見捨てられるのではないかという不安の心理が描かれている。

すでに梶川信行も指摘しているとおり、「『万葉集』一般に、〈秋風〉は〈寒く〉吹くものであって、それに男の訪れを期待するようなものではない。」そういう意味で、額田王の歌は「むしろ、男の訪れが間遠くなったことを暗示している」という。[25] それより一歩進んで推測すれば、額田王のこの歌は夫の到来の前兆説や目の前の景趣説などよりも、むしろ天智天皇の到来をひたすら待ち続け、それがなかなか実現できないことへの嘆き、宮女としての怨情が描かれているのではないかと考えられよう。

五　結

以上、額田王の「思近江天皇作歌」において一番重要なイメージを担っている「簾」と「秋風」について、中国の宮怨詩との関連から若干の考察を試みてきた。この文脈で読むと、この歌には天智天皇の到来をひたすら待ち続ける「宮怨」としての額田王の姿を描いたものと考えられ、歌の中で詠まれる「秋風」は、天智天皇の到来がなかなか実現されないことへの嘆き、宮女としての怨情を表すという意味で理解すべきものと思われる。井手至の表現を借りて言うなれば、この歌に時代的にも最も早い中国宮怨詩の影響を指摘することができると考えるのである。

周知のように、近江朝は制度文物など中国文化の取り入れに大変熱心であった。『懐風藻』序では制度の整備や文芸の奨励に努力する当時の様子を記しているが、多少誇張的な部分があるとしても、一定の歴史的事実を伝えていることは確かである。残念ながら、壬申の乱によって多くの作品が散逸してしまい、今日の研究では資料面でかなり不足している。それでも、確実にいえるのは、近江朝で活躍する額田王が、代作から個人詠への過程で、中国文学の豊富な要素を吸収したことである。和歌の創作は初期万葉というスタート時点において、すでに中国文化を積極的に取り入れたことは、以降の日本文学や日本文化を考える上でも、やはり大変意味深いものと言わなければならない。

【注】

（1）中西進「額田王論」（『万葉集の比較文学的研究』所収、桜楓社・一九六三、『中西進万葉論集　第一巻』一三九頁、講談社・一九九五）。

（2）本文における『万葉集』の引用は新編日本古典文学全集本『萬葉集』（小学館）による。

（3）近年刊行のものとして、身崎壽『額田王　萬葉歌人の誕生』（塙書房・一九九八）や多田一臣『額田王論　万葉論集』（若草書房・二〇〇〇）などが挙げられる。

（4）伊藤博『萬葉集釋注二』（集英社・一九九六）。

（5）梶川信行『創られた万葉の歌人　額田王』（塙新書・二〇〇〇）一九六頁。

（6）梶川信行「三人の額田王」（『國文学　解釈と鑑賞』62巻8号、一九九五）や『創られた万葉の歌人　額田王』（塙新書・二〇〇〇）など。

（7）身崎壽『額田王　萬葉歌人の誕生』（塙書房・一九九八）一一五頁。

（8）平館英子「額田王論」（『セミナー万葉の歌人と作品　第一巻』和泉書院・一九九九）や多田一臣『額田王論　万葉論集』（若草書房、二〇〇一）など。

（9）中西進『鑑賞日本古典文学第三巻　万葉集』（角川書店・一九七六）一三〇頁。

（10）古沢未知男『漢詩文引用より見た万葉集の研究』（南雲堂桜楓社・一九六四）一六七頁。

（11）『契沖全集第二巻　萬葉代匠記』（岩波書店・一九七三）三〇二〜三〇三頁

（12）安居香山、中村璋八編『重修緯書集成巻六　河圖・洛書類』（明徳出版社・一九七五）一〇二頁。なお、「風者天地之使」という表現は、同書九七頁の『龍魚河圖』にも見られる。

（13）土居光知「比較文学と萬葉集」（『萬葉集大成第七巻　様式研究篇・比較文学篇』（平凡社・一九五四）二四九〜二五

〇頁。後に『古代伝説と文学』（岩波書店・一九六〇）に所収。
(14) 小島憲之『上代日本文學と中国文學　出典論を中心とする比較文學的考察』中（塙書房・一九六四）八九六頁。
(15) 注(14)に同じ。
(16) 青木周平ほか編『万葉ことば事典』（大和書店・二〇〇一）。
(17) 小学館新編日本古典文学全集本『萬葉集』一〇七三番歌、二三六四番歌の頭注。
(18) 小学館新編日本古典文学全集本『萬葉集』二五五六番歌の頭注。
(19) 辰巳正明「秋風の歌―悲秋と閨情―」（『万葉集と中国文学　第二』（笠間書院・一九九三）四八九～四九〇頁。
(20) 辰巳正明「秋風の歌―悲秋と閨情―」（『万葉集と中国文学　第二』（笠間書院・一九九三）四九〇～四九一頁。
(21) 辰巳正明「秋風の歌―悲秋と閨情―」（『万葉集と中国文学　第二』（笠間書院・一九九三）四九一頁。
(22) 古沢未知男『漢詩文引用より見た万葉集の研究』、身崎壽『額田王　萬葉歌人の誕生』および井手至「秋風の嘆き」（『遊文録　万葉篇一』（和泉書院・一九九三）など参照。
(23) 井手至「秋風の嘆き」（『遊文録　万葉篇一』（和泉書院・一九九三）二六〇～二六一頁。
(24) 井手至「秋風の嘆き」（『遊文録　万葉篇一』（和泉書院・一九九三）二六四頁。
(25) 梶川信行『創られた万葉の歌人　額田王』（塙書房・二〇〇〇）一九九頁。

【付記】本稿の作成に際して、國學院大學の辰巳正明教授より有益なご教示を頂いた。記して深甚なる謝意を申し上げたい。

V

作品論的アプローチ

「初期万葉」とは、どのような世界として位置づけることができるか。詰まるところそれは、「初期万葉」の作品と認定できるものを、一つ一つ丹念に読んで行くことを通してしか窺い知ることができない。その認定には、研究者によって違いが見られるものの、どのような立場を取るにせよ、万葉史全体を見通す視野に支えられた読みの深さこそ、それを明らかにするもっとも有効な方法となろう。

軍王山を見て作る歌

平舘英子

一　はじめに

『万葉集』は巻一の高市岡本宮御宇天皇代に次の歌を載せる。

幸二讃岐国安益郡一之時、軍王見レ山作歌

霞立つ　長き春日の　暮れにける　わづきも知らず　むら肝の　心を痛み　ぬえこ鳥　うらなけ居れば　玉だすき　かけの宜しく　遠つ神　我が大君の　行幸の　山越す風の　ひとり居る　我が衣手に　朝夕に　かへらひぬれば　ますらをと　思へる我も　草枕　旅にしあれば　思ひ遣る　たづきを知らに　網の浦の　海人娘子らが　焼く塩の　思ひそ燃ゆる　我が下心　（1・五）

反歌

山越しの　風を時じみ　寝る夜おちず　家なる妹を　かけて偲ひつ　（1・六）

右、検二日本書紀一、無レ幸二於讃岐國一。亦軍王未詳也。但山上憶良大夫類聚歌林曰、記曰、天皇十一年己亥冬十二月、己巳朔壬午、幸二于伊与温湯宮一云々。一書、是時、宮前在二二樹木一。此之二樹、斑鳩比米二鳥大集。時勅、多挂二稲穂一而養レ之。仍作歌云々。若疑従レ此便幸之歟。

右の歌について、舒明朝への配列と作品との整合性を疑う説がある。それは、早くに香川景樹『萬葉集捃解』が「すべてはし詞は違へることのみ多し。見山とのみあるも足はぬこ、ちす」[1]と題詞と歌の内容とのずれへの疑問を呈したことに始まると考えられる。そのずれへの認識は、歌の実態と編纂時の認識のずれに及んでゆくものであり、軍王とされる作者の不確かさ[2]はそのずれに一層注目させる。このことは舒明朝に配列されることに対する歌自体への疑問に繋がっている。舒明朝の作としては整いすぎていると見える長歌反歌からなる形態、枕詞・序詞といった詩句への修飾を伴う表現技巧や「遠つ神」「ますらを」といった語の存在など[3]、多岐に亘る疑問である。こうした疑問は、五・六番歌が実態としての古さを有しているかどうかという点に集約される質のものであり[4]、それは言い換えれば『万葉集』第一巻が五・六番歌を舒明朝の作としたことへの根拠を何処に求めうるのかという疑問でもある。歌の表現手法や語への理解、作者の探求は作品のあり方を問うものであり、題詞と歌とのずれへの疑問はむしろ編纂への疑問に通じるものであるけれども、歌自体にとっては表裏の視点と言える。もちろん、『万葉集』において作歌の実態が見えている作品はともかくとして、現行の『万葉集』が編纂を重ねているとするならば、その初期の段階において五・六番歌の場合には既に伝承であった可能性も考慮されねばならないからである。それは「軍王未詳」とする左注の存在にも繋がるものである。しかしながら、持統朝の編纂[5]と推測され、藤原朝の作品を含む巻一において、ある作品を持統朝以前の作品と認定することには伝承による認定も含めてそれなりの理由があったと考える必要があると思われる。現行の『万葉集』にその継承の実態を何処まで問えるかは難しい点ではあるけれども、左注が施されるのは注者がそこに継承を認めるからでもあろう。左注は継承された内容への解説であり、疑問でもあろうから。

五・六番歌に対して、左注は軍王という作者が未詳であることの他に、題詞の記す行幸が『日本書紀』や『類聚歌林』の記録と齟齬することに触れる。その上で、「若疑　従レ此便幸之歟」と、むしろ舒明朝の作として編纂されていることへの整合性を求めようとする。左注のこのあり方は、少なくとも『日本書紀』『類聚歌林』を目にし得た奈良朝の注者の手元に五・六番歌が舒明朝の作という形で伝わっていたことを確認させる。とすれば、逆に注者が右の作品を舒明朝の作品として疑問視しなかった理由を問うことがあってもよいであろう。注者は五・六番歌をどのような根拠で舒明朝の作品として受け入れ得たのであろうか。もちろん、当時であれば、既定の製作年代に意義を差し挟む発想自体が無かったと言うべきかもしれない。しかし、その一方で、五・六番歌を現行の配列として受け入れ得た読みがあるからこそその左注でもあるのではないか。

二　題詞の意図

五・六番歌の題詞は「讃岐国安益郡《アヤ》」という行幸による作歌の場、軍王という作者、そして「見レ山」という作歌状況の三つの要素を含む。讃岐国安益郡は現在の香川県坂出市と綾歌郡の一部。「安益郡」という表記は『万葉集』のこの一例のみで他には見られない。藤原京出土木簡に「綾」と見え、『日本書紀』『続日本紀』には「阿野」また平城京出土木簡に「阿野」「阿夜」「綾」、正倉院文書にも「阿野」と見える。後の『延喜式』や『和名類聚抄』にも「阿野」とされることから、「安益」の表記について梶川信行は和銅六年（七一三）五月の好字令以前の、すなわち「阿野」に表記が固定する以前の段階のものと推測する。(6)

「安益郡」は『古事記』に「(倭建命) 娶二吉備臣建日子之妹、大吉備建比売一、生御子、建貝児王。……建貝児王

者、讃岐綾君・伊勢之別・登袁之別・麻佐首・宮首之別等之祖」（景行天皇条）と見え、「綾君」ゆかりの地と見られる。類似の事情は『日本書紀』にも語られる。(7) 一方、『播磨国風土記』餝磨郡には「漢部里土中上。右、称二漢部一者、讃藝国漢人等、到来居二於此処一、故号二漢部一」とある。阿野郡の城山（現坂出市）に朝鮮式山城と推測される遺跡があることから、渡来人の漢氏の一族とも考えられている。記紀の伝承、渡来人漢氏の伝承からアヤ郡の名称の由来が推測されるけれども、「安益」の表記そのものとは結びつかない。なお、この地付近は、朝鮮半島との関係に於いて軍事的には要衝の地であったようで、白村江の敗戦後の天智紀六年（六六七）十一月の条に「是月、築二倭国高安城、讃吉（讃岐に同じ）国山田郡屋島城、対馬国金田城一」と見え、高松市屋島に防備の城が築かれたことが知られる。唐・新羅の来攻に備えたのであろうが、編纂当時、軍王とある作者に連想が働く可能性を窺わせる。また、持統紀三年（六八九）八月の条には「辛丑（二十一日）、詔二伊予総領田中朝臣法麻呂等一曰、讃吉国御城郡所レ獲白鷰宜二放養一焉」とあって、讃岐がこの時期まだ伊予総領の管轄下にあったことが推測される。左注が伊予行幸をもって、讃岐への行幸を推測する根拠の一つかもしれない。(8) こうした記述からすると、讃岐国では早い時期に大和朝廷との関係が培われたと見られるが、その扱いは重くない。讃岐国に関するその後の史的記録の中心は飢饉に関するものである。『続日本紀』に四十一回登場するが、飢の記事が十一回、疫三回、飢饉・飢疫・賑給・旱・蝗・大風が各一回である。ちなみに伊予国は四十三回中、飢饉六回、疫・大風各二回、蝗一回であり、讃岐国の飢の数の多さが目に付く。『続日本紀』の記事の中で産業に関わるのは讃岐を含む廿一国に関する「始織綾錦」（和銅五・七・一五）と「白樊石」献上（和銅六・五・一二）の僅か二例のみである。讃岐国正税でみれば公廨三十五万束（伊予国は三十万束）で、史生の数等も大国に準ずる扱いである。しかし、現実には決して恵まれた国では無かったのであろう。都人にとって、讃岐国は外的侵略に備えるべき、貧しい僻地として印象づけられていたことが推察できる。なお、「安益郡」が塩の産地であったことは『延喜式』「主計上」讃岐国の条に「輸絹。塩。阿野郡輸敖《イリ》塩」と見え、歌の内容と題詞との関係性が認められる。なお、『万葉集』で讃岐国を歌うのが、五・六番歌以外では「讃岐狭岑嶋、視石中死人柿本朝臣人麻呂作歌」（巻二・二二〇〜二二二）のみであるのは、讃岐国にとって象徴的と言ってもよいかもしれない。

このようにみてくると、「安益」の表記は単に時代差だけの問題なのかを考えさせられる。「安益」の表記は

「安　静也」（『説文解字』）「安　定也」（『爾雅』釈詁）「安　於寒反　定也」（『大広益会玉篇』）といった字義をあげるまでもなく、「安心」「安全」の「安」であり、「益」の字も「益饒也。从水皿。水皿、益之意也」（『説文解字』）とあって、注に「食部曰饒飽也」とするように、皿から水があふれる意であり、「益　於亦切　加也。又卦名」（大広益会玉篇）とある。「安益」は「アヤ」という音を示すだけでなく、字義からすれば安全さのあふれた地の意の讃詞と呼べる表記と言える。題詞としてこうした表記を用いたことは、外的侵略に備えるべき、貧しい僻地という讃岐国の印象を背景とする時、それとは逆の讃岐の国の安寧という予祝の意味を込めているのではないか。とすれば、「安益」は『万葉集』巻一が撰んだ表記だった可能性が生じる。

三　山を見ること

題詞に記された「見山」という作歌動機が歌の内容とそぐわないという指摘が早く『萬葉集増解』にあることは既に触れた。「ーを見て作れる歌」とある題詞について、伊藤博は第三期以降の「見」は観照（観望）の意があること、第三期までは「『見ル』ことに文字通り古い伝統を負わせているものが多い」こと、殆どが旅の歌であることを指摘し、「『ーを過ぐる歌』なる題詞を持つ歌は、『ーを見る歌』と本質的な差はない」とする[9]。第三

期以降に関しては「見二飜翔鳴一作歌」（巻19・四一四一）のような作歌が見え、観照の要素が窺える。そこで当該歌の検証のために第三期までの歌について、「見る」ことの対象を再度検討しておきたい。「見る」とするときに其の対象を「山」とだけする特異性を考えるからである。「見〜」の形式を含む題詞は集中に三十二例あるが、奈良朝以前の例がほぼ含まれる巻三までの例を検討したい。なお、巻四には例が見られない。

①十市皇女参二赴於伊勢神宮一時見二波多横山巌一吹芡刀自作歌　（1・二二）
②長忌寸意吉麻呂見二結松一哀咽歌二首　（2・一四三）
③大宝元年辛丑幸二于紀伊国一時見二結松一歌一首　（2・一四六）
④讃岐狭岑嶋視二石中死人一柿本朝臣人麻呂作歌一首 并短歌　（2・二二〇〜二二二）
⑤博通法師往二紀伊国一見二三穂石室一作歌三首　（3・三〇七〜三〇九）
⑥上宮聖徳皇子出二遊竹原井一之時見二龍田山死人一悲傷御作歌一首　（3・四一五）
⑦和銅四年辛亥河辺宮人見二姫嶋松原美人屍一哀慟作歌四首　（3・四三四〜四三七）

①で見ている対象は自然の景であるが、それは単に「見レ巌」ではなく、「波多横山」という場所の限定を持つ固有の巌であり、かつ歌で「ゆつ岩群」と呼ばれ、その清浄さが「常にもがもな　常娘子にて」という十市皇女に対する希求を祈誓する表現を導いている。見る対象に呪的な要素を窺わせるのは②③も同様で、有間皇子が長久を祈ったであろう結び松への思いが「見る」ことの根柢にある。④⑥⑦はいずれも死者を「見」る歌であるが、いずれも行路死人であることが注意される。「見る」ことに生じるその悲傷・悲嘆は通常ではない死を迎えざるを得なかった死者への哀悼の情に発せられている。こうした例は「見る」ことが、固有の物や人に向けられるだけでなく、その対象からそこに呪性を含んだ讃詞或いは非日常の事象に触発される哀悼の情が導かれること

を示しており、改めて「見る」ことの伝統的な力を考えさせる。対して、⑤の第一首は久米若子の伝承を持つ岩屋を訪れた時の作で、「はだすすき　久米の若子が　いましける　三穂の岩屋は　見れど飽かぬかも」（3・三〇七）と伝承に基づく景を讃美する。しかし続く第二首には「常磐なす　岩屋は今も　ありけれど　住みける人そ常なかりける」（3・三〇八）と、それがもはや説話でしかない現実把握が歌われており、①〜④⑥⑦の持つ見ることの力から、景としての把握への過渡期を窺わせる。こうした①〜⑦以降第三期までの歌において、「見る」ことは、死者の他には「向レ京海路」の「浜貝」（6・九六四）「海人釣船」（6・一〇〇三）「武蔵小埼沼鴨」（9・一七四四）「河内大橋獨去娘子」（9・一七四二）、「菟原處女墓」（9・一八〇九）のように特定の対象に向けられてはいるが、いずれも旅の景や説話的要素が中心で、呪的要素は薄められている。

以上のような「見る」対象のあり方からすると、五・六番歌の「見レ山」には、旅の歌としての景以上に呪的要素、あるいは「山」に触発される強い情感を想定することが求められると思われる。そこで問われるのは改めて何故この題詞かという疑問であろう。讃詞性を帯びる題詞と歌との関係性への疑問であり、それを舒明朝の歌として配列した意図への疑問である。梶川は題詞と歌との関係において、「見レ山」における「山」は「遠つ神吾が大王の　行幸《いでまし》の　山」であり、「『見レ山』とは天皇がかつて国見をした山を見たことを言うのだ」とし、さらに「その配列が身分秩序と共に、中央から地方へという配列であるように見える[11]」とその関係性を説く。「見レ山」とある題詞との関係性において、氏の指摘は肯えそうである。しかし、歌中に国見を思わせる表現は無い。「行幸の　山」はその地に天皇の行幸があったということでしかないのではないか。「見レ山」と国見とは見る方向性を逆にする。「見レ山」とは、安益郡の山までは天皇の行幸があり、その山を境として自ら居る安益の地までは行幸が及んでいないことをむしろ意味するのではないか。都から天皇が讃岐国安益郡の境の山（「山」とのみあることは名のある高山をさすのではなく、実態としては岡でもよいのであろう）に行幸された。都を内部とすれば、「山」までは行幸の許される地であり、軍王はその行幸の及ばない外部から「山」を見ているのである。

本文「行幸」の訓みは、「幸」「幸行」の訓と共に旧訓にいずれも「ミユキ」とあったのを『万葉考』が「イデマシ」と改訓して以来、それが四音に読める箇所では通訓とされている。

⑧打橋の　頭の遊びに　伊提麻栖子　玉手の家の　八重子の刀自　伊提麻志能　悔いは　あらじぞ　伊提麻西子　玉手の家の　八重子の刀自　（紀一二四）

⑨けころもを　時かたまけて　幸之　宇陀の大野は　思ほえむかも　（2・一九一）

⑩飛ぶ鳥の　明日香の川の……望月の　いやめづらしみ　思ほしし　君と時々　幸而　遊びたまひし　御食向かふ　城上の宮を　常宮と　定めたまひて……　（2・一九六）

⑪大君の　命恐み　さし並ぶ　国に出座　はしきやし　我が背の君を　かけまくも　ゆゆし恐し　住吉の　現人神　船の舳に　うしはきたまひ　着きたまはむ……　（6・一〇二〇）

⑫梓弓　手に取り持ちて……　聞けば　音のみし泣かゆ　語れば　心そ痛き　天皇の　神の皇子の　御駕之手火の光そ　そこば照りたる　（2・二三〇）

「いでます」は紀歌謡にすでに見え、歌垣風の遊びへの誘いとして歌われる。もちろん、誘いへの敬語的表現であるが、誘われる場は一種の儀礼性をも含む場と見られる。⑨⑩はいずれも挽歌の中の表現で日並皇子が時節を待って狩猟にでかけ、明日香皇女が夫君と共に「御食向かふ　城上の宮」に出遊したことをさしており、生を象徴する空間を構成している。⑪は、石上乙麻呂の配流に対する表現である。また、⑫は志貴皇子挽歌で、表記は異なるがその死出の表現としてある。「出でます」の語が日常性を離れて特別な空間へ出かけることを考えさる。「行幸の　山」も天皇が行幸した、都に通じる安全な地と防備の前戦の地を隔てる境の山と考えられる。軍王はその、都を守る境の山、言い換えれば聖なる空間とも言える「山」を見ているのであろう。このことは類似の敬語表現である「みゆき」との差を考えさせる。

⑬梓弓　爪弾く夜音の　遠音にも　君之御幸乎　聞かくし良しも　（4・五三一）

⑭大君の　行幸乃随意　もののふの　八十伴の男と　出でて行きし　うるはし夫は　天飛ぶや　軽の路より
　玉だすき　畝傍を見つつ……　（4・五四三）

⑮大君の　行幸之随　我妹子が　手枕まかず　月そ経にける　（6・一〇三二）

⑯白雲の　竜田の山を　夕暮に　うち越え行けば　……　こちごちの　花の盛りに　見さずとも　かにもかく
　にも　君がみ行きは　今にしあるべし　（9・一七四九）

⑬は聖武天皇と海上女王との相聞歌であり、⑭⑮は聖武天皇の行幸供奉におけるもので、笠金村と大伴家持の作である。⑯は高橋虫麻呂歌集にあり、藤原宇合に対する敬語。いずれも天皇及び上司に対する敬語であるが、時代的には新しく、⑬が象徴的であるようにその行為は「うるはし夫」や「我妹子」を想起させる相聞的情感を導く場を提示するものとしてあり、聖なる空間を託した表現としては詠まれていまい。「我が大君の　行幸の　山」における行為が儀礼的要素を伴うことだけでなく、その地が軍王にとって、境の聖なる空間として「見る」対象となっていることを推測させる。

⑰住吉の　野木の松原　遠つ神　我が大君の　幸行処　（3・二九五）

⑱……鳴く鳥の　声も変はらず　遠き代に　神さび行かむ　行幸所　（3・三二二）

⑰は五番歌と類似の表現であるが、⑱において「行幸所」が「遠き代に　神さび行かむ」とあるのは聖なる地と

して捉えられることを示すものに他なるまい。

「見レ山」は「遠つ神　我が大君」が行幸されたその山を隔ての地と見てという意味を含むものである。その地を導くために五番歌は「玉だすき　かけの宜しく」と枕詞を伴って「朝夕に　かへらひぬれば」にかかる、その間に「かへらひ」の主格である「山越す風」を導く「遠つ神　我が大君の　行幸の…」を歌い出しており、ここにも「行幸の　山」を見る意図を読み取れる。「遠つ神　我が大君」については契沖が「凡人の境界に遠ければいへり」（『代匠記』）として、天皇をさすとしたのに対して、『桧嬬手』が「皇統の断絶なく遠く久しく神に坐し坐す大王を称す也」、『萬葉集全註釋』が「過去に出現して今は神となられた方の義と解すべく、語義から言えば、その方が自然である」とし、『萬葉集注釋』等も賛意を表しているが、題詞の「幸……時」との関連からは「遠つ神」を枕詞とし、『萬葉集全注』が「遠い昔の天つ神のようなの意。天つ神の血筋を受ける天皇を尊んでいう」とする解釈に従わざるを得ない。「行幸の　山」は天皇が行幸された山であり、軍王の居る地を都の外部として隔てる山である。外部の地、即ち侵略に備える防備の地に遠征している軍王がその山を見るのである。軍王という名は、その山の外部にあって、前戦の将として外敵にあたる者を連想させるにふさわしい名とも言えよう。題詞と長歌との「遠つ神　我が大君の　行幸の　山」を介する関係に、題詞の讃歌性の意図との一層の対応を見ることができる。しかしながら、それは長歌反歌全体との対応ではない。題詞と長反歌との関係性を探るために、先に長歌反歌の構成について考察しておきたい。

四　長歌と反歌

長歌の文脈は作歌主体の心情の表明（霞立つ～うらなけ居れば）、思慕の契機（玉だすき～かへらひぬれば）、作歌主体の心的外的な断り（ますらをと〜旅にしあれば）が、「ば」という接続助詞による三つの条件句としてまず提示される。それらと下心（本文「下情」。心の奥）の燃える思い（網の浦の〜我が下心）とが「思ひ遣る　たづきを知らに」を介して結ばれると見える。ただし三つの条件句の関係性は必ずしも整合的ではない。第一の条件句で春の日の暮れる時間の経過もわからない程のつらさ「心を傷み……うらなけ居れば」を抱えている作歌主体の心情は、第三の条件句で「草枕　旅にしあれば」と言挙げされる理りから生じるものに他ならず、とすれば第一の条件句の心情も実態的には「旅愁」がもたらすものであろう。しかし、その関係性は取りあげられず、第一の条件句中の作歌主体の心情は提示されたまま、「行幸の　山越す風」によって旅愁が刺激され、「思ひぞ燃ゆる　我が下心」の燃ゆる思いを導く文脈としてある。しかし、第一の条件句と第三の条件句との関係性を考えると、作歌主体の心的外的な理りはむしろ第一の条件句として作歌主体の心情のつらさに対応すべきであろう。第三の条件句は、第一の条件句のつらい心情と「思ひぞ燃ゆる　我が下心」と、両方の心情に対する我の理りとしてあるべき内容である。第二の条件句の「ますらをと　思へる我」は、作歌主体の現在を示している。長歌に見える二つの心情は旅愁として、旅愁における変化として括りうるであろうか。

反歌は「山越しの風」を契機として「家なる妹」を心にかけて「偲ひつ」とする。「偲ふ」は属目のものへの賞美が換喩の関係で不在のものへの思いを喚起する用法であり[12]、「山越しの風」を「山を隔てる恋」の方法に基づく表現として「恋しい人の方から吹いてくる風」とする坂本信幸の把握は肯われる[13]。古代的な風の呪術への記憶が窺えるところだが、ここで風に託される妹への思慕は、眼前にはいない、しかし心情的には繋がりの切れない都に居る妹への思慕であり、「風を時じみ」と重なる、継続（「寝る夜落ちず」）を質として持つ思慕である。長歌で「山越す風の……朝夕に　かへらひぬれば」を契機として導かれるであろう心情と一致する。なお、反歌に対して斎藤茂吉は「第三句の字余りなどでもその破綻を来さない微妙な点と『風を時じみ』の如く圧搾した云ひ方と、結句の『つ』止めと、さういふものが相待って総合的な古調を成就してゐる」とする。[14]

一方、長歌の末尾五句で網の浦の塩焼きに想起されるのは燃ゆる思いである。心を燃やす思いは他にも歌われるが、塩焼きの炎に「燃える思ひ（火）」を託す表現は、実は他に見られない。

⑲我妹子に　逢ふよしをなみ　駿河なる　富士の高嶺の　燃えつつかあらむ　（11・二六九五）

⑳心には　燃えて思へど　うつせみの　人目を繁み　妹に逢はぬかも　（12・二九三二）

心を燃やす思いは逢えない故の激しい恋情を表現し、旅先の家郷思慕とは趣きが異なっている。

㉑志賀の海人の　一日もおちず　焼く塩の　辛き恋をも　我はするかも　（15・三六五二）

㉒須磨人の　海辺常去らず　焼く塩の　辛き恋をも　我はするかも　（17・三九三二）

㉑では塩焼きが「一日も落ちず」と歌われて継続が示されるが、この継続は繰り返しを意味するのではなく、煮詰まってゆく塩の辛さを想起させるもので、そこにかなわぬ恋の辛さを重ねており、㉒も共通の質をもつ。塩焼きの炎に連想されるのはむしろ煮詰った塩の辛さが想起させるつらい恋情ではないのか。阿野郡は熬《イリ》塩の産地であった。もちろん塩焼きは都人の目からは旅の景である。

㉓志賀の海人は　め刈り塩焼き　暇なみ　くしらの小櫛　取りも見なくに　（3・二七八）

㉔志賀の海人の　塩焼く煙　風をいたみ　立ちは上らず　山にたなびく　（7・一二四六）

㉓は塩焼きを旅先の具体的な生活の中の景として捉え、㉔も旅の景として見ている。

㉕越の海の　角鹿の浜ゆ　……あへきつつ　我が漕ぎ行けば　ますらをの　手結が浦に　海人娘子　塩焼く煙
草枕　旅にしあれば　ひとりして　見る験なみ　海神の　手に巻かしたる　玉だすき　かけて偲ひつ　大和

島根を　（3・三六六）

㉕は五番歌との類似が指摘されている笠金村作の歌だが、塩焼きは旅愁を誘うものではあっても、景として以上の把握はない。塩焼きが誘う旅愁は「かけて偲ひつ　大和島根を」と「偲ひ」の情感として歌われる。塩焼きという旅の景が導く旅愁と、塩焼きの炎に連想される恋情とは情感の質を異にすると言えるけれども、五番歌では「山越す風」が「かへらひ」と継続する思いを詠み、その募る思いのつらさが、塩の辛さに通じる情感として把握されているのであろう。

長歌における二つの心情が、旅愁から恋情へと転換するに際し、第三の条件句では「草枕　旅にしあれば」のみでなく、「ますらをと　思へる我も」と提示し、「ますらを」にあるべきではない情感であることを条件とする。

㉖ま幸くて　またかへり見む　ますらをの　手に巻き持てる　鞆の浦回を　（7・一一八三）
㉗ますらをの　現し心も　我はなし　夜昼といはず　恋ひし渡れば　（11・二三七六）
㉘ますらをと　思へる我を　かくばかり　恋せしむるは　辛くはありけり　（11・二五八四）
㉙ますらをの　聡き心も　今はなし恋の奴に　我は死ぬべし　（12・二九〇七）

㉖は「羈旅作」と題される無事の帰郷を願う作で、「ますらを」は序詞としてある。一方、㉗〜㉙は「ますらを」としてあるべきではない心情として激しい恋情の表明を歌っている。第三の条件句の「旅にしあれば」は第一の条件句の内容と関連を持つべきであるのに、文脈上は第一の条件句にかからず、末尾五句を導く方法として旅愁と辛さに結びつく程の思慕の情を重ねるために「ますらをと　思へる我も」の表現が要求されたと考えられる。

「網の浦」は坂出市海浜の古地名とされるが、早くに仙覚は「アミノウラトハ、サタマレル名所ニアラサル歟。

海人ノアミヒク浦ノ惣名とミエタリ。」（『萬葉集註釈』）と指摘し、後の註釈書では「網の浦」の誤りとするものもある。他に、「網の浦」は伊勢国の地名として人麻呂が歌っている。

㉚あみの浦に　舟乗りすらむ　娘子らが　玉裳の裾に　潮満つらむか　（1・四〇）

この歌は巻十五の遣新羅使人歌群の当所誦詠古歌では「あごの浦」（三六一〇）と歌われており、人麻呂歌の異伝として「網の浦」とされる。こうしたことは「網の浦」が海浜に多い地名で、必ずしも讃岐国の海浜の固有の名とは限らないことを示唆している。

長歌末尾五句が短歌形態をなすことは既に指摘されている。[15] 長歌において、舒明朝には新しいとされる語句等の使用は冒頭から二十五句までに集中する。かつ序詞を伴う末尾五句は、短歌として独立することが可能な内容である。しかし、長歌に見える旅愁は、塩焼きの景に山の彼方に居る妹への思慕が塩の辛さに通じることを重ねて、「ますらを」であっても耐え難いほどの情感であることを示している。それは軍王という防備にあたる王を意味する名と結びつき、「見レ山」という主題が内在させている旅愁への理解が、讃詞的要素を有する地名の表記「安益郡」を選ばせた、そして『万葉集』に収められたと考えてよいように思われる。

五　題詞と歌

「見レ山」という題詞が長歌の「行幸の　山」と関連し、その「山」は都に通じる地とを隔てる山であり、その外部としての安益郡であることを検証し、題詞と長歌反歌の構成上の関係を考察した。なお、この作品が巻一に「見レ山」という主題で配列された意図を藤原朝までの作品について考察しておきたい。[16] 藤原朝以前とするのは編纂における同時代以前への理解を求めようとするからである。

泊瀬朝倉宮御宇天皇代［雄略天皇］

天皇御製歌（1・一）

高市岡本宮御宇天皇代［舒明天皇］

天皇登二香具山一望レ国之時御製歌（1・二）

天皇遊二猟内野一之時中皇命使二間人連老献一歌（1・三、四）

幸二讃岐国安益郡一之時軍王見レ山作歌（1・五、六）

明日香川原宮御宇天皇代［斉明天皇］

額田王歌［未詳］（1・七）

後岡本宮御宇天皇代［斉明天皇譲位後、後岡本宮］

額田王歌（1・八）

幸二于紀温泉一之時額田王作歌（1・九）

中皇命往于紀温泉之時御歌（1・一〇〜一二）

中大兄近江宮御宇天皇三山歌（1・一三〜一五）

近江大津宮御宇天皇代［天智天皇］

天皇詔二内大臣藤原朝臣一競二憐春山萬花之艶秋山千葉之彩一時額田王以レ歌判之歌（1・一六）

額田王下二近江国一時作歌井戸王即和歌（1・一七〜一九）

天皇遊二猟蒲生野一時額田王作歌（1・二〇）

皇太子答御歌（1・二一）

明日香清御原宮天皇代［天武天皇］
十市皇女参ニ赴於伊勢神宮一時見ニ波多横山巌一吹芡刀自作歌（1・二二）
麻績王流ニ於伊勢国伊良虞嶋一之時人哀傷作歌（1・二三）
麻績王聞レ之感傷和歌（1・二四）
天皇御製歌（1・二五）
或本歌（1・二六）
天皇幸ニ于吉野宮一時御製歌（巻1・二七）

煩を厭わず、挙げてみたが、その内容は天皇の御代毎の括りの順の中で、舒明朝までは結婚の儀礼歌に始まり国見、狩猟、山見の順を持つ。それは「我こそは　告らめ」（1・一）という大和に君臨する我の言挙げであり、「あきづ島　大和の国は」（1・二）という大和の国見であり、大和国宇智の野での遊猟（1・三）である。国見は天皇の国土讃美による予祝であり、狩猟は「天子の遊び」[17]とされるが、そこには狩猟の犠牲を伴う予祝もこめられる。[18]続くのが讃岐国における山見である。斉明朝では「宇治のみやこの　仮廬し思ほゆ」（1・七）は近江の比良宮に行幸した時の回想であるが、そこで回想されるのは宇治の都の、仮廬である行宮を懐かしむものであり、一種の室寿に通じよう。更に斉明朝の八番歌は艦船の出立に際して「月待てば　潮もかなひぬ」（1・八）とあり、「潮も」の添加の助詞「も」は「月」の出を示唆し、月を見ている。月明かりが艦船の出立を寿ぐのである。九番歌は内容が不明だが、一〇番歌は「岡の草ねを」結ぶ呪術儀礼。一一番歌の仮廬作りは七番歌と同様な室寿き、一二番歌は「野島は見せつ」と島を見ることが歌われるけれども、その主眼は「珠そ拾はぬ」にある。それは単なる珠ではなく、「底深き」とある珠を得ることであり、何らかの呪的要素を思わせる。続く三山歌（1・一三〜一五）では、長歌は妻争いを歌うが反歌は「立ちて見に来し　印南国原」（巻1・一四）と神がその山の争いを見ることを歌い、さらに「入り日見し　今夜の月夜　さやけかりこそ」（1・一五）[19]と見ることに主眼が置かれ、見ることによって、今夜の月夜の美しさが予祝されている。

近江朝に至ると、春秋判別歌（1・一六）に呪的要素を考えることには無理があるが、天皇に要請された詩に代わっての歌という趣向には、その場が公的な詩宴であったことを窺わせ、儀礼に準ずる場であったと考えられる。しかもその判定の基準は見ることにではなく、「取りても見ず」「取りてそしのふ」と手に取ることに基づいている。近江国に下る時の長歌反歌（1・一七〜一九）は三輪山を見ることによる大和の国魂の鎮魂に他ならない。一九番歌において、「衣につくなす　目に付く我が背」を歌うのも、その姿を見ることに主眼があるといってよい。蒲生野の贈答歌は「遊二猟蒲生野一時」（1・二〇、二一）と薬狩の儀礼の場であることが題詞に明記されている。そして、天武朝の最初の歌は「見二波多横山巌一」（1・二二）と題詞に明記される見る歌に他ならない。又麻績王の配流による人の哀傷と我の感傷は、天武朝における天皇の力を誇示するものであったとも考えられる[20]。吉野における天皇御製（1・二五）は或本歌（1・二六）と共に、壬申の乱の起こる直前の苦しかった時代を想起した歌と見られるが、続く御製歌（1・二七）では「よき人よく見」と見ることによる吉野讃歌が配列されている。

御代毎に検討したが、このように見てくると、結婚・狩猟・室寿きといった呪的儀礼的行為などを詠む作品と国見・山見に代表される見ることを詠む作品とがほぼ交互に配列されていることが知られる。『万葉集』巻一の藤原朝以前の配列に見ることへの重視を考慮すると、五・六番歌が舒明朝の作品として、「見レ山」を主題とし、讃詞的要素を含む題詞のもとで、配列されていることは『万葉集』の編纂に於いて意図された結果だったと推測される。

【注】

（1）『萬葉集新校』所引。

（2）軍王についての諸論の詳細と整理は、坂本信幸「軍王の山を見る歌」（『セミナー万葉の歌人と作品　第一巻　初期万葉の歌人たち』和泉書院・一九九九）。

（3）稲岡耕二「軍王作歌の論――『遠神』『大夫』の意識を中心に――」（『万葉集の作品と方法』岩波書店・一九八五）では「遠つ神」「大夫」を天武朝以後のものとする。

（4）古調の作品と見るのは斎藤茂吉『萬葉秀歌　上巻』（反歌のみ）（岩波書店・一九三八）、澤瀉久孝『萬葉集注釋』、坂本前掲論文等であり、新しさを見るのは武田祐吉『萬葉集全註釋』、窪田空穂『萬葉集評釋』、伊藤博『萬葉集全注　巻第一』等である。

（5）伊藤博「持統万葉から元明万葉へ」（『萬葉集の構造と成立　下』塙書房・一九七四）。

（6）梶川信行「《万葉史》の中の軍王見山作歌――八世紀の《初期万葉》の論として――」（『桜文論叢』66巻・二〇〇六）。

（7）「日本武尊、……又妃、吉備武彦之女吉備穴戸武媛生武卵王与十城別王。其兄武卵王是讃岐綾君之始祖也。弟十城別王是伊予別王之始祖也」（景行紀）とある。

（8）注6前掲論文では、加えて、熟田津付近に存在した行宮とみられる「伊予温湯宮」も讃岐安益も、南海道の瀬戸内沿岸の土地だったことに基づくとも推測する。

（9）伊藤博「題詞の権威――旅の歌の一解釈――」（『萬葉』50号・一九六四）。

（10）「常にもがもな」を作者自らの若さへの願望とする説もある。いずれとしても、若さに対する願いに呪性が籠もると考えられる。

(11) 注6前掲論文。
(12) 内田賢徳「上代語しのふの意味と用法」（『帝塚山学院大学日本文学研究』21号・一九九〇）。
(13) 坂本信幸「山を越す風」（『ことばとことのは』5集・一九八八）。
(14) 斎藤茂吉注4前掲書。
(15) 伊藤博『萬葉集全注　巻第一』。
(16) 注6前掲論文は「編者は、舒明朝の「倭歌」の世界は国見、狩猟、行幸という天皇の出遊に際しての歌が、其の時代を代表するものだと考えていたのであろう」とし、その配列に、中央から地方へという展開を見る。
(17) 『萬葉集①〈新編日本古典文学全集〉』。
(18) 内田賢徳『萬葉の知』（塙書房・一九九二）。
(19) 『元暦校本』に「弥之」とあるのに従う。
(20) 麻績王の配流について『萬葉集①〈新編日本古典文学全集〉』は天武天皇が皇親政治による律令体制を強化し、皇権の絶対化を図ろうとしたために、弱小王族の中に不満を懐くものが出てきたと、事件の背景を推測している。

「天皇の崩ります時に、大后の作らす歌一首」について

村田右富実

一　はじめに

『日本書紀』によると、天武天皇は朱鳥元年（六八六）九月九日に崩御した。その後、ふた夏を含む二年二ヶ月に渡る長い殯宮期間のあったことが、その『日本書紀』には記される。しかし、多くの先行研究が指摘するように、残された葬送記事の中にあって歌に関わる記述は、

是日、百済王良虞代㆓百済王善光㆒而誄之。次国々造等随㆓参赴㆒、各誄之。仍奏㆓種々歌儛㆒。

（朱鳥元年九月三十日条）

の一ヶ所である。一方、『万葉集』には天武天皇の死に関わる挽歌が四首残されている（2・一五九〜一六二）。しかし、身﨑著[1]なども指摘するように、『日本書紀』の歌の記事と『万葉集』に残る「天武挽歌」[2]とをむすびつけることはできまい。逆にいえば、「天武挽歌」の成立の場は『日本書紀』に載るような葬送儀礼に直接するような類のものではないのであろう。この点はとりもなおさず、「天武挽歌」を読み進める際に、特定の儀礼や、儀

礼に供せられたということを前提にできないことを意味する。

そこで、本稿では、そうした儀礼からのアプローチを避けつつ、四首の「天武挽歌」の中でも、もっとも議論の多い2・一五九番歌を取り上げ、その表現の特性を論じる。

天皇崩之時大后御作歌一首

八隅知之　我大王之　暮去者　召賜良之　明来者　問賜良志　神岳乃　山之黄葉乎　今日毛鴨　問給麻思
明日毛鴨　召賜萬旨　其山乎　振放見乍　暮去者　綾哀　明来者　裏佐備晩　荒妙乃　衣之袖者　乾時文無

（2・一五九）

二　訓の問題

当該歌の訓に問題があるのは、第二句「我大君之」である。「おほきみの」か「おほきみし」かで訓が割れている。この部分は歌の解釈そのものと深く関わり、細かに見ておく必要があろう。次に掲げるのは、戦後の主な注釈書の訓の一覧である。[3]

大君し→『集成』、『釋注』
大君の→『全註釈』、『私注』、『大系』、『注釈』、『全集』、『全訳注』、『全注』、『新編全集』、『和歌大系』、『新大系』

『集成』の訓は『釋注』の著者である伊藤博説の反映であろう。この訓は伊藤論文A[4]から提示されており、「大君し」は伊藤説といってもよい。現在では「大君の」の訓の方が優勢ではあるものの、それぞれ、

「し」は強意の助詞。「らし」と対応することが多い。ここも、下に「らし」がある。（『釋注』）

ラシはオホキミノに対する連体形であることなど、佐伯梅友『万葉語研究』に詳しい。(『和歌大系』)

と、互いに主張を述べるに留まっており、確定的なことをいえる状態にはない。そこで、あらためて集中の「らし」に目を遣ると、全一六七例（訓によって多少上下する）。うち「し〜らし。」の構文は四十例ある。たしかに、『釋注』が述べるように、「し」を「らし。」で受ける構文は存在していたといってよかろう。しかし一方、

〜古も　然尓有許曽　うつせみも　妻を　相挌良思吉　（1・一三）

〜今日も加母　酒水漬く良斯　（記・七六）

のように、「らし」の連体形には「らし」「らしき」の両形あり、当該歌の「らし」についても、語形からはそれを終止形あるいは連体形と決定することはできない。しかし、助動詞「らし」の大きな特徴の一つに、その使用が文末用法に強く限定されるということがある。集中を見ても、文末用法ではない「らし」の用例は、

ほととぎす　鳴く羽触れにも　散りにけり　盛過良志　藤奈美能花　（19・四一九三）

於保吉美乃　都藝弖賣須良之　高円の　野辺見るごとに　音のみし泣かゆ　（20・四五一〇）

の二例に留まる。しかも、19・四一九三番歌は倒置法と理解することも可能であり、確例といえるのは、20・四五一〇番歌の一例のみとなる。しかし、この20・四五一〇番歌は当該歌の影響下に成立したものと考えられ、すくなくとも『万葉集』第四期にあって、当該歌は「大君の」と理解されていたことになる。というよりも、非文末用法としての理解の上に、その珍しさ故に影響を受けたと見るべきなのであろうが、それは、推測の範囲に留まるものでしかない。いずれにしても、20・四五一〇番歌における当該歌受容を優先する限り、文末用法とならないことは極めて異例ではあるものの、当該歌の訓は「やすみしし　我が大君の」と訓み、「見したまふらし」、「問ひたまふらし」は、次の「神岳」あるいは「黄葉」にかかってゆく（どちらかは不明）連体形としての理解が

要求される。

もっとも、このように付訓したところで、歌の文脈を正確に追うことは難しい。すなわち、連体形「らし」が受ける「神岳の黄葉を」は「ヲ」格を取っており、次の「問ひたまはまし」の目的格としての機能を有しているため、この部分は「大君がご覧になっているに違いない黄葉を（大君は）ご覧になっているのだろうか」（便宜上「問ふ」に関わる部分は省略した）という意味になってしまうからである。文としては破綻しているといわざるを得ない。この破綻を回避する方法がないわけではない。「大君がご覧になっているに違いない神岳、（その神岳の）黄葉を（大君は）ご覧になっているのだろうか。」と被修飾部を「神岳」にのみ限定するのがそれである。しかし、いかにもたどたどしい感は否めまい。当該部分は「大君」が愛する神岳の景が強く印象づけられるものの、意味に対して韻律が優越してしまっていると理解すべきであろう。

こうした状況を当該歌の口誦性の証しと見るべきか、他の要因を考えるべきかについて、今、問うつもりはないが、当該歌の享受が文字としてのそれよりも、詠唱を通じてのものであった蓋然性の高さを示すとはいえよう。いずれにしても、文脈が破綻してしまっているために、この部分の意味は曖昧なものにならざるを得ないが、「我が大君が朝な夕なにご覧になり、問われているに違いない神岳の山の黄葉を、（我が大君は）今日も明日もご覧になり、問われるのだろう。」という解釈は動くまい。

当該歌の訓については、他には大きな問題点はない。全体を通しては、次に掲げる通訓に従う。

天皇の崩ります時に、大后の作らす歌一首

やすみしし　我ご大君の　夕されば　見したまふらし　明け来れば　問ひたまふらし　神岡の　山の黄葉を

今日もかも　問ひたまはまし　明日もかも　見したまはまし　その山を　振り放け見つつ　夕されば　あや

にかなしみ　明け来れば　うらさびくらし　荒たへの　衣の袖は　乾る時もなし　（2・一五九）

三　研究史

続いて、当該歌についての研究史を通覧しておく。当該歌を特化して扱った論文として最初に挙げられるのは、内藤論文(5)、身﨑論文(6)の二論文であろう。両論文は、当該歌を柿本人麻呂の代作として殯宮挽歌への道筋を探る。叙述方法は違うものの、当該歌を柿本人麻呂の代作になるとする両論は、発表当時の上代文学研究の状況を顕著に現しているように思われる。すなわち、両論文の発表時期は、伊藤論文B(7)、中西論文(8)、橋本論文(9)などの諸論考に導かれる形で、額田王の歌々に見られる作者異伝が「初期万葉の代作」という用語のもとに止揚された時期と一致する。この二本の論文はそうした学説を襲う形で、どのように初期万葉歌と第二期の人麻呂作歌との架橋を築くかという問題を体現したものであろう。しかし、現実に題詞や左注に「大后」以外の固有名詞（ここでは「大后」を固有名詞と扱っても問題なかろう）の登場しない当該歌における代作のありようを論じるのは、方法論の拡大適用とのそしりを免れまい。当時の文学史的状況として「初期万葉の代作」は容認できると考えているが、それを作者異伝などのない個別の作品に還元することは慎むべきであろう。

一方、西郷論文(10)は、誄などの儀式的な詞章から万葉挽歌（特に殯宮挽歌）が紡ぎ出されてきたと述べた。この西郷論文に全面的に賛成するか否かは別にしても、儀礼的な挽歌から抒情挽歌が生まれたという理解は、当時の多くの論の前提となっているように思われる。当該歌に公的性格の強い表現と個人的な抒情表現とが同居していることは、たしかに認められるが、拙著(11)にも述べたように、それは、儀礼的表現のくびきからの脱却というべきではなく、逆に挽歌が儀礼的な表現を獲得してゆく過程として捉えるべきであろう。この点は後述する。

また、こうした大きな枠組みの論立てとは別に、前掲身﨑論文は、当該歌に特徴的にあらわれる「らし」と「まし」とに着目して、

（やすみしし）わがおおきみは、ゆうがたにはきっと御覧になっているだろう、よがあけるときっとおたずねになっているだろう。その神岳のやまのもみじを、ああしかし……（いつもそうしていらしたように）今日もわたくしとともにおたずねになるだろうか、明日もわたくしとともに御覧になるだろうか（そうならばよいにのに……）。

と、「大君」からはじまった「見す」、「問ふ」の主体が「まし」を挟んで、話者の側に徐々に変化して行くことを述べた。たしかに魅力的な説ではあるが、「大君が私とともに御覧になる」という解釈には、やはり不自然さを感じてしまう。当該歌はたしかに、「大君」の行為の表現から、話者の行為の表現へと移行してはいるが、それは、「その山を」と、それまでの表現を総括することによって果たされていると見るべきであろう。この点、青木論文(12)は、

「神丘の山の黄葉」は、公的文脈から私的文脈への連結句として、重要な表現性をもつ。

と、指摘している。歌表現の転換点として、それまでの表現をまとめる形は、殯宮挽歌にも見える。当該歌においても同様の機能を果たしているといってよかろう。

なお、木村論文(13)は、額田王の代作とするが、やはり額田王という固有名詞を持たない当該歌の代作性を論じるのは問題がある。

以下、本稿は、こうした先行研究に導かれつつ、実作者レベルの問題には触れずに当該歌の表現について論を進めてゆくこととする。

四　表現論

まず、当該歌を読み進めるに際して、当該歌の表現上の挽歌性について述べておく必要がある。というのも、当該歌が死者を悼む挽歌として成立していることをその表現から導き出すことは容易ではないからである。おそらく、一読しただけでは、当該歌の挽歌性は、表現の外部（題詞）に依存せざるを得ないだろう。つまり、当該歌の歌表現からは「やすみしし　我ご大君」が、袖を濡らしている話者とともにいないことは読み取れるものの、その生死については読み取れないのである。また、不在の者を思う表現は「あやに悲しみ」、「うらさび暮らし」、「衣の袖は　乾る時もなし」などに見ることはできるが、その不在の者を死者として待遇する表現を擁していない。極端にいってしまえば、旅に出ている「やすみしし　我ご大君」の帰りを待ち続ける女を話者とした相聞歌の表現として、一応は過不足ないのである。たとえば、よく儀礼的な表現として指摘される、「振り放け見つつ」という表現にしても、

遠き妹が　振り放け見つつ　偲ふらむ　この月の面に　雲なたなびき　（11・二四六〇）
我が背子が　振り放さけ見つつ　嘆くらむ　清き月夜に　雲なたなびき　（11・二六六九）

という相聞歌の用例を挙げることもできる。

もっとも、実際に相聞歌として読めるかとなると、そうはいえない。相聞歌にはただのひとつも用いられないという点においても、極めて公的性格の強い「やすみしし　我ご大君」という面立たしい表現が、それを拒絶しよう。その結果、「大君」の不在は、旅などではなく、「死」なのだという解釈が生起するために、結果的に相聞歌としての読みは許容されないということになる。以前、挽歌の始発が「二度と逢えない人への相聞歌」である

と論じたことがあるが（前掲拙著）、当該歌も歌い起こしの表現以外はこの枠内に留まっているといってよかろう。

さて、当該歌は、その挽歌性を下支えすることになる「やすみしし　我ご大君」の句に続いて、

而してこの四句の意は「天皇が神霊として見したまひ、訪ひたまふらし」の意に解すべきものなり。（『講義』）

「らし」は、現実の事をよりどころとしての推量をあらはす助動詞で〜注略〜一句、御覧になるであろうところのといふ意で、神霊として御覧になることと推量したのである。（『窪田評釋』）

などと評される最初の対句が歌われる。たしかに、この対句は話者の立場から見ると、内田論文[14]が、

その場における主観的な確信を根拠としてそこから判断されてくる現在が、「夕されば　見したまふラシ　明け来れば　問ひたまふラシ」であるというようにここは捉えられる必要がある。つまり、「ウベ見したまふラシ、ウベ問ひたまふラシ」として解すべきなのである。

と述べるように、「やすみしし　我ご大君」が朝な夕なに「神岳の山の黄葉を」と「見し」「問ふ」ていることを確信している表現である。話者にとって「大君」は、「見し」「問ふ」ていることが確信できる存在としてあるのである。

そして、次の対句でも繰り返される、「見す」「問ふ」という表現を集中に見ると、「見す」一二一例、「問ふ」は九八例を数える。「問ふ」については、特にこれといった用例分布の偏向は見られない。また、「見す」はその敬語の使用対象が天皇に偏る傾向を見せるが、これはそもそも敬語をもって歌われる対象が天皇に偏っているからであろう。

しかし、この二つの語を、「天皇↔大后」という枠組みではなく、男女間のことばとして見ると、その様相は

全く異なってくる。「問ふ」は「妻問ひ」に代表されるように、男性が女性のもとを訪れる意味を持つし、「見る」も、相聞歌にあっては共寝にまでその射程が届いていることが古くから指摘されている。当該歌にあっても、直接的には「神岳の黄葉」を「見し」「問ふ」ことであろうが、その「見し」「問ひ」を確信している話者からすれば、それは最愛の男性による「見し」であり「問ひ」であることを理解すべきであろう。

また、当該対句については、先にも掲げたように、死者である「大君」が朝な夕なに「見し」「問ふ」と理解されることに疑問が呈せられるが、そもそも、そういう問題設定は正しいのであろうか。当該歌の表現に即していえば、「我ご大君」の「見し」「問ひ」を話者は確信しており、それは、

青旗の　木幡の上を　通ふとは　目には見れども　ただに逢はぬかも　（2・一四八）
人はよし　思ひやむとも　玉かづら　影に見えつつ　忘らえぬかも　（2・一四九）

の例を出すまでもなく、男性の生死とは別に、残された女性にとっては、確信していると表現することにこそ意味があるのではなかろうか。つまり、当該対句の「らし」についていえば、それは話者が実際に確信していることが重要であり、「大君」の生死は表現には直接関わらないのである。

また、当該対句は、

「夕されば…明けくれば…」は対句の形式によって一日全体を表現するもので、夕方にミル、明け方にトフが固定しているわけではない。朝に夕にごらんになり、おたずねになっているにちがいない、の意。（『全注』）

と、指摘されるように、いわゆる円環時間として表現されている。この「夕されば〜明けくれば」を夜から朝への時間推移と理解する可能性もないわけではないが、「見す」と「問ふ」との用例には夕や朝の時間帯に限定されるような特徴は見出せない。また集中の「夕されば」（三十例）、「明けくれば」（九例）の様相を見ても、「明け

くれば」の九例のうち、「夕されば」と対になっていないのは、15・三六六四番歌一例のみである。

～か青く生ふる　玉藻沖つ藻　明け来れば　波こそ来寄れ　夕されば　風こそ来寄れ～　（2・一三八）

～見下ろせば　川の瀬ごとに　明け来れば　朝霧立ち　夕されば　かはづ鳴くなへ～　（6・九一三）

～故郷の　神奈備山に　明け来れば　柘の小枝に　夕されば　小松が末に～　（9・一九三七）

夕されば　葦辺に騒き　明け来れば　沖になづさふ　鴨すらも　つまとたぐひて～　（15・三六二五）

志賀の浦に　いざりする海人　明け来れば　浦回漕ぐらし　梶の音聞こゆ　（15・三六六四）

～はしきよし　妻の命も　明け来れば　門に寄り立ち　衣手を　折り返しつつ　夕されば　床打ち払ひ　ぬばたまの　黒髪敷きて　いつしかと　嘆かすらむそ～　（17・三九六二）

我が背子と　手携はりて　明け来れば　出で立ち向かひ　夕されば　振り放け見つつ～　（19・四一七七）

対句になっている他の用例を見ても、時間経過を示すと理解できる例はない。やはりここは『全注』が述べるように一日全体を現す円環時間の表現と見るべきであり、無時間的に、「やすみしし　我ご大君」は「神岳の黄葉」を「見し」「問ふ」ているのである。そして、それは、「大君」の生死とは関わらない理想の時間の表現といってよかろう。「らし」という確信に満ちた推量表現が用いられるのもよく理解される。

これに対して、次の対句は反実仮想の「まし」が用いられ「らし」を擁する前の対句とは大きく意味を異にしている。この「まし」に着目して論を展開したのが、前掲身﨑論文であるが、先に述べたように、この主体を「大君と私」と取るのはいかにも苦しいといわざるを得ない。そこで、あらためて、集中の用例を見ると、集中の「まし」は一一四例（訓により多少上下する）。うち、当該歌のように「せば」などの仮定条件句との対応のないものは四一例。しかし、この四一例の多くは、

妹が家も　継ぎて見ましを　大和なる　大島の嶺に　家もあらましを　（2・九一、注略）

我を待つと　君が濡れけむ　あしひきの　山のしづくに　ならましものを　（2・一〇八）

のように「ましを」の形で歌われ、反実仮想であることが明瞭に理解できるものである。当該歌のように、「せば〜まし」でも「ましを」でもなく、「まし」が単独で用いられる例は、

高光る　我が日の皇子の　万代に　国知らさまし　島の宮はも　（2・一七一）

かけまくも　あやに恐し　言はまくも　ゆゆしきかも　我が大君　皇子の尊　万代に　食したまはまし　大日本　久迩の都は〜　（3・四七五）

玉敷きて　待たましよりは　たけそかに　来たる今夜し　楽しく思ほゆ　（6・一〇一五）

〜うちなびく　春見ましゆは　夏草の　繁きはあれど　今日の楽しさ　（9・一七五三）

大舟に　かし振り立てて　浜清き　麻里布の浦に　宿りかせまし　（15・三六三二）

の五例を数えるばかりである。うち、6・一〇一五番歌は、

あらかじめ　君来まさむと　知らませば　門にやどにも　玉敷かましを　（6・一〇一三）

に対する和歌であり、例外として扱ってよかろう。また、15・三六三二番歌については、『完訳　日本の古典　万葉集　五』（小学館・一九八六）が、

マシは反事実の仮想を表す助動詞だが、一人称主格でナニ・イカニなどの疑問語やヤ・カなどの疑問の係助詞を含む文中に用いられたものは、「しやせまし、せずやあらまし」（徒然草）などのようにムと同じ意味用法と考えられる。

と述べ、『新編全集』は、

ヤ・カを伴ったマシは、どう行動すべきか思い迷う気持ちを表す。とする。『新編全集』は明確には述べていないが、こちらも一人称主体の用例を見据えてのものいいであろう。そしてまた、たしかに、15・三六三二番歌の用例はこうした解釈を許容するし、有効である。いずれにしても、この15・三六三二番歌については、当該歌と明らかに性質が違うものといってよかろう。残る9・一七五三番歌は、非常に特殊な用例であり、おそらくは散文との交渉を考えるべきであろうが、今は考慮の外において問題なかろう。残るは挽歌の二例だけとなってしまうが、この点については後に述べるとして、今ひとつ別の見方をしてみる。先に、引用した『完訳　日本の古典』、『新編全集』ともに、一人称の場合を想定していたが、当該歌の「まし」は、話者自身の行動についての用例ではない。そこで話者の行為以外について「まし」が使用された例を集中から抽出すると、

妹が家も　継ぎて見ましを　大和なる　大島の嶺に　家もあらましを　（2・九一）
高光る　我が日の皇子の　万代に　国知らさまし　島の宮はも　（2・一七一）
高光る　我が日の皇子の　いましせば　島の御門は　荒れずあらましを　（2・一七三）
明日香川　しがらみ渡し　塞かませば　流るる水も　のどにかあらまし　（2・一九七）
明日香川　しがらみ渡し　塞かませば　流るる水の　よどにかあらまし　（2・一九七、一云）
はしきやし　栄えし君の　いましせば　昨日も今日も　我を召さましを　（3・四五四）
家にありて　母が取り見ば　慰むる　心はあらまし　死なば死ぬとも　（5・八八九）
ももしきの　大宮人の　踏みし跡所　沖つ波　来寄せざりせば　失せざらましを　（7・一二六七）
筑波嶺に　我が行けりせば　ほととぎす　山彦とよめ　鳴かましやそれ　（8・一四九七）

畳み薦　隔て編む数　通はさば　道の柴草　生ひざらましを　（11・二七七七）

が挙げられる。2・九一番歌と8・一四九七番歌の例を除くと、いずれも「まし」を伴う表現に深く関わる人間が不在の場合の表現であることがわかる。そして、3・四五四番歌と当該歌を引き比べた時、『童蒙抄』が

天皇の御在世にてましまさば、めしたまひ、とひたまはましに、崩れ給へばその事もなく〳〵

と述べたことを想起せざるを得ない。ただし、当該歌の表現に即していえば、「もしも生きていたら」というよりも、「もしもまたここにおいでになる機会があったならば」ということになろう。それが挽歌として機能する故に「亡くなってしまったので、もしも生きていらっしゃったら」という反実仮想の歌となるということを確認しておきたい。この点は、「ましを」を持たない二首の挽歌を視野に入れても動かない。

すると、最初の対句での確信と当該対句との反実仮想との間には、矛盾が生じてしまうように見える。しかし、それは、先に引用した、

青旗の　木幡の上を　通ふとは　目には見れども　ただに逢はぬかも　（2・一四八）

の歌や、

み空行く　月読をとこ　夕去らず　目には見れども　寄るよしもなし　（7・一三七二「寄月」）

人言を　繁み言痛み　我が背子を　目には見れども　逢ふよしもなし　（12・二九三八）

の歌と同様、不在の相手（当該歌であれば「大君」）の行為や存在への確信と、それに対する己への不信とがないまぜになっている表現として理解できよう。これは、「大君」の行為への確信が円環時間の中に描かれる一方、己への不信が「今日もかも」「明日もかも」と今日を起点とした継起する時間に描かれていることとも軌を一にするだろう。

ただし、念のためにいえば、こうした表現から、持統天皇という生身の人間がそうした確信と不信とを併せ持っていたということをいいたいのではない。あくまでも表現レベルにおいて、不在の相手を慕う相聞歌に相通じる点のあることを確認できれば十分である。

そして、円環時間の確信と継起する時間の不信との二つの対句を承けて「その山を　振り放け見つつ」と「神岳」を見る主体が、「大君」から話者へと変化する。この句が、「神岳」を「大君」が愛する山から「大君」の形見の山へと変質させたといってもよい。話者にとって、確信と不信との間に揺らぐ「神岳」を振り仰ぐことは、直接的な「偲ひ」である。そこに生起するものは「あやにかなし」「うらさび暮らす」ことであった。

では、最初の対句と同じ、円環時間の表現を用いつつ歌われる「あやにかなしみ」と「うらさび暮らす」とはどう解釈すればよいのであろうか。「あやにかなし」は集中に九例ある。

～然れかも　綾尓憐　ぬえ鳥の　片恋づま～　（2・一九六）
新田山　ねには付かなな　我に寄そり　はしなる児らし　安夜尓可奈思母　（14・三四〇八）
あしひきの　山沢人の　人さはに　まなと言ふ児が　安夜尓可奈思佐　（14・三四六二）
高麗錦　紐解き放けて　寝るが上に　あどせろとかも　安夜尓可奈之伎　（14・三四六五）
安可見山　草根刈り除け　逢はすがへ　争ふ妹し　安夜尓可奈之毛　（14・三四七九）
くへ越しに　麦食む小馬の　はつはつに　相見し児らし　安夜尓可奈思母　（14・三五三七）
千葉の野の　児手柏の　含まれど　阿夜尓加奈之美　置きて高来ぬ　（20・四三八七）
障へなへぬ　命にあれば　かなし妹が　手枕離れ　阿夜尓可奈之毛　（20・四四三二）

前にも述べたことあるが（前掲拙著）、当該歌と「明日香皇女挽歌」（2・一九六）以外は全て、「悲しい」という意味ではなく、「いとしい」の意味で用いられており、当該歌にあっても、その「かなしみ」は「夕されば」という夜の時間帯と合わせて考える時、より肉体的な悲しみを示していると理解されるであろう。また、「うらさぶ」は六例、

楽浪の　国つ御神の　浦佐備而　荒れたる京　見れば悲しも　（1・三三）
浦佐夫流　心さまねし　ひさかたの　天のしぐれの　流れあふ見れば　（1・八二）
〜昼はも　浦不樂晩之　夜はも　息づき明かし　嘆けども　せむすべ知らに〜　（2・二一〇）
〜昼は　浦不怜晩之　夜は　息づき明かし　嘆けども　せむすべ知らに〜　（2・二一三）
〜伝言に　我に語らく　はしきよし　君はこのころ　宇良左備弖　嘆かひいます〜　（19・四二一四）

2・二一〇番歌によくあらわれているように、いずれも、不在の者を嘆く表現である。実際の歌々を個別に見ても、1・八二番歌こそ、明瞭ではないが、1・三三番歌は黒人の「近江旧都歌」であり、他の三例はいずれも挽歌である。当該歌に即していえば、夜明けを一人で迎える寂しさ、あるいは、夜明けの独り寝の寂しさを抱えたまま日中を過ごさなければならない寂しさの表現と捉えてよいであろう。そして、結句「衣の袖は乾る時もなし」という典型的な恋歌の時間表現によって時間全てが悲しみに覆われて歌い収められる。

このように見てくると、当該歌の時間表現は、円環時間に封じ込められたはずの「大君」の行為への確信が継起する時間の表現によって解き放たれ、自己の不信へと変化し、後に残された悲しみだけがあらためて円環時間に封じ込められていることになる。「大君」の不在による悲しみは歌い納めにいたって円環時間による永遠の偲ひを獲得したといってもよかろう。

一般に、人麻呂作歌に見られる時間表現は、様々な点において、初期万葉歌の発展的な（評価軸を含んでの謂い

ではない）後継として捉えられるが、当該歌に見られた、こうした円環時間と継起する時間とを切り結ぶような表現は、柿本人麻呂の「日並皇子挽歌」に典型的に見ることができる。

天地の　初めの時　ひさかたの　天の川原に　八百万　千万神の　神集ひ　集ひいまして　神はかり　はかりし時に　天照らす　日女の命　天をば　知らしめすと　葦原の　瑞穂の国を　天地の　寄り合ひの極み　知らしめす　神の尊と　天雲の　八重かき分けて　神下し　いませまつりし　高照らす　日の皇子は　飛ぶ鳥の　浄みの宮に　神ながら　太敷きまして　天皇の　敷きます国と　天の原　岩戸を開き　神上がり　上がりいましぬ　我が大君　皇子の命の　天の下　知らしめす世は　春花の　貴からむと　望月の　たたはしけむと　天の下　四方の人の　大舟の　思ひ頼みて　天つ水　仰ぎて待つに　いかさまに　思ほしめせか　つれもなき　真弓の岡に　宮柱　太敷きいまし　みあらかを　高知りまして　朝言に　御言問はさず　日月の　まねくなりぬる　そこ故に　皇子の宮人　行くへ知らずも　（2・一六七「日並皇子挽歌」注略、反歌略）

前半部での神話的な表現は天皇による地上界統治が、円環時間的に繰り返されることを表現しつつ、「日の皇子」の「神上がり」によってその円環時間は断ち切られ、その先には仮構された「日の皇子」の統治時間が歌われている。人麻呂作歌の時間表現について詳細に述べる余裕はないが、当該歌に見られる円環時間と継起する時間との共存は、プレ人麻呂作歌の作品として定位できるように思われる。

以上、できるだけ歌表現に即した形で述べてきた。当該歌は、「やすみしし　我ご大君」という歌い起こし部分を除くと、相聞的な表現に彩られた逢えない人を思う歌として機能していたことがわかった。その「やすみしし　我ご大君」の表現も非相聞的というだけであり、挽歌的というわけではない。個別の偲ひの部分に挽歌的な表現が存在するわけではなく、総合的に見た時に、結果として挽歌として機能しているといってよかろう。当該

歌以前の挽歌には、

やすみしし　我ご大君の　大御舟　待ちか恋ふらむ　志賀の唐崎　（2・一五二　舎人吉年）

やすみしし　我ご大君の　恐きや　御陵仕ふる　山科の　鏡の山に　夜はも　夜のことごと　昼はも　日のことごと　音のみを　泣きつつありてや　ももしきの　大宮人は　行き別れなむ　（2・一五五　額田王）

と、「やすみしし　我ご大君」を見ることができる。しかし、一方、相聞的な表現も多く見ることができるのは、すでに何度か述べたところである。やはり、当該歌は、相聞的な挽歌と儀礼的な挽歌との過渡期に位置するものとして理解するのがよさそうである。

五　むすび

ここまで、極力当該歌の話者を持統天皇とすることもなく、不在の「大君」を天武天皇と称することもなく論じてきた。トータルとしてみた時、当該歌の話者を、特定の個人に比定するというのであれば、あえて持統天皇以外の人間として理解する必要はないし、それを否定するつもりはない。また、当該歌の話者が持統天皇であることを、無前提に歌の読みに組み込んでよいのであれば、当該歌の景の中心である「神岳の　山の黄葉」は、後の大宝元年（七〇一）の紀伊行幸の際に、

勢能山に　黄葉常敷く　神岳の　山の黄葉は　今日か散るらむ　（9・一六七六）

と歌われ（「神岳の　山の黄葉」はこの二例のみ）、天武遺愛の「神岳の　山の黄葉」は残された持統天皇にとって極めて強い「偲ひ」の対象であったことが分かる。しかし、これはあくまでも9・一六七六番歌の表現の持つ射程でしかないであろう。当該歌においては「神岳の　山の黄葉」が景の中心を占めていると述べるに留めるべきで

ある。

そして、当該歌の読みという点に関していえば、先に述べたように当該歌は詠唱を通じての享受であった可能性が高く、その点において伊藤論文C(15)のいう「代表的感動」の表現と見てよいだろう。ただし、当該歌を代表的感動として捉えたとしても、それは、菊地論文(16)も指摘する通り、せいぜい亡き天武の訪れを待つ経験を共有する妻たちの代表的感動にとどまるものである。勿論、その際、持統天皇が天武天皇のことを「やすみしし　我ご大君」と歌うことは、考えねばならぬことだろうが、歌表現によって作り上げられた場の論理を歌表現の解釈に持ち込むことは危険であり、今は触れない。

また、当該歌に天智挽歌群の影響が見られることはもちろんだが、天智挽歌群において倭大后は「やすみしし　我ご大君」とは歌わない。また、他の挽歌を見ても、近しい間柄の人間を話者として理解して良い挽歌には一切登場しない。登場するのは、いずれも代表的感動を要した公的性格の高い歌々ばかりである。

結局、そうした歌い出しと、相聞的な後半とを備える当該歌は、そのはざまに位置することになる。そして、初期挽歌に儀礼的な表現が見られない点を考えると、当該歌の表現は挽歌が儀礼的表現を身に纏って行く過程に現出した現象として把握すべきであろう。これを、本来的に儀礼的な場において「やすみしし　我ご大君」に類するような表現をしなければならないような（儀礼はそれを強制するだろう）状況から解放される形で、抒情挽歌が成立していったと仮定すると、斉明七年（六六一）の斉明天皇挽歌、

天皇之喪帰就二于海一。於レ是皇太子泊二於一所一、哀二慕天皇一、乃口号曰、

君が目の　恋しきからに　泊てて居て　かくや恋ひむも　君が目を欲り（紀・一二三、斉明七年十月七日条）

の説明が極めて難しくなってしまう。さらに、先に掲げた天智挽歌において、妻ならざる者たちが「やすみしし

我ご大君」を使用する一方で、倭大后がそれを使用しないという現象の説明も必要になる。儀礼の殻を打ち破ることによって抒情挽歌が成立したという、これまでの挽歌史の構想は書き換えられる必要があるのではあるまいか。

勿論、こうした変化は非儀礼から儀礼へという一方向的な変容として理解すべきではなく、表現の方法の幅が広がって行くと理解すべきであり、挽歌の表現上の可能性を切り拓いてゆくものとして理解できよう。歌表現そのものが挽歌の生態論的地位を開拓していったと考えたいのである。

【注】

（1）身﨑壽『宮廷挽歌の世界』（塙書房・一九九四）。

（2）当該「天武挽歌」が「初期万葉」という用語の指し示す範疇に含まれるか否かは、議論のあるところであろう。しかし、筆者は初学者への解説以外の場面において文学史を区切る用語の必要性を感じていない。また、あえて「初期万葉」と『万葉集』第二期との間に区切りを設けるということであれば、柿本人麻呂の作歌活動が本格化する持統即位が画期となると考えている。こうした点に鑑みて、本論が「初期万葉」を構想する一助となればと思い、当該「天武挽歌」を取り上げることにした。

（3）以下、『万葉集』の諸注釈書については、通行の略称を用いた。

（4）伊藤博「天智天皇を悼む歌」（『美夫君志』19号・一九七五／『萬葉集の表現と方法　上』塙書房・一九七六、所収）。

（5）内藤磐「天皇崩之時太后御作歌（万葉集二・一五九）について」（『早稲田大学高等学院研究年誌』26号・一九八二）。

（6）身﨑壽「天武挽歌試論」（『萬葉集研究　第十五集』塙書房／注1の著に一部所収）。

（7）伊藤博「代作の傾向」（『國語國文』26巻12号・一九五七／「代作の問題」の題にて『萬葉集の歌人と作品　上』塙書房・一九八一、所収）。

（8）中西進「額田王論」（『東京学芸大学研究報告』13集／『中西進　万葉論集　第一巻』講談社・一九九五、所収）。
（9）橋本達雄「額田王――その歌人的性格について――」（『跡見学園女子大学紀要』3号／「初期万葉と額田王」の題にて『万葉宮廷歌人の研究』笠間書院・一九七五、所収）。
（10）西郷信綱「柿本人麿」（『岩波講座　日本文学史　第一巻　古代Ⅰ』岩波書店・一九五八／『増補　詩の発生』未来社・一九六四、所収）。
（11）『柿本人麻呂と和歌史』（和泉書院・二〇〇四）。
（12）青木周平「持統天皇の天武天皇挽歌」（『セミナー万葉の歌人と作品　第一巻　初期万葉の歌人たち』和泉書院・一九九九）。
（13）木村康平「『天武天皇挽歌――一五九番歌について――』」（『帝京国文学』5号・一九九八）。
（14）内田賢徳「助動詞ラシの方法」（『記紀万葉論叢』塙書房・一九九二）。
（15）伊藤博「挽歌の誦詠――人麻呂殯宮挽歌の特異性――」（『國語國文』26巻2号・一九五七／「人麻呂殯宮挽歌の特異性」の題にて『萬葉集の歌人と作品　上』塙書房・一九八一、所収）。
（16）菊地義裕「『神岳』の挽歌――大后の祈りと嘆き」（『國學院雜誌』102巻8号・二〇〇一／「天武天皇挽歌の性格」の題にて『柿本人麻呂の時代と表現』おうふう・二〇〇六、所収）。

【付記】

本論は、平成十八年度日本学術振興会科学研究費補助金（基盤研究（C））「上代文学における漢字使用の総体的研究」による研究成果の一部である。

VI 研究史的アプローチ

「初期万葉」という用語は、どのような意味で用いられているのか。これほど定着した用語であるにもかかわらず、本書に収録された論文においても、その定義は各人各様で、共通理解は形成されていない。そうした用語が生まれて半世紀を経過した今でも、それは決して自明の概念ではないのだ。それはいつ、どのような形で用いられるようになったのか。一度議論の出発点に立ち戻って、考えてみる必要がある。

「初期万葉」の誕生

——研究史とその影響について——

野口恵子

一　「初期万葉」の出発

「初期万葉」という語を使用したごく早い例として、西郷信綱の論文がある。それは昭和二五年のことである。[1]記紀歌謡の最後期が萬葉初期の作品と時代的にも内容的にもたがいに接觸しあっていることもたしかである。

とする記述がみられ、

すでに人麿以前、すなわち初期萬葉の時代において抒情詩への第一歩が確實にふみ出され、いわゆる萬葉風が成立しようとしていたことは明らかである。

と説明されているが、「初期万葉」という用語に関する定義は一切見られない。

その翌年に発行された『日本古代文学史』[2]においても、「初期万葉」という用語を見ることができる。その冒

頭に、

『万葉集』の一ばん古い時期は初期万葉とよばれる。これはだいたい柿本人麿以前をさす。舒明天皇、斉明天皇、有間皇子、天智天皇、天武天皇、額田王、大津皇子等の出た時代である。

と記されている。前年の論文同様、「初期万葉」がどの時代の、どんな作者の作品をさすのかという説明のみで、西郷自身が初めて用いた用語かどうかも、ここから判断することはできない。西郷以前に、既にその語を使用した人物がいて、それを踏まえている可能性もあるが、現在のところそれを見つけ出していない状況である。

しかし、西郷が大津皇子を初期万葉の歌人としている点は、注目すべきであろう。昭和七年に、澤瀉久孝・森本治吉によって提唱された四期区分説が、既に定着していたからである。(3) 周知のように、四期区分説の第一期とは壬申の乱以前を指している。それに対して、西郷の「初期万葉」は第一期とは異なり、人麻呂の登場以前という立場を取っている。

これは、文学史の区分を政治史に従属させる形ではなく、いわゆるヤマトウタのありようを前提に考えようというものである。したがって、「初期万葉」という用語の登場はやはり、第一期の単なる言い換えではなく、戦前の文学史の立て方に対する批判をも含んでいたと考えられる。そういう意味でそれは、本質的な転換だったと言えよう。

その翌年、田辺幸雄の「初期万葉の論」(4) が発表されている。これは、『上代文学』の創刊号に掲載された論文であったこともあって、当時の学界では注目を集めたものだと推測できるが、その冒頭には、

初期万葉の姿相を具体的に摑もうとする者は、それに先立つ記紀歌謡のあり方を熟視しなければならない。これまでにも記紀歌謡から万葉集への移行は何度となく論じられたし、ほとんどすべての文学史や詩歌史も

この問題に多少はふれている訳であるが、それらの大部分は、大ざつぱにいえば同方向の論であつたということができる。

とされている。

ここでも、「初期万葉」という用語が誰によるものなのか、まったく説明がないのだが、西郷と同様、それは記紀歌謡との関連性を論じる形で用いられている。田辺は続けて、次のように述べている。

一般にこうした問題（筆者注：記紀歌謡と万葉歌の関連性を指す）が取扱われる時、記紀歌謡も万葉集もそれぞれまとめて一つのものとされるのが普通である。尤も万葉集の方はその内部を三期乃至四期に分けて考えることが既に常識となつているためもあつて、記紀から万葉へという場合それは初期万葉をさすのだと思う人もかなりあるであろう。

こうした記述からすると「初期万葉」という語は、既にかなり定着したものであったかのように見える。また、記紀歌謡をも視野に入れて「初期万葉」の位置を考えようとすることも一般化していたことが窺える。田辺は、顕宗紀の二首（紀・八五～八六）から天智紀の三首（紀・一二六～一二八）までの歌謡を「記紀歌謡後期」と位置づけ、

この期をたてると、記紀歌謡から万葉への移りはより狭められて、記紀歌謡後期から万葉集初期（或いは第一期）への移りということになる（中略）。結局私の言う記紀歌謡後期はその大部分を万葉第一期と重ならせている訳になる。こゝに於てその重なりの実際の姿を、そのきしみ合う所を見究めるのが、初期万葉の特性を析出する好個の手段ともなり、又記紀から万葉への推移を具体的に跡づける所以にもなるかと思う。

とも述べているが、従来の「万葉第一期」ではなく、「初期万葉」という別の用語を用いることによって、記紀

歌謡から万葉歌への流れを見据えようとしている。

また、「初期万葉」の時代の作者について述べている点においては、

初期万葉とは一体いつの時代の歌か。磐姫皇后仁徳天皇の妹等の歌はそれぞれの歌柄から見て後の作品らしいことはまず動かない。雄略天皇の歌（一）はいかにも古格を保つけれども、同時代作品が殆どなくて、時代の確実さが少々危いように見える。以上は顯宗紀以前に当るが、疑わしいからひとまず除くと、次は聖徳太子、舒明天皇となり、この辺からほゞ確実となって、斉明天皇、有間皇子、天智天皇……と第一期作者の連名が始まるのである。そして万葉第一期の最後尾は壬申の乱（六七二年）に置かれるのであるから、「吉野の鮎」以下三首の童謡が行われたのと時を同じくする。

としている。先の西郷の場合とは違い、壬申の乱以前の作品を「初期万葉」とする。四期区分説の第一期と同じである。つまり、西郷が戦前の文学史の立て方に対する批判として「初期万葉」という語を用いたのとは、全く違っているのだ。

ともあれ、田辺は定説となっていた四期区分説を認めながらも、新たな時代区分の用語として「初期万葉」を用いている。しかし、そうした形で「初期万葉」という語を用いたことによって、何が新しくなったのだろうか。田辺は最後に、

記紀歌謡から万葉へ一つのものが流れているという一般の見解はこれらの條項については確かに裏附けを得るのであり、（中略）記紀と通ずる素朴な味がこれら（中略）の作品に流れ、初期万葉らしい印象を与えている。

と書いているように、従来の機械的な時代区分を脱し、「初期万葉」という用語によって、その時代の新たな位

置づけを試みたのである。

ところで、「初期万葉」という用語が学界で定着したのはいつ頃だったのか。一般的に言って、こうした用語は、学界で影響力を持つ第三者に用いられてこそ、認知されるのではないか。それは、いったい誰なのか。結論から言えば、それは久松潜一であったように思われる。言うまでもなく、戦前、戦後にかけて、久松が国文学界に与えた影響は計り知れない。その久松が、田辺の「初期万葉論」の翌年、昭和二十八年に「記紀歌謡と初期萬葉」という論文(5)を発表している。そこには、

> こゝで更に作品としての方向から萬葉集と古事記との類似性・關聯性をとりあげて見たい。その場合兩者の近い點からいふと形態的と年代的との上から記紀歌謡と初期萬葉といふ點をしぼつて見ることが出來る。

と見える。当然、田辺の「初期萬葉論」にも触れ、

> 田辺氏は「初期萬葉の論」に於て顕宗天皇の頃から壬申の乱あたりまでを初期萬葉とされて居る。

と述べている。このように、久松に踏襲されたことが、学界に広く認知される契機となったのではあるまいか。

さらに久松は、

> 日本書紀の終りである持統天皇の頃までに限定してこれを初期万葉とすると記紀歌謡とは次第に接近して來る。

とし、「初期万葉」を持統朝までとしている。田辺が壬申の乱までとしていたのとは違いが見られるが、これについては一切説明がない。ところがそこでは、

> 但馬皇女と穂積皇子との御歌を通して見られる抒情的性格であり、それを記紀歌謡に於ける輕太子と輕郎女との御歌の有する性格と結びつけて見るのである。

と、壬申の乱以後の作者にも言及しつつ、記紀歌謡と共通する「初期万葉」の「叙情的性格」は、壬申の乱以降の作品にも認められるとする。

昭和二十九年には、歴史学者である石母田正の「初期萬葉とその背景——有間皇子・間人連老・軍王の作品について——」(6)が登場する。そこでは、

初期萬葉の歌は、歌謡の民謡的、口誦歌的性質からみて作者といふものを考慮の外においてもよい記紀歌謡とちがつて、作者が次第にあきらかになる時代であり、したがつてそこに作者を媒介として時代とのつながりを探求してゆく可能性がでてきた。

とし、「初期萬葉のばあひ、作品と時代＝歴史とのむすびつき方の特殊な性質がまづ問題となる」と述べている。ここでの「初期万葉」は、記紀歌謡や、後に登場する山部赤人などの作品との違いを説明するために用いられている。つまり、「初期万葉」という用語は単なる時代区分のために用いられたのではない。実は、その前後の時代との違いを映し出す鏡としての役割をも背負わされていたのである。作品の成立と歴史は切り離せないとする点は、この時期の歴史学者の立場としては当然の見解であろう。

昭和三十年には、難波喜造の「萬葉集の問題」(7)に、

古代部会の席上で、万葉集のどの歌が好きか。ということを話しあった時には、初期万葉が好きだ。家持が一番よく判る。東歌が好きだ。などとまことに各人各様であった。

という記述が見える。また、

初期万葉の特質として久松潜一博士、石母田正氏らが、政治に密着していることを指摘されている。

ともあり、具体的に「初期万葉」に関する研究状況が示されている。この時期の「初期万葉」という用語は政治

史との関連で用いられているということが、学界でかなり認知されていたことが窺える。しかもそれは石母田だけでなく、久松もそうした見方をしていたと言うのだ。

昭和三十一年には久松潜一が、

四期の第一期は舒明天皇から天武天皇に至る時期であって、歌風的に言えば素樸の時代と言える。最近にはこの時期を初期万葉の時代とも言っている。ただ天武天皇の御代は次の持統天皇の御代とも関聯が深いので第二期に入れる説もあるが、私は以上のように見ておきたい。

と記している。(8)「初期万葉」の概念規定の具体化、深化が始まっており、学術用語として着々と定着して行った様子がわかる。それは、澤瀉久孝の四期区分説を認めながらも、一部を修正させた形であるという点は、注意をしておく必要があるだろう。また、「初期万葉」の下限を天武天皇としている点も、その後に大きな影響を与えている。

この時期、次のような記述も見える。

万葉学者が、史学者の成果を、ほとんど無批判にとりいれ、それを背景にものをいうことは、いっそう困ったことである。こうした傾向は、当然、こころある人からは反省され批判されるはずで、三十二年五月刊行の田辺幸雄氏の『初期萬葉の世界』（塙書房）は、そののろしの一つである。

これは、昭和三十二年に発表された、伊藤博の「萬葉集研究の現段階」(9)という研究時評である。『初期萬葉の世界』は「初期万葉」という名の付く単行本としては初めてのものだが、それに対してこのような評価が与えられたことも、「初期万葉」という用語の採用が、文学史を政治史から自立させようとする動きの反映であったことを推測させる。つまり、文学の歴史を政治史に従属させてきたことに対する反省である。

こうした研究状況を受けたものとして、次の例を挙げておきたい。昭和三十三年に発表されたものである。

万葉集の時代区分法（Periodologie）は従来四期に分けて疑わないようであるが、それをウノミにすることなく、内証的に外証的に再吟味することが緊要ではあるまいか。作品・作歌・作風の周到犀利な理会《ママ》と時代・社会の歴史的考察と相まって、万葉集を内面的に、しかも重層的に解明することが、新しい時代区分の設定をうながすのであって、時代区分は、作品理解のための便宜的な方法であってはならない。すなわち万葉の綜合的な考究が、必然的な時代区分を生むべきであり、万葉内部と絡み合う外的周辺的諸要素との関係を万葉自体の問題として切り換えてはじめて、万葉そのものの時代区分となりうるのではあるまいか。一つの課題である。

と見える。(10)これは、通説となっていた四期区分説に対する全面的な批判である。ここに「初期万葉」という語は見られないが、「初期万葉」という、新たな文学史の枠組みに対して、その正当性を側面から支える見解となっている。

こうしてみてくると、「初期万葉」は、澤瀉久孝の四期区分説を軸にしつつ論じられてきたことがわかる。そうした中で、その下限については、「壬申の乱まで」というように政治史に従属させる形でではなく、『万葉集』の作者と作品のありようから考証するようになって行った。「初期万葉」という用語の導入は、文学史の立て方に対する深い洞察を促したのだと言えよう。

二　「初期万葉」の研究史的意義

1　記紀歌謡との関係

「初期万葉」という用語が誕生したことによって、当時の『万葉集』研究に、どのような変化が見られたのか。その点について触れておきたい。

先にも触れたように、「初期万葉」という語が用いられている研究の多くは、記紀歌謡との関連性に触れている。例えば、田辺幸雄は、

記紀歌謡後期の諸歌を類別した標準で初期万葉を眺めた結果が出た訳だが、この標準にあてはまらぬもの、即ち記紀になくて万葉から顕著になるものが二つある。その一は羇旅歌、他は自然観照歌である。実質上の羇旅歌は記紀歌謡にも混在している。しかし何か他の役目を負わされて居り、それ自身として詠嘆されているものは一つもない。

と述べているが、田辺は続けて、

記紀と通ずる素朴な味が（中略）作品に流れ、初期万葉らしい印象を与えている。これに対し新たに生じた相聞歌、羇旅歌、自然観照歌は、すべて第二期に至つてその頂点を形作るのであるが、創生後間もない若さが幼い姿でその方向をまさぐつている所から一種の初々しさが発して、特殊な魅力をこれらの諸歌に賦与している。黄色味の勝つた若草のやわらかい色合いである。初期万葉の魅力は主としてここにあり、これに次いで前條の、記紀と通ずるものを持つた部分に存する、といつて差支えない。

とも述べている。(11)つまり「初期万葉」の特色は、記紀歌謡と同様「素朴な味」が見られることであり、それが魅

力的であるというのだ。そうした捉え方は、従来の研究と比べて、何か違いがあると言えるのだろうか。

また久松潜一も、

萬葉巻二のはじめが磐姫皇后や輕郎女等のこのやうな歌からはじまつて居ることはそこにも初期萬葉と記紀歌謡との密接な關聯を示すものである。

と述べている。ただ、久松は「記紀歌謡と萬葉集とではとり方が違つて居る點もあ」るとしているように、両者のすべてが一致しているとは述べていない。

作品から言へば記紀の歌謠にある歌に意識的に略いて重複をさけたとも見られるのであつて、源泉的に言へば同一の資料からなつて居るとさへ見られる。初期萬葉の歌を多く含む萬葉の一、二巻はその點では記紀歌謠と接近して居る。萬葉集巻一、二を勅撰とする説は古事記や日本書紀が勅撰であると見る立場がゆるされゝば一層認められるのである。

とあるように、両者の違いから、編纂の問題にまで展開し、さらには巻一、二の勅撰説を支持している。[12]かなり飛躍した指摘で、「初期萬葉」という語を用いたことによって、従来の研究との違いを見出せているとは言えないように思われる。

例えば、田辺幸雄の「初期萬葉の論」の前年にあたる昭和二十六年、『國文学　解釈と鑑賞』の誌上で企画された「日本文学史の新しい見方」という特集の中で、五味智英が、

古歌謠的手法を黒人や憶良が採つて居る所にも、歌謠と和歌との干渉が窺はれるのである。（中略）こゝに注意すべきは、萬葉集の歌が時間的に大體連續して現はれて來る時間の初頭即ち舒明天皇代から、萬葉第二期の最初に位する天武天皇時代にかけて、右のやうな歌謠と和歌との關係がはじまつて來て居る事である。

と述べているように[13]、記紀歌謡と万葉歌とを関係づけて捉える形は、決して目新しいものではなかったのだ。

では、なぜわざわざ「初期萬葉」という用語を用いたのか。従来の「第一期」という用語では、なぜいけなかったのか。これについては、同じく『國文学　解釈と鑑賞』の編集後記[14]が参考になる。

日本文學史の再吟味の問題は、すでに本誌上で時代區分その他の觀點からも取り扱って参りましたように、更に種々の角度から行われるべきであり、また行って参るつもりであります。

と述べている。すなわち、これは学界の時流を反映したものだったのであろう。従来の万葉四期区分説とは異なる時代区分を用いることによって、それまでの研究成果を批判する形で、「初期万葉」という語は誕生したのである。

2　「抒情詩」の誕生

「初期万葉」という用語の研究史的意義として、二点目を挙げておきたい。それは、西郷信綱が述べているように「抒情詩」の誕生の問題との関わりである。西郷は、

一般的に記紀歌謡は、何らかの叙事詩的事件に結びついた劇的歌謡、ないしは舞踏的歌謡であり、單にうたわれたのではなく一定の所作をともなって祭禮や饗宴のときに演じられた歌謡であった點で特質づけられるとおもう。

とした上で、

記紀歌謡とは質的に異なる抒情詩という新しい文學ジャンルとして萬葉集が、記紀歌謡の世界を貴族たちがわすれようとしつつあるその諸條件のなかで形成されつつあった事態を正當に理解することが可能である。

と述べ、

もとより私は、記紀歌謡がすでにして抒情詩へ向っていくいくぶんの傾斜を示している事實を否定するものではなく、そこには研究すべき、重要な問題があるとおもう。また、記紀歌謠の最後期が萬葉初期の作品と時代的にも内容的にもたがいに接觸しあっていることもたしかである。

としている。[15]記紀歌謡の多くは叙事詩だが、その中に万葉歌という新しい抒情詩へと向かっていく方向性を示しているものがあるということを述べる際に、「初期万葉」という用語が登場している。それは、両者には時代的に重なる部分があるという前提の議論である。つまり、抒情詩の芽生えはこの「初期万葉」の時期のことであり、その誕生を記紀歌謡からの一つの流れの中で捉えているのだ。

こうした指摘は、久松潜一の論文にも見られる。[16]

記紀歌謡と万葉集とはつながっているという見方と、断絶しているという見方とがある。記紀歌謡が、歌謡であるのに対し、万葉集を抒情詩であるとすると、両者は相違することになる。私は歌謡や民謡を抒情詩の母胎と見るのであるが、しかし抒情詩は個性的な性質が存するのであり、その点では集団的な歌謡とは相違がある。仮りに記紀歌謡と万葉集とを全体としての相違を認めるにしても、初期万葉の時代と、記紀歌謡特に仁徳天皇以後の歌謡を見ると、両者は極めて近い関係にある。両者いずれも歴史的背景と結びついている歌の多いこともその類似する点であるが、歌の性格から見ても記紀歌謡の方には軽太子と軽郎女との悲恋の一聯の歌の如き抒情詩と見るべき作品がある。それは初期万葉における穂積皇子と但馬皇女との悲恋の歌や、額田王と天智天皇、大海人皇子との歌と極めて近いものがある。

久松は、記紀歌謡と「初期万葉」の作品との違いは、集団的なものか個人的なものかという点であるとしている。西郷も久松と同様、それぞれの一部には抒情詩として認められるものがあるとも述べている。つまり、記紀歌謡と「初期万葉」は、共に抒情詩が含まれているという点で、和歌史的にもつながっていると言うのだ。

ちなみに、久松は叙事詩と抒情詩について、以下のように述べている。(17)

古事記や日本書紀を叙事的文学として見る場合、これらの歌謡が神話や歴史伝説の事件と結びつけられることによつてその文学的効果を与へて居ることは明らかである。叙事の中に抒情がつつまれることによって文学性を得て来るのである。日本武尊の歴史伝説から歌謡をすべて略してしまつたら文学的効果をそぐこと著しいであろう。これは叙事文学をさゝへてゐるものが抒情であるといふことにもなるのである。

この久松の発言が第一声であったわけではないが、記紀歌謡から「初期万葉」への過程に、叙事詩から抒情詩への発展を見る向きが多かったことは確かであろう。すなわち、「初期万葉」を抒情詩の萌芽期であるとする理解である。

一方田辺は、こうした記紀歌謡と「初期万葉」との共通項について、

叙事詩的な記紀歌謡からそれの反措定としての抒情詩万葉が代つて現れたと見る西郷信綱氏の見解（万葉集の形成――文学二五年九月及び日本古代文学史）は、まことに鮮やかな対蹠をなすかに見える。しかしながら具体作品をよく検すると、必ずしもこの両説が鋭く対立するものだともいえないような事情が存しているようである。

としている。(18) 確かに西郷は、記紀歌謠と「初期万葉」を、叙事詩か叙情詩かという点で異なるものと捉えていることが多いのだが、一部に「私は、記紀歌謠がすでにして抒情詩へ向っていくぶんの傾斜を示している事實を否定するものではなく」という記述(19)もあり、両者を単純に色分けしていたわけではない。田辺は記紀歌謡につい

て、

抒情詩的なものの少さである。又その抒情詩が離別と挽歌という特殊なものに限られている事情である。時代の若さと共に、むしろそれ以上に記紀両書の書物としての性質が思われる。

とも述べている。[20] 田辺の発言は、誤解を含むものであるように思われる。

こうした三者の議論を通覧してみると、どのようなものを叙事詩と呼ぶのか、またどんなものを抒情詩と呼ぶのかという点が、それぞれ違っていることに気づく。つまり、叙事詩・抒情詩という語の定義をしないままに議論を重ねているのだ。そのために、第三者の誤解を招いたばかりでなく、他者との立場の違いが明確にならないのである。その結果として「初期万葉」の世界をどのように捉えるのか、三者三様になってしまっているのだ。「初期万葉」という用語が誕生した直後から、その用語の使われ方は様々であった。時代区分の一つとして用いられてはいるものの、「初期万葉」の時代の歌はどのようなものであり、それらにはどのような特徴があるのか。今もって、「初期万葉」の定義は研究者ごとにさまざまになされていて、帰するところを知らない。このような現在の混乱は、その出発点に原因があったのである。

三　まとめ

「初期万葉」だけではなく、現在の『万葉集』研究においても、用語をきちんと定義をしないままに用いられていることは多い。

筆者は以前、「伝承歌」という語を取り上げつつ、学術用語の使用方法に関する問題提起をしたことがある。[21]「伝承歌」も、きちんと定義されずに使われてきた用語である。しかも、研究者によっては「伝誦歌」とされたり「伝承歌」と書かれたり、表記すら統一されていない。そうした表記の違いを説明することもほとんどなされていない。とはいえ、《伝承歌》[22]というタームは、初期万葉の一部の歌々に対しては有効な捉え方である。すなわち、それまで抒情詩として読まれてきた一部の作品を、近代的な作者像を構成する歌としてではなく、古代的な作者像に基づく歌として考えようとする時[23]、《伝承歌》という語が有効だからである。

このように、「初期万葉」という用語に関する定説はない。かつては、叙事詩から抒情詩へという進歩史観に基づく認識の中で、学界に定着していったが、それは《伝承歌》の問題にも影響を与えているように思われる。「初期万葉」は単なる時代区分の問題ではなかったのである。

【注】

(1) 西郷信綱「萬葉集の形成——序論——」（『文学』18巻9号・一九五〇）。
(2) 西郷信綱「万葉集」（『日本古代文学史』岩波書店・一九五一）。
(3) 澤瀉久孝・森本治吉『作者類別年代順　萬葉集』（新潮社・一九三二）。
(4) 田辺幸雄「初期万葉の論」（『上代文学』創刊号・一九五二）。
(5) 久松潜一「記紀歌謡と初期萬葉」（『萬葉』6号・一九五三）。
(6) 石母田正「初期萬葉とその背景——有間皇子・間人連老・軍王の作品について——」（『萬葉集大成　第五巻　歴史社会編』平凡社・一九五四）。
(7) 難波喜造「萬葉集の問題」（『日本文学』4巻9号・一九五五）。
(8) 久松潜一「萬葉集の時代と歌風の展開」（『國文学　解釈と教材の研究』1巻3号・一九五六）。
(9) 伊藤博「萬葉集研究の現段階」（『國文学　解釈と教材の研究』3巻1号・一九五七）。
(10) 扇畑忠雄「萬葉集研究の現段階」（『國文学　解釈と教材の研究』4巻1号・一九五八）。

(11)　注4に同じ。
(12)　注5に同じ。
(13)　五味智英「上代和歌の集成としての萬葉集」(『國文学　解釈と鑑賞』16巻10号・一九五一)。
(14)　注13に同じ。
(15)　注1に同じ。
(16)　注8に同じ。
(17)　久松潜一「上代文学のとりあげ方」(『國文学　解釈と鑑賞』20巻9号・一九五五)。
(18)　注4に同じ。
(19)　注1に同じ。
(20)　注4に同じ。
(21)　拙論「《伝承歌》の問題点――『夕されば小倉の山に』歌をめぐって――」(『研究紀要(日本大学文理学部人文科学研究所)』59号・二〇〇〇)。
(22)　注16の拙論において、「《伝承歌》とは『万葉集』の編纂以前に、伝承の過程で特定の作者に仮託され、流動的な形で存在した歌、というほどの意味で用いることにしたい」と述べた。
(23)　澤瀉久孝「傳誦歌の成立」(『萬葉の作品と時代』岩波書店・一九四一)を契機に、古代の作者についての問題が模索され始めた。

【付記】

この論は平成十七年度日本大学学術研究助成金による成果である。

あとがき

本書は、上代文学会研究叢書第二期の一冊として企画されたものである。学会の申し合わせに従って、原稿の作成に先立ち、下記のごとく、十回のセミナーを実施した。上代文学会大会（平成十六年五月十六日（日）・於奈良女子大学）における編者の「《初期万葉》の『雑歌』」と題する基調報告を前提としたセミナーである。

廣川晶輝氏（北海道大学）　書記テクストとしての磐姫皇后歌群
平成十六年六月五日（日）　於日本大学法学部

野口恵子氏（日本大学）　「初期万葉」の誕生
平成十六年八月二十七日（金）　於日本大学法学部

近藤健史氏（日本大学）　有間皇子歌群について
平成十六年十二月十八日（土）　於日本大学法学部

八木京子氏（日本女子大学）　撰ばれたうた、撰ばれなかったうた
——拾遺歌巻としての巻三——
平成十七年二月二十七日（日）　於日本大学通信教育部

廣岡義隆氏（三重大学）　初期萬葉の資料について
平成十七年六月二十五日（土）　於日本大学法学部

村田右富実氏（大阪府立大学）　天武挽歌論――２・一五九番歌について――
平成十七年九月三日（土）　於大阪府立大学

影山尚之氏（園田学園女子大学）斉明四年紀伊国行幸と和歌
平成十七年九月二十五日（日）　於園田学園女子大学

小川靖彦氏（青山学院大学）『萬葉集』の多層性
――左注によって創り出される新たな「書物」――
平成十七年十月十五日（土）　於日本大学通信教育部

大浦誠士氏（椙山女学園大学）　初期万葉の反歌
平成十七年十二月十一日（日）　於中京大学

平舘英子氏（日本女子大学）　軍王、山を見て作る歌
平成十八年二月二十六日（日）　於日本大学文理学部

ご多忙の中にもかかわらず、セミナーでの発表と寄稿に快く応じて下さった執筆者の方々に、ここで改めて心からお礼を申し上げたいと思う。また、孫久富氏（相愛大学）と劉雨珍氏（南開大学）の論文は、セミナーとは別に、編者が寄稿を求めたものである。この二編によって、本書はさらに充実したものになった。両氏にも篤くお礼を申し上げたい。

特に枚数の制限を設けず、力一杯書いていただいた各論文は、便宜的に各章に分けて掲載したが、これは編者の責任によるものであって、必ずしも各執筆者の意図ではない。問題が多岐にわたっており、収録した各章の枠組みに収まり切らないものもあるが、全体の構成とバランスを考えて、適宜分類・配列した。執筆者各位には、

意に染まない部分もあろうが、その点はご海容いただきたいと思う。

『万葉集』の研究には、終わりがない。セミナーの参加者と執筆者各位のお力添えによって、本書で「初期万葉」の研究に関する現在の到達点を示し得たと自負してはいるが、せっかくご発表いただきながら、残念なことに、諸般の事情で今回はご寄稿いただけなかった研究もある。しかも、問題はまだ山積している。本書の刊行が、新たな議論の呼び水になれば幸甚である。

最後に、本書が世に出るにあたっては、笠間書院の重光徹氏のお世話になった。池田つや子社長をはじめ、笠間書院の方々に、幾重にもお礼を申し上げる次第である。

平成十九年一月

梶川信行

執筆者紹介

梶川信行（かじかわ・のぶゆき）
1953年生まれ・日本大学文理学部教授・『万葉史の論　笠金村』（桜楓社・1987）、『万葉史の論　山部赤人』（翰林書房・1997）、『創られた万葉の歌人　額田王』（塙書房・2000）、共編『天平万葉論』（翰林書房・2003）など。

廣岡義隆（ひろおか・よしたか）
1947年生まれ・三重大学人文学部教授・『万葉の歌 8 滋賀』（保育社・1986）、新編日本古典文学全集『風土記』逸文の部（小学館・1997）、『萬葉のこみち』（塙書房・2005）、『上代言語動態論』（塙書房・2005）など。

廣川晶輝（ひろかわ・あきてる）
1968年生まれ・甲南大学文学部准教授・『万葉歌人大伴家持－作品とその方法－』（北海道大学図書刊行会・2003）、「『サヨヒメ物語』の〈創出〉－筑紫文学圏の営為－」（『上代文学』90・2003）、「大伴家持論－防人同情歌群をめぐって－」（『国文学　解釈と教材の研究』49-8・2004）。

八木京子（やぎ・きょうこ）
1968年生まれ。日本女子大学文学部助手。「懸詞的用法における文字選択－人麻呂の序詞を中心に－」（『美夫君志』69・2004）「上代文字資料における音訓仮名の交用表記－難波津の歌などの木簡資料を中心に－」（『高岡市万葉歴史館紀要』15・2005）「万葉集の音訓仮名交用表記－人麻呂の「うた」の文字としての「仮名」－」（『日本女子大学紀要文学部』55・2006）

影山尚之（かげやま・なおゆき）
1960年生まれ・園田学園女子大学未来デザイン学部教授・「聖武天皇と海上女王の贈答歌」（『萬葉』160・1997）、「恋夫君歌（巻十六・三八一一～一三）の形成」（『萬葉』184・2003』など。

大浦誠士（おおうら・せいじ）
1963年生まれ・椙山女学園大学国際コミュニケーション学部准教授・初期万葉関連として、「有間皇子自傷歌の表現とその質」（『萬葉』187・2001）、「初期万葉の作者異伝をめぐって」（『萬葉集研究　第二十六集』塙書房・2004）など。

孫　久富（そん・きゅうふ）
相愛大学人文学部教授・『万葉集と中国古典の比較研究』新典社・1991）、『日本上代の恋愛と中国古典』（新典社・1996）、『日中古典文芸思想の比較研究』（新典社・2004）など。

劉　雨珍（りゅう・うちん）
1966年生まれ・中国南開大学外国語学院教授・共編『日本政法考察記』（上海古籍出版社・2002）、共編『変動期における東アジアの社会と文化』（天津人民出版社・2002）、『万葉集の世界』（寧夏人民出版社・2007）など。

平舘英子（たいらだて・えいこ）
日本女子大学文学部教授・『萬葉歌の主題と意匠』（塙書房・1998）、「『鶴が音』考」（『萬葉集研究　第二十六集』塙書房・2004）、「属物発思歌－『遣新羅使人歌群』中の位置」（『萬葉集研究第二十七集』塙書房・2005）など。

村田右富実（むらた・みぎふみ）
1962年生まれ・大阪府立大学人間社会学部准教授・『柿本人麻呂と和歌史』（和泉書院・2004）、「万葉集研究におけるコンピュータ利用の一側面」（「文学・語学」171・2001）、「『姫嶋松原に嬢子の屍を見て悲嘆して作る歌二首』について」（「大阪府立大学言語文化学研究日本語日本文学編」1号）など。

野口恵子（のぐち・けいこ）
1971年生まれ・日本大学法学部准教授・「額田王と宮廷世界」（中西進編『女流歌人　人と作品』（おうふう・2005）・「女性歌人たちの地名表現」（『万葉古代学研究所年報』5・2007）。

初期万葉論《しょきまんようろん》　上代文学会研究叢書

平成19(2007)年5月31日　初版第1刷発行©

編　者　梶川信行

装　幀　齊藤美紀

発行者　池田つや子

発行所　有限会社笠間書院

東京都千代田区猿楽町2-2-3［〒101-0064］

電話　03-3295-1331　fax　03-3294-0996

NDC 分類：911.12

藤原印刷・渡辺製本

ISBN978-4-305-60166-7

出版目録は上記住所までご請求下さい。

http://www.kasamashoin.co.jp

上代文学会研究叢書（第二期）の刊行にあたって

上代文学会は、学会のいっそうの活発化を押し進めるために、さまざまな改革を行なってきました。先にその成果の一つとして、五冊の上代文学会研究叢書を刊行しました。

その研究叢書は、学会としての公的な使命を果たすとともに、その研究活動を活発化することをめざして刊行されたものです。今回は、

東アジア古典学のために

風土記の可能性を考える会

《初期万葉》を構想する

という三組の研究グループが学会の承認を得て、一年以上の公開の研究会を重ねて来ましたが、第二期の叢書はその成果をまとめたものです。

研究会はそれぞれ、今日の上代文学研究にとって、もっとも重要だと考えられる研究テーマを掲げています。この研究叢書が、上代文学の今日的で先端的な問題を提起するものとして、大きな意義を持つことを信じます。

二〇〇七年四月

上代文学会

上代文学会研究叢書　第Ⅰ期　完結

神野志隆光編　古事記の現在　2刷　本体六八〇〇円

辰巳正明編　懐風藻　漢字文化圏の中の日本古代漢詩　品切

西條　勉編　書くことの文学　本体七〇〇〇円

多田一臣編　万葉への文学史　万葉からの文学史　本体六八〇〇円

青木周平編　古事記受容史　本体八五〇〇円

笠間書院

上代文学会研究叢書　第II期

梶川信行 編

初期万葉論

神田典城 編

風土記の表現

記録から文学へ

本体八〇〇〇円

次回配本

笠間書院